国家社科基金后期资助项目 (19FWWB004)

威廉·福克纳家族小说的新历史主义研究

李常磊 著

山东人民出版社·济南

国家一级出版社 全国百佳图书出版单位

图书在版编目（CIP）数据

威廉·福克纳家族小说的新历史主义研究/李常磊
著.-- 济南：山东人民出版社，2022.9
ISBN 978 - 7 - 209 - 13922 - 9

Ⅰ.①威… Ⅱ.①李… Ⅲ.①福克纳（Faulkner，
William 1897 - 1962）—小说研究 Ⅳ.①I712.074

中国版本图书馆 CIP 数据核字（2022）第 160125 号

威廉·福克纳家族小说的新历史主义研究

WEILIAN·FUKENA JIAZU XIAOSHUO DE XINLISHI ZHUYI YANJIU

李常磊　著

主管单位　山东出版传媒股份有限公司
出版发行　山东人民出版社
出 版 人　胡长青
社　　址　济南市市中区舜耕路 517 号
邮　　编　250003
电　　话　总编室（0531）82098914
　　　　　市场部（0531）82098027
网　　址　http：//www. sd - book. com. cn
印　　装　山东华立印务有限公司
经　　销　新华书店

规　　格　16 开（165mm ×238mm）
印　　张　20
字　　数　350 千字
版　　次　2022 年 9 月第 1 版
印　　次　2022 年 9 月第 1 次
ISBN 978 - 7 - 209 - 13922 - 9
定　　价　58.00 元
　　　　　如有印装质量问题，请与出版社总编室联系调换。

国家社科基金后期资助项目
出版说明

后期资助项目是国家社科基金设立的一类重要项目，旨在鼓励广大社科研究者潜心治学，支持基础研究多出优秀成果。它是经过严格评审，从接近完成的科研成果中遴选立项的。为扩大后期资助项目的影响，更好地推动学术发展，促进成果转化，全国哲学社会科学工作办公室按照"统一设计、统一标识、统一版式、形成系列"的总体要求，组织出版国家社科基金后期资助项目成果。

全国哲学社会科学工作办公室

前　言

　　家族小说作为描写家族生活的一种文学形式，以一个或几个家庭生活为对象，讲述了不同历史环境中家庭成员之间的关系，展现了历史、社会、生命、哲理和文化的思考，折射出具有丰富内涵和多样价值取向的历史和时代特征，在世界文学史上占据着重要位置。如奥诺雷·德·巴尔扎克的《人间喜剧》、列夫·托尔斯泰的《战争与和平》、约翰·高尔斯华绥的《福尔赛世家》、威廉·福克纳的《喧哗与骚动》、托马斯·曼的《布登勃洛克一家》和加夫列尔·加西亚·马尔克斯的《百年孤独》等，都给世界文学带来了巨大冲击或影响。这些作品以时代变迁、家族兴衰和个人命运之间的关系，反映了不同时代家族及家族成员的情感追求、现实社会的种种困境以及人类未来的命运；既是不同时代艺术精神的审美体现，又具有不同的文化内涵。威廉·福克纳的家族小说，以美国南方历史逸事建构了家族历史文本，以家族史代替了内战史，重构了被主流意识形态掩盖的真实历史，真实再现了现实社会状况，为读者了解南方社会发展历程提供了重要参照。

一、家族小说及历史特征

　　家族问题一直是哲学、历史学和文学中的热门话题，也是社会或读者关注的焦点问题。家族通常是指两个或两个以上的、以血缘关系为主的基本家庭单位，凝聚着历史变迁，反映了社会或民族发展历程。作为一种社会制度，家族涉及历史、文化、家庭和环境等各个方面，展现了人的生存问题。无论是历史更迭还是文化交替，家族的兴衰最终都是以人性为标准的，目的是弘扬人性的自由和权利，对民族融合和社会发展具有十分重要的意义。

　　家族题材的文学作品是家族文化的直接阐述者，成为世界各国文学中最富魅力的小说题材之一。家族小说"既写两代人以上的家族本身及生活，甚至追溯家族的历史，也涉及同代人中几个成员和几个家庭之间

的关系"①。把家族小说放到历史长河中去考察，可以看出文学与历史的
渊源。关于世界家族小说的发展历史，学术界一般把12至13世纪期间
北欧冰岛萨迦民间传说视为西方家族小说的雏形，这样，"Saga Novel"
就被理解为"家族小说"或"世家小说"。到19世纪后期，英国文坛出
现了简·奥斯丁、勃朗特姐妹等著名作家，她们的作品《傲慢与偏见》
《简·爱》《呼啸山庄》等都是围绕着英国家庭进行的叙事，深受读者的
认同与称赞，进一步推动了家族小说的发展。20世纪以后，英国作家约
翰·高尔斯华绥的《福塞尔世家》（the Forsyte Saga）第一次正式使用了
"Saga"一词，其他一些作家在文学创作中也使用了"世家"或"家
族"。如马克西姆·高尔基的《阿尔塔莫诺夫家的事业》描写了阿尔塔
莫诺夫一家祖孙三代从事工商业活动的兴衰史，展示了俄国资本家从励
精图治创业到堕落衰败的全过程。米哈依尔·肖洛霍夫的《静静的顿
河》艺术地再现了麦列霍夫一家的命运变迁。托马斯·曼的《布登勃洛
克一家》描写了布登勃洛克商人家族的没落过程，没落的原因在于人的
"退化"。约翰·斯坦贝克的《愤怒的葡萄》以约德一家为代表，记述了
他们一家十二口从俄克拉荷马州向加利福尼亚州逃荒的艰难经历。加西
亚·马尔克斯的《百年孤独》，以小镇马孔多为原型，借助布恩地亚家
族的兴衰变迁和七代成员的命运悲剧，展现了哥伦比亚乃至整个拉丁美
洲地区百年以来的落后、愚昧、黑暗以及殖民独裁时期的社会生活历程
和历史发展状况，给人们留下了深刻印象。这些作品都以"世家"或
"家族"作为叙事方式或展现主题，彰显了作家本人厚实的文化底蕴和
丰富的情感，在帮助作家完成自身文学能力展现过程的同时，也奠定了
家族小说作为一种典型文学形式在世界文坛上的地位。

　　文学与历史作为两种叙事方式，都属于社会意识形态，是精神生产
的产物，尤其是历史故事、叙事话语等，都常常渗透到文学作品中，成
为文学作品的主题或叙事范式。家族小说不仅可以直接反映作品所处历
史时期作家的创作立场，而且可以生动地再现社会历史与文化特征。恩
格斯在《家庭、私有制及国家的起源》中提出，家庭从诞生之初，就
"以缩影的形式包含了一切后来在社会及其国家中广泛发展起来的对
应"②。从整体上看，家族小说通常由家族母题切入，以家族叙事反映家

---

① 邵旭东：《步入异国的家族殿堂——西方"家族小说"概论》，《外国文学研究》1988年第3
　期，第53页。
② 《马克思恩格斯选集（第4卷）》，北京：人民出版社，2012年，第67页。

国同构的组织形式，以家族荣耀体现家族情感依赖。家族叙事常常融合作家本人的家族意识、精神情感和历史态度，反映社会的发展进程，预知人类的未来。世界著名的家族小说都不约而同地采用了审视家族传统、阐释家族伦理、完善家族关系等模式，真实反映家族命运和社会发展之间的关系，透视家族兴衰和人情世态等，并上升到家国兴亡层面，具有鲜明的历史特征。

　　家族小说通过文本和叙事对历史进行阐释或解释，即通过解剖家族兴起、发展和嬗变，扩展到世态人情，反映了时代的需求和社会发展状况。"家族小说的取材往往具有相当的时间跨度和'历史'的背景，即使是以家族的'现在'为中心描写家族生活，也往往通过追溯家族的历史，将现实与历史结合起来，让现实的生活在历史的基础上展开，形成'编年史'般的格局。"① 家族小说家在对历史进行展现的过程中通常采取家族历史叙事的模式，将家族日常生活事件与社会历史事件有机地融合在一起，同时与家族权利争夺、成员感情纠葛、家族命运悲剧等结合起来，使家族成员的个体史、家族史、社会史相辅相成，并上升到对整个人类历史、文化命运的深刻反思，形成家族叙事与历史叙述相交织的历史表现形式，揭示家族命运悲剧，预测人类未来的发展趋势。

　　家族小说的历史虽然源远流长，但对"家族小说"概念的界定仍没有形成一个统一的标准，对于一些相关问题还没有形成一致认可的答案。比如，家族小说与家庭小说的区别是什么，家族小说中的代际关系应包含几代人，是否应有宏大的历史背景、复杂的时空结构和繁复的人物关系，等等。从本质上说，家族小说与家庭小说有一定的区别，如从主题上看，由丈夫、妻子和孩子所组成的家庭是一切社会最普遍的家庭形式，是社会的基石；从人物关系上看，那些简单反映父母儿女家庭关系的文学作品，不能算作"家族小说"，如《傲慢与偏见》《简·爱》等，只能视为家庭小说；从内容上看，家庭小说描述的主要是家庭内部的日常事务，虽然有时也反映所处社会存在的诸多危机，但涉及的范围或层面较窄，对社会的影响面也较小。通常来说，家族小说涉及的范围较广、层面也较为深刻，如包含至少三代以上的家族成员，讲述家族形成、发展、繁荣乃至衰亡的历史，在社会上具有一定的影响力和代表性，作家创作的目的是在虚构的家族故事中揭示人性状态。

---

① 许祖华:《作为一种小说类型的家族小说(上)》,《重庆三峡学院学报》2005 年第 1 期,第 41 页。

家族小说通过对家族生活的描写，形象化地展现了社会问题，揭示了家族兴衰的时代根源，给读者以深刻的历史警示。从这个意义上说，家族小说展现了制约和支配人们思维及行为的潜在机制，体现了传统道德观与价值观的内涵。当然，无论是家族小说的创作还是对其进行的文学批评等，都是人们对家族小说的创作、接受和批评等历史语境的分析，特别是要结合作品创作的历史背景、作家本人的道德观和价值观等，来阐释作品或作家的创作动机。因此，本书中所涉及的家族小说是以一个或多个家族为叙述单位，以一个或多个家族成员的命运为主要内容，尤其是在一个家族中至少包括三代人以上的家族成员，通过清晰的时空结构、复杂的人物关系和厚重的历史责任感，展现家族与个体、他人和社会之间的关系，将家族命运扩展到全人类的命运。美国南方文学家福克纳的家族小说将南方家族的兴衰融入历史发展中，顺应历史和时代发展的要求，引导人们认真思考家族和社会所面临的各种问题，剖析社会生活、道德伦理和家族制度中存在的弊端或不足，从而认识到南方家族在发展过程中的种种弊端，担负起社会或时代赋予南方人的历史使命与社会责任。

二、新历史主义理论基础

优秀的家族小说通常都具备严谨的结构与庄严恢宏的史诗规模。福克纳的家族小说借助南方家族内部关系展现了南方人的恩怨情仇和历史演变的全过程，以家族盛衰史来展现人类的苦难与所处的困境，具有新历史主义的理论特征和实践基础。

福克纳对南方家族的书写通常是以家族成员日常行为或具体活动为对象，以家族情感认同与家族命运关注为导向，注重家族延续与和谐，凸显家族制度的制约与束缚，展现家族兴衰历程和家族成员的命运结局。由于出身于传统贵族家族，并亲身经历了家族的荣耀与辛酸困境，福克纳对家族命运的关注远远超出了其他南方作家，付出了别人没有的情感和创作激情。客观地说，他的家族小说关注容易被忽视的家族困境、家族成员精神创伤和对未来的焦虑等因素，融合了历史真实与文学虚构的文学艺术，颠覆了传统历史书写的客观性，把历史视为由历史"碎片"构成的集合体，表现了对南方现实问题的关注和对南方未来的担忧。他的主要作品几乎都是围绕南方家族展开的叙事，掺杂着政治与意识形态话语，阐释了社会存在基础和历史发展规律，如《沙多里斯》《喧哗与骚动》《我弥留之际》《押沙龙，押沙龙!》《八月之光》《没有被征服的》《去吧，摩西》等。正是通过揭示这些家族的命运结局或家族成员的人性变异，他全面客观地展现了战后南方社会的现状和人生百态，为读者理解南方社会的历史和现状提供了丰富的素材。

20世纪80年代末逐渐成长起来的新历史主义，以基于恢复人类与历史相互对话的使命，透过遗落在历史之外的日常故事，通过"宏大历史"日常生活化、中心话语边缘化、官方主流意识形态颠覆民间化以及客观历史主体化等，试图重建一种新的历史阐释范式，让历史在现实世界复活，以此隐喻人类个体的生存状况。福克纳有意或无意地摆脱了传统的历史叙事方式，取而代之的是借助文学作品来重新阐释南方历史，进而解构原有的"正统历史"或官方历史。其创作理念是建立在家族本位和家族理念的基础上的，不仅崇尚家族荣耀，而且以重振家族命运为使命，始终与主流意识形态相背离，对传统家族的兴衰过程表现出持久关注。当然，他对家族文化的情感是十分矛盾的，对家族文化的体验和感悟也是与众不同的，原因在于其笔下的家族最终都走向了颓败、没落和消亡的命运。他在谴责这些没落家族腐朽和罪恶的同时，也显露出对这些家族毁灭的惋惜与眷恋之情，从而把追忆家族"昔日荣耀"当作认同和皈依传统价值观和道德观的标志，形成了浓厚的家族情结和重塑南方历史的决心。

家族作为社会结构的基本单位，其发展与社会的发展是同步的。美国南方家族历史集中体现了社会发展历史，对南方文化的形成和发展起到了十分重要的作用。要研究文学作品，必然要将其与产生这部作品的时代需求、历史风情、意识形态等联系起来，不可避免地要涉及文学与历史意义、文化与历史关系、历史重构与本质等方面的问题。同样，对福克纳家族小说的研究和阐释必然要涉及美国南方历史。他的大部分家族小说创作都是在20世纪20年代至60年代，这一时期正是美国内战之后南方社会的转型时期，社会城市化和工业化得到了快速发展，人们在思想和道德层面呈现出传统和现代的急剧变化与快速更迭，随之而来出现了进步主义运动、黑人民权运动、女权运动等社会变革。在这种历史语境中，他的家族小说中凸显了其本人对过去辉煌的追忆，表达了对当时道德伦理与生命力弱化趋势的担忧和焦虑。历史书写作为一种社会实践，必然会受到各种力量的控制或影响。同样，福克纳把对家族的感悟融入家族书写之中，抛弃了传统历史书写中所尊崇的重点关注"宏大历史"或"正史"、重大事件和英雄人物等方式，取而代之的是把家族逸闻趣事作为叙事对象，从而展现出南方历史的真实。这种家族书写方式促使文学创作从关注内部转向关注外在的历史文化表象，具有典型的新历史主义的特征。

"文学的书写总是一个历史时段中的行为。这种特定时期的文本与该时期所特有的制约因素发生着必然的联系，如官方文化权力机构、团体、主流意识形态、民间消解方式、传播方式、文化市场、大众审美取向以及作者个人因素等等。"① 福克纳意识到传统价值观念无法同强大的现代工业文明相抗衡，这使他的精神世界出现了前所未有的恐惧感和失落感。为此，他极力维护传统文化的内涵，在展现家族成员内心强烈冲突的书写中希望找到新的家族生存方式，进而重塑南方历史。事实上，他所追求的历史真实并不是"宏大历史"或官方历史的真实，而是通过个人想象和虚构达到心灵体验中的真实。这样，他的家族书写就重新建构了家族历史，使家族成员的性格、活动，特别是思想、价值观念等以个性化的内容成为历史书写要素，并代表一定历史时期的普遍倾向。这种家族书写方式改变了南方主流思想中"宏大历史"的书写方式，取而代之的是家族历史所展现的民俗地貌，以及南方人的行为举止、心理特征和价值观念等，从不同层面反映了社会在生产生活、社会制度、道德伦理等层面上的文化内涵，揭示了南方家族文化的形成和发展过程，给读者呈现出一幅历史曲折发展的画卷。读者正是通过他的家族小说中对家族或家庭观念的描述，感受他对南方传统文化的热爱以及对种族主义、清教主义和"淑女神话"等腐朽落后思想的批判和谴责。福克纳正是在新历史主义理论基础上书写了自我被压制的家族情感，重构了历史环境。

家族兴衰总是与其所在国家和民族的命运联系在一起的，因而家族小说反映了国家与民族的历史。历史唯物主义强调历史的客观性，也强调历史的当代性。传统家族小说把线性时间转化为空间形态，将人类与物质世界平等的历史转化为物质世界对人类反控的历史，不可避免地将人类的历史改写为欲望、仇杀、堕落和追求自我满足的历史，这样，延续了数百年的家族历史在现代化进程中不可避免地出现逐渐衰变的现象，并最终走向消解。这种致使家族毁灭的根源在于家族成员的欲望无限和性格的扭曲，其中最致命的原因在于家族内部的人性罪恶，尤其是那些潜在的历史悲剧因素和道德下滑的人性驱使等所导致的。福克纳触摸到南方历史的真实，借助家族小说对"正史"进行解构的同时又对历史展开大胆虚构，使历史的文本性和文学的真实性相互支撑，形成对人类命

---

① 王晓路等著：《文化批评关键词研究》，北京：北京大学出版社，2007年，第6页。

运的共同关注。由此,他的家族书写把个人生活经历、家族历史和社会体验等搬进作品,跳出了历史事件的局限,对某些历史事件作出合乎情理的阐释与描述,重新构建了南方历史,展现了民间历史的真实性,达到了弘扬人性的目的。从这种对待历史的态度来看,无论是对家族命运的展现,还是对社会和历史的态度等,都体现出他对传统文化精神和重构历史真实的不懈追求。

历史学家只能在历史叙事中而不是在历史叙事之外把握历史,原因在于历史事件虽然发生在过去,但由于无法被人再次直接感知,因此必须对其进行再叙述。这样,历史也就成为一种类似文学作品的叙事性文本。福克纳将南方家族历史与历史书写融合在一起,借助家族之间的物质利益冲突、权利追逐与情感纠葛来表现自己对南方特定历史的感受与理解,在历史发展过程中思考个人命运,认同家族文化又在情感上抵御文化中的腐朽因素,从而展现他在南方家族历史书写中的辩证唯物主义观念。传统文学认为,奇闻逸事属于非文学文本,但福克纳对南方奇闻逸事极为重视,认为这些奇闻逸事包含了南方历史的重要信息,是原汁原味的历史本真,体现了文学文本和非文学文本界限的模糊性和互动性。当然,无论是家族历史的重构,还是历史的一般叙事,虽然在一定程度上带有虚构或想象的成分,但都是在尊重历史真实的基础上呈现出的复杂的书写话语体系,对重构或提升南方精神起到了巨大的促进作用。

三、福克纳家族小说研究现状

历史问题或历史资料在福克纳的作品中起到了十分重要的作用,不仅表现在他以南方历史为背景创作了"约克纳帕塔法世系"作品,更为重要的是,他在审视历史的基础上重构了南方历史,实现文学与历史的互动。新历史主义作为多学科综合研究的基础理论,在各种批评实践中证明了其活力与价值,以新历史主义为视角分析福克纳家族历史,对福克纳及其作品研究具有深刻的历史价值。本书中概述这一领域的研究现状如下:

(一)国外关于福克纳作品中新历史主义思想的研究现状

新历史主义注重民间历史、神话、野史和家族史等,基于此,国外学者对福克纳作品中的新历史主义思想进行了研究,近年来取得了一些重要研究成果。如凯文·雷利(Kevin Railey)的著作《自然贵族:福克纳的历史、意识形态与作品》(*Natural Aristocracy*:*History*,*Ideology*,*and the Production of William Faulkner*,2004)指出,作为主体的权利与历史文化决定论之间形成了对立关系，福克纳对南方社会有较深的观察与分析，也对南方历史形成了自己独特的态度，反映了其新历史主义的书写理念。美国学者克里斯托弗·德桑蒂斯（Christopher De Santis）的论文《伪历史与社会批评：福克纳的重构》（Pseudo-History Versus Social Critique：Faulkner's Reconstruction，2005）分析了福克纳对历史的重写，展现了他的新历史主义思想。巴巴拉·拉德（Barbara Ladd）的著作《抵制历史：威廉·福克纳、佐拉·尼尔·赫斯顿和尤多拉·威尔蒂作品中的性别、现代性和主体性》（Resisting History：Gender，Modernity，and Authorship in William Faulkner，Zora Neale Hurston，and Eudora Welty，2007）提出，女性作为写作主体和写作客体本身，在塑造现代主义历史发展的过程中所起的作用远比之前所认识到的更为重要，也带有鲜明的新历史主义特征。迈克尔·戈拉（Michael Gorra）的著作《最悲伤的文字：威廉·福克纳的内战》（The Saddest Words：William Faulkner's Civil War，2020），选择了不为南方人关注的日常历史场景，比如传记、文学评论和丰富的游记等，阐明了福克纳主张的"南方的诅咒与其独立命运"的含义，颠覆了先前的历史主义批评传统，揭示了他对内战的态度。上述研究较为全面系统地分析了福克纳作品中的新历史主义观念或展现艺术。

（二）国内关于福克纳作品中新历史主义思想的研究现状

国内学者对福克纳作品中的新历史主义思想研究十分关注，先后发表了很多重要的论文，出版了很多著作。从目前取得的研究成果来看，在著作方面主要是涉猎了南方历史书写，尚未出现系统或专门研究福克纳及其作品中新历史主义思想的著作。以下部分主要是基于相关论文进行的，这些研究具有以下特征：

首先，从新历史主义视角对福克纳及其作品的研究。20 世纪 90 年代新历史主义思潮波及中国，其理论观点和原则给中国学者带来了新的研究契机，如新历史主义主张的历史叙事原则、叙述模式的颠覆、历史虚构、历史游戏、历史戏谑等都给中国学者或作家留下了很深的印象。近几年，这方面的研究主要有以下几篇。鲍忠明和辛彩娜的论文《镜与灯：〈押沙龙，押沙龙!〉的新历史主义解读》（2011）从新历史主义视角对《押沙龙，押沙龙!》进行了分析，阐释了作品中所体现的"历史的文本性"和"文本的历史性"特征，从而揭示了文本中存在的反种族主义思想以及对白人至上的抗争，实现了文学与历史的互动。杨萌的论文《论福克纳对美国南方历史的再现：新历史主义解读〈押沙龙，押沙龙!〉》（2013）在新历史主义理论的指导下，分析了福克纳在《押沙龙，押沙龙!》中重构南方历史的意识，并指出该作品以文本的形式参与了美国历史，特别是南方历史的构建。丁怡伟的论文《福克纳斯诺普斯三部曲的新历史主义解读》（2014）认为，福克纳采用"虚构"历史事件的形式讲述了斯诺普斯家族的发迹史，并将南方不同阶层的兴衰历史、穷白人的生存状况、男女性别关系等转变为历史碎片，进而在文本中加以重构，集中体现了福克纳如何很好地处理"文本"和"历史"之间的关系，也显示了其新历史主义倾向。李丽的论文《颠覆与抑制的对立：〈去吧，摩西〉的新历史主义解读》（2019）运用新历史主义批评理论对福克纳的《去吧，摩西》进行了解读，分析了话语权利、颠覆和疯癫模式在这部作品中的表达方式，凸显了新历史主义特征。陈典等人的论文《重构美国南方历史：〈我弥留之际〉之新历史主义解读》（2019）认为，福克纳通过作品重新构建了南方历史，实现了文本与历史的互动，表达了对美国南方历史的反思和对人类命运的终极关怀。

其次，从新历史主义视角对福克纳家族小说的研究。"新历史主义"是当代文学历史题材创作的一个高峰，但所表现出来的历史意识与当代文学中历史题材的创作有着明显的不同，因为新历史主义作家并不十分关注人物的形象塑造，而是通过消解人物的性格发展，以虚拟化、象征化和隐喻化来构建其南方历史框架。对此，一些学者从新历史主义理论视角出发，分析了福克纳作品中的家族创作。比如，温伟的论文《论福克纳与莫言的家族历史小说》（2006）论述了莫言与福克纳笔下的家族兴衰历史，探寻了家族毁灭的成因，表达了对人类生命力的关注。李常磊的论文《文学与历史的互动：威廉·福克纳斯诺普斯三部曲的新历史主义解读》（2008）以新历史主义理论为指导，强调文学与历史之间的互动关系，认为福克纳参与了南方历史的发展与建构。王晓梅的论文《重构南方的历史意识：〈押沙龙，押沙龙!〉的新历史主义解读》（2012）从新历史主义角度分析了萨德本家族的历史，同时通过重构美国南方历史，再现和建构了记忆中的南方，从而获得叙事话语的权威性。毛丹的论文《从新历史主义角度分析威廉·福克纳〈喧哗与骚动〉中的女性角色》（2013）以新历史主义理论为指导，全面系统地分析了《喧哗与骚动》中康普生家族女性的生存状况、性格特点以及命运悲剧，阐释了福克纳在创作过程中所具有的新历史主义思想以及对南方女性爱恨交织的复杂情感。郭学超的论文《颠覆的思想与权力的含纳：福克纳〈熊〉的新历史主义研究》（2018）从新历史主义中的"颠覆"和"含纳"入手，分析了福克纳的《熊》，认为麦卡斯林发现了祖先的罪恶，形成了反对白人父权制的意识，完全脱离了南方白人的主流意识，具有新历史主义思想。上述研究揭示了福克纳作品中的新历史主义思想，对南方家族悲剧进行了反思，表达了对人类命运的关注。

（三）存在的主要问题

文学作品中的家族研究大多绕不过家族所处的时代背景、社会发展历史与家族命运等方面，而这些方面又往往与家族起源、家族伦理和家族职责等联系在一起。从理论和实践上看，这些领域的研究具有十分广阔的发展空间，然而，目前的研究不容乐观，主要存在以下问题：

国外学者对新历史主义的研究比较广泛和深入，很多学者发表了数量众多的学术论文，也出版了很多学术著作，探讨了西方新历史主义理论的内容和特征。国内学者也发表了数百篇（部）有关新历史主义的论文和著作，这些成果数量充分说明了新历史主义理论在当代中国研究的火热程度以及人们对这一理论的认可。无论是对新历史主义理论的批评，还是在新历史主义实践领域，都打破了既往单个角度、单个作家和单篇研究的传统模式，人们以更开阔的视域来思考和研究文学作品，凸显历史的实践性特征。这是值得高度重视、也是需要充分肯定的成就。然而，就新历史主义伦理与福克纳研究的结合程度来看，虽然国外学者对其本人及其作品的研究成果斐然，也尝试研究了其作品与新历史主义的结合，但总起来看，对新历史主义理论的运用仍属于碎片式和单一性的研究，没有形成系统的新历史主义理论观念，更缺少对其作品中家族的直接阐释，因此，该领域仍然存在进一步研究的空间。就美国国内目前的研究现状来看，福克纳及其作品的研究虽然还是研究的热点，人们一如既往地关注他的作品，但对其作品的研究渐渐远离了家族叙事，或者忽略了家族的意义和价值。就国内研究状况看，现代文学研究仍是当前研究的热点，但对福克纳家族的研究在整体范围上相对狭窄，研究空间有待进一步拓展，研究同质化现象严重，新历史主义理论与其作品的结合还是相对薄弱，研究层次也相对肤浅，需要尽快改变这种研究现状。

目前，学界对于福克纳家族小说的评论概括起来主要有两种倾向：其一是在社会政治学批评方面，即内容批评，也就是以社会学的理论分析福克纳作品中的家族伦理，如种族伦理、妇女伦理、宗教伦理等；另一种是叙事模式的研究，即形式批评，从意识流、多视角叙事、时间转换等方面透视其作品中的家族。从研究深度来看，学者们对福克纳家族小说的研究还只是停留在种族观、妇道观、宗教等现象学层面，主要原因在于其家族小说在文学意识与历史观念上的调和、建构、解构与困惑等还存在一些问题，特别是在叙事与想象中存在着更多的困境，需要加快研究进程。

国内外学者探讨了福克纳作品中的家族制度、伦理道德和家族成员的命运，但仍没有真实反映南方家族的内部结构、管理制度、保障措施和影响力，研究的重点多在于家族情结方面。上面提到的国内外学者对福克纳家族情结的研究，取得了一些重要成果，也在某种程度上阐释了福克纳家族小说的创作动机，但从整体来看，还缺乏较高的可信度和说服力。有些评论者较关注福克纳作品的意识形态与文化外部研究，集中研究生态意识、历史观、空间理论、道德与暴力、南方神话解构等，却很少关注这些现象背后的家族历史或家族成员的观念。从目前研究状况来看，福克纳的家族研究仍然具有十分重要的现实意义。

20 世纪 80 年代，国内外学术界从早年的文本细读转向了文化领域的宏观研究，重视日常生活事件和普通人的感受，带有新历史主义的特色，却陷入了历史学研究的陷阱，失去了文学研究的本色。在研究方法上，缺少有效的理论支撑，让人感到千篇一律、缺少创新。以对福克纳的家族研究为例，一些学者倾向于从女性主义视角入手，分析家族成员的性格行为、日常举止和伦理道德，常常把家族问题归于父权制对南方女性的束缚压抑。有的学者从精神分析视角入手，试图证明福克纳具有强烈的家族情结，对家族怀有既爱又恨的矛盾心理。还有的学者认为，福克纳在种族观上具有双重性，因为其作品中的家族成员都遭受到了心理扭曲。当然，这些研究都是福克纳家族问题研究的重要方面，但一些研究属于主观臆测，缺乏有效文本支撑；有些还存在对理论的理解偏差、在研究方法上存在局限等问题，导致对福克纳家族小说的研究不彻底和不系统，今后需要进一步提升和改进。

历史叙事因历史意识与新历史主义内在精神的一致性而发生了叙事策略的改变，折射出的历史主义精神表现为对"正史"观与"历史进步论"的挑战与质疑。新历史主义理论通过挖掘被主流意识形态压抑的历史资料、主动选择边缘化的立场和历史的互文性等来实现家族书写的目标或意图，渗透了鲜明的主体意识，消解了历史主义的理性本质和决定论，呈现出共时性的历史特征。在现阶段，以新历史主义理论分析福克纳的家族书写具有重要的理论意义和实践价值，尤其是对其家族及家族成员之间的历史真实、想象虚构和历史观念等的研究，都能够为当代文学的发展或研究提供理论支持和实践支撑。然而，由于本人学识浅薄，对新历史主义理论的理解或阐释可能还存在一些误读或偏见，敬请各位专家批评指正。此外，在史料收集和史学研究方法的运用上，难免也会存在不足。如果有的学者在该领域的研究成果没有被综述在内，敬请指出批评。

四、研究思路及研究意义

新历史主义作为一种文化批评，并不是为了颠覆现存的社会制度，而是在文化思想领域对现存社会制度所依存的政治、思想、原则和文化制度等加以质疑，在历史对抗中发现被主流意识所压抑的不安定因素，进而对意识形态与社会文化作出新的历史评判。为此，本书遵循文学批评的一般模式，在新历史主义理论指导下，从福克纳作品、访谈和发表的讲话和作品文本等出发，分析作品中的家族类型、家族成员性格、家族命运和家族伦理等，审视历史、社会文化和家族之间的关系，体现对人性的关注和对人类未来的担忧。

根据南方家族的发展历程，其占有的社会资源，其在南方社会中的地位、历史价值，以及其在历史上所起的作用等，界定出福克纳作品中的家族类型。这是对南方家族进行全面认识和综合分析的前提和基础。这些家族兴衰的历史背景、社会地位和所起的社会作用不同，但都有着各自的生存方式、家族特征和社会影响力。通过对这些家族的历史叙事，可以凸显历史事件对家族的影响以及所带来的心理创伤，并对家族日常生活行为的展现进行全面的阐释与修正，达到对"宏大历史"权威的消解、对历史的重审和对未来进行重构的文学创作目的。对这些家族的分类和定位是分析福克纳家族书写的重要环节，也是新历史主义分析的途径和方法。

美国南方家族自身所具有的封闭性、守旧性，以及对战后南方现实社会的不适应性，使得这些家族的衰败或毁灭成为必然。福克纳通过家族兴衰历史反映了南方历史中的诸多问题和不平等现象，体现了在历史、社会、生存、哲理和文化等层面上的深入思考。然而，认识或分析这些家族存在的问题，需要在新历史主义理论的指导下进行剖析，找出问题的根源所在。本书采用新历史主义理论方法，从福克纳作品中家族类型或家族成员的命运出发，揭示家族兴衰过程中存在的诸多问题。当然，福克纳的家族小说分析既有对家族文化积极因素的颂扬和认可，又有对家族内部腐朽落后思想的谴责和批判，是理性和情感矛盾的具体体现，真实反映了南方社会乃至人类共同面对的生存危机。

真正的批评不仅是反抗的，而且是有策略的，是清醒的认识和理性的完善。新历史主义批评不是关于历史一般性规律的陈述，而是先从历史事件中找到某个或某些被人们忽视的逸事、典故、神话和传统等历史素材，再将其中的一部分与文学创作联系起来，融入文学文本中，借以展现人们忽视的历史材料背后所包含的历史真实性和历史价值。福克纳家族小说中那些边缘社会群体的日常生活事件、生存状况、精神信仰等体现了人类历史的发展规律，反映了家族成员的痛苦或叛逆过程，为家族小说的新历史主义分析奠定了基础。

任何文学作品的创作都与作家本人所处的时代与环境密不可分，当时的经济、政治、伦理、道德、审美情感等因素都会对作家的创作产生极大的影响。福克纳的家族书写，除了涉及南方众多家族成员之间的关系和家族命运，还涉及妇女问题、种族歧视、暴力和恐怖等问题，在家族结构、家族形态、家族伦理、家族演变等方面呈现出新历史主义的特征，表现出内战前后南方社会变革的过程，表达了对人类未来的担忧和关注。本书的主旨是，揭示福克纳历史叙事、道德伦理评价、家族命运观照等文学表现艺术，全方位分析和阐释他对人性的弘扬、对南方社会未来的担忧以及为此作出的种种努力。这样的分析思路，充分体现了新历史主义的理论内涵和实践要求，对分析福克纳本人的心理状况和参与社会构建的意图等，都具有重要的引导或启示作用。

目　录

第一章　历史语境碎片化：历史重构与家族记忆

　　家族作为社会结构的基本单位，是人类历史上重要的文化现象，以自身所具有的血缘关系延续着家族伦理和家族精神，成为社会发展或民族进程的缩影。福克纳具有浓厚的家族情结，家族情结是他生活中的精神寄托和文学创作的动力。他将自己耳闻目睹的日常生活事件与家族"碎片记忆"融合在一起，将内战历史转变为个体对历史的言说，借助边缘事件或偶然事件，透视家族伦理、传统文化与人格人性等问题，完成了对历史的重构或再现。他的家族书写借助历史叙事的主体化、历史拼图和家族记忆，关注家族命运及家族成员独特的生存体验，展现了家族解体以及伦理道德的丧失，完成了对历史转型时期南方社会现状的艺术展现，构筑了文学与历史相互交织的文本世界，体现了新历史主义语境的"碎片化"特征。

第一节　平民身份困境与家族历史再现

　　福克纳是 20 世纪美国南方著名的文学家，也是"南方文艺复兴"的旗手和南方文学的精神领袖。他的文学创作成就，一方面是因为特殊的家庭背景和独特的社会经历，另一方面也是出于他对家族荣耀的关注和对南方人命运的担忧。作为南方传统贵族世家的子孙，福克纳对自己的家族充满了情感，然而到他这一代时，他的家族已失去了往日的社会地位和政治权利。尽管如此，他仍然铭记家族荣耀，振兴家族的希望并没有从其心中消失，相反却变得更加强烈。为此，他从容易忽略的家族边缘化人物或偶然发生的故事出发，在历史事实和文本真实之间建立了历史与现实的对话，重构、再现了南方家族记忆，展现了作为良知作家对现代社会的影响力，并通过对家族命运的揭示表达了对战后南方社会的关注，体现了对人类未来生存的哲理性思考。

一、家族文化符号与历史亲历体验

"历史"具有辩证的双重属性，在指向客观的同时又指向主观。从客观角度来看，历史泛指人类所创造的一切，且一旦产生就作为一种独立和外在的存在，不受人们主观意识的影响。无论人们怎样修改或掩饰历史，历史真相都是无法被篡改的。历史的存在或再现需要依赖人的记忆或回忆，不可避免地具有主观色彩，也就赋予了历史以主观性特征。文学创作和历史书写都是面向历史话语实践的过程，所包含的历史环境、伦理道德、日常行为和文本艺术等都是相互影响、相互支撑与相互渗透的，共同指向人类的生存和精神依赖。历史书写包含了历史叙事、历史内涵、历史话语和历史体验等，展现了人们对历史的看法和态度，反映了文学与历史的互动。福克纳的家族书写带有家族历史符号和历史的亲历性特征，重构或再现了家族兴衰历程、伦理规范和精神信仰，是南方精神的具体体现。

福克纳出身于一个典型的南方贵族家族，家族的辉煌历史和荣耀给他带来了极大的自豪感。他对自己家族的历史十分熟悉。在很小的时候就知道他的曾祖父是威廉·法克纳，人称"老上校"，内战期间曾任南方军的指挥官，是一位了不起的传奇人物。他对曾祖父十分敬佩，发誓成为像他那样的"英雄"。然而，在他出生时，家族经济条件十分窘迫，他从小就品尝到社会的酸甜苦辣，唯一留下的是他对马车行的记忆，这也是他最初的家族印象。在对传统家族的记忆中，家族事件经历者关注的家族历史仅仅是家族的"碎片式"记忆，为经历者提供了自我发展和自我奋斗的动力。福克纳的家族记忆关注的是家族荣耀和家族的日常生活方式，经历者对现实生活的压力，以及经历者心中留下的难以消除的阴影。当然，这种特殊的家族记忆方式与其对家族的特殊感悟和成长的家庭环境有着密切的关系。从家庭环境来说，他感受到家庭的压力和未来生活的不稳定性，原因在于他的父亲总是感到生不逢时，缺乏家庭责任感，为人冷漠，性格内向，没有担负起作为家族带头人的使命和责任。这使得他感到自己与父亲之间存在着不同程度上的隔阂与怨恨，并以父亲为原型在《喧哗与骚动》中塑造了杰生·康普生这一令人反感的人物，表达对父亲的抗议与不满。从历史环境来看，他难以忘却的还是南方传统社会的荣耀与美德，从而激发了他振兴家族的信心。他的母亲虽然身材矮小，但个性十分坚强，其人生信条是"不抱怨，不解释"①，显现出坚强的性格特征。在童年时期，他的母亲经常强迫他在"软弱"和"坚强"中间做出选择，这使得他从小就感受到不同的选择会造成的不同后果，由此培养了对家族和社会的责任感。应该说，他对家族文化的认同在很大程度上是因为其母亲的缘故，同时也体现了他受到家族环境的影响之深。

对自身家族命运的关注和对南方历史的深刻体验，培养了福克纳浓厚的家族情结，引发了其平民化的身份困境，促使他以一种更加独特的方式审视南方历史。由于他的成长过程正值社会转型时期，他不可避免地受到社会变革和传统文化的影响。此时的南方百废待兴，工业化和城市化在一定程度上改变了南方经济落后的面貌，改善了南方人的物质和生活环境。福克纳比同龄人长得相对矮小，整个童年都希望自己能长得高大些，喜欢人们把他看作是曾祖父的孩子，他模仿"老上校"的形象和生活习惯，甚至弃用了父亲"卡斯伯特"的名字，而把家族开拓者——也就是他曾祖父的名字"威廉"作为他自己的名字。然而，理想是伟大的，现实却差强人意，最终他还是与曾祖父的高大身材形成了强烈反差。事实上，他在很多方面都与其曾祖父相差甚远，从外在形象看，他尚未达到南方神话中的"骑士"标准；而从青少年时期所表现出的能力上看，他更是无法按照南方传统文化的要求，担负起振兴家族的使命。唯一值得自豪的是，他拥有超人的想象力，继承了母亲的文学基因，文字表达能力十分突出。他又不愿参加集体活动，学习成绩不好，小学尚未毕业就被迫退学，并没有显示出超人之处。不仅如此，给他带来严重打击的是，他青梅竹马的女友，由于对他失去希望，违背了他们当初的誓言，另嫁他人。这个事件使他沮丧和心灰意冷，他只能离家出走，在加拿大以英国人"威廉·福克纳"的身份入伍，成为一名英国皇家空军飞行员。原本他希望通过参加战争展现自己的"宏伟"抱负，然而，当受训完毕取得飞机驾驶资格时，第一次世界大战已经结束，他为此感到终生遗憾。这些家庭经历和社会体验对一位成长于20世纪初期的南方青年来说，虽然是一波三折，但正是这些日常生活事件丰富了他的经历，锻炼了他承受挫折的能力，使他有了不同的历史体验和生活感悟，为后来的文学创作积累了丰富的素材。

南方独特的历史文化资源成为福克纳家族记忆的文化符号或历史语

① Joel Williamson. *William Faulkner and Southern History*. New York：Oxford University Press，1993，p. 164.

境，这是因为内战结束后，以工业化和消费主义为代表的北方工业文明，不仅改变了南方的生活方式，而且还给南方人带来沉重的精神负担，使大多数南方人陷入道德混乱和精神迷茫的状态。这一时期包括福克纳在内的众多南方人，都想抵制北方工业文明，他们通过各种方式，如提倡重农主义、缅怀南方过去、构建南方神话等，期望重新回到战前南方的生活方式。然而，南方的政治、经济和文化等多种因素给南方人提出了一个严峻考验，使他们无法在客观上维系以传统启蒙主义和精英意识为中心的知识分子话语体系。因为南方传统文化处处显示出其弊端和不足，也给立志重振家族荣耀的福克纳带来了沉重的压力，使他不得不重新思考未来。失恋的创伤加上他感到英雄无用武之地的处境，使他的内心涌动着创造的冲动和破坏的冲动这两股力量，这两股力量时刻不停地折磨着他，他回忆自己的生活经历，也在审判和剖析南方社会的各种问题。他通过想象和模仿的形式，在1926年和1927年分别出版了《士兵的报酬》和《蚊群》两部作品，集中体现了对社会问题的关注，表达了他重构南方历史的想法。从第三部作品《沙多里斯》开始，他在多部作品中均以家乡拉菲特县为故事发生的背景，采用相同的人物并叙述同样的故事，形成了多部作品的"互文性"特征，叙述了南方日常生活中的人或事，审视和重新阐释了南方历史和家族兴衰历程。就其家族记忆来看，他对家族的叙事并不是真实的，而是通过其自身家族的经历、对南方历史的道听途说以及片言只语的记忆拼图故事，借助家族兴衰命运展现出来。事实上，他对南方家族的构建并没有一个预设的完整的历史体系，而是以家族为历史符号，结合自己的亲身体验和所了解的家族逸事，在不断创作的过程中逐渐形成对一些家族的认识和评判，这其中就包括对南方历史、社会、政治和文化的认识过程和评价标准等。他的家族记忆具有随意性特征，凸显了与主流意识形态下历史叙事的背离。

家族符号的象征意义根植于人们的内心深处，并长期影响人们的文化意识和道德行为，因此对家族的偏爱也成为人们普遍的情结。对家族历史的书写，能够在历史事件的冲突中找到阐释历史的策略，从而更好地展现历史的内涵和价值。福克纳的家族记忆反映了南方生活方式、历史关系及道德伦理规范，表现出较高的历史特征和话语权利，也体现了他参与南方历史重构的使命和责任。老作家舍伍德·安德森的建议使他豁然开朗，他开始思索南方历史和现实问题，重新回归家乡本土的创作之中，"我发现我家乡的那块邮票般小小的地方倒也值得一写，只怕我一辈子也写不完"①。他由此构思出"约克纳帕塔法世系"脉络，通过数十个家族、五六百个人物的错综关系，表达了对南方社会、历史、人类、种族、环境和伦理等的看法，展现了他的创作蓝图和重构南方历史的决心与信心。

福克纳深受家族环境的影响，对家族的"辉煌"历史、家族伦理和现实状况等进行了详细的阐释，借助家族记忆和对历史的亲历体验，不断思考家族命运和家族问题，从而表达出对家族振兴的期盼与渴望。南方家族文化的影响主要表现为：促使家族成员遵守伦理道德规范、行为规范，强化家族成员的家族观念以及其对自身、社会与家族关系的认识。福克纳的家族情结渗透于其意识深处，成为制约和支配其思维和行为的重要因素，反映了内战前后南方社会人际关系的变迁以及家族的兴衰。然而，家族的历史毕竟已经过去，唯独记忆才能将其留住。这一点，从他个人的亲身经历中清楚地展现出来。重建之后的南方家族制度和伦理道德发生了很大改变，福克纳对这种给南方传统文化带来的损害和入侵后果表现出震惊、恐惧甚至厌恶。不仅如此，他对南方传统文明也提出了挑战，如对于自己崇敬的曾祖父"老上校"在充满敬意的同时，也给予了不同程度上的批判，如提到曾祖父曾多次使用暴力殴打黑人和其他平民，最终因侮辱生意合伙人而遭对方枪杀。这种对其曾祖父行为和思想的全面认识，体现了辩证唯物主义的历史观，也说明了作为良知作家的胸怀和视野，表明他具备了重构南方历史的能力。

历史始终是文学创作和研究的本质问题。文学文本和历史之间有着密切的联系，在一定程度上可以说，文学的产生最初就是为了记录历史，因为人们所认知的历史大都是通过文本形式保存或流传下来的。历史以什么样的方式呈现在人们面前，取决于书写历史的史学家。一个伟大的作家必须触及自己所生活时代的重大问题，反映那个时代的历史需求。美国南方独特的社会发展历程和历史文化背景，培育了福克纳的乡土情感和历史涵养，不断激发其强烈的家族信念和家族记忆。福克纳通过对战前的殖民经历、内战时期以至重建时期的战争创伤、战后的经济发展和文化复兴等的描述，将南方风土文化、道德伦理和精神信仰等内化于意识深处，使这些成为他家族创作的内在动力和文化内涵，从而最终走上了新历史主义的家族书写之路。

---

① 李文俊编：《福克纳的神话》，上海：上海译文出版社，2008年，第330页。

二、家族神话构建与家族信念强化

文学中的历史书写与作家的创作意图是一个相互关联的整体，因为后者逐步确立的过程实质上是对历史接受和重构的过程。这个过程与神话形成和发挥影响的过程十分类似，也是家族神话接受真实性标准的检验、赋予真实事件以意义的过程。无论是人类先民创造的自然神话还是历史神话，都彰显了人类意识与历史的互动，体现了人类对历史的认知和重塑，说明历史事件或人物可以根据叙述者的意图进行取舍。在南方殖民化进程中，早期殖民者战胜了恶劣的自然环境，以武力驱赶或屠杀印第安人，建立了稳定的殖民地和社会秩序，形成了一些神话传说或民间历史故事。福克纳对家族的感知来自其自身家族的历史和家族逸闻故事，折射出所处时代的历史变迁。"正是由于家族与时代、民族、历史、文化的多重关系，所以不少作家在家族小说的日常叙事中隐喻着对民族历史的深入思考，对重大历史事件的宏大叙事保持着家族史结构的偏爱，从而形成了家族叙事与历史叙述相交织的景观。"① 他对奴隶制罪恶的认识、对淑女制度的谴责以及对加尔文宗教的毒害等，都带有典型的历史亲历性，体现了对神话主体的构建和对家族权威的主体消解，展现了新历史主义书写的意图与方式。

历史是指人类业已发生的事件，"从广义来说，一切关于人类在世界上出现以来所做的或所想的事业与痕迹，都包括在历史范围之内。大到可以描述各民族的兴亡，小到描写一个最平凡的人物的习惯和感情"②。传统历史学家把主流意识形态中的"正史"视为重大历史，如因战争引发的社会动乱、反抗、暴动、起义和战争本身等，而普通民众的日常生活状况及人情世态等常被认为是野史、村史和民间史等，不能进入历史书写的范畴。然而，福克纳本人并不这样认为，相反，他更加关注民间史和乡野史，认为这是真正的历史。文学与神话之间的关系历来存在两种对立的观点：一种认为文学是特定形式中的神话，表达了对所属时代的观念或看法；另一种认为真正的文学艺术必须超越时代和历史的局限，使人洞察到神话所掩盖的事实真相。福克纳的家族记忆与南方神话之间保持着一种相辅相成的关系，因为他的家族记忆是以家族神话为基础的，

---

① 曹书文著：《中国当代家族小说研究》，北京：中国社会科学出版社，2010 年，第 152 页。
② 〔美〕詹姆斯·哈威·鲁宾孙著：《新史学》，齐思和等译，北京：商务印书馆，2017 年，第 1 页。

凸显了家族历史的丰富内涵；而家族神话是对经验世界的想象，以文学作品的形式进行传播，并具有更大的社会影响力。福克纳在成长过程中意识到家族衰败的命运结局，并以神话认同模式对这些家族命运进行分析，完成了家族神话构建和家族信念强化的过程，从而以神话模式重构了传统家族伦理、道德准则、社会意识和生活方式，改变了南方人的思想信仰和精神追求。

人们一般意义上使用的"历史"，既可以指人类所经历的对过去的记录，亦可指人们凭借人类过往活动所留下的遗迹，或对那一时段历史进行编排、表述、解释和评价而留下的记录。其中第一层面的阐释较为容易，主要是对存在社会事实的认同与看法；而对第二层面含义的认识需要具备普遍的人性伦理高度，跨越族际之间的利益差异。家族历史与家族神话的关系是决定与服从的关系，其中前者依赖后者才能生存，否则就无法真实反映社会生活；后者必须符合当下社会主流文化的需求，反之，就无法传承下去。人类早期神话是建立在人与自然相互作用的基础上的，通过对自然和社会的认识和改造，形成人与自然的关系，进而影响人们的思想和行为。南方家族神话反映人与自然、人与人、人与社会之间的关系，展现家族的历史环境、风俗民情和道德伦理价值等。当然，这类神话并非完全是对社会和历史的真实反映，但大多数南方人宁愿相信其真实性，因为这些神话可以美化传统庄园生活，掩盖种植园蓄奴制度的罪恶，使他们在心理上形成自我安慰和精神依赖，最终加深了文化的保守性、封闭性。福克纳将家族神话融入社会生活的各个层面，展现了家族神话的日常生活层面和对南方人的影响，为战后南方人赋予特定的历史和文化身份，形成独特的文化背景和社会基础。

家族神话在美国南方"重建时期"发挥了人伦准则和道德标准的作用。合理的社会伦理秩序所带来的内在伦理道德与传统家族美德给战后南方人提供了积极的文化动力，奠定了社会稳定发展的基础。内战的爆发给南方人带来创伤，导致家园失落和精神痛苦。在这种环境中，神话必然成为人们的精神支柱，激励他们克服困境，寻找生存出路。福克纳根据自身生活经历和对家族的强烈信念，以家族日常生活方式为基础，把一个个家族故事整合在一起，共同组成纷繁复杂的社会生态和历史图景。对历史的认识必须回到历史的原有语境之中，关注日常生活中的偶然性事件，只有这样，才能阐释家族神话的艺术价值。回归历史语境并不是单纯地从经济到政治、或者从自然到人文等"宏大历史"的回归，而是通过历史"碎片"构筑起来的精神文化来体现的。这种历史回归带有很强的主观性，也更具有历史的真实性。从这个意义上说，他的家族记忆虽然以内战历史为背景，但这种历史背景不再是以政治、经济制度为主的社会回归，而是一种文化上的再现，体现了其对家族信念的执着追求和对家族历史的重构，是南方人对自身历史的一种悲剧性体验和认识。

南方家族神话体现了对传统生活方式的追忆，也是对现实世界的一种认识方式。作为特定历史阶段的产物，它具有与众不同的历史价值和文学意义。"正史"通常又称"官方历史"或"主流意识形态历史"，与之相对的则称为"野史""稗史"或"民间史"。一般认为，"正史"大都由统治阶级书写，目的是维护其统治和社会稳定，在真实性上往往受到质疑；而"野史"一般不把统治者忌讳的事件书写得过于明确，大多示假隐真，其真实性也往往受到质疑。这样，无论是历史研究还是文学创作，人们由于受到主流话语权利的影响，往往对"正史"产生叛逆，更加趋向认同具有独立意识的民间野史。的确，家族史属于民间史，往往呈现具体和真实的历史内涵，成为"正史"的有力补充与不可缺少的参照。南方传统伦理中形成的历史以及处在转型时期的经历，既有"正史"又有"野史"的特征，是真实与虚构的辩证统一。福克纳对南方家族神话的展现并非仅仅关注主流意识形态中的内涵和影响，而是将神话展现的重点转移到平民和边缘弱势群体上，通过这些人的心声来反叛或颠覆主流意识的束缚和压制，展现社会中的不公平性和虚伪性。有些传统家族伦理在内战后已逐渐失去原有的合理内涵，转变成一种不合理的社会秩序或等级制度，严重制约或压抑了个性自由和精神解放。在这种社会历史语境下，家族制度的权威性受到挑战并逐渐削弱，乃至完全消解，从而构成了那个时代的历史主旋律，这符合历史真实的要求。

南方家族神话不仅体现了新历史语境中家族成员的生存现状与人际关系现状，同时意味着家族信念的强化。家族成员的血缘、亲属关系和伦理制度等都是传承的和发展的，而家族神话作为最基本的文化心理情结和精神价值标志，为家族文化的传承提供了条件。内战作为"宏大历史"叙事往往引起人们的质疑，南北双方对此发生过激烈的争执。相对北方所代表的官方主流意识，南方学者更倾向于以戏仿或互文的方式消解内战官方书写的历史权威性或真实性，取而代之的是通过对历史事件或人物的虚构或互文的方式展现对内战的态度，以促成世人对内战性质的正确认识和对南方人遭受创伤的同情。福克纳借助家族神话，以民间视角消解"正史"的政治权威性，从民间历史的视角对内战进行透视，突出家族成员个体在历史变迁中的作用和生存状态，向世人展示内战带来的沉重创伤。他对家族神话的构建反映了社会、政治和文化的运行机制，成为跨越个人与家族、文化与历史、传统与现代之间异同及潜在联系的桥梁，展现了新历史主义语境中的强烈家族信念。

孤立、闭塞、清高、傲慢等地域特性孕育了南方独特的文化特征，而文化特征又进一步加深了南方家族政治、家族伦理和家族权利的相对独立性。正如哈瑞·埃世默总结的一样，南方是"在美国国土上唯一残留的一个独特地域"①。南方地域性特征的形成大多与家族传统和蓄奴制种植园经济制度有着密切的关系，因为以夫妻、父子、兄弟等关系组成的家族成员在契约或血缘关系上逐渐形成了家族意识，强化了家族的责任感和荣誉感，并以民间生活史为基础构建了家族神话，展现了家族成员个体或者说全体南方人面临的问题与生存困境。"家族文化主要包括调整家族成员之间相互关系的伦理道德规范，家庭成员的行为规范，家族成员的家族观念及其对自身、社会与家族关系的认识。"② 福克纳通过对家族的兴衰历程、社会现状、普通大众的日常生活行为等的描述，反映了南方的时代变迁和历史真实本质，揭示了社会芸芸众生的生态万象，体现了新历史主义家族书写的价值和意义。

三、平民身份创伤与家族记忆重现

福克纳十分崇拜南方家族开拓者，多次表达了对这些家族创始人的敬仰与羡慕。引发这种情结的原因，是他的平民化身份与他对家族记忆的执着追求，他不断从日常生活经历和感悟中探索家族兴衰的原因：

> 对我来说，往往一个想法、一个回忆、脑海里的一个画面，就是一部小说的萌芽。写小说就无非是围绕这个特定场面设计情节，或解释何故而致如此，或叙述其造成的后果如何。……作家对自己所熟悉的环境，显然也会加以利用。③

---

① Harry S. Ashmore. *An Epitaph for Dixie*. New York：W. W. Norton & Company，1958，p. 172.

② 李卓主编：《家族文化与传统文化——中日比较研究》，天津：天津人民出版社，2000年，《写在前面》，第1页。

③ 李文俊编：《福克纳的神话》，上海：上海译文出版社，2008年，第320页。

"平民"泛指普通百姓或社会大众，而平民身份创伤则是普通大众在遭受摧残或挫折后留下的心理阴影。福克纳的平民化身份是指其家族从传统贵族家族沦落为普通家族，失去了传统社会地位和家族特权。他的家族是从殖民开拓时期发展起来的，创造了家族奇迹或家族神话，成为地位显赫的贵族家族。然而，到了他这一代却失去了昔日的辉煌，沦为一般社会阶层，成为平民家庭，这是其成长过程中的最大遗憾，甚至还给他带来了严重的心理创伤。历史是人类的发展史，任何个人的心理创伤都带有时代的印痕。传统贵族的家族命运给福克纳带来了不同的生存体验，也促使他向传统家族观念发起挑战，形成了关注民生、追求历史叙事的民间化和边缘化心理，同时对社会伦理和制度体系进行批判，试图构建新的伦理关系和家族文化体系，并以平民化身份探究了家族存在的诸多问题。

心理学上的"情结"概念通常是指被意识压抑却在无意识中始终活动着的一种力量。对于情结的形成，阿尔弗雷德·阿德勒在《理解人性》中这样描述：

> 精神生活结构中最重要的决定因素产生于童年早期。这并不是什么惊人的发现，所有时代的伟大学者都有过相同的发现。这一发现的新奇之处在于，它使我们能够把童年经验、童年印象和童年态度与往后精神生活的种种现象联结在一个不容置疑的、前后关联的模式中。通过这种方式，我们就能把个体童年早期的经验、态度和与成年后的经验、态度作一比较；在这种联系中，我们有了重要发现，即精神生活的个别表现从来不能被看作是自足的实体。只有当我们把它们看作是不可分割的整体的特定方面，我们才能理解这些个别的表现。①

由于自身的平民化身份，福克纳对贵族家族怀有强烈的家族情结，虽然他意识到家族弊端和命运毁灭的必然性，却无法轻松地置之不顾，原因在于他对家族伦理道德的关注、对传统家族生活方式和生活行为的深情眷恋，以及对家族命运的思考等陷入了难以化解的困境。他对家族的崇尚和缅怀并没有消失，反而变得更加强烈。这种愈加强化的家族信

---

① 〔奥〕阿尔弗雷德·阿德勒著：《理解人性》，陈太胜等译，北京：国际文化出版公司，2007年，第9页。

念，与他的亲身经历、与他对家族记忆的执着追求密不可分，而一事无成的困境与家族开拓者昔日的辉煌形成了强烈的对比，他因此对家族有了更深刻和更直接的认识，更坚定了重现家族荣耀的信心。南方传统贵族家族无一例外地走向了毁灭的结局。这种家族命运悲剧激发了他的文学想象，促使他重新审视和再现南方传统贵族家族制度、道德伦理和生活方式。虽然这些努力看似远离了其家族情结的初衷，但正是这种"痛恨交加"的创作理念奠定了他以背离家族情结的姿态来重新审视和重构南方历史。在这一过程中，他的创作理念得以升华，对历史的感悟和理解更加深厚，为系统、全面评价南方家族文化提供了理论借鉴和实践指导。

　　福克纳家族记忆的重现，既可以指南方具体的人、物或事，如内战老兵对内战的叙事、黑人保姆为了生存不得不辛勤付出等进行的文学再现；又可以指模糊的、潜在的无限扩张的家族影响力，如对内战的回忆，对家族道德伦理等进行的文学创作。对他来说，内战已经相当遥远，他没有经历过内战，对内战也没有直接的记忆，然而，南方老兵的墓地、纪念碑和传奇故事等在他成长过程中给他提供了内战历史环境和家族的美好回忆，使他受到这一历史事件的影响，他不断了解内战过程，重新感悟内战给人们带来的心理创伤。"在所谓的最早童年记忆中，我们所保留的并不是真正的记忆痕迹而却是后来对它的修改。这种修改后来可能受到了各种心理力量的影响。"① 这种现象恰好涉及其家族创作中的意识或无意识问题。在他童年的经历中，很多关于内战的故事融入他对内战和家族的记忆中，这是一种无意识的过程，虽然他无法感知自己将来的发展，更不会知晓后来的文学创作趋向，但他脑海中留下的无意识状态却始终带有早期家族记忆的痕迹，隐含了许多他不得不说的家族情感。当然，他在成长过程中也在不断修正或完善自己形成的包含自我判断能力和情感价值观的道德素养和家族情感标准，且在一定认知的基础上，不自觉地挖掘那些曾经在脑海中留下深刻印记的历史故事和家族传奇，从复杂多样的记忆中寻找那些产生过深刻刺激的历史事件或家族故事，再经过文学创作的过程表现出来。这种看似无意识的行为其实都是自我意识在发生作用。以其家族情结为例，正是在对家族的认同与否定的矛盾斗争中，他冲破了南方官方历史书写的局限性，从文学民间视角透视

---

① 车文博主编：《弗洛伊德主义原著选辑（上卷）》，沈阳：辽宁人民出版社，1988 年，第150 页。

人类命运的历史使命，找到了南方未来的出路，给世人留下了深厚的文学思想和宝贵的艺术财富。

平民化身份创伤所产生的家族记忆，不仅赋予福克纳独特的创作理念、丰厚的文学思想、巧妙的叙事方式和敏锐的个人书写行为，而且还体现了其本人对南方社会、历史和文化的理解和把握程度。每个作家都有自己的创作方式，都有关心和表达的思想内涵，当需要表达的思想内涵游走在笔下时，他的内在情感需要通过文学作品或者其他方式进行宣泄。南方家族身份在南方之外的人看来可能并没有多大的价值，但对包括福克纳在内的南方人来说却是至关重要的，因为这代表了他们的社会地位和情感依赖。南方是一个建立在奴隶制基础上的阶级社会，社会阶层划分十分明确，除了黑人奴隶外，各阶层间彼此相对独立。在地理分布上，种植主、自耕农、贫穷白人各安其所，交叉地带不多。即使在同一个地理区域内，自耕农社区和奴隶主种植园也是互不往来、彼此独立的。这样一个看似处于某种统一的意识形态统治下的南方王国，充满了各种被压抑的因素，为家族赋予了重要使命和职责，激励家族成员齐心协力为家族的荣耀而进行不懈奋斗，最终形成了南方家族精神，乃至南方传统文化。

历史叙事的价值在于对现实世界产生影响，作家把现实生活"临摹"到作品中，使之成为文学塑造的对象，文学创作虚拟了现实生活并最终重构了历史真实。福克纳对自身家族的体验和对南方家族的记忆，以自己平民化的身份创伤与家族记忆，执着重现了对传统文化的关注和对历史的重塑。内战给南方社会带来了政治、经济和生活上的变化，改变了长期保守封闭的家族制度，促使人们从社会、历史、生活方式和文化传统等方面反思传统制度和价值观念，引发人们对昔日家族荣耀的回忆和沉湎。北方的工业化生活方式和物质至上的消费主义完全破坏了南方传统的生活方式，给传统家族文化带来了强大的冲击力和破坏力。传统贵族家族的消解和平民家族的涌现，彰显了南方的未来和希望，穷白人家族和黑人家族身上带有一股强大的拼搏力量，展现出朴素的忍受力与行动力，表明了社会发展所需要的精神支撑与历史动力。"永久的伦理中心应在对人的努力和人的忍耐精神的赞美中去寻求；人的努力和人的忍耐精神不是时间上的，即使在现代它们也似乎在被藐视和抛弃的人们中间最为明显。"[1] 正是出于这种认识与思考，福克纳以更为客观的目光

---

[1] 李文俊编：《福克纳的神话》，上海：上海译文出版社，2008 年，第 59 页。

关注穷白人和黑人群体，以既爱又恨的矛盾心态重塑了家族记忆中曾经有过的家族温暖与血缘亲情的美好体验，同时展现出他对传统文化中家族制度和伦理道德的评价标准与不同态度。

家族记忆不会自动闯入作家的记忆中，只有在受到家族内心的情感召唤后才会出现；同样，家族记忆也是作家对家族的情感依赖所表达出来的真实需求。福克纳对家族记忆的执着重现表现为他作品中家族成员对传统生活方式的体验性回忆，因为内战所带来的创伤是历史见证，也是对历史事件的真实反映。他虽然没有参加过内战，但他受到的创伤要比同时代其他作家更为强烈，且表现为失语或无语的创伤特征。这种反应可以称为患上了"创伤后紊乱综合征"，而失语或无语是在经历平民化身份创伤后的自我选择。他的家族记忆中有关内战的历史故事都是以家族为中心进行的叙事，而对家族记忆的执着重现实质上是其平民化身份创伤所引发的精神危机，引发他以家族荣耀来进行自我心理慰藉的需求。作为传统贵族家族的子孙，他在重建历史的过程中表达了自己想要说的话或想要做的事，还原了南方历史真实，显示了现实社会问题，表达了对未来的担忧。从这个意义上说，他的平民身份创伤和家族记忆再现，无论在内容上还是在形式上，都给南方家族书写增添了一抹亮丽的色彩。

就像文学文本不能游离于其作者和读者之外一样，历史也不能游离于文本的建构之外，并且历史不再是作为某个文学或艺术作品的可被拆分的背景或装饰性材料。对家族记忆的执着重现成为福克纳从事家族书写的深层心理需求，也是其支撑家族信念和勇气的重要力量。"一种经验如果在一个很短暂的时期内，使心灵受一种最高度的刺激，以致不能用正常的方法谋求适应，从而使心灵的有效能力的分配受到永久的扰乱，我们便称这种经验为创伤的。"[1] 就家族书写来看，他所遭受的创伤与南方人的创伤是相同的，因为他们所处的时代和历史背景都离不开内战环境，且内战所带来的创伤对他们来说是难以估量的。由此，他的家族记忆和家族情结往往作为传统文化的组成部分，被赋予了独特的价值。"当你开始谈论家庭、世系和祖先时，你就是谈论地球上的每一个人。"[2] 内

---

[1] 〔奥〕西格蒙德·弗洛伊德著：《精神分析引论》，高觉敷译，北京：商务印书馆，2017年，第218页。

[2] 〔美〕阿历克斯·哈利著：《根——一个美国家族的历史》，陈尧光等译，北京：三联书店，1979年，第757页。

战的历史环境和带来的创伤为福克纳的生活和创作提供了宝贵的创作资源，也促使他把亲身经历的一些故事或内战创伤书写为家族叙事的内容，把家族传说与历史故事融入家族书写中，汇集成一幅集伦理道德、风俗人情、社会制度于一体的历史画卷，呈现给世界文坛，从而创造了难以估量的艺术效果和社会积极效用。

第二节　家族历史碎片记忆与个体化书写

家族以血缘关系为纽带，共同维持和推动社会的发展。南方家族史本身就是南方历史的缩影。家族神话、家族道德准则和家族成员对家族的情感依赖与精神信仰等，构成了社会与文化的基本层面，是南方精神的具体体现。福克纳对南方家族进行的新历史主义书写集历史事实和文学艺术于一体，揭示了政治、经济、文化等背后的家族关系以及历史对文学的渗透力与影响力。他把家族历史碎片记忆组合在一起，对历史事件的构建、性质确认、价值体现等进行审视，参与历史话语、权利运作和社会秩序的重构与评判过程，改变了人们对历史的认知程度和方式，进而通过解构家族"正史"和个体化历史书写方式，展现了对家族悲怆命运的诉求和对未来出路的渴望。

一、家族文化创伤与社会问题书写

作为一种自成体系且具有完整历史文化内核的秩序化实体，家族以血缘关系为基础，并通过与地缘关系、利益关系的结合，演化出个体生命的再生系统，形成一个从个体到群体不断分化整合的过程系统，渗透到社会生活和精神生活的各个层面。这样，美国南方家族文化涉及的婚姻、宗族、血缘、地域等方面的内容，淋漓尽致地表现了社会理性和非理性的对立，诸如道德与残忍、幸福与悲哀、和平与战争、诚实与虚伪等。然而，内战所带来的文化创伤并不能简单、机械地通过文学作品反映出来，而是在书写内战历史的过程中观照南方人的命运结局与生存状态，特别是作为失败者的心理创伤。福克纳的家族历史记忆正是通过内战这一极端化的历史事件给家族带来的创伤，借助其本人的主观化历史叙事，构建了一个由文学、社会、文化到历史、哲学等相互交织的文本世界。这个世界既有家族文化创伤，又有社会存在的诸多问题，促使人们审视家族成员在面对生存与死亡、荣誉与耻辱、英勇与怯懦、忠诚与背叛时的矛盾心理，深层次透析人性的抉择，折射出对历史时空中的政治权力和等级秩序的重新审视、重构与参与意识。

批评家克林斯·布鲁克斯认为："福克纳的文化基本上是农业的、传统的、背负沉重历史负担的文化。与美国其他地区不同，南方输掉了一场战争，经历了战争的破坏，承受了经济、政治、军事失败的后果。无论是在爱尔兰还是在南方各州，南方作为失败者的记忆都是长久的。"① 战后南方的经济落后和政治体制弊端等带来了严重的社会问题，道德滑坡和精神创伤尤为突出。有些学者注意到内战后南方人的心理畸变：

> 战败之后，南方不光在经济上丧失了抗衡能力，而且还有一种当道德替罪羊的感觉：得胜的北方把军事上的胜利宣传为高尚道德的胜利……值得注意的是，南方人也信以为真，结果深受痛苦和怨恨的感情折磨。这是一种长久存在的感觉，他们被打败，也受到了侮辱。他们对此做出的反应也许是容易预见的：从防御渐渐转向对抗，转变成一种自负，决心叙述他们这一边的看法，主要做法就是出于道德防御和感情逃避而重塑过去的历史：这里曾是一片乐土，曾经有着被北方佬几乎扫荡殆尽的古老的美德。②

内战本身就是一种创伤性记忆，福克纳在多次访谈中都谈到这一点。事实上，无论是他听到的，还是经历的，南方文化创伤积淀的潜意识都隐藏在福克纳内心深处，成为家族记忆中不可或缺的重要组成部分。如果按照"天时""地利""人和"标准来评价其家族书写，可以说，他所处的时代需求、贵族家族出身以及本人不懈的努力等因素，成为家族创作的信心与动力，也造就了他的文学艺术成就。

家族文化创伤意味着创伤事件或灾难对家族群体所造成的影响，虽然这种创伤并不意味着家族每个成员都亲历了创伤，但由于某些家族成员感受到了家族创伤并传递给了其他成员，进而造成整个家族凝聚力、身份和社会地位等发生根本性的改变，导致家族失去了所处的社会结构和发生作用的基础，从而引发社会动荡。内战不仅导致南方大量人口的消亡，而且改变了南方传统的生活方式和价值观，是一种严重的"文化

---

① Cleanth Brooks. Faulkner and the Muse of History. *Mississippi Quarterly*, 1974 (28) :267.

② Richard Gray. *The Life of William Faulkner*: *A Critical Biography*. Cambridge, Mass. : Blackwell Publishers, 1994, p.26.

创伤";同时,也摧毁了传统贵族家族生存的社会基础——蓄奴制种植园经济,将传统贵族家族子孙置于生死存亡的边缘,引发了家族文化创伤。福克纳出生时,虽然内战已经过去40多年了,但很多老战士、黑人保姆等依然还在,他们讲述了内战的历史与惨烈状况,使他感悟到内战的残忍与危害,进而对内战产生了不由自主的恐惧,形成严重的心理创伤。为此,他构建了家族叙事体系,表达了强烈的家族文化认同感。当然,这种认同感是建立在家族创伤心理基础上的矛盾心态,既想逃避家族创伤,又无法克制重新体验家族荣耀的无意识冲动,由此导致了家族历史叙事的特殊方式,即在正常叙事顺序中突然"闪回"创伤场景,且这种"闪回"没有任何征兆,甚至不取决于他的主观意识,这就是创伤学上所说的"创伤后紊乱综合征",真实地反映了历史环境和社会现实问题,展现了家族文化遭受到的创伤程度。

南方家族文化创伤引发的社会问题揭示了家族成员个体存在状态以及与社会之间的关系,凸显了家族中的原始力量和文化精神,成为福克纳家族记忆中的重要组成部分。他的家乡密西西比州地处南方腹地,这里曾经长期维持着封闭但稳定的农业生产形态,留下关于内战的很多故事和传奇。在他的青少年时期,南方经历了剧烈的社会变迁和生活方式转变,种植园农业经济已经土崩瓦解,他和许多南方人一样,开始关注南方命运,并引发了深刻的思考。内战后的南方社会,无论在物质方面还是在精神方面都面临着很大的危机,北方资本主义价值观和道德观入侵南方,使传统文化失去了意义和作用,战后很多南方人陷入迷茫之中。以福克纳家族为代表的传统贵族家族最终退出了政治舞台,只给后人留下了虚构的家族神话。他虽然无法改变家族溃败的命运,但作为作家的责任和良知促使他将历史变迁和个体命运联系在一起,在虚构与现实之间表现了各阶层家族鲜明的历史感和责任感,展现了艺术虚构与现实社会的高度契合,使历史、现实和文学作品之间产生了前所未有的互动。

家族文化创伤很容易导致人们在潜意识中压制自身的行为和价值取向,而这一切其本人通常并不知晓,或者知晓也无能为力,因而陷入极端的内心折磨和创伤痛苦之中。福克纳的家族记忆具有强烈的现实性特征,他所接触的家族成员大多失去了生活下去的信念,行为极为异常,对社会产生叛逆或抵触情绪。"他爱它的一切,即使他不得不恨它的一些东西,因为他到现在才认识到不是因为一样东西有什么你才爱它,而是尽管它有什么你仍然爱它;你爱它不是因为它的美好,而是尽管它有瑕疵你仍然爱它。"① 南方特殊的历史环境，孕育出独特的家族文化，成为特定历史时期的文化传统，如善良、勇敢、勤劳和奉献等，也孕育了固执保守、自以为是的性格特征。福克纳吸收了家族文化的精华，清醒地意识到家族文化所包含的消极因素，表达了其复杂的心态。如当被问及"为什么写得这么卑劣"时，他回答说：

> 我认为理由很简单，那就是我太爱我的国家了，所以想纠正它的错误。而在我力所能及的范围内，在我职业允许的范围内，唯一能做的事情就是批评美国、羞辱美国，设法表现它的邪恶和善良的区别，它卑劣的时刻与诚实、正直、自豪的时刻之间的差别，去提醒宽容邪恶的人们，美国也有过光辉灿烂的时刻，他们的父辈、祖父辈，作为一个民族，也曾创造过光辉美好的事迹，仅仅写美国的善良对于改变它的邪恶是无补于事的。我必须把邪恶的方面告诉人民，使他们非常愤怒、非常羞愧。只有这样他们才会去改变那些邪恶的东西。②

他将自己所遭受的家族文化创伤连同家族悲剧命运以及对传统道德伦理的反思，都保留在家族记忆中。他记录了家族的兴衰历程，承受着南方人心理创伤和文化创伤所带来的痛苦。无论是出于自身的生存压力，还是出于对社会的责任感，他所遭受的心理磨难都是常人无法忍受的，揭示了南方社会问题的严重性以及其造成的人性缺陷。

福克纳对家族创伤的反思并非一般所认为的那样，仅仅是被动地展现历史问题，而是将自身的家族痛苦和创伤经历视为南方人共同的经历，在展现家族兴衰的过程中，将家族人物身份、叙述者和南方人之间的关系鲜明地呈现出创伤特征，借助家族命运重构了南方历史。他对家族的关注远远超出了人们的想象力，可以说达到了炉火纯青的地步，因为他探究了家族文化创伤的根源，尤其是家族制度对家族成员人性发展的制约和束缚，从民间生活视角展现了家族记忆和家族情感，实现了文学对历史的审视、增补、完善和重构，并在分析历史与现实问题的基础上寻

---

① William Faulkner. *Essays, Speeches and Public Letters*. Ed. James B. Meriwether. New York: The Modern Library, 2004, pp. 42-43.

② William Faulkner. *Lion in the Garden: Interviews with William Faulkner*, 1926-1962. Eds. James B. Meriwether and Michael Millgate. New York: Random House, 1968, pp. 159-160.

找南方未来的出路：

> 在我看来，没有任何人是其本人，他是其过去的总和。事实上，没有过去是这一类的东西，因为过去还没有过去。它存在于每一个人身上，不管你是男人、女人，也不管是在何时。其祖先、背景等所有的一切在任何时候都是其本人的一部分。①

他明确提到了历史在家族文化中的作用，运用个人记忆对家族历史进行反思原本是质疑公众记忆或社会话语权利，对南方"正史"进行解构，通过想象对历史展开虚构，他以内心感受作为评判家族文化的标准，既没有建构家族文化绝对同一性的自信和虚妄，又没有奢望站立在历史之外重建一套既定价值体系的欲望。因为在他看来，家族文化创伤无论是真实存在还是文学虚构，都是将家族成员的人性需求上升到精神层面，供人们进行弘扬或批判，从而对家族命运和人类生存问题进行探索。

内战带来的创伤对南方人来说是非常深重的，造成了社会的动荡和经济发展滞后，引发了人们对现实社会的不满；同样，家族文化创伤所带来的社会影响也是不容忽视的，使一些家族成员失去了生存下去的希望。福克纳目睹了传统贵族世家由盛到衰的过程，感受到一种身不由己的恐惧。这种恐惧正如他在诺贝尔文学奖致辞中所说的那样："我们今天的悲剧是，人们怀有一种普遍、广泛的恐惧，这种恐惧已持续如此长久，对它的存在我们甚至都能够容忍了。"② 他反复强调，过去永远不会逝去，因为无法摆脱对家族先辈的尊崇和对传统伦理的眷恋。当然，这种心态并不意味着沉湎于过去，而是表明了对家族文化的热爱。不仅如此，他一反传统贵族子孙遭受创伤而成为受难者的心态，毫不留情地揭露社会弊端，尤其是传统道德伦理对女性的压制和摧残，以家族记忆的形式再现了家族文化的影响，表现了 20 世纪南方人所关切的重大问题，探讨了精神苦闷及出路，引起了南方人的强烈共鸣和人类对自身命运的关注，为战后南方人提供了心理慰藉和精神支持。

---

① William Faulkner. *Faulkner in the University: Class Conferences at the University of Virginia*, 1957-1958. Eds. Frederick L. Gwynn & Joseph L. Blotner. New York: Vintage Books, 1965, p. 84.

② 〔美〕威廉·福克纳著：《密西西比》，李文俊译，广州：花城出版社，2014 年，第 149 页。

二、家族历史碎片化与民间记忆书写

文学文本中的历史素材，既有客观历史事实，也有作家根据文学创作的需要自我加工或虚构的历史故事，两种素材的性质虽然有些差别，但所起的作用是相同的，即都提供了历史特定的话语结构、权利意识和社会形态等形成的环境或条件，充当了人们阐释历史或批判历史的载体。"小说家并不负责再现历史也不可能再现历史，所谓的历史事件只不过是小说家把历史寓言化和预言化的材料。历史学家是根据历史事件来思想，小说家是用思想来选择和改造历史事件，如果没有这样的历史事件，他就会虚构出这样的历史事件。"① 历史与记忆是人们追寻过去事件的方式，占据着个体和社会的记忆空间，并且拥有共同的、业已被证实为真实存在的过去。历史书写要求对重大政治性事件进行疏离，关注历史的民间化、边缘化和偶然性。福克纳通过民间碎片式的家族记忆，吸收了偶然性、片断性和碎片化的历史事件，真实地反映了南方历史现状和南方人的生活状态。

"碎片化"，顾名思义就是指一个完整的物体被分割成多个部分，呈现出碎片状态；而历史的碎片化是指历史是由一个个具体的细节或具体故事构成的，关注的对象是历史事件个体或历史片段。内战后的南方社会处在一个特殊的发展时期，这个时期的社会关系和价值观念都发生了深刻的变化，导致贫富差距，引发种族、家族和社会等矛盾日趋尖锐，呈现社会分裂性特征，人们对内战的记忆也就相应地呈现"碎片化"状态。福克纳对家族的记忆大多是通过家族的"碎片化"历史来完成的，这是因为他在成长过程中一直很崇拜家族荣耀，同时由于其自身条件的限制而无法完成振兴家族的使命，深感因平民家族身份而带来的创伤。家族的历史故事就像构成历史的无数碎片一样，不停地讲述着社会发展历程，虽然无法构成完整的历史体系，却提供了重要的历史事实和未来发展的方向，是一部活生生的南方史诗，展现了家族兴衰及社会发展历程。

民间记忆通常是指散落在普通人中的有关历史故事、风俗人情和生活方式等方面的记忆，可以是普通人的生活体验或生存感受，也可以是以潜意识或遗传方式融入民间风情、道德伦理、民歌民谣、民间故事和神话传说等形式中所呈现出来的内涵。福克纳的家族记忆勾画了南方人

---

① 泓峻等著：《莫言新论》，合肥：安徽文艺出版社，2016 年，第 165—166 页。

对内战的感受和体验，展现了"宏大历史"掩盖下的民间记忆，在官方历史记载中凸显民间历史故事，从而找到了历史再现的平衡点。这是福克纳家族记忆的独特之处。在现代社会中，每个人都有按照自己的意愿解读历史的欲望，期望通过历史赋予的权利以不同的理论或视角对历史进行阐释。然而，由于历史发展呈现不同的特性，有时很难说人们对历史记忆的程度离历史真相是更近、还是更远。每个人的历史记忆都只是反映历史事件的一个层面，而非全部的历史，所以，对历史事件的记忆往往形成民间记忆的内涵和权利体验，反映出民间对历史的认同程度。福克纳对家族的碎片化历史记忆是基于家族民间记忆的整合，通过家族民间记忆反映历史真实，在家族"碎片化"历史展现中重构了历史，形成认识、感悟和关注人类未来命运的阐释方式。当然，他并没有追求每一个家族历史故事的完整性，也没有刻意追求这些家族历史逻辑的严密性，相反，他所追求的是在想象或虚构基础上的历史真实和艺术真实，并从这些真实中凸显了历史的必然性，反映了南方历史发展状况。

民间记忆，相对于"宏大历史"或官方历史记录而言，是一种未经人为整理或修改的人类生存活动的记录，来源于平民大众在日常生活中对现实社会的体验和对历史事件的态度，与民间生存感受或社会体验紧密联系在一起，也是一种民间集体记忆或共享记忆。这种记忆的传播，不仅需要历史记忆的植入，更需要人们根据自身需要对现实社会进行干预；或者说，民间记忆存在于历史事件之中，增强了社会内部的文化认同，并随着社会的发展，传递或重构民间对历史事件的感受，从而指导人们今后的生产和生活。福克纳以个体化生活体验和对家族的感悟，以历史叙事的方式对家族兴衰进行了阐释和解读，探析了家族历史发展过程和存在的问题。很多家族成员由于遭受到内战的创伤，始终流露出心绪不安的心情，表现出焦虑忧伤的心态。这种心态实际上表明了其内心痛苦，体现出内战带来的身份缺失以及由此而引起的对生存问题的担忧。

民间记忆往往呈现出历史的碎片化，这种现象并不是指将历史书写完整呈现、记录历史发生的全过程，而是用民间记忆的方式将历史讲述出来或书写出来。在一定程度上说，历史书写注入了集体记忆因素，体现了对历史的态度和认同程度。历史总是不断地被重新书写，而重新书写的过程就是将民间记忆融入社会现实问题中，从而促使人们寻找解决社会现实问题的方法和途径。福克纳借助民间历史观念和话语权利对南方家族历史进行审视和重构，实现了对"宏大历史"进行解构、改写或颠覆的叙事体系，改变了传统话语体系，描写了社会底层人的生存状况。

这种对底层人的生存状态、家族伦理、价值观念和命运悲剧的关照实际上是一种人性的关爱。"由原来着眼于主体历史的'宏伟叙事'而转向更小规模的'家族'甚至个人的历史叙事；由侧重于表现外部的历史行为到侧重揭示历史的主体——人的心理、人性与命运；由原来努力使历史呈现为整体统一的景观到刻意使之呈现为细小的碎片状态；由原来表现出极强的认识目的性——揭示某种'历史规律'，到凸现非功利目的隐喻和寓言的'模糊化'的历史认知、体验与叙述。"① 传统文学作品中那些宏大的内战场面在福克纳的家族历史记忆中转向了充满偶然和神秘的非理性世界，凸显了民间记忆的重要性，原因在于他历来强调作家的任务是"写人"，并多次表达了自己的观点："我主要对人感兴趣，对与他自己、与他周围的人、与他所处的时代和地方、与他的环境处在矛盾冲突之中的人感兴趣。"② 他对家族的记忆包含了战前社会、内战和重建时期等历史事件，自身家族的碎片历史以及其本人对家族历史的感悟，塑造了转型时期家族的历史故事及家族成员的命运结局，描述了数个家族多代人的沉浮起落，敏锐地捕捉了历史变迁对文化和心理带来的创伤。这种历史叙事，既是家族历史书写的需要，又是其本人的家族故事或亲身体验所得，普遍涉及民间记忆或人性自由等问题，营构出具体的道德意识和伦理诉求。

历史作为书写文本，包含了两个史学概念，即"大写历史"和"小写历史"。"大写历史"的理念可以追溯到古希腊罗马时代，是在启蒙运动时期开始形成的，后来法国启蒙思想家和哲学家伏尔泰提出用哲学眼光看待历史，由此出现了"历史哲学"的说法。实际上，"历史哲学"就是"大写历史"。"小写历史"是对"大写历史"的拆解，强调的是历史不存在内在的一致性，更不会按固定的方向发展。换句话说，"大写历史"如果说是代表了整体的、官方的和一元化的历史，那么就可以将"小写历史"理解为零散的、民间的和多元化的历史。这两个概念的提出，区别了官方历史或民间历史，也区分了"宏大历史"故事与日常生活故事。福克纳的家族记忆在民间或历史边缘处寻找代表历史的普通人，通过关注这些人的生存境遇和生命轨迹来展现历史真实。为此，他从民

---

① 陈思和主编：《中国新文学大系 1976—2000 第二集（文学理论·卷二）》，上海：上海文艺出版社，2009 年，第 805 页。

② William Faulkner. *Faulkner in the University：Class Conferences at the University of Virginia*，1957-1958. Eds. Frederick L. Gwynn & Joseph Blotner. New York：Vintage Books，1965，p. 19.

间历史记忆的角度对家族进行解读，以其本人的亲身体验为基础，分析家族的日常生活行为、内战创伤和对现实生活的态度等，揭示了家族兴衰的根源，进而提出未来的出路。历史学家在历史事件的"外壳之下寻找着一种人类的和文化的生活——一种具有行动与激情、问题与答案、张力与缓解的生活。……在他的概念和语词里注入了他自己的内在情感，从而给了它们一种新的含义和新的色彩——个人生活的色彩"①。人类的生存和毁灭、定居和迁徙，无不与普通人的日常生活和民间记忆有着密切的关系。历史记录的不是单纯的历史，而是经过文本化过程的历史；历史真实是民间日常生活状况的真实展现，也是书写者摆脱主流政治意识形态束缚与限制的意志体现。事实上，"每个人都是别人无法取代的历史学家，为自己阐释生活的意义，这就同历史学家在更高、更训练有素的层次根据自己作为史学家的经验阐释过去的意义一样"②。福克纳借助自己的家族体验和"碎片化"的家族记忆，对家族命运进行了反思，真实反映了南方社会现状和历史真实。

南方家族碎片化的历史记忆体现了家族文化的多元性特征。由于历史始终处在一个被叙述与被解释的地位，一切对历史的记载或叙事都不可避免地带有叙述者的主观性，呈现出虚构、主观或虚假的特征。对作家的创作来说，追求历史真实往往是一个可望而不可即的工作，因而"宏大历史"叙事都具有很强的主观性，很难在作品中完全展现出来，同时再加上历史环境的变迁，任何人都无法再回到历史的原始环境之中重新体验。大多数作家常常立足日常生活故事，以普通人或边缘人为主体，彰显社会发展状况和人们的生活景象。同样，对福克纳来说，他从家族的日常生活和人际关系入手，对南方人内战期间的经历和所面临的困境进行考察与分析，透视了家族存在的问题或需要完善的方面，形成对历史与文化的再现或重构。在这一过程中，他没有像其他历史小说家那样严格忠于历史事实，而是采用了历史事实与历史虚构相结合的方式，借助民间记忆、神话传说和其本人的想象，真实地呈现家族命运的兴衰过程。不仅如此，他还通过排除、选择和串联家族的碎片化历史，以民间记忆的形式展现了内战历史与家族成员造成的心理创伤，形成了对历史的反思与重构。作为历史的叙事者和家族历史文本的创造者，他始终

---

① 〔德〕恩斯特·卡西尔著：《人论》，甘阳译，上海：上海译文出版社，1985年，第237页。

② Carl Rollyson. *Uses of the Past in the Novels of William Faulkner*. Michigan：UMI Research Press，1984，p.175.

不断地通过历史事实与他对历史的感悟，形成对历史或过去的态度或看法，从而完成对民间历史的呈现。从这个意义上说，他是南方历史的见证者，也是南方家族历史的创造者和参与者。

福克纳认为，艺术家都具有分裂的性格，即艺术所需要的极大的想象力和"地球居民"所需要的实际能力的差异，这使人想起其创作生涯和其作品中主人公形象的相似性。如在1958年一次采访中，福克纳想象出了社会进化的三个"阶段"以及能够解决这些问题的人。

> 第一个阶段说，这已经腐烂了，我不属于它，我会首先选择死亡。第二个阶段说，这已经腐烂了，我不喜欢，我无能为力，但至少我自己不介入，我会躲进一个洞里或爬到一根柱子上。第三个阶段说，它发出恶臭，我要有所作为……我们所需要的是这样说的人，这很糟，我要有所作为，我要改变它。①

他对家族的态度大都经历了从主观到客观、从真理到事实转移的过程，经过生活体验和历史记忆的碰撞后，最终获得了生存意识，并支撑他跨越生活困境。这种新历史主义历史叙事的基本模式，也是福克纳对家族历史叙事和文学进行书写的主要方式。"历史文本的运作方式是'编织情节'，即从时间顺序表中取出事实，然后把它们作为特殊的情节结构进行编码，这种编织情节的方式与文学话语的虚构方式几乎一模一样。"② 他在《喧哗与骚动》《我弥留之际》《押沙龙，押沙龙！》等作品中，将家族成员个人的内心独白与他人多视角的叙事艺术结合起来，以家族兴衰的方式表现了社会冲突。这种历史叙事将每个叙述者心目中的历史真实放置在不理解甚至敌对的位置，被人们所观察和审视。他的历史叙事走向民间，走向历史的边缘，发现的是普通人的生存轨迹和人类永恒的规律。这不仅是对主流意识形态政治权力话语体系的解构，也使历史真正地反映个人的存在，反映人类的生存危机。他的家族记忆通过家族斗争的历史和伦理关系的发展史，展现了民间叙事和家族历史中的人性状况，并通过家族颓败、人性的泯灭等反映了无法抗拒的宿命感和

---

① William Faulkner. *Faulkner in the University*：*Class Conferences at the University of Virginia* 1957-1958. Eds. Frederick L. Gwynn & Joseph Blotner. New York：Vintage Books，1965，p.246.

② 凌晨光著：《当代文学批评学》，济南：山东大学出版社，2001年，第179页。

人类动荡的苦难命运。这就是他的家族记忆所展现出的民间历史的价值和意义。

三、家族兴衰反思与个体化书写

历史作为一种客观真实，决定了其文学价值和意义，然而，新历史主义历史观念却改变了这种认知方式，提出历史书写与文学书写都是对历史事件后发性和叙述性的真实记载。这样，将历史书写视为包含历史叙事、历史意志和历史态度的一种文学文本，不仅关系到历史事件，而且关系到这些事件所体现的社会环境系统。人们对历史的理解，必须遵循话语结构，才能体现出叙事者的主体意识与历史观念。"历史不是按直线形式展开，它要经历无常的断裂、多样性、差异性，在混乱的进程中人们并不能发现其中的真理和意义，因为历史本身并不蕴含真理与意义。"[1] 福克纳对家族的记忆带有强烈的个体化特征，尤其是通过南方殖民、内战、重建等象征性历史事件表达了对内战、社会和现实问题的态度与观点，所展现的历史问题正是现实社会问题的根源。虽然人们无法从这些家族兴衰历史中获得完整的历史真实，却能对种植园经济、种族歧视和社会不平等现象等获得一种强烈的体验，感受到一种笼统而又具体、模糊而又清晰的南方情怀，这就是福克纳作品的历史意义和社会价值。

作为一种文化和社会现象，家族兴衰和个体化书写反映了特定历史时期的需求。历史书写具有多元化特征，既可以指历史本身的书写，又可以指历史书写行为，或者说作家本人因为对现实世界的不同理解和看法而导致的不同的历史书写方式。每个时代都有历史书写的主题和书写方式，南方不同历史时期呈现出不同的历史面貌和时代精神。福克纳根据南方历史事件和社会存在的诸多问题，充分发挥文学想象力，在尊重历史的基础上，借助对家族兴衰历史的反思，以文学家的身份重构了南方历史。为此，他的家族记忆虽然涉及一些重大历史事件，如内战，但记忆的对象往往是以穷白人或黑人为重点，凸显了家族的悲惨命运。他把南方家族成员置于历史发展进程之中，叙述了其日常生活状况，在历史语境中完成文学的想象，勾勒出家族的具体特征，给读者提供清晰的家族发展脉络和命运结局，全面综合地展现了历史与家族兴衰的因果关系。这种历史书写抛弃了盖棺定论的"宏大历史"方式，演变为带有某

---

[1] 韩震：《关于分析的历史哲学的衰落》，《哲学研究》2000年第10期，第70页。

种重构意义的主体言说，是对南方历史，包括家族历史的深刻反思，也是为历史重构而进行的个体化书写。

家族兴衰的反思，不仅是对历史进行的反思，还是在历史事实基础上对历史进行的个体化书写。福克纳的家族记忆并不是将历史看作是客观的，而是以自己的主观感觉来重构历史，用重构历史的主体眼光审视民间历史和家族历史，将民间历史主观化、感觉化和艺术化。可以说，他的南方家族历史在很大程度上取材于其自身家族的兴衰历史，而在重构自身家族历史的过程中，打破了传统家族的叙事方式，摆脱了传统主流意识形态的影响，转向对个体性、民间性、神秘性、偶然性历史的认同与发掘，使家族叙事在民间日常生活记忆的基础上展现了因内战创伤而导致的精神痛苦与生存危机意识。他对历史真实性的认识，不仅在于对家族兴衰历史的反思，还在于对现实问题的洞察和个体化的书写意图，站在人类整体高度，再现过去、现在和未来。

南方历史的个体化书写构成福克纳家族记忆的核心，体现了他对人性探索的非理性哲理思考，并借助家族的命运悲剧和家族成员之间的关系，将家族成员的爱与恨、生与死、道德与邪恶等浮现或沉潜于家族兴衰历史之中，揭开被主流历史所遮蔽的历史真实，成为中外文学表现日常生活经历和复杂历史内涵最经济、最有效的叙事方式，并以此来反映南方社会的现状和人类命运。由于受到内战、信仰、种族等力量的压抑，福克纳的家族记忆虽然表现出敬畏历史和尊重历史的态度，却表达了对抗主流历史、排斥"宏大历史"事件和对官方历史充满恐惧的倾向，这是因为内战后的南方人遭受了巨大的精神创伤，无力也无暇顾及传统精神的传承和发展，但他们需要一个精神家园，能够使受到创伤的心灵得到慰藉，从而实现对传统家族文化的重构，因而福克纳的家族作品具有鲜明的新历史主义特征。

第三节　家族命运民间诉说与历史语境构建

家族积淀着深厚的历史文化，既可以成为观照历史、社会和文化变迁的场所，又可以体现生命延续与家族伦理的形式，成为家族成员的精神寄托和人性的具体展现，从而留下最深刻的文化记忆。福克纳对家族的兴衰表现出强烈的关注，因为他熟知文学作品担负的社会责任和历史使命，思考过历史与文学的结合产生的话语权利以及发挥的社会影响，从而以家族命运的民间述说重构了南方历史语境。文学文本反映了历史话语的权利与真实性，历史话语反映了社会政治，体现了文学诉求精神。福克纳把家族书写的关注点放在对家族命运的民间述说与对历史语境的重构上，通过对家族命运的梳理找到战后南方人的精神家园和未来出路，也对历史重构提供了一种可行的文学尝试。

一、家族叛逆书写与历史重构

社会存在决定社会意识，社会意识反作用社会存在。文学和其他社会意识形态一样，都是人脑对客观世界，特别是对现实生活的反映。作家自身的生活体验、社会关系，所具有的哲学、美学、道德、政治、宗教等观念，构成了作家的创作意识，形成了文学创作的指导思想。福克纳创作的年代，正好处在南方的激烈变革时期，内战的失败导致了蓄奴制种植园经济的瓦解，传统贵族家族逐渐走向衰落，建立在种植园经济体制基础上的伦理道德和价值观念发生了根本性的改变。在家族历史书写过程中，由于无法在官方历史中接触到完整、真实的历史事件，也无法找到历史问题的根源所在，他只能凭借亲身体验和文学想象对历史进行重构，才能感悟到历史真实，从而使他清醒地意识到家族兴衰进程中的进步与落后、新生与腐朽、积极与消极等因素，积极维护新生事物和新生理念，把家族命运的悲剧与历史重构融合在一起，丰富和完善历史书写的内容和方式。

家族的兴旺与衰败是在一定历史环境中产生的，都有导致其兴衰的根源与条件。传统家族小说多从历史发展的必然规律以及新旧势力斗争的角度来揭示这一主题，省去了很多不应过滤或舍弃的历史因素，使丰富复杂的历史过程变成了直接的战争史或政治史，掩盖了很多历史细节或历史真实。主观化的历史言说是官方历史书写的有效补充或积极干预，促使作家在讲述历史和反思历史的过程中，摒弃主流意识形态下的历史事件，将历史、政治和文化融合内化为文学文本符号系统，引导读者反思历史和社会问题。福克纳从官方历史话语所遗忘或舍弃的家族悲剧入手，将对宏大历史叙事中的战争记忆转化为对平民日常生活感受和生存状况的书写，揭示平民生活条件和生存状况。这是对历史书写的重新阐释，也是对传统历史书写的颠覆或解构。当然，这种历史书写方式并不是一个随意书写历史的方式，它体现了对家族悲剧历史的重构与再现，反映了历史话语权利的更替过程。"沙多里斯家族残忍和嗜杀成性的传统，斯特潘家族在家门口拒认和枪杀带有黑人血统的亲生儿子和亲哥哥的残酷行为，缺乏家庭温暖的康普生家中对妇女和孩子们的清教徒式的压制，麦卡士林家族中黑人当成财产从而为所欲为并同自己带有黑人血统的亲生女儿发生乱伦关系这样的种族歧视和道德沦丧等等，正是使这些曾经显赫一时的大家族崩溃瓦解的根本原因。"① 福克纳没有把传统贵族家族的没落完全归于内战带来的创伤或破坏，而是把家族自身的腐败看作毁灭的真正根源。这一看法是难能可贵的，也标志着他从日常生活体验中感受到历史的真实。

历史事件不只是影响作家创作主题的选择，同时常常引起作家的情感波动，使作家不断改变自己对历史的认知，从而反映对现实社会的认知程度。作家和文学作品都是历史书写的构成要素，其中作家作为话语权利进入历史中，通过作品中的历史故事和历史叙事反映历史真实；文学作品参与历史构建，并通过历史意义和价值影响读者，形成对历史的认知和接受群体的基础或载体。作家往往根据自己对历史的感悟，借助民间话语、神话和寓言话语的形式，表达自身对现实问题的看法或态度。由于对家族的内在情感和体验不同，无论是在历史素材的选取上，还是在家族记忆的呈现方式上，不同作家使用的方式和内容都有所不同。然而，从整体上看，历史事件、现实事件和作品中虚构的历史事件之间存在着极大的关联性，共同再现着历史发生的语境和过程。美国南方官方历史书写中遗忘的家族悲剧在福克纳的家族书写中得到再现，他从神话传说、黑人逸事、民间故事等非官方渠道所获得的有关历史的材料都以新的创作方式展现出来。这就决定了作为叙述者的福克纳对"宏大历史"叙事和主流意识形态权力话语的态度和认识，他对民间故事的关注正好体现了对人性的关注。他的家族历史记忆深化了对家族问题的认识，弥补了主流意识形态下历史叙事中对民间生活的忽视以及由此造成的遗憾或不足，加大了对社会转型时期道德伦理的审视与反思。

官方历史叙事强调的是政治意识或社会主流意识形态，历史话语权掌握在代表主流意识形态的书写者手里，历史书写完全取决于当权者的意图。事实上，这里包含了历史书写的主观性，反映了历史书写话语的支配权，因为社会关系都是由权力决定的，历史书写本身就是政治权力的象征。为此，在福克纳的家族书写中，政治权力话语被个人话语所替代，对日常生活故事的关注取代了官方历史书写中的"宏大历史"叙事，那些被主流意识形态所遗忘的家族边缘性的、偶然性的故事重新进

① 肖明翰著：《大家族的没落——福克纳和巴金家庭小说比较研究》，桂林：广西师范大学出版社，1994年，第95页。

入历史书写中。历史已经逝去，不管是原本的历史事实还是文学文本，都存在不同程度上的主观性或片面性，历史体系的完整性被割裂。"历史理解的真正对象不是事件，而是事件的'意义'。"① 对内战的碎片化历史记忆本质上反映了福克纳对传统生活方式的回忆，代表了家族个体对家族历史的体验性回顾。他对被官方历史遗忘的家族悲剧的书写过程，就是不断重构南方历史的过程，进而将目光投向民间和社会边缘阶层，从民间与社会边缘阶层中寻找历史的真实，最终达到重构南方历史的目的。

官方历史书写强调了社会秩序的重要性和主流意识形态的权威性，因为只有将秩序和思想提升到社会治理的高度，才能维护统治阶级的领导权。在美国传统历史书写中，南方统治阶级往往宣扬传统社会秩序观念，但这并不表示每个人都能接受这种历史书写方式；相反，福克纳的家族书写向世人展示了家族成员，特别是传统贵族家族成员既留恋昔日的繁荣、又向往新时代到来的矛盾之情，同时将南方精神、心理状态上的疾病、祖先罪恶等给后代留下的历史负担都呈现了出来。内战后，南方人由于信任感的丧失，导致人与人之间的疏远与难以沟通，尤其是对南方妇女来说，她们内心深处受到道德标准的约束更使她们苦不堪言。在种植园经济体制下，种植园的经济结构使妇女对男性有极大的依赖性。拥有大批黑奴的种植园主，作为传统南方社会的统治阶级，为了装点门面，他们把女性培养成了举止优雅、谈吐得体、精通琴棋书画的典型"淑女"形象；而女性为了取悦男人，不得不把自己拔得高于实际，并把自己的命运完全交给男人，掩盖自己的真实感情。这种做法在很大程度上都有悖于人的天性，但"南方淑女"这一美称以及在舞会上的风光无限似乎在某种程度上满足了女性的虚荣心，从而使她们甘愿固守男人为她们制定的各种道德规范。南方女性所走过的生命历程其实也是人类经历的苦难历程：战争、饥荒、瘟疫、病痛与死亡等等。所有这些普遍性的苦难展示了普遍人性，而女性在承受苦难中所体现的人性则是人性中最高贵的力量。

历史记忆无法按照原来发生的历史环境进行重现，人们能做的只能是以话语形式叙述历史或阐释历史。福克纳对历史的重构强调的是其家族记忆。他对历史进行重构并不是对历史进行篡改，而是以文本的形式

---

① 〔德〕汉斯-格奥尔格·加达默尔著：《真理与方法——哲学诠释学的基本特征》，洪汉鼎译，上海：上海译文出版社，1999年，第422页。

对历史进行重现，凸显了家族命运与家族成员的人性本原。人性是指在一定社会制度和历史条件下形成的人的本性，他的家族书写表现了对生存和发展问题的关注。"对于所有作家，而非仅仅伟大的作家而言，一旦他们拿过某个故事，写成自己的文本，他们就已经卷入了一种异质性的阐释。"① 在他的记忆中，很多家族成员的命运完全受到官方意识形态的压制或束缚，忽视了历史中偶然性因素对历史的推动作用，而他对官方历史的修正，意味着从历史边缘处发现了南方人个体生存的现状。家族毁灭的根源吸引着人们探索的目光，推动他们去寻找导致家族毁灭事件的细节、偶然事故以及日常行为的外在表现。这样，福克纳的家族书写成了个人拆解南方历史结论、意义的一种行为过程，也是他对"宏大历史"叙事的批判性解读和修正性重构。他自觉地把家族历史书写当作参与历史言说和重构历史的途径，真实呈现历史事件，重构南方人生活的历史语境，让文学话语与历史话语形成对话或碰撞，使读者看到历史真相的多面性。这种介入性的家族书写，意在补充、修正和重新呈现南方历史，从而使家族记忆具有建设性的意义。

文学创作是历史再现的最好方式，也是对官方历史书写中忽视的历史因素的补充与完善。作家根据想象对历史进行重构，历史不再是主流意识形态所演绎的历史，而是通过再造和艺术加工更加接近历史本原。福克纳的家族出身背景和对民间生活的苦难回忆为他提供了丰富的家族创作资源，而平民日常生活经历成为其民间想象与书写历史的基础。他将官方意识掩盖下的民间历史充分挖掘出来，表达了对历史的态度。"民间"与"历史边缘"是对主流话语和权威意志的消解，且这种消解带来的是人性的发现和历史书写者主体意识的淡化。尽管"历史的边缘"远离了历史和政治中心，却是人性表现最真挚、最朴实、最具魅力的环境，也最能体现人性的普遍化特征。福克纳家族书写的民间化、边缘化，不仅是他对历史话语权的解构，而且使其作品更贴近个人、更贴近人的生存状态。

在美国南方官方家族伦理中，居于父权家族领导地位的父亲肆意妄为，子女在缺乏温暖和亲情的家族环境中长大，遭受创伤和心灵扭曲，给生活带来了悲剧，因而引起了读者对历史的反思，形成对社会未来出路的担忧。从整体上看，福克纳的"约克纳帕塔法世系"有关家族命运

---

① Porter Abbott. *The Cambridge Introduction to Narrative*. Cambridge：Cambridge University Press，2008，p.102.

没落的作品主要有《沙多里斯》和《没有被征服的》中的沙多里斯家族，《喧哗与骚动》中的康普生家族，《押沙龙，押沙龙！》中的萨德本家族，以及《去吧，摩西》中的麦卡斯林家族等。这些家族命运没落的原因，既有内因又有外因。其中从内因上看，这些家族带有奴隶制"原罪"；而外因主要是北方工商业资本主义经济体制的发展，取代了奴隶制，这是历史的必然结果和趋势。正是内外因的共同作用，使南方家族逐渐走向了毁灭。

就历史书写与家族命运关系而言，福克纳本人是家族书写的主体，体现了历史文本与文学文本的一致性；然而，他的家族书写不可避免地带有主观性，体现了对主流意识形态的叛逆与抗争。南方传统文学作品受到主流意识形态话语权力的影响，以信仰、伦理和政治权力等因素施加影响，试图不断消除与主流意识形态不同的观念，同时有意或无意地忽视处在社会底层的人的话语权利，质疑或否定其历史价值或作用。福克纳的家族历史重构，再现了南方多个阶层的家族兴衰历史，反映了将近一个世纪以来南方家族之间的矛盾斗争和发展历程，并通过想象或虚构的方式透视了家族背后繁杂的社会问题，他试图寻找被官方历史遗忘的家族悲剧，进而对南方历史进行重构，使读者获得历史真实感受，达到凝练南方精神的目的。

二、家族伦理丧失与社会责任意识

合理的伦理秩序通常能够带来内在的伦理道德与传统美德，确保社会的稳定和人类的生存；而缺乏理性规范的社会往往会出现致命的缺陷或诸多问题，导致社会的震荡和不安。内战后的南方社会，由于经济状况的改变，一些人抛弃了战前原有的伦理道德，取而代之的是追求现代消费文化，从而使消费行为异化，陷入信仰危机，出现了道德沦丧和价值观的扭曲，严重动摇了传统道德的伦理准则和价值观念。南方家族伦理的丧失引起社会矛盾的激化，也使南方人面临更大的生存压力和文化挑战。福克纳借助家族命运的兴衰历程，透视了家族伦理困境和家族成员面临的困难，强化了南方人所承担的家族意识和历史使命感。

"伦理"与"道德"是道德哲学中的两个重要概念，均可以理解为内在价值理想或外在的行为规范，其中伦理的含义，"就是客观的人伦之理，即处理人与人之间关系的道理、原则和规范"[1]，而"道德是依靠社

---

[1] 朱海林著：《伦理关系论》，北京：光明日报出版社，2011 年，第 29 页。

会舆论、人们的内心信念和传统习惯，以善恶评价的方式来调节人与人之间、个人和社会之间的行为规范的总和"①。在历史动荡和社会迅速变化的时代里，家族的组织形式具有一定的稳定性，伦理关系在血缘上具有相对紧密的亲和性和人际关系的相互性等特征。历史记忆与文学创作相互渗透、相互关联、相互支撑，构成了历史基础上的文学活动，真实反映了人类发展状况和未来命运结局。福克纳充分发挥历史书写的主体性，展现了南方社会的人性万象，剖析了当时社会的民间伦理道德，引发人们对现实的焦虑和对未来的担忧。

家族伦理在文学创作中发挥了重要作用，因为无论是家族书写主题还是作品影响力，都往往与家族伦理联系在一起，并通过家族伦理对现实社会产生影响。事实上，家族的兴衰过程实质上是一个家族伦理关系丧失的过程。"文艺的使命在于探索通往人物心灵之路。"② 南方家族伦理的兴衰反映了传统文化的形成和发展过程，是南方精神的具体体现。福克纳在肯定家族文化发挥积极作用的同时，也对家族伦理带来的消极后果进行了批评与谴责，如通过种族主义、南方"淑女"制度等完成了对南方家族伦理罪恶的揭示。美国南方传统家族书写多是以美化南方传统、颂扬蓄奴制、赞美南方种植园经济为主题。福克纳改变了这种现象，他从边缘性、偶然性和琐碎性的故事中寻找历史的真实，揭露了传统贵族家族的专制腐朽以及对家族成员个性的压制，阐释了因家族伦理的丧失而最终导致家族悲剧的因果报应关系，并多次告诉人们，南方社会的不幸根源在于种族制度的不平等。这是违反人性的罪恶，必然遭到惩罚，同时展现了南方人的保守、愚昧和精神危机等问题，揭示了家族毁灭的根源，让更多的南方人融入历史兴衰的体验和情感之中，在重构历史的同时体现了对自由和人性的追求。

家族伦理涉及伦理道德的取向，或明或暗地体现出社会和家族中存在的伦理问题。人类个体在家族生活中完成了从生物人向社会人的转变，学会了社会交往中所需的基本伦理观念和行为准则。从这个意义上说，家族伦理实际上发挥了社会伦理的作用。福克纳的家族历史叙事多以回忆的方式讲述历史事件，因为回忆本身具有强烈的伦理观和道德观，而在回忆的过程中，由于时间顺序被打破、因果逻辑或归纳被抛弃，人们处在一个历史与现实、必然性与偶然性、真实与虚假界限模糊的历史想

---

① 王明辉主编：《何谓伦理学》，北京：中国戏剧出版社，2005 年，第 6 页。
② 曾钊新等著：《伦理社会学》，长沙：中南大学出版社，2002 年，第 69 页。

象环境中，更容易对历史事件产生错觉。这种家族历史重构揭示了家族兴衰与历史进程的一致性，反映的历史事件也是真实的和客观的。他对内战的反思和对家族伦理丧失的反省是转型时期的历史见证，其创伤心理则展现了社会的责任意识以及重构历史的决心。

家族是社会的缩影与象征，每个家族都有各自的传统文化，并通过礼俗的教化和家族情感的凝聚力，让家族成员产生敬畏之心和向心力，更好地维持家族的发展，证明了"一个人的人性与生物性的含量多少与比重大小，决定着人的道德的等次与习性的差比"①。福克纳对家族历史的展现实质上是对历史的一种道德伦理阐释与价值观的重构。仔细分析他的"约克纳帕塔法世系"作品可以看出：在他的家族记忆中，历史与社会发展保持着同步。如殖民时期的历史，是福克纳家族书写的第一个层面，以麦卡斯林家族和萨德本家族为代表。这些家族的兴衰历史展现了殖民主义者在南方殖民活动中所犯下的各种罪行，尤其是掠夺印第安人的土地，对印第安人进行屠杀、驱赶、欺压和剥削等方面。蓄奴制种植园经济时期的历史，是福克纳家族书写的第二个层面，以康普生家族和格里尔生家族为代表。这些家族的兴起和繁荣是在白人获得对土地的占有权后，依靠剥削与掠夺黑人奴隶的劳动发展起来的，这些家族大多犯有种族主义原罪，最终也受到了报应。内战时期的历史，是福克纳家族书写的第三个层面，以沙多里斯家族和萨德本家族为代表。这些家族的历史叙事讲述了参与内战的场景，特别是在抗击北方联邦政府军队战斗中立下了很大的战功，成为神话中的传奇人物，引起了崇拜与敬仰。重建时期的历史，是福克纳家族书写的第四个层面，以斯蒂文斯家族为代表。这些家族成员为了追求个人利益，相互提防，违反了传统的道德伦理准则，致使家族伦理混乱，人心散乱，导致很多家族没落，取而代之的是斯诺普斯家族的崛起，同时宣告了传统贵族家族正式退出历史舞台。福克纳的家族书写正是通过历史叙事描述了家族伦理的变迁过程，展现了传统道德伦理产生的积极或消极后果。

历史语境包含了理性和非理性因素，其中以伦理对生命的追问来透视社会问题，而以非理性的情感来叙述历史，常常导致对历史的曲解和对历史真实的疏忽。如果单纯从伦理叙事来说，历史书写既有理性因素又有非理性因素，因为所讲述的是个人体验到的生命故事，所获得的是生命存在的真实感觉，因而不同的经历者会产生不同的感受。家族命运

---

① 王恒生主编：《家庭伦理道德》，北京：中国财政经济出版社，2001年，第141页。

的民间诉说，消解了社会所具有的决定论思想体系，展现了家族伦理丧失后人类命运的悲剧意识以及所要担负起的社会责任，从而更加真实地再现社会发展历程。内战后的南方家族，集中体现了社会阶层的利益冲突，而这种利益冲突又是社会生活中必然存在的、难以克服的社会现象。只要这种利益冲突存在，就必然存在家族伦理。从家族遗传因素来看，他的曾祖父"老上校"是一个殖民时期的开拓者，是南方"骑士文化"的代表，而他继承了这种文化因子，并不断尝试能像其曾祖父那样在战争中获得荣耀，从而振兴家族事业。虽然没有成功，但坦率地讲，他确实喜欢战争，十分清楚战争带来的残酷性。为此，他将理性和非理性感情交织在一起并诉诸文学作品，凸显了战争给人们带来的痛苦与履行家族责任的艰巨性，表达了对传统贵族家族创始人的崇敬与赞扬。

　　家族伦理丧失与社会责任意识的加强是社会发展的必然要求，因为每一个家族的兴亡都有其命运的必然性，但更多的是由于家族命运的偶然性历史条件所导致的。作家对家族的情感往往是通过关注家族命运的偶然性因素，同时吸取那些看似没有任何意义和价值的历史"碎片"，给人们提供一种与主流意识形态不同的历史观或价值观来实现的。对于内战历史，无论是在南方文学作品还是北方文学作品中，总有一些被忽视的历史事实，这些历史事实多以偶然性因素的形式存在，从不同层面反映历史真实。有些南方作家忽视了家族中的道德伦理和南方需要承担的社会义务，总是把内战的失败归于北方的军事入侵，然而，福克纳并不这样认为，相反他通过家族命运悲剧展现了历史书写中伦理道德的要求，强化了在家族问题上必须承担的社会责任。南方存在的种族隔离和种族歧视是一个十分敏感的政治话题，以黑人或混血儿为主体的边缘群体受到了严重歧视，他们的命运极其悲惨，所以在当时的南方，任何对种族主义的超越与批评都可以被视为有良知的体现。福克纳能做到这一点更是十分困难，因为他热爱南方，又是传统贵族家族的子孙，其心目中的家族开拓者以勇敢、勤劳、正义的骑士精神与英雄行为赢得了包括他在内的大多数族群的认同，成为他们引以为豪的偶像。然而，这些"伟大"的祖辈和父辈身上却背负着残暴和非人道的罪恶，他对此并没有隐瞒或遮蔽，相反，他直接揭露了家族中存在的腐败、罪恶。他对蓄奴制的抨击与谴责比其他作家都更切中要害，也更具有时代意义和价值；即便招致来自社会各阶层的嘲笑或质疑，他都没有为之所动，始终如一地展现了家族道德伦理的丧失，强化了社会责任意识和历史使命感。

　　可以将家族伦理理解为家族内部或与社会交流中所表现出的对家族

荣誉、家族尊严和家族命运的维护和振兴准则，它体现了人类对价值信仰和社会精神的追求欲望和行为需求。福克纳的家族书写本身具有文学叙事的形态特征，他将家族历史作为文学创作的素材，体现了对家族伦理的重视以及对责任意识的凸显。他在成长过程中深受家族伦理的影响，感悟到内战所带来的创伤，在历史书写中潜意识地摒弃了"宏大历史"事件，凸显了民间历史中的偶然性因素，展现了社会问题和历史问题。当然，他对家族伦理存在着既恨又爱的感情冲突。这也是一种十分正常的情感，因为家族荣耀给他带来了很多温馨的体验和美好回忆，但传统家族制度、伦理道德对个性的束缚和对人性的压制，引发了他的强烈谴责与批判。这种矛盾心态并非仅是其本人对历史的依恋和怀恋所致，而是根植于社会经济和文化伦理之中，根植于美国 20 世纪 20 年代的焦虑和不安之中。

三、家族命运书写与生存警示

文学与历史具有天然的联系，世界众多文学作品都是把历史与文学有机地融合在一起的。由此，文学在虚构的基础上重构历史场景，再现历史故事，体现历史真实。对福克纳来说，他对家族命运的书写并没有按照主流意识形态来进行，而是抛弃了主流意识形态中的规劝和束缚影响，并通过缩小历史和文学文本之间的距离，以民间生活史的真实性展现历史真实。这种叙事模式既体现了新历史主义对历史审视的观念，又有借助家族命运向人类警示未来生存危机的艺术设想，呈现了民间日常生活中最真实的本质。正是通过这种新历史主义家族命运书写方式，他将家族命运书写置于民间日常生活中，构筑了民间历史话语，对南方面临的生存危机给予了警示。

历史的偶然性、日常生活的平民化、历史的"碎片"记忆等为家族书写拓展了丰富的想象空间。这些历史素材为人们接近历史真实、审视和重构历史事件奠定了坚实的基础，也为作家展现家族命运与人类生存危机提供了更多的可能性。文学与历史的关系往往引导作家将历史融入某一家族的兴衰历史中，表现为追求平民化的历史书写。这种类型的历史书写，强调的并不是"宏大历史"事实，而是依靠历史"碎片"拼接而成的历史细节，或者说是人们日常生活的体验和状态。福克纳家族命运书写按照历史语境及家族成员细微的心理变化，勾画出不同的历史事件，描绘了历史书写和历史环境的重构过程。如透过传统贵族家族居住的房屋，阐释了家族伦理的腐朽性与生命力停滞现象，揭示了资本主义工业文明蚕食南方传统文化所带来的痛苦与无奈。这种外在的描述，在潜意识里还体现了南方精神中的强大生存能力。这是一种能摧毁包裹在家族成员身上的腐朽的道德伦理、展现追求个性自由的不屈精神的能力。福克纳调动了自身的文学想象力，再现创业者和守业者之间所发生的历史真实与想象中的故事真实之间的相似性。无论是把过去拉回现在，还是让现在回归过去，都是让历史与现实紧密结合在一起，共同构建南方过去、现在和未来的发展脉络，把家族创业时的开拓精神和拼搏向上的野性生命力凸显出来。南方家族创始人备受压抑的灵魂难以抑制其欲望，自我意识的奋斗精神激励着其后人，像这种以历史话语传递家族精神的方式，在家族记忆中清楚地表现了出来。

　　"宏大历史"和主流意识形态下的历史书写，强调的都是社会统治阶层的历史意愿和权利要求，忽视了社会底层大众的需求；或者说，个体存在的真实性、主体内部的复杂性被刻意回避，政治意识形态和集体意识成为历史书写的焦点。人类社会历史普遍存在着个体价值被遗忘和个性被抹杀的问题，原因在于主流意识形态下的历史书写所关注的是统治阶层的变化过程，而福克纳的家族历史书写试图构建日常民间生活叙事的模式，通过家族命运和人类生存危机的视角，解读南方历史话语权力和社会生存现状。他对种族问题、女性问题、父权制度等方面的书写，都体现了这一点。如他在 1956 年对《记者》杂志曾毫不讳言地发表过自己对种族主义的看法与态度：

　　　　如果我必须在美国政府和密西西比州之间作出选择，我将选择密西西比……只要这里还有一条中间道路，我就会沿着它走。但如果发生战争，我就会为密西西比而同美国作战，即使那意味着走上街头向黑人射击。无论如何我不会向密西西比人开枪。①

　　上述观点表达了他在接受种族主义政治意识形态的前提下对历史的认同性。当然，这种认同并没有完全抛开传统的道德层面，如同内战后南方人追逐现代消费行为一样，尤其体现了对种族主义的迷惑和矛盾心态。他的内心无法摆脱对奴隶制种植园经济的依恋，特别是对家族所带来的显赫地位、富裕生活和历史荣耀等的依恋。应该说，他对种族主义

①　William Faulkner. *Lion in the Garden*：*Interviews with William Faulkner*，1926-1962. Eds. James B. Meriwether and Michael Millgate. New York：Random House，1968，pp. 260-261.

的态度固然有一定的保守性，而这种保守性是建立在传统文化中的伦理道德、人性善良的前提下的，违背了这些准则必然招致批判与谴责；反之，他不遗余力地描写种族主义的种种丑恶现象，并对此进行尖锐的揭露和批判，这在南方历史上都是不多见的，说明他从传统历史方法中解放出来，更好地把握了现代人的内心需求。

民间历史书写在与社会主流意识形态的对抗过程中常常表现为书写的隐藏性、曲折化和对历史话语霸权的消解趋向，从而将历史真实逐渐无限接近历史发生的原始语境。在南方传统家族伦理中，家族利益始终被放在第一位，而家族成员的个人利益被放在次要位置。这样，在家族遇到困境时，家族成员首先想到的是家族利益，并且要遵循为了家族利益可以牺牲个人利益的原则。这在南方历史上往往被人们视为一种高尚的行为，是南方家族伦理与"骑士精神"的具体表现。传统贵族家族创始人是福克纳家族记忆的灵魂和传奇形象，而家族成员则是其文学书写的主要对象，代表了南方人在转型时期所经历的艰难坎坷与痛楚无奈的心态。"我相信所有的小说都得与人物打交道，都要去表现人物性格——小说的形式之所以发展到如此笨重、累赘而缺乏戏剧性，如此丰富、灵活而充满生命力的地步，正是为了表现人物，而不是为了说教。"① 福克纳的家族历史书写并没有过度描述"宏大"历史事件或社会变革，而是把内战当作作品的历史环境，贯穿在家族人物的生活与家族发展过程之中，集中反映了对家族悲剧命运的思考。如沙多里斯家族残忍的家族传统、萨德本家族的种族原罪、康普生家族的伦理混乱和麦卡斯林家族的乱伦等，都成为这些曾经显赫一时的大家族崩溃瓦解的根本原因，表达了对家族没落的命运和人类生存危机的关注。

家族命运书写既是对家族历史的书写，又是对人类整体命运的书写。这些南方家族成员在保持和传承传统文化的过程中，十分清晰地意识到家族命运与历史发展的必然联系，不断地打破主流意识形态的束缚与限制。福克纳的家族书写关注了南方社会百态万象，表达了对人类未来的担忧，体现了"宏大历史"叙事下大众日常生活的真实性和社会性。"人类所真正需要的是在想象中重现过去，并从现在去重想过去，而不是使自己脱离现在，回到已死的过去。"② 也就是说，战后南方人无法面对

---

① 〔英〕伍尔夫著：《伍尔夫散文》，刘炳善编，北京：中国广播电视出版社，1999 年，第 413 页。
② 〔意〕贝奈戴托·克罗齐著：《历史学的理论和实际》，傅任敢译，北京：商务印书馆，2017 年，第 221 页。

现实社会，极力主张回归过去，但他们并不是一成不变地回归到南方的原本状态，而是想回到过去的生活中。事实上，内战以南方的失败而告终，种植园经济已经完全崩溃，传统文化和价值观发生了质的改变，原来的生活方式已经无法适应社会的发展，本身也存在很多弊端。这些家族的毁灭都有一个共同的特征，即家族成员之间缺乏关爱和温暖，失去了传统的家族伦理道德，追求的只是自我利益，忽视了本应属于自己的职责与使命，最终导致心理失衡和行为叛逆。南方家族命运的述说与历史语境的构建体现了福克纳作为现代作家所具有的道德水准，表现了他对现实问题的关注和对未来的担忧，也体现了新历史主义视角下历史书写的内涵和要求。

第二章　历史哲学的现实性：家族书写与家族命运阐释

历史哲学融合了"文学、政治学、伦理学、社会学等门类的学科理论与历史哲学的交汇，才形成了当代西方历史哲学深刻洞见"①，其现实性可以阐释为对历史的哲学思考，或对历史思想的反思，体现为对社会现实的指导作用。家族作为一个以血缘和婚姻为基础的共同体和文化共同体，与所处社会的政治、经济和文化有着广泛而深刻的联系，家族身份、生存意识、伦理坚守和历史环境等因素，能够帮助人们把握历史和认识历史，满足社会的审美与精神需求。历史与文学相辅相成，文学文本必须从历史环境、社会环境和时代需求等因素中寻找文学作品的影响和价值，"脱离'文学'去谈历史，也只是干枯无味，甚至会被所谓的历史来愚弄"②。福克纳对南方家族的书写，通过对家族历史事件的虚构或想象，借助家族日常生活话语解构"宏大历史"的权威性，呈现历史的本真状态和南方真实的生活状况，为社会发展提供了具体的途径和针对性的指导措施。

第一节　历史身份：传统贵族家族的毁灭与历史使命终结

家族书写归根结底是为了展现人与人之间的关系，当然也包括人与物、人与社会之间的关系，其中家族成员、历史背景和社会关系总是与家族环境或历史事件交织在一起，反映社会存在的问题，如种族、女性、家族、混血儿、婚姻、乱伦和复仇等，揭示了政治、经济、文化等背后的家族问题及影响。"过去意识既表现在历史中，也表现在个

---

① 陈新：《当代西方历史哲学的若干问题》，《东南学术》2003 年第 6 期，第 113 页。
② 商金林：《文学的边界和本质》，《文学评论》2014 年第 2 期，第 9 页。

人身上，在历史那里就是传统，在个人身上就表现为记忆。"① 家族书写往往会加入书写者对家族的记忆，融入其思想意识形态、历史经验或生活感悟，展现家族历史的价值和社会影响力。福克纳对南方传统贵族家族的书写，抛开了传统历史书写方式，强调家族观念或家族荣耀对家族成员成长、家庭和睦、社会和谐等所发挥的作用，在追溯家族历史、探寻南方身份构建的过程中展示了传统贵族家族的命运悲剧，从新历史主义视角表明了对这些家族历史使命终结的惋惜，也让南方人重新思考自身的问题，进而思考南方的未来和人类的整体命运。

一、传统贵族家族制度与社会影响

"家族"包含家庭与宗族两个层面，虽然二者之间存在一些区别，但都是基于血缘、亲情和伦理而建构的群体，其中前者是在婚姻和血缘关系上的单个组织形式，由"父""母""子女"等成员构成；后者是家庭的扩展，由一个家庭或多个家庭组成，是因血缘关系而结合在一起的共同体。在美洲大陆早期殖民时期，还不存在现代意义上的"家族"概念，那时的欧洲移民到美洲大陆，主要是以家庭的形式生活在一起。随着北美殖民地的建立和美国的独立，特别是在内战爆发之前的南方殖民时期，这些来自欧洲大陆的移民逐渐开始重视血缘或婚姻关系，形成一些相互依赖、相互信任和共同发展的亲属组织结构，出现了家族的萌芽。在当时的恶劣环境中，这种因婚姻或血缘组成的家族结构能够有效地应对外来伤害，获得更多的经济、政治和文化上的利益，确保家庭或家族的社会权利和地位。南方家族的形成、家族成员之间的关系和家族制度等，都受到美洲大陆家族文化传统的影响，逐渐形成了自己独特的家族文化。

家族都有各自的组织形式和管理制度，目的是约束家族成员的思想和行为，维持家族秩序，保持家族的稳固发展。南方家族为适应时代和社会发展要求，建立了家族制度，形成了规范社会秩序的伦理道德和价值观念。这些家族制度的形成与维护有其自身的生成性、社会性和地域性等特征。"家族势力是美国南方文化的重要组成部分"②，原因在于南部大部分区域属于农业区，气候温和，土壤肥沃，雨水充沛，特别适合

① 〔美〕弗雷德里克·詹姆逊著：《后现代主义与文化理论——弗·杰姆逊教授讲演录》，唐小兵译，西安：陕西师范大学出版社，1987年，第164页。

② Howard Odum. *The Way of the South*. New York：McMillan，1945，p. 74.

农作物生长。因此，早期移民拓荒者大多从事农业生产，种植棉花与烟草等，而种植这些农作物需要大量的劳动力，这促成了黑人奴隶贸易和蓄奴制度的发展，出现了以大种植园主为代表的南方传统贵族家族，以自耕农为主体的贫民家族或自耕农家族，以及以黑人为主体的黑人家族，其社会管理结构逐渐过渡到以家族为主体的社会管理形式。这种家族经济体制决定了社会是以家庭或家族为中心的。

家族制度是在特定的历史条件下形成的，是家族成员借助长期积累的生产生活经验和社会交往意识而形成的伦理规范。这种制度的形成并不仅仅依靠家族成员个体的力量，而是通过家族成员的共同努力，建构出一套适用于家族和谐发展和稳定的秩序规范。南方传统贵族家族制度的变迁恰好符合社会发展的进程，因为生活在南部的早期居民大多是来自欧洲大陆的移民，虽然他们并不是皇亲国戚，却形成了追求贵族化的生活方式，随着这些人移居到美洲大陆，他们将对欧洲贵族文化的喜好一同带了过来。在南部早期的家族中，家族父权人物从欧洲购买了大量书籍，严格要求男孩学习骑马、射箭、打猎、运动等活动，对女孩，则着重培养她们多才多艺的才能，特别是要求她们洁身自好，甚至对"贞洁"的要求高于其生命。为此，一些家族制定了自己的家族伦理，规定了家族成员的责任和义务，如夫妻双方要彼此信任，相互理解、相互包容，不能一味地抱怨或指责对方，推卸或逃避在家族或家庭中的义务和责任等。可以说，独特的历史背景构成了南方家族制度的特色，也决定了其家族伦理的基本内涵。

家族在社会中往往会产生重要影响，成为影响社会状况、文化状态和价值观念的重要因素。作为家族成员的行为规范，家族制度在日常生活中发挥了十分重要的作用。它不仅对每一个家族成员都有严格的约束力，而且还赋予一些成员特殊的权利，如辈分较高者或拥有家族影响力的人对家族成员进行监控、激励和鞭策，从而维持家族伦理秩序，确保家族的有序发展。在南方传统贵族家族中，"父亲"往往是家族制度的执行者和家族制度的维护者，因而逐渐形成了以父亲为中心的家族管理模式，出现了以父亲为家庭或家族主导的文化传统。这就是美国南方的"父权制度"文化。家族成员的生活、身份和婚姻等都被置于父权制的管辖之下，如有违背家族管理制度的行为或思想，作为"父权制"代表的父亲就有权将其驱赶出门。这种家族管理方式在内战前的南方社会十分盛行，稳固地维持着家族或社会的正常发展。然而，内战后，随着南方社会体制的改变，有些家族制度严重束缚了家族成员的自由和权利，最终导致家族成员的叛逆，致使家族制度的影响力逐渐下降。

家族制度的功能在于规范家族成员的行为举止，维持家族的权威和荣耀。不管家族成员个体发生了怎样的变化，家族都必须保持其生命力和统一性。换句话说，为了家族的利益，家族成员个体即使失去生命，也在所不惜。家族身份、家族产业、社会地位、历史荣耀，甚至家族墓地等，都发挥着维持家族繁衍和加强家族凝聚力的作用。南方传统贵族家族是指那些在殖民时期涌现出的大种植园主家族，创始人多以顽强英勇的精神、果断坚韧的毅力和不怕困难的勇气战胜了南方恶劣的自然环境，成为战前社会的领导者和管理者，也是南方传统文化的创作者。如康普生家族的创始人州长昆丁二世、将军杰生二世等，麦卡斯林家族的创始人卡罗瑟斯·麦卡斯林，萨德本家族的创始人托马斯·萨德本以及沙多里斯家族的创始人贝亚德·沙多里斯一世等，他们通过自己的英勇奋斗成为南方赫赫有名的将军、大种植园主，有些亲自参加了内战中的南方军队，获得了很高的赞誉，成为南方神话中的英雄人物。不仅如此，他们还是南方社会的领导者和管理者，有效地组织南方社会按部就班地发展经济，完善政治管理体制。虽然这些贵族家族十分重视对子孙的培养，但由于社会结构的急剧变化，这些家族到第三代基本上就处在崩溃的边缘，从而折射出南方传统文化从辉煌到挣扎、最终到毁灭的过程。

家族与时代保持着密切的关系，伴随着历史的变迁而动荡不安，同时又是观照人类个体、社会和文化的载体，在社会变动中展现其命运结局。历史本身受到政治意识形态的影响，而且在书写过程中还掺杂着政治与意识形态话语，受政治意识形态的支配。因此，对家族制度的评价也带有鲜明的个人观点。家族制度是家族观念的重要组成部分，给人以强大的精神支持和家族慰藉。内战之前，家族荣誉是南方家族成员引以为荣的资本，也是竭尽全力加以保护的对象，不容许任何侵害和玷辱。福克纳作品中的家族成员身上所表现出来的家族荣誉感有着惊人的相似之处，他们都是家族荣誉的捍卫者。在他们眼中，家族荣誉是至高无上、不容侵犯的，每一个家族成员都在自觉捍卫自身的家族荣誉，防范与抗击有辱家族荣誉的各种行为。内战结束以后，随着种植园经济的消失，家族的凝聚力逐渐减弱，并从南方人的精神世界退出，变成心理和文化上的符号，进而束缚了家族成员的自由和权利，激发了他们对家族制度的反抗意识和斗争精神。

二、传统贵族家族信仰及悲剧命运

信仰通常指对某种思想或宗教的忠实信奉，超越了一般理性上的绝对信任，体现了积极主动、有意识的终极意义和价值。家族信仰表现为家族成员个体对家族的终极关怀，是超验的和抽象的，促使家族成员以家族兴旺为目标，共同维持家族繁荣。在以家族为本位的南方社会中，家族信仰成为传统贵族家族伦理的重要组成部分，反映了伦理关系、道德体系和价值观的重要内容和基本精神，深深影响了福克纳的家族情感和作品表现主题。他以传统贵族家族历史书写为基础，分析这些家族的身份构成、社会地位和历史影响等，并通过家族成员的悲惨命运以及对未来的担忧等，透视了传统贵族家族毁灭的必然性以及其所担负的历史使命的终结，展示了家族成员所遭遇的生存困境和精神信仰危机。

家族信仰融入南方人的传统伦理关系、道德体系和社会价值观念中，形成了传统伦理的基本精神和基本内容。南方传统贵族家族在社会发展过程中维持了社会的稳定与发展，促进了传统文化的形成。从家族信仰上看，这些家族中的父亲，特别是家族创始人，大多都是狂热的清教徒分子。他们有暴躁的脾气和坚强的性格，为家族繁荣作出了杰出的贡献，备受家族成员的推崇。在维系家族的和谐与团结的同时，他们也严重压制了家族成员的思想自由，乃至成为家族后人的梦魇。从家族结构上看，传统贵族家族中的父亲大多彬彬有礼，有绅士风度，果敢且富有牺牲精神；母亲则具有圣母一般的纯洁，没有自我欲望，保持着完美坚韧的形象；儿子则像父亲一样，忠诚、勇敢、坚强；女儿天真可爱，善解人意，是父母和兄弟关爱的对象。然而，内战结束之后，传统贵族家族子孙，面对北方工业文明的入侵，既要保持原有的传统文化和价值体系，又想在现代消费社会中重新获得支配权，他们的这种欲求完全超出其能力，最终必定导致其人格的扭曲和信仰的迷茫，致使其道德观发生改变。虽然大多数家族成员经历家族毁灭过程的感受是痛苦的，难免引起惋惜与悲伤，但这种结局又是不可逃避、更是无法改变的。特别是到了这些传统贵族家族的第二代或第三代，社会矛盾日趋激烈，极大地动摇了家族生存的基础，导致这些家族陷入更加艰难的境地，加速了家族毁灭的命运。

家族是社会组织架构的细胞或缩影，对家族信仰的追求折射出传统贵族家族成员对家族信仰的思考以及对人性的探索，对家族信仰的追求也是福克纳作品中家族成员必须承担的责任和义务。从家长到普通一员、从长辈到子女，这些传统贵族家族成员都有追求个性自由和发展的权利，但却无法逾越家族伦理的约束和限制。一些家族成员为了捍卫家族荣誉，必须放弃自我权利。这种精神是对家族信仰的追求，但却极大地压制了成员个体的权利和自由。按照南方传统伦理的标准，贵族子孙的命运结局可以划分为几种类型。以昆丁·康普生和贝亚德·沙多里斯等为代表的贵族子孙为第一类。这类成员深受传统观念的影响，企图在战后社会中恢复传统伦理秩序，然而却力不从心，只能沉湎于过去的辉煌而不能自拔，最终成了家族制度的殉葬品。第二类以艾萨克·麦卡斯林等为代表，他们意识到自己家族的创始人所犯下的罪恶，最终选择了与家族的抗争与背离。第三类以杰生·康普生为代表，这类家族成员背弃了南方传统价值观，滑向了资产阶级唯利是图的泥潭，严重破坏了传统伦理道德规范。对于以上三类贵族家族的子孙，福克纳表现了不同的创作态度：对第一类人，他表达了"挽歌"式的同情，因为这些人对家族荣耀表达了深深的怀念，对家族没落却无可奈何；对第二类人物，他表达了批判式的赞扬，因为在他看来，这类人能够正确地对待家族问题，但躲避并不能解决问题。对于第三类人，他表达了谴责，认为这类人背离了贵族家族信仰，是导致传统贵族家族毁灭的根本原因。

南方传统贵族家族信仰体现了家族成员对家族的情感依赖，以及对振兴家族命运的不懈追求。这是家族文化传承与扩展的基础。在历史发展过程中，历史神话中的创造者、宗教中的上帝以及自然界中的神灵等，都是家族信仰的基本内涵。社会新体系总是在旧体系的解体过程中得以产生和发展的，南方父权社会的解体预示了新道德体系的出现，标志着南方历史书写发展到了一个新的历史阶段。传统家族书写大都美化南方庄园生活，吹捧奴隶制；然而，福克纳的家族书写更多的是从民间历史入手，选择沦落的大种植园主子孙作为社会边缘化历史叙事的主体，探索处于社会转型时期的南方人的精神和道德困境。这些人物在"碎片化"的历史记忆和符号化的历史语境中形成了复杂的关系，导致了多种社会和家族矛盾的冲突，谱写了家族书写的命运悲歌。事实上，传统贵族家族中的开拓者都是以残忍的方式创建和维护家族的利益，在赢得光环的背后也犯下了严重的种族主义罪行，存在着对印第安人的血腥屠杀以及对南方女性非人道的限制与束缚，导致其后人成了"原罪"报复的承受者和牺牲者，完全失去了先辈的创业精神。精神痛苦与物质生活的艰难交织在一起，最终摧毁了这些家族成员的生存意志，也书写了这些传统贵族家族盛极而衰的悲剧历史。

人类是历史阐释的主体，但并不是完全追逐对历史事实的认同，通常是消解历史的客观性，进而建构历史的主体性，完成对历史的认识过程。家族以血缘为纽带维持着家族成员的团结，家族信仰追求体现了家族情感，代表了家族成员个体的精神需求和人性发展，激励着其担负起振兴家族事业和确保家族继续发展的使命。然而，美国南方传统贵族家族的衰落和消亡是南方社会发展的必然结果，符合社会发展规律。这是因为当南方传统贵族家族步入内战后的现代社会时，遭遇到前所未有的挑战与冲击，并在与新兴贵族家族的斗争中被击败，进而退出历史舞台。福克纳从家族成员的命运悲剧出发，探究这些贵族家族发迹过程中所犯下的罪行，并以哲学家的眼光和洞察力，透视和反思社会存在的种种问题，为南方社会发展指明了方向。

三、传统贵族家族身份与历史书写

家族命运的兴衰往往与社会变迁密切联系在一起，折射出时代特征和社会环境变革。从内容上看，家族包含了诸多历史文化因素，与历史事件之间始终保持着极为密切的联系；而家族身份植根于家族文化之中，体现了家族的声誉、地位和政治权利等。福克纳以南方传统贵族家族成员的身份对家族历史进行书写，并延伸至南方社会乃至人类整体的生存状况，从而以家族身份、地位和影响来审视传统贵族家族的生活与历史环境，反映传统贵族家族在转型时期的机遇和嬗变，书写传统贵族家族的兴衰历史。为了担负历史赋予的使命，他的家族书写往往采用想象和虚构的方式来预设历史内涵，揭示主流意识形态遮蔽下的社会现实状况，展现家族成员的历史和生活环境，从而呈现家族命运的发展趋势，使读者认识到审视传统贵族家族身份和历史书写的意义。

历史真实是难以实现的历史书写目标，因为没有人能够做到完全真实地还原历史。为此，历史无法彻底摆脱为政治或现实服务的嫌疑。如果从积极因素来看，历史可以起到以史为鉴的作用，将历史转化为现实，更好地为当代社会服务；从消极因素来看，历史经常被曲解为现实庸俗的凭证，甚至成为恶意模仿的对象。可以说，家族历史书写与所处的社会环境、政治活动、权利利益和时代需求等都有着密切的关系。福克纳的家族身份包括两个主要方面，其一是父权伦理制度，其二是个体人生哲学。在展现父权制度方面，他通过传统贵族家族的发展与没落，揭示了这些家族的毁灭虽然与内战所引发的政治与经济变革有关，但真正的因素是这些家族内部的腐败与罪行。就个体人生哲学来看，他书写了这些家族成员个体的命运悲剧，分析了其内心痛苦和精神堕落。传统贵族家族创始人虽然都有辉煌的个人经历，但他们犯下的罪行是导致其家族悲剧命运的根本原因。他们的子孙由于无法达到家族的期望，结局更加悲惨，有的自杀身亡，有的自我封闭，最终都退出历史舞台，使人感受到历史的沧桑、世事的无常和文化的失落。以福克纳为代表的战后南方人对传统贵族家族的消亡感到失落与担忧，因为他们的悲剧恰好象征了人类未来的命运结局，给人们带来了无尽的焦虑和担忧。

历史本身就是一种叙事，叙述者把历史事件或经验置于叙述框架之中，讲述历史事件。家族叙事依据家族成员的日常活动，以不同的成员身份叙述家族历史和家族成员的个体命运，表达时代的思想意识，展现家族成员的生活状况。在家族历史书写中，完全客观的历史事件是不存在的、也是无法复原的，只有通过家族成员的记忆，才能重新进行历史书写，所以家族书写者的身份体现出不同的历史观和道德观。传统的贵族家族制度决定了社会的领导权，影响了历史变迁、政治变动和社会发展进程，培育了传统道德伦理和价值观。福克纳对贵族家族的书写促使其始终关注这些家族的命运、家族成员的个性变化以及自我价值的实现等。他对传统贵族家族的历史书写，虽然是特定历史时期的产物，却有着其本人的生存经历，代表了家族身份，也反映了生活的社会现实困境和人类的生存危机。作为一个严肃且具有历史使命感的作家，他对传统贵族家族的历史真实进行了多层次挖掘，使读者感悟到这些家族身份困境在很大程度上导致了家族的命运悲剧。

历史书写拓展了家族书写的表现维度，深化了人们对家族书写的认识程度，强调了家族身份在人类历史建构中所发挥的作用。家族身份是由历史决定的，而家族历史书写的目的是家族的现在或未来。福克纳对传统贵族家族所进行的新历史主义书写是通过家族的兴衰历程，把现实生活与历史记忆结合在一起，从而形成"编年史"般的书写模式。这种书写模式具有时间上的动态性特征，体现了贵族家族生存、兴衰和毁灭的轨迹。南方贵族家族由于受到"重农主义思想"的影响，家族成员更加注重传统文化和道德观念，追求和崇尚家族荣耀。为此，福克纳在对传统贵族家族历史进行书写的过程中，不再刻意追求历史事件的真实性、历史年代的确切性等，而是跳出历史的束缚，借助文学的丰富想象力，对历史事实进行阐释或描述，并通过家族成员的命运悲剧，对历史进行重新审视，进而达到重构历史的目的。

新历史主义的家族历史书写往往强调家族成员的日常行为和家族成

员个体意识的表达，采用具体事件展现与"历史碎片"叙事的方式，使"宏大历史"话语完全消解，取而代之的是贵族家族边缘化的历史真实。南方传统贵族家族命运悲剧反映了其赖以生存的蓄奴制种植园经济和道德伦理的解体，给南方人以深刻的警示。福克纳特殊的家族身份培养了其特有的观察力和思考能力，而特殊的生活经历又使他深刻感悟到传统贵族家族成员个体的心理变迁，从而凝结成其家族书写的特殊家族情结。他在崇尚和敬畏这些贵族家族创始人英勇事迹的同时，强烈批判了家族中存在的蓄奴制、种族主义行为和加尔文主义极端思想，清楚地展现了这些贵族家族内部的腐朽性，并将家族的毁灭提升到对人类普遍生存问题和境遇的反思，明确人类必须承担的普遍道义和责任。从这个意义上说，他对家族的书写不只具有一种自传体性质，而应被视为一种对人类命运的书写。

传统历史书写的目的在于探求历史的真实性，总结历史经验和价值，向人们传递历史事实与历史智慧。然而，新历史主义的历史书写融入了书写者本人的意识形态，体现了其道德观和价值观；或者说，不同的历史书写身份促使书写者借助不同个体的记忆，共同揭示家族制度给家族成员带来的影响和束缚。同样，福克纳的家族书写以家族成员对内战历史的记忆为核心，呈现出人类个体在转型社会中的身份认同和心理状况，并在父权制度、种族主义、淑女制度、加尔文宗教思想和家族影响等多视角下展现出来。这种历史书写方式属于偶然性方式，按照集体无意识解释，似乎某个历史事件可以触发人们内心深处被压抑着的东西，促使这种无意识的东西爆发出来。这个被压抑着的集体无意识就是历史上人们被压抑的希望。这一观念不仅影响到文化领域，而且也影响到南方文学的创作以及南方人的价值追求。福克纳认同南方贵族神话、父权制度和家族伦理秩序等，极力寻找重新振兴家族事业的方式和手段，但他在眷恋南方过去和家族荣耀的同时，在理智上认识到传统贵族家族制度中存在的腐败、残暴等缺乏人性的消极因素，尤其是在家族内部实行的奴隶制、种族歧视等，严重制约了家族的发展和家族成员的自由。他将家族书写转化为南方史诗般的家族历史，营造出一种沉闷和绝望的悲剧氛围，表达了对南方未来的担忧。

新历史主义的家族书写文本既属于文学文本，也属于历史文本和文化文本，如家族书写讲述了家族历史，融合并超越了书写者所处时代的政治、经济和文化观念，通过透视家族历史揭示社会环境，展示家族成员的心灵史、伦理史和道德史，从而阐释人性，形成对人类生存真实的关注。内战带来的创伤使战后南方作家产生了一种身份认同危机，为此，这些作家必然要通过文学文本和历史书写的方式重塑自己的身份，慰藉受到创伤的心灵。同样，福克纳通过传统贵族家族的历史变迁来揭示南方人命运悲剧的复杂意蕴，描写了由家族间权利争夺、感情纠葛而引发的复仇史、苦难史，并将这些描写上升为对南方社会、对人类命运的深刻反思。以传统贵族家族创始人为代表的南方社会统治者，制定了社会伦理规范和价值制度，而他们的后人无论是认同还是反对，都必须按照这些要求来规范自身的行为，因而所承受的压力和束缚都是可想而知的。从这个意义上看，福克纳的家族书写既展现了南方历史真实，又关注了南方生存状况和人类整体的发展趋向。

文学在建构人类精神和物质的过程中起到了十分特殊的作用，不仅阐释了文学在建构历史过程中所采用的虚构、想象、隐喻和寓言化表现方式的重要性、必要性和必然性，而且揭示了人类未来发展的趋向。家族身份是家族生活与家族伦理的出发点，影响和规范着家族成员的道德行为方式。新历史主义的家族书写显示了文学的丰富内涵，促使历史事件融入文学创作中，让读者对历史有更直观的接触和感悟。福克纳在家族书写过程中抛弃了传统"宏大历史"叙事的方式，远离了政治权力，从家族日常生活事件入手，将家族日常叙事置于特殊历史时期，通过对家族成员的命运书写展现了历史变迁和生存环境的变化，从家族的兴衰历程、家族腐朽和没落过程、家族制度的规范与束缚等层面，揭示了传统贵族家族毁灭的必然性，展现了由辉煌到苦苦挣扎直至完全溃败的历史全过程。这无疑使他的家族历史兴衰、时代变迁和命运悲剧等主题表现得更加深刻，人物形象更加丰富，从而取得了完美的艺术表现效果。

第二节 历史意识：新兴贵族家族的寻根之痛与生存欲望

历史意识是对历史本质的认识，体现了所处时代人们的历史思想或社会意识。文学中的历史意识是指将历史书写过程中的历史叙事由原来单一的、特指的历史转变为碎片的、多层次的复数历史的看法。内战之前，传统贵族家族占据着社会领导权，维持着社会关系秩序与伦理准则；内战之后，由于蓄奴制社会基础的崩溃，其社会地位和政治权威遭到消解，失去了对社会的领导权，取而代之的是新兴的贵族家族。这些新兴贵族家族成员千方百计地攫取财富，象征着资本主义的贪婪与堕落，严重地影响了南方的家族伦理规范。为此，福克纳在书写这些家族时，凸显了家族成员的物质欲求和道德伦理追求异化，尤其是与传统道德伦理的背离，展现了其寻根之痛与生存欲望，希望从其道德沦陷中形成对传统历史意识的反思，使家族伦理保持自身的优势和活力，更好地维持南方社会的稳定与发展。

一、新兴贵族家族历史环境与社会影响

历史环境是历史唯物主义哲学中的重要概念，也是社会和历史研究中不可缺少的历史因素。从涉及的范围看，它包含了自然、社会和文化等因素，其中自然环境是指人类生存的生态环境，社会环境是指人们生活的社会条件，文化环境主要关涉人们的精神层面。南方新兴贵族家族的崛起是社会发展的必然结果，也是历史环境不断改变和发展的产物。福克纳在对南方家族进行书写的过程中，常常从这些家族的日常生活观念、伦理价值乃至个体追求出发，凸显了鲜明的历史意识，强化了新兴贵族家族崛起的历史环境和所造成的社会影响。

历史意识体现在历史书写方式和内容之中，必然承载着历史的使命感，寄托着破解现实困境的愿望以及对人类未来的希望，给人们提供慰藉与关怀。南方新兴贵族家族崛起的历史环境，主要是指 19 世纪 60 年代后期，即内战结束到南方重建的历史时期。早在 1926 至 1927 年之间，福克纳就写过一个题为《亚伯拉罕父亲》的小故事，虽然当时没有写完就放弃了，但在这部作品中他首次提到斯诺普斯家族，可以说新兴贵族家族的概念就是从这个故事开始的。由《村子》《小镇》《大宅》组成的"三部曲"是他精心塑造的南方新兴贵族家族发展变迁的典型事例，叙述了内战后崛起的多个南方家族，如瓦纳家族、德斯班家族和斯诺普斯家族等。当时，南方经济在经历停滞和萧条后逐渐得到恢复和发展，北方工业文明逐步改变了南方传统的农业生活方式和道德伦理观念。一些传统的贵族家族抓住南方社会转型的时机，积极投身新兴的资本主义产业，转变为唯利是图的新兴贵族家族；还有一些家族，内战之前属于平民家族，但内战之后其家族成员深受北方资本主义思想的影响，利用传统贵族家族的弱点和社会发展机遇，展现出超强的自我发展能力，攫取了大量社会财富，一跃成为新兴的资产阶级家族，控制着南方社会经济、政治和文化命脉，成了资本主义势力的代表，变成投机分子或暴发户。

历史环境奠定了认识现实世界的基础，引发了对历史的反思和对未

来的关注。从家族外部因素来看，传统贵族家族在内战之前是南方的领导者，由于自身的问题无法承担起领导社会的责任，必然要让位于代表先进生产力的资本主义的新的家族势力；或者说这个权力的更替是南方社会发展的必然趋势。从家族内部因素来看，新兴贵族家族成员具有传统贵族家族成员无法比拟的优势，如勤劳、忍耐和吃苦精神，他们代表了社会新生力量，必然要战胜腐朽落后的势力。南方社会主要是由种植园主、自耕农、穷白人和黑奴等四部分人构成的，其中少数大种植园主处于社会金字塔的顶端，控制着土地、财富和政权；而占南方人口大多数的自耕农虽然与种植园主存在着这样或那样的关系，却无法分享平等的社会地位和政治权利。新兴贵族家族的基本特征是利用一切时机占有社会财富和攫取社会领导权。当然，他们与传统贵族家族有很多相同之处，如他们都是白手起家，都非常勤劳勇敢、聪明机警，具有强大的忍耐力和奋斗精神；但在本质上又有一些不同，如新兴贵族家族成员没有道德底线，只是力求获得最大的经济利益和政治利益等。正是通过这些家族书写演绎的人性病相，彰显了南方历史问题和战后社会所面临的生存危机，体现了书写者所具有的敏感性、前瞻性和责任性意识。

从积极方面来说，新兴贵族家族在发展过程中不断适应社会的政治、经济和文化变革，展现自身的勤劳、勇敢和持之以恒的追求精神，为人们认识南方社会和反思历史问题提供了参照。内战后的南方人，无法忘记战前的生活方式，在与现实世界的对比中形成了对过去的情感依附，这是一种普遍存在的现象，因为历史环境寄托了对过去的精神依赖，成为其心理慰藉的支撑物，尤其是内战之后社会结构发生了根本性变化。穷白人家族在发展过程中曾经受到传统贵族家族的不断排斥，形成了严重的经济压力和政治不平等待遇，为了生存下去，他们必须抓住每一次机会来壮大自身家族的力量，乃至获得社会领导权。以"三部曲"中的"老法国人湾"为例。这是一个相对贫穷的白人居住地，其中瓦纳家族、斯诺普斯家族、德斯潘家族等都是这里的居民。瓦纳家族经营着商铺和土地租赁，收入较为可观，但又面临着很多问题，如传统的经营方式无法发挥作用，商铺和土地租金无法收回，家族成员的人际关系紧张等。德斯潘家族掌握着社会领导权，家族成员参与过内战，但后来实力日趋下降，甚至到了难以维系的地步。斯诺普斯家族依靠在瓦纳家族庄园里工作的机会，获得了信任并抓住时机跻身上层社会，掌握了社会领导权和话语权，成为新兴的贵族家族，为家族书写提供了历史环境和表现对象。

　　每一个家族都有自己严格的管理制度，这些制度发挥着治理家族秩序、稳定家族内部结构的作用。同样，新兴贵族家族的社会地位和影响取决于其所处的社会历史环境，因为"在将来某个特定的时刻应该做些什么，应该马上做些什么，这当然完全取决于人们将不得不在其中活动的那个既定的历史环境"①。事实上，南方新兴贵族家族是一个抽象的概念，家族构成复杂，既有城市工商业者、大奴隶主，又有穷白人家族等；结构松散，管理制度缺失，家族成员性格差异大。以斯诺普斯家族为例，这个家族作为新兴资本主义势力的代表，集中体现了资本主义的经营之道和发家策略。作为家族代表人物的弗莱姆·斯诺普斯，是一个精明的资本主义商人和投机分子，他的发家致富史虽然算不上光明磊落，但从当时的社会环境以及其家庭出身来看，还是可以理解的。他聪明能干并且埋头实干，善于抓住机会，最终在与南方传统贵族家族势力的斗争中取得了胜利。当然，这个家族中的一些成员属于道德败坏之徒，为了达到目的，用尽了各种卑鄙手段，损人利己，自私自利，以至于福克纳在与弗吉尼亚大学生的谈话中声称："我的意识里有强烈的想要消灭斯诺普斯的愿望……"② 当然，福克纳也清楚地意识到社会转型是无法逆转的事实，无论是情感上的排斥还是理智上的被迫接受，都会导致他无可奈何而又忧心忡忡的矛盾心理，使他在称赞新兴贵族的同时又不断地对其进行贬斥和谴责，从而形成家族书写中既爱又恨的矛盾心理。

　　历史环境是一个流动性的辩证发展过程，反映了不同的历史意识和不同的社会生存状况。内战前的南方，农业与工业发展失衡，经济结构以奴隶制种植园经济为主导，经济和政治大权皆掌握在大种植园主的手中，中下层白人受到压制和剥削。随着内战后资本主义经济的发展和民主意识的觉醒，大种植园主对政治权利的要求也逐渐提高。福克纳十分清楚新兴贵族家族的遭遇和追求，深知南方传统文化的愚昧和落后，尽管对新兴贵族家族产生反感与谴责，但从他们身上看到了传统贵族家族失去的南方精神。由此，他将新兴贵族家族故事融入作品中，使读者难以分清到底是作品中的人物在表白自己的困境、还是其本人在充当南方代言人来展示现实社会的诸多问题。他在作品中强化了社会参与意识，

---

① 《马克思恩格斯选集（第4卷）》，北京：人民出版社，2012年，第541页。

② William Faulkner. *Faulkner in the University*: *Class Conferences at the University of Virginia*, 1957–1958. Eds. Frederick L. Gwynn & Joseph Blotner. New York: Vintage Books, 1965, p.34.

提升了自身对家族问题关注的兴趣，极大地表现出对战后南方命运的担忧。

历史环境与社会生产力和生产关系一样，决定了人类社会的发展进程。"人创造环境，同样环境也创造人。"① 历史环境不但给人类个体的生存提供所需的物质条件，规定和影响人类个体所处的社会性质和发展状况，而且赋予人类个体进一步发展的历史条件和社会基础。内战后的南方人，在思想上呈现了大交汇、大碰撞的局面，必然会产生文化上的对抗和文化价值观的差异问题。新兴贵族家族抛弃了南方传统生活方式，选择了适应资本主义的发展方式，实际上反映了争夺南方社会领导权的问题，涉及何种方式适合社会发展要求的问题。历史意识无法像传统文学那样对"宏大历史"事件或政治权利进行客观公正的陈述，但在福克纳的历史书写中，新兴贵族家族的崛起和在社会中产生的影响，在依旧充斥暴力和不平等的战后南方社会中表现出很多优越性，但这些家族强烈的利己主义和极端主义思想刺激了南方社会的觉醒，反映了战后南方人为自己利益和社会发展而进行奋斗的过程，当然，在一定程度上也推动了南方社会的发展进程。

二、新兴贵族家族信念与生存欲望

信念是人类心灵中最基础、最重要的部分，表明了人们对某一观念或目标极为确信的一种心灵状态。家族信念是指人们对家族的态度或立场，体现了人们对家族的认同、忠诚和维护的心理要素。南方传统家族信念体现了对家族的忠诚和信赖，是南方人历史意识的能动反映，决定了南方人的价值观念以及男尊女卑、父权至上、等级秩序等家族观念。新兴家族贵族成员为了满足自我欲望和个人利益，引发了家族凝聚力的涣散和家族成员的离心离德。为此，福克纳在家族书写过程中十分关注新兴贵族的家族信念和生存欲望，凸显了其家族信念所产生的社会影响，为家族文化的重构提供了重要参考。

家族信念促使家族成员注重信仰追求，培养家族意识，重视家族荣誉，能够为了家族利益牺牲个人利益乃至生命。新兴贵族的家族信念是，家族成员以自身家族情感、家族认同和家族依赖为基础，对家族忠诚，维护家族权利，承担家族使命。南方人有着浓厚的历史情感和家族情结，在历史发展过程中始终强调家族团结，强化家族认同，形成了很多家族

---

① 《马克思恩格斯选集(第 1 卷)》,北京:人民出版社,1995 年,第 43 页。

神话，并以此作为普遍认同的历史事实，构成了具有南方特色的家族信念和家族关系。新历史主义的历史书写注重普通人的心理表现，人类个体命运的悲剧不仅反映社会丑恶和不公平现象，而且对弱势群体带来严重的心理创伤和精神摧残。为此，需要对历史"碎片记忆"和日常生活行为进行审视和认识，分析、探究和发掘被主流意识形态扭曲、遮蔽、忽视、省略和删除的历史事实，从而揭示政治、话语、权力与意识形态在历史书写中的作用。瓦纳家族为了挽救自身的颓败命运，不断寻求振兴家族命运的道路，在零售业中采取多种形式的销售方式，鼓励顾客购买，以此扩大生产销售规模，但固执的家族信念和落后的家族制度最终没能挽回家族毁灭的悲剧。同样，德斯班家族的命运也是如此。这个家族的第一代有一儿一女，儿子德斯班上校在内战期间为邦联军服役，后来经营狩猎活动，挣了不少钱，都存在沙多里斯家族的银行中，他推荐自己的儿子曼非雷德·德斯班当上了这个银行的总经理。然而，曼非雷德·德斯班追求堕落腐败的生活方式，最终因为婚外情被弗莱姆抓住把柄，被迫作出交易并退出领导地位，导致家族的毁灭。

家族信念存在于人们的头脑之中，内化于人们的思想意识之中，体现了历史的发展趋势。"一个意见或信念可以很精确地下定义为：和现前一个印象关联着的或联结着的一个生动的观念。"① 家族信念激励南方人对家族繁荣发挥积极或肯定的作用，不断推动或影响家族成员在家族认同、家族情感和家族贡献等方面贡献自己的力量，成为维持和推动社会发展的重要力量。为了获得自身发展的权利和机会，新兴贵族家族发挥自身潜在的能力，编织出一张庞大的家族人际关系和社会关系网络，从而达到家族生存和发展的目的。以斯诺普斯家族中的弗莱姆·斯诺普斯为例，他从佃农转型为商人，最终走上了弃农经商的道路。对他来说，其生存的唯一目的就是获取利润。因此，在金钱等利益的驱使下，他毫不顾及亲情和乡邻利益，千方百计地攫取财富。当掌管了瓦纳经营的小店后，他断然取消了沿用多年的赊销方式，规定出售的商品一律按现金交易。这个规定没有任何例外，哪怕是店主瓦纳都不得违抗规定。他还涉嫌利用一系列商业欺诈手法，如放贷、以次充好的"花斑马"竞拍、土地投机等，榨取村子里众多穷苦村民的血汗钱。凡此种种劣迹都表明，他完全不顾家乡人情，只顾赚取经济利润。对这个人物兴衰过程的书写恰好反映了家族书写所具有的社会价值和历史意义。

---

① 〔英〕休谟著：《人性论》，关文运译，北京：商务印书馆，1980 年，第 110 页。

　　新兴贵族家族信念的产生、确立和所发挥的作用与所处时代的历史条件密切相关，而家族成员的生存欲望也受到个人经历及所处社会地位和身份的影响。这就出现了不同历史阶段中的南方人对家族信念和生存欲望的认同程度和方式的不同。对新兴贵族家族成员来说，寻找传统文化之根和有选择地接受北方工商业文化，是战后南方人必须面对的两个重要问题，因为南方传统文化与北方资本主义工业文明的融合是社会发展的必然结果，而传统贵族家族逐渐消亡，笼罩在家族子孙头上的喧嚣和死亡阴影短时间内不会消失。新兴贵族家族利用资本主义的工业化和商业化趋势，攫取了南方领导权并呈现出迅猛的发展劲头，这种历史环境对战后南方人来说本身就是一种警示，引发了对现实问题的思考。弗莱姆·斯诺普斯把妻子尤拉和女儿琳达视为谋取私利的工具，诱骗堂弟明克越狱，并以蓄意破坏他人生意的罪名将他送进了监狱。对其另一个堂弟厄克，他也心狠手辣，通过欺骗的方式让他上当购买了一匹野马，厄克劳民伤财，还被马踢坏了一条腿。后来，厄克被安排到锯木厂做搬运工，弗莱姆对厄克没有表现出任何的同情心。这个家族中的弗莱姆、兰普、艾·欧等对其他家族成员也没有表现出丝毫的情谊。从生存欲望来看，这种家族信念恰好反映了 20 世纪中期人们所关切的重大问题，展现了现代人的精神苦闷以及对未来的绝望，引起人们对人类生存问题的极大关注。

　　生存欲望往往促使人类个体为了自身的生存，积极寻找各种机遇，从而获得自身的发展。福克纳对新兴贵族家族成员的所作所为持一定的否定态度，因为在他看来，这些穷白人凭借着不正当的手段攫取社会财富，在南方横行无阻，无所不为；而那些崇尚仁爱、提倡家族荣誉和勇气的传统贵族家族成员却无法改变自己的命运，被迫与曾经看不起的穷白人一道，用暴力的手段遏制战后北方工商业资本主义的入侵。当然，这种行为意味着传统贵族家族的荣誉、优雅等传统美德屈从于卑劣的资产阶级势力。这对作为传统贵族家族子孙的福克纳来说，无疑是一件十分尴尬的事情。对此，诺埃尔·波尔克曾评论道："（斯诺普斯）三部曲的结局对我而言非常灰暗。如果暴力、谋杀是我们对付斯诺普斯主义的唯一有效途径，如果世界需要依靠明克·斯诺普斯这样的人来挽救，那我们真的将处于十分痛苦的境地。"① 作家作品中的人物是现实世界的映

① Noel Polk. "Idealism in *The Mansion*". *Faulkner and Idealism: Perspectives from Paris*. Eds. Michel Gresset & Noel Polk. Jackson: University Press of Mississippi, 1983, p. 125.

像，也是作家本人思想情感的综合体，作家在塑造人物的过程中始终浸润着本人对生活、对社会和时代的看法、认识与情感。不管福克纳本人是否意识到或承认，其笔下新兴贵族家族成员的形象都会受到其价值观、思想意识和审美理念的影响，而他对这些家族成员的憎恨也决定了他会把这些人物塑造成卑劣丑陋的形象。这是可以理解的，也是正常的文学创作艺术，因为他对新兴贵族的创作始终都是在传统与现代、愚昧与启蒙、守旧与创新、喜欢与反感的多重矛盾中进行的。这种创作环境注定了他的家族书写必然以其家族信念为标准来评判转型时期新兴贵族家族的行为和思想，表达了他对现实社会的不满。

一个新的社会阶层的出现，无论是在南方，还是在世界上其他地方，都会给人们带来反思，更有效地引导人们关注历史环境、现实困境和未来的生存问题等。血缘上的亲和性与偏狭地域上产生的乡土观念相互纠结，构成传统生活秩序中家族结构的强烈内聚力和稳定性。新兴贵族家族虽然具有传统贵族家族无法比拟的优势，但这类家族对社会所产生的影响更多还是掠夺性、欺骗性的，缺乏传统贵族家族中的亲情纽带关系；换句话说，这种关系还是为了自身家族的名利目的，是一种利用他人满足自身利益追求的关系。斯诺普斯家族成员出身卑微，家境贫困，从不名一文的穷苦白人到小有发迹的银行家，再到地位显赫的参政两院议员，慢慢爬上了南方社会的贵族地位。这个家族繁荣的原因在于其成员所具有的勤奋和进取精神，关键因素还是他们投机钻营、狡诈行骗。对此，福克纳在作品中清楚地表现出来，如他把这个家族命名为"斯诺普斯"，其原意为"实利主义"，预示了这个家族在战后将一步步地夺取社会的领导权，最终在实现自身生存欲望的同时陷入极端的困境之中。福克纳对新兴贵族家族的创作也是出自这一意图。他的家族书写承继了传统价值观中积极有效的因素，主张维持传统文化中那种积极、和谐和融洽的人际关系和社会关系。因此，他用传统价值标准来衡量新兴贵族家族的影响和作用，从而更好地引发人们对南方社会问题的关注。

家族信念制约了家族成员的社会生活和行为，但新兴贵族家族成员超越了传统家族信念，不断突破道德伦理的底线，改写家族身份和家族社会的影响力。福克纳对新兴贵族家族的书写消解了历史客观性的限制，分析了家族成员之间的关系和社会道德责任意识，展现了追求家族信念过程中所表现的生存欲望，尤其是凸显了不同家族为了利益而进行的生死博弈，集中凸显这些家族所经历的艰难历程，揭示了家族理念和精神信仰中的弊端与缺陷，并对这些家族的弊端和缺陷进行深入剖析，挖掘家族内部的虚伪、狡诈、残忍、无情等，将文学虚构艺术与历史真实性融合一起，从艺术层面升华到历史哲学和人生哲理层面。历史书写以想象与虚构的方式将受到压制的家族信念和家族成员的生存欲望表现出来，在历史发展必然趋势的前提下消解了对历史解释的权威性和政治观念的束缚，对南方未来发展表达出担忧与失望，使作品主题得到充分表现，给读者提供一种具有启示性的人生哲理思考。

三、新兴贵族家族历史地位与命运悲剧

人类不同的生存环境常常孕育着不同的文明，而生存条件的变化也会改变人类的生活方式和价值观念。美国内战后工业文明的发展给南方人带来了很大冲击，不断改变着其生活方式和生存环境。新兴贵族家族代表了传统文化的延续，又是社会发展的新生力量。关于这些家族的历史地位，包括福克纳在内的大多数南方作家都意识到，虽然新兴贵族家族败坏了传统道德伦理，但其务实和不懈追求自身利益的行为却符合社会发展的趋势，打破了传统文化的诸多弊端，推动了南方政治、经济和文化的发展。为此，福克纳对这些家族进行的新历史主义书写展现了其不断觉醒的政治民主意识、对经济利益的追求和执着尖锐的吃苦精神，同时也揭示了这些家族成员的道德沦丧以及所导致的命运悲剧，给现代社会提供了生存警示。

文学创作与历史书写保持着相辅相成的关系，历史在赋予文学真实性的同时也被文学赋予了虚构性和想象性。由此，文学和历史的融合激发人们反思历史的客观性和真实性，也让人们意识到对家族的评价必须以是否能满足家族成员个体的需求为标准。不论在战前还是战后的南方社会中，经济、政治和文化的目的都是促进人类的生存和发展，尤其是满足人类个体的需求和发展。新兴贵族家族并不能简单地被视为南方社会的异类，而是作为传统贵族家族的颠覆者，为战后南方社会提供了评判自身环境和伦理道德优势或弊端的参照，并在社会发展历程中占据了重要的历史地位，因为他们最初以温和群体的形象出现在读者面前，且家族成员善良无私、乐于助人，有时还被人欺负，遭受了不平等的待遇。这是值得同情的。然而，有些新兴贵族家族成员对物质利益的追求完全出自自身个体和家族的需求，置社会公德于不顾，必然会引起对传统道德伦理的背离，不可避免地导致家族的毁灭。正是这种消极形象和家族的悲剧意识让人们理解了内战后南方社会发生的历史事件，直接指向南

方现实问题和所面临的生存危机。

新历史主义的历史书写包含了书写者的理性和非理性追求，体现了所处社会的发展需求。南方新兴贵族家族书写不仅表达了对历史事件真实性的理性书写，而且表明了文学文本的非理性特征。福克纳的非理性历史书写使用寓言与隐喻的手法，彰显了这类家族的形象性、叙事性及艺术表现力。新兴贵族家族受到南方社会的强烈排斥，因为大多数南方人理性地意识到资本主义文明对传统生活方式和伦理道德的破坏，从而使他们失去了精神上的寄托和情感上的依赖，因而，对这种穷白人出身的"暴发户"在情感和生活上都进行了抵制。可以说，新兴贵族家族是在传统势力的打压和排挤下顽强发展的，体现了战后南方社会的激烈竞争和财产占有的不公平现象。内战结束后，南方开始出现工业化经济，一些农民转变身份，成了产业工人，然而，他们的社会地位依然十分低下，没有自由和权利，因而渴望改变自身社会地位的欲望愈加强烈，对财富的追求也更加非理性。从这个意义上说，他们对权力的掌控和改善经济地位的欲求同传统贵族家族相比也更加突出。还是以斯诺普斯家族为例，这个家族起源于密西西比州的山区，其中弗莱姆·斯诺普斯演绎了个人与南方社会发展的完美融合，展现了穷白人如何从社会底层到上层社会的发展历程。以威尔·瓦纳和德斯班上校为代表的传统势力对斯诺普斯家族的挤压、侮辱和欺负，特别是弗莱姆不择手段地攫取财富都是被逼迫的结果。在这种历史环境中，斯诺普斯家族成员追求财富和改变生活困境的行为和思想都是可以理解的，福克纳并没有过多地责备他们，相反，却把他们放在社会转型时期的大背景下，通过社会遭遇和命运安排展现他们受到的压制与磨难，书写他们因对物质追求而造成的道德堕落。

任何发展都是在一定环境中进行的，历史环境影响或决定了社会发展进程，同时依靠某种历史书写形式流传下来，以便后人对历史进行重构或反思，找到历史真实。新历史主义的历史书写聚焦生活中的普通人，通过对普通人的分析和研究，才有可能找到历史真实。新兴贵族家族的历史书写折射出南方转型时期家族的历史地位和生存欲望。如弗莱姆的父亲阿伯纳·斯诺普斯曾经在内战期间在沙多里斯上校的军团中服役，多次因为偷部队的军马被上校殴打，生活十分困苦。作为佃农，他们没有土地，居无定所，先后搬过十多次家，家里只有一些破烂东西，如旧炉子、破床破椅等。不仅如此，这个家族在泥土里辛苦工作，忍受着瓦纳家族的算计和欺负，处境十分艰难。福克纳虽然从感情上极端厌恶这个家族，但仍客观描述了他们所受的侮辱与他们生活的艰辛，并把家族的命运归于社会环境和不平等的社会制度。斯诺普斯家族成员为了生存，不得不选择自己的方式来与不平等的社会进行抗争，尽管有些方式受到了谴责，却体现了南方传统的抗争精神和实用主义思想。

历史事件都是发生在一定的时代环境和历史语境中的，对南方新兴贵族家族历史地位的评判也必须放到具体的历史语境中。福克纳以家族历史为主题，通过新兴贵族家族的兴衰命运反映了重建时期的社会现状和历史变迁，揭示了历史发展过程中南方传统观念的变迁与家族悲剧命运的成因。由于新兴贵族家族的崛起并不完全是依靠其诚实的劳动和合法的经营，而是依靠投机倒把、巧取豪夺而获得的，所以从传统道德伦理方面来看，新兴贵族家族理应受到谴责和批判。福克纳虽然多次透露出对新兴贵族家族成员的反感，但他还是能理性地对待这些家族的遭遇以及最终的家族命运。从文化心理和价值取向上来看，这源于他的特殊出身和曲折的生活经历，他意识到新兴贵族家族带来的社会推动力，因而采取了理性的眼光来审视这类家族。可以说，他对新兴贵族家族历史的书写既展示了家族成员的生命欲望、情感需求与人性的悲剧，又流露出对这些家族成员的复杂情感，表明了对新兴贵族家族成员某些方面的认同以及其本人与时俱进的文学创作思想。

家族作为个体生存、发展、情感和心理的重要支撑或精神寄托，担负着十分重要的职责，每个人都对自己的命运有着不同程度的焦虑。福克纳在展现新兴贵族家族历史地位与命运悲剧的过程中，努力发掘这类家族在社会中的历史意义以及其与现实的关系，不再将这些家族的兴衰历史视为单纯的文学文本，而是在历史书写中融入文学想象和创造，重构南方历史真实。他对新兴贵族家族的历史书写蕴含着一些相互矛盾的生存欲望，表明了他在对南方历史的重审和重构中所面临的巨大压力和挑战；在评价新兴贵族家族的历史地位时表现出相互矛盾的心态，既期望全社会联合起来，共同遏制和阻止斯诺普斯主义在南方的蔓延，又不得不对这种新兴贵族家族的优点和长处进行肯定。正是由于这种双重性特征，使得他在消解传统贵族家族成员人性缺陷和道德伦理丧失的同时，加大了对新兴贵族家族成员积极性方面的书写，表明了他对新兴贵族家族命运的探索和对其态度的改变，即从单纯的道德谴责走向了新历史主义书写，在辨别道义的基础上分清根源，找到这些家族存在的问题，进而针对这些问题找出解决问题的方法，为南方未来的发展指明了方向。

第三节　历史伦理：黑人家族的苦难经历与奉献精神

历史书写的意义在于描述人类的生存状态，为人类的生存和发展提供伦理规范和精神指引。"艺术的要务在于它的伦理的心灵性的表现，以及通过这种表现过程而揭露出来的心情和性格的巨大波动。"① 福克纳对黑人家族的新历史主义书写旨在提醒家族成员相互关怀，唤起社会伦理意识，振兴家族发展。美国南方社会是由多民族组成的，黑人作为最大的少数族裔，内战之前长期处于被压迫、受歧视的地位，无法组建或维持自己的家庭，更谈不上自己的家族；到"重建时期"，他们获得了相对自由，依靠自身传统扩大了亲属网，开始形成黑人家族的雏形。但与白人家族构成不同，这些黑人家族多以女性为核心，由黑人子女、孙辈等成员组成，父亲多为缺席状态。黑人家族生活在社会的最底层，饱受白人统治者的折磨与摧残，但他们表现出的宽容奉献与自我牺牲精神成为社会稳定和发展的基础。福克纳黑人家族历史书写涉及多个家族，如《喧哗与骚动》中的迪尔西家族，《押沙龙，押沙龙!》中的邦恩家族，《去吧，摩西》中的尤妮思家族和《坟墓的闯入者》中的莫莉家族等。这些家族都是由三代以上的家族成员构成，初步具备了白人家族的关系脉络，家族成员之间的关系虽未达到白人家族的融合程度，却反映了家族伦理关系，推动了南方社会的发展。

一、黑人家族社会关系与构成方式

家族的形成都经历了一定的历史环境，承载着不同时期的伦理道德和文化内涵，反映了家族成员的生存状态。美国黑人家族是在蓄奴制种植园经济基础上形成的，体现了黑人生活方式和社会历史环境。内战之前，南方黑人属于白人奴隶主的私人财产，没有权利决定自己的婚姻和生活。即使在这样的历史环境中，黑人通过与奴隶主的斗争获得了一些权利，建立了自己的家庭。同样，黑人家庭的建立可以更好地为大种植园主提供更多的劳动力，大种植园主也愿意帮助黑人建立起相对单一的黑人家庭。到19世纪末，黑人家庭迅速发展，家族成员急剧增多，逐渐形成了黑人家族观念和家族制度，在社会发展中发挥重要作用。

黑人家族是黑人日常生活的组织形式，也是南方社会人与人之间关

---

① 〔德〕黑格尔著：《美学（第一卷）》，朱光潜译，北京：商务印书馆，1979年，第275页。

系的纽带。以婚姻关系为例，按照白人观念，婚姻双方根据一定的法律、伦理和风俗的规定建立起一种依附关系，由此确定了夫妻关系以及父母子女之间的权利和义务。南方白人家庭通常是由丈夫、妻子和孩子组成的核心家庭，而家族可以理解为大的家庭，即由多个家庭所组成，家庭成员具有相同的血缘或婚姻关系。然而，黑人奴隶家族的构成并没有按照非洲传统，也没有模仿白人家族，而是在保持非洲传统文化的基础上，吸收了白人家族的结构形式，形成了特有的黑人家族体系和家族伦理。在南方早期历史上，黑人由于被固定在种植园土地上，没有机会或权利接触到其他异性黑人，难以组建自己的家庭或家族；后来随着黑人权利意识的增强，在一些大的白人种植园内开始形成相对稳定和集中的黑人居住地，并逐渐发展成黑人社区。这样，黑人可以拥有自己的工作和休息时间，可以相互关照，甚至获得主人授权的黑人还能决定自己的婚姻和家庭，黑人之间的关系得到扩展，传统文化得以传递或延续，形成了带有白人家族色彩的黑人家族。

人类个体在遭遇生存伦理困境的时候，所作出的伦理选择通常更加接近人性的本真。虽然南方黑人家族的构成方式能够使个体在亲缘体系中找到归属感和群体位置，但并不意味着其家族关系相对稳定，相反，其家族关系十分脆弱，并处在随时被摧毁的危险之中。这是因为，内战之前黑人男子的婚姻关系是由奴隶主根据黑人男子的能力给他指定妻子，所生孩子归奴隶主所有，黑人没有组合家庭的权利；黑人妇女是奴隶主的私有财产，她们没有婚姻自由，任由白人奴隶主处置，白人奴隶主随时可以将黑人家庭或家族拆散，或屠杀或赠送或卖往他处等。如《去吧，摩西》中的黑人妇女尤妮思本来是麦卡斯林家族的奴隶，但遭到主人的强奸，生下一个女儿，后来这个女儿又被白人主人、也是自己的白人父亲强奸，从而繁衍成特殊的黑人家族。可以说，南方黑人家族是一个松散的血缘关系组织，且多以女性血缘关系为依托，时常受到白人奴隶主的摧残，过着十分悲惨的生活，而他们的处境说明了南方社会存在严重的种族问题。

南方黑人家族的苦难历程是由蓄奴制和不平等社会制度造成的，充分体现了黑人家族在生存过程中所展现的强烈生存意识和生命价值。以《喧哗与骚动》中的迪尔西家族为例，该家族包括了她的丈夫、儿子、女儿、女婿、外孙等，他们都尽心尽力地服侍康普生一家，任劳任怨，忠实地履行自己的职责和义务，成为黑人家族的形象代表，颠覆了南方主流社会中以白人男性为中心的历史书写方式，反映了社会边缘人物的日常生活状况，揭示了不同历史环境下黑人家族的苦难经历。

黑人家族维持了南方社会的稳定与发展，但其家族成员在种族偏见或种族歧视的历史环境中，遭受了极大的折磨和摧残，严重制约着社会的发展。黑人家族通常分为三种类型。其一是没有父亲的母权制黑人家庭。这类家庭在南方社会中较为普遍，基本结构是子女随母姓、随母住，完全依靠母亲的照顾，母亲是一家之主，生活十分艰难。第二种类型是有一个或几个短时存在的父亲家庭。这类家庭通常子女较多，母亲生活压力大，离开了父亲的支持，她无法承担抚养子女的重任，因此，需要找到一个或几个暂时作为父亲的黑人男子帮其养家糊口。第三类是有父亲的家庭类型。这类家庭虽然有父亲的存在，但他却不能承担家庭责任，原因在于他们或身体残疾，或失去劳动能力等，当然也没有作为父亲的权威。长期以来，人们对黑人婚姻状况产生误解或偏见，认为黑人缺少家庭或家族观念，无法承担自己的家庭职责和义务。实际上，这种看法是错误的，完全忽视了黑人的尊严。这是因为作为社会弱势群体，黑人无法决定自己的命运和家庭形式，只能适应南方白人主流意识的安排；然而，从整体上看黑人始终都像其非洲先人那样，具有强烈的家庭或家族观念，渴望有稳定的家庭或家族，从而传承与振兴黑人家族文化，推动社会的正常有序发展。

南方黑人家族的形成受到了白人家族文化的影响，也得益于黑人长期与白人的共同生活，黑人的文化习俗、日常行为和伦理道德准则等，都潜移默化地受到白人文化的影响，出现了家族文化的同化现象。"人们过去区别虚构与历史的做法是把虚构看成是想象力的表述，把历史当作事实的表述。但是这种看法必须得到改变……一个编码为'真实'，另一个在叙事过程中被揭示为'虚幻'。"① 在南方重建时期或城镇化过程后，大批黑人移居到城市，黑人作为群体或基本力量的条件越来越成熟，愈加渴望通过自身的家族关系获得更多的社会资源。这样，黑人早期实行的母权制就过渡到父权制，因为父权制的家族是黑人家族存续的良性表现，表明黑人男性已具有了组建稳定家族的经济基础，能够担负着养活家族成员的责任。当然，这类黑人家族在社会中的地位是不同的，有高收入和中低收入两种父权制家族。在高收入父权制黑人家族里，父母双方都受到较好的教育，承担的社会责任和教育子女的使命意识都很强烈；中低收入家族中的父权没有实际意义，依然还是一种象征，无法左

---

① 张京媛主编：《新历史主义与文学批评》，北京：北京大学出版社，1993年，第177页。

右子女的婚姻选择，更谈不上帮助子女满足自身的需求。当然，并非所有的黑人都能拥有一个美满幸福的家庭，大多数黑人只能作为私有财产满足白人奴隶主的需求。黑人家族书写就是出于这个目的，表明了黑人家族在社会中所发挥的重要作用，展现了黑人家族成员所遭受的不幸与折磨，其目的是消除种族歧视，实现社会公平。

新历史主义的历史书写通过理想与现实、理性与信仰，揭示了历史的真实和现实状况，为人们提供了修正错误的对象和方法。南方黑人为适应自身所处的各种环境，不得不依据各种形式构建自己的家庭形式和家族结构。在这种看似普通、人际关系相对简单的黑人家庭或家族中，家族成员承受了很多难以忍受的艰辛与困境，有时在失去公平性原则的环境中坚持下来，形成南方特色的黑人家族文化，并以文化融合的方式找到自身的生存方式。当然，黑人家族的形成和发展是南方政治、经济和文化影响和制约的必然结果，同时也被福克纳赋予了时代内涵和历史价值，为南方社会提供了广阔的阐释空间，帮助人们理解黑人家族所承载的家族观念和文化价值意义，表达了对黑人家族意识的认同和对人类未来的信心。

二、黑人家族苦难书写与命运诉求

新历史主义的历史书写是为了揭示历史真实，因而必须按照历史发生的场景准确书写历史事件，让人们了解事件发生的全过程。南方黑人家族虽然属于一个相对松散封闭、社会话语权较弱与社会地位较低的基本组织，但却维持和确保了社会的稳定和发展。黑人家族历史书写关注黑人家族成员面对的恶劣的历史环境和主流意识形态对他们的压制，确立了黑人家族的社会地位。黑人家族社会成员千方百计地寻找适合自己的生存方式，积极构建家族关系，在相互关注、相互依赖和相互发展中度过困境。

新历史主义的历史书写往往表现出对历史事件的质疑，因为历史真实的考证既需要细致的生活体验，又必须具有全新的历史想象力。历史事件不可能再现，历史书写只能按照书写者的意识进行修改、完善和补充，不可避免地存在虚构或误读现象。以内战历史书写为例，这是南方人至今无法释怀的历史事件，因为在他们看来，内战历史是南北双方对历史话语权争夺的历史，而内战历史书写实际上是各自主体意愿的具体体现。同样，福克纳对黑人家族的新历史主义书写也是如此。由于黑人在主流意识形态中被置于历史书写之外，处于社会边缘位置，黑人家族历史常常被忽视，即便是在某些场合中的历史书写也很难客观地呈现出来。为此，对黑人家族进行的新历史主义书写往往把黑人家族构成与家族成员之间的关系进行细致布局，客观展现他们在社会上遭受的磨难，关注他们所引发的社会问题。如邦恩家族是一个十分特殊的黑人家族，虽然隶属白人奴隶主萨德本家族，但由于萨德本拒绝承认这个带有黑人血统的儿子，最终导致兄弟相残、家族成员死亡，乃至家族的毁灭。《坟墓的闯入者》中的莫莉家族也是一个特殊的黑人家族，主要由三代家族成员组成，包含母亲、女儿、孙女等。黑人家族书写选择那些容易被忽视的日常生活行为，借助历史事件再现、历史环境反思和命运悲剧阐释的方式，从历史高度见证黑人的心理创伤，突出种族问题带给人们的道德耻辱和精神创伤，真实反映黑人遭受的摧残以及其在社会发展中所起的作用。

新历史主义的黑人家族书写不仅能够叙述历史事实，而且还能还原或重构南方历史，展现历史环境和历史事件所造成的种族不平等问题。无论是黑人家族的构成，还是家族成员之间的伦理关系等，都与白人家族有着本质的区别。南方早期的文学作品在表现黑人家族问题上，大多是对黑人与白人主人之间的关系进行美化，创造特有的"南方神话"，同时也掩盖种族问题的危害性。后来，有些作品虽然从黑白种族对立的立场描写种族主义的残酷和黑人所受到的屈辱，展现黑人遭受的沉重苦难，但这还远远不够，并没有揭示种族主义的本质。福克纳另辟蹊径，如实反映黑人在历史中的遭遇与困境。因为在他看来，白人贵族家族窃取黑人的劳动成果，享受了黑人劳动所带来的幸福生活；南方黑人却过着异常悲惨的生活，没有自由或政治权利。虽然有些黑人奴隶在白人主人的许可下组建了自己的家庭，但主人的态度以及南方社会的政治、经济和文化环境等随时都会打乱他们的日常生活，拆散他们的家庭，使他们饱受妻离子散的悲剧。福克纳从对黑人悲惨命运的书写转变为对黑人家族历史的书写，同时在历史书写中将黑人家族悲剧命运的思考上升到了人类道德的高度，在理性世界和非理性世界的对比中获得哲学上的启迪，为黑人家族赋予了重要的历史价值和现实意义。

文学与历史、文学与个人之间的关系强化了日常家庭生活和边缘事件的影响和价值，客观地反映了历史书写的真实性和文学艺术的影响力。对黑人家族的新历史主义书写体现了南方传统历史书写中理性和非理性的有机融合，即黑人奴隶必须忠实于白人主人，有诚实、勤劳、耐心等品行；白人奴隶主对黑人奴隶要富有善心，关心爱护黑人奴隶。事实上，这种书写心态带有理想化的色彩，掩盖了种族冲突的本质，也将黑人永远置于被剥削与被压迫的地位。男性黑人奴隶在种植园里像牲畜一样劳动，劳动果实被奴隶主占有；黑人女性或在种植园劳动，或在奴隶主家里做佣人，同黑人男性奴隶一样从事繁重的体力劳动，忍受着奴隶主的虐待和蹂躏。他们渴望婚姻自主，期望像主人一样享有家庭生活和维持家族关系，然而即使到了内战结束以后的很长时期内，黑人奴隶依然受到白人奴隶主的歧视和摧残，造成很多黑人家族成员无法相互照应，种族冲突和社会骚动经常发生。福克纳对黑人家族的新历史主义书写反映了黑人的社会地位和真实的生活状况，引发了对社会平等的强烈诉求。

黑人家族的非理性书写展现了社会的荒诞性与失衡性，引起人们对历史环境和历史真实的反思。由于历史事件发生在过去，人们无法了解历史事件发生的原始环境，只能通过叙述或书写的方式展现出来，但书写或叙事都只是对历史事实的记录，并且书写内容与客观事实之间不可避免地存在差距。因此，无论是历史学家还是文学家，都只能再现历史环境、重构文学文本，却无法复原历史原始环境。福克纳在面对黑人受到排挤和摧残的历史事实时，只能通过非理性的历史书写，让读者看到南方主流意识形态下所掩盖的历史真实。他把黑人家族的苦难通过主流意识中的理性因素向非理性因素进行了转化，揭示出黑人家族所经历的苦难历程和现实社会生活状况。如在战前南方社会中，白人和黑人之间的通婚在法律上是绝对不被允许的，但在现实社会中，由白人男子与女奴所生的混血儿是一种普遍的社会现象，很多美国著名的政治家，甚至福克纳的曾祖父等，都有自己的黑人家庭和黑人混血子女。由于黑白混血儿既有区别于纯血黑人、又有区别于白人的特征，这些人的存在本身就是对白人种族主义者的巨大讽刺，表明了建立在肤色基础上的种族歧视所造成的社会脆弱性与荒谬性。《坟墓的闯入者》中的路喀斯是黑白混血儿，也是沙多里斯家族创始人老沙多里斯占有和强暴黑人女奴并犯下乱伦罪恶的证据。由于特殊的出身背景，他时刻以自己身上的白人血统而自豪。"路喀斯几乎就是一个人……路喀斯在福克纳的黑人人物中是唯一的接近或相当于一个男子汉的人物。"① 很多人喜欢这个人物，认为他是福克纳家族书写中举止行为最为得当的人物之一。事实上，在书写

---

① Margaret W. Alexander. Faulkner and Race. *The Maker and the Myth*：*Faulkner and Yoknapatawpha*. Eds. Evans Harrington and Ann J. Abadie. Jackson：University Press of Mississippi，1978，p. 113.

这个黑人形象时，福克纳表现出了其可笑甚至可悲的个性特征：如衣服穿戴和语言上的理性透露出其奴婢思想，欣然接受老卡洛瑟斯渗透其罪恶的一千美元补偿，且以白人优越者自居，对其他黑人冷漠疏离，甚至要求"不要在房间里摆什么田里干活的黑鬼的照片"①。透过路喀斯本人对黑人的态度，福克纳书写了南方理性社会背后所隐藏的种族主义的荒诞性，黑人的自信和自尊竟然源自其身体里的白人血统，实际上是对南方种族主义思想的嘲笑与讽刺。

新历史主义历史书写中的非理性因素需要通过直觉、灵感和顿悟等加以解释，或通过意志、信念、习惯和本能等进行理解，因为"历史不仅仅是作为如此这般的事实而加以肯定，并且还由于领会那些事实何以是那样地发生的原因而加以了解。这种哲学性的历史将是一部人类普遍的历史，而且将显示出从原始时代直到今天的文明的进步"②。福克纳对黑人家族的新历史主义书写突破了传统历史观念，通过形象或图像在具体情境中进行思维活动，在理性和非理性的辩证关系中上升到哲学高度，引起人们对黑人命运的反思。以尤妮思家族为例，这个家族是由于自己遭受到白人主人的残暴而导致的。虽然她意识到女儿被白人奴隶主、也就是女儿的生父蹂躏后，因羞愧而自杀，但这种行为并没有产生任何的效果，因为黑人作为白人主人的附属物，没有身体权利和婚姻自由，更不允许具有反抗意识或行为。短篇小说《夕阳》里还有一个黑人家族，女主人是南希·曼尼可。作为黑人女仆，她屡次遭到白人的凌辱并且多次怀孕，背负着自甘堕落的骂名，还受到黑人丈夫的辱骂和殴打，生活极其悲惨。这些黑人家族的悲剧命运彰显了南方社会的种族罪恶，表明了南方种族主义的荒诞性和危害性。

福克纳对黑人家族的新历史主义书写消解了南方历史再现中的政治倾向性和意识形态性，抛开了主流意识形态、权力和政治主张的影响，为寻找历史真实提供了一个有效的途径。南方种族主义者宣扬白人优越论，竭力贬低黑人的人性和智商，目的是让黑人成为忠诚的"好奴隶"。这是一种比皮鞭和棍棒更加隐蔽、更加恶毒的规训方式，理应受到谴责。不可否认，有些黑人家族成员，并不属于生活在社会最底层的奴隶，且

---

① 〔美〕威廉·福克纳著：《坟墓的闯入者》，陶洁译，上海：上海译文出版社，2004年，第12页。本书中引用该书均为该版本，以下引用只在括号内注明书名和页码。

② 〔英〕R. G. 柯林武德著：《历史的观念》，何兆武等译，北京：中国社会科学出版社，2017年，第173页。

与白人主人的关系较为密切，因而获得了较好的物质生活条件和社会待遇，但这并不能以偏概全，更不能否认福克纳对黑人家族书写的文学初衷。他对黑人家族的书写密切关注了黑人家族成员受到的不平等待遇，为认识种族主义本质提供了一个新的透视视角，进一步揭示了种族主义问题存在的广泛性和深远性，为读者展现了一个不同的历史审视视角和评价标准。

三、黑人家族奉献精神与历史地位

文学中的历史书写，并不是作家创作经历的真实记录，因为文学作品的创作往往不以作家本人的意志为转移，有时还会出现与其历史观相悖的现象。美国内战爆发的起因是黑人问题，如北方认为战争是为了解放南方黑人奴隶；而南方则认为维持自身的生活方式是联邦宪法赋予的权利，但最终结果是黑人遭受了极大伤害。内战后黑人遭受的压迫和剥削非但没有得到相应的缓解，反而变得更加严重，处境更加悲惨。尽管如此，黑人家族依然积极参与社会和生活的各个方面，为南方社会的稳定作出了巨大贡献。对此，福克纳的黑人家族书写从日常生活入手，揭示了家族成员遭受的痛苦，展现了他们的宽容和奉献精神，反映了他们所处的重要历史地位。

对家族的新历史主义书写蕴含了作家本人所设计的一些颠覆性社会元素，这些元素大多属于边缘化、偶然性和不易为人注意的环境和人物等，但却突破了主流意识形态的束缚，具有颠覆主流意识形态权威限制的优势。"任何一位作家都生活在特定的社会结构、历史传统和文化习俗的框架之中，社会思潮和历史变迁必然会在他的作品中留下深深的痕迹或烙印。"[1] 与同时代作家相比，福克纳对种族歧视的态度是明确的，因为他在多种场合中赞扬黑人的优秀品质，对黑人的遭遇表达了同情，同时也对种族主义的罪行进行了谴责。他对黑人家族的新历史主义书写让读者看到了黑人家族历史的丰富性和复杂性，同时也给黑人家族书写增添了沉重的负罪感。以迪尔西家族为例，这个家族的成员，在面对现实生活的打击和痛苦时，从来没抱怨过命运对自己的不公，而是以宽容奉献精神泰然处之，体现了人性的光芒和人类未来的出路。她们身上所具有的奉献精神温暖了白人贵族家族的每一个成员，给全体南方人带来了

---

① 杨彩霞著：《20世纪美国文学与圣经传统》，北京：中国人民大学出版社，2007年，第22页。

希望，因为"她赢得了她为之奉献出忠诚与挚爱的一家人的感情和敬爱，也获得了热爱她的异族人的哀悼和痛惜"①。从这些黑人家族成员身上，读者感悟到黑人的宽容奉献精神和人性的伟大，从内心深处表达了对黑人的赞扬，因为他们体现了人类崇高的品质和具有普遍性意义的道德伦理精神。

新历史主义历史书写的动机往往隐藏在主流意识形态之下，背离"宏大历史"或官方历史叙事，并借助家族日常生活，以"碎片化"的历史记忆或历史事件为背景，揭示现实世界的生活状况与人类未来的命运。福克纳对黑人家族的新历史主义历史书写将"宏大历史"事件融入家族日常生活之中，摆脱了主流意识形态的限制，展示了历史事件和历史环境的真实。以《曾有过这样一位女王》中的埃尔诺拉家族为例。作为这个家族的女性创始人，她吃苦耐劳、忠心耿耿，深得白人主人的信任。即使在老主人去世后，她依然履行着自己当初的许诺，如把服侍珍妮小姐视为一项殊荣："我可以照顾她……我不需要别人帮忙……因为这是沙多里斯家里的事，上校去世前嘱咐我照顾她的，是他发的话。我用不着城里来的外人帮忙。"② 在她看来，自己这样安分守己的黑奴才算得上是一个"好黑人"，而那些像她子女那样背叛主人且终日闲荡的黑人都是没有良心的"坏黑鬼"。这样的种族观念显然不是黑人家族书写所要表达的主题，因为福克纳想表达的是对黑人家族成员的尊重和同情，书写的重点是黑人家族的伟大、善良和忠诚精神。

新历史主义的历史书写需要客观地反映历史事件，陈述事件的环境与内容，从而给后人提供思考或辨别历史真伪的依据。福克纳对黑人家族的新历史主义历史书写展现了黑人家族伦理、家族秩序和家族命运，陈述了家族成员的日常生活方式、历史记忆以及情感倾向，阐释了南方社会问题和生存状况。他没有亲身经历过内战，也不太愿意花费时间进行考证，因为在他看来，历史真实取决于文学想象的真实，只要人们认同了历史事件，也就认定了历史真实。为此，他从各种途径获得了有关内战的历史故事，将它们有机地融入家族书写之中，达到还原历史真实的目的。他书写了黑人个体的多舛命运，也关注了黑人家族的发展历程。如迪尔西是以他家的黑人保姆卡洛琳·巴尔为原型创作的。作为对她多

---

① 〔美〕威廉·福克纳著：《密西西比》，李文俊译，广州：花城出版社，2014年，第148页。

② 〔美〕威廉·福克纳著：《献给爱米丽的一朵玫瑰花》，陶洁译，南京：译林出版社，2001年，第184页。本书中引用该书均为该版本，以下引用只在括号内注明书名和页码。

年来照料的回报，福克纳一直照顾晚年的巴尔大妈，尤其是在她百年辞世时，还专门为她写了悼词："直到今天，她仍然是我最早的记忆的一部分，倒不是仅仅作为一个人，而是作为我行为准则和我物质福利可靠性的一个源泉，也是积极、持久的感情与爱的一个源泉。她也是正直行为的一个积极、持久的准则。从她那里，我学会了说真话、不浪费、体贴弱者、尊敬长者。"① 他把对巴尔大妈的爱融入黑人家族书写之中，并献词赞扬她："她生为奴隶，但对我的家庭忠心耿耿，慷慨大方，从不计较报酬，并在我的童年时代给予我不可估量的深情与热爱。"② 在迪尔西身上，福克纳所要揭示的绝不仅仅是"好奴隶"的爱心，而是一种更为深广的人类情感。事实也是如此，巴尔大妈作为被压迫黑人的代表，充满了真诚、自尊和爱心，体现了生命的荣耀和尊严。

官方历史或"宏大历史"书写代表了主流意识形态的观点，具有独特的优势，但往往无法反映历史真实，因为脱离了历史环境的客观历史从来就不存在，书写者的意识始终参与历史书写的全过程。"作为一个历史学者，我曾试图历史地加以解释，但是这种解释并不能总是使我满意。这就让我别无选择，只能用我的历史知识，和我所有的其他知识和技能，把问题提出来，以寻求应变应革之道，达到让所有民族获取其向往的平等目标的明确目的。"③ 福克纳对黑人家族所进行的历史书写也是如此，不仅丰富和发展了南方家族文化，而且反映出黑人家族所信奉的道德伦理。康普生家族对爱的缺失恰好反衬了迪尔西家族所具有的永不枯竭的温情，也说明了白人贵族家族与黑人家族之间的差异。迪尔西家族的奉献精神表明了，"她的意义不仅仅是目击者。正如对康普生家族成员的关照一样，在客观上她延缓了康普生家族的崩溃。康普生家往日那气派的大宅院已经破败不堪，笼罩着一派惶恐惊乍歇斯底里的末日气氛。唯独迪尔西的厨房是沉稳可靠的避难所，仿佛是康普生家族这颗朽木上的鲜花"④。迪尔西用自己的大爱和忠诚维持着康普生家族成员之间的残破关系，表现出高尚的品德，她最终目睹了康普生家族的兴衰始末，并以

① 〔美〕威廉·福克纳著：《在卡洛琳·巴尔大妈葬礼上的演说》，李文俊译，《写作》1997年第10期，第23页。
② 〔美〕威廉·福克纳著：《去吧，摩西》，李文俊译，上海：上海译文出版社，2004年，第3页。本书中引用该书均为该版本，以下引用只在括号内注明书名和页码。
③ 刘绪贻：《悼念约翰·霍普·富兰克林》，《书屋》2009年第6期，第23页。
④ 唐璇：《〈喧哗与骚动〉的人物刻画》，《江西师范大学学报（哲学社会科学版）》2006年第3期，第95页。

"我看见了初，也看见了终"① 的感慨表达了对白人主人命运的同情。从迪尔西身上可以看到黑人的善良与忍耐精神，福克纳也在她身上寄托了对人类未来的希望和信心。

新历史主义历史书写中的颠覆性事件延展了历史事件的现实意义，将人们的日常生活体验和社会现实问题融入精神信仰之中，为展现历史真实提供了有效的实施途径与重构思路。文学创作本身参与了历史事件的再现或重构，也成了多种意识形态和历史观念的交汇空间，给黑人家族命运书写展现提供了真实的历史环境。内战后南方社会经历了深刻的社会变化，以农业生产方式、种族主义以及清教思想为基础的传统种族观和价值观正分崩离析，新的价值观和道德观尚在形成中。生活在这一时期的福克纳无法超出所处时代的限制，对种族主义的认识难免受到主流意识形态的影响。他表达了让人难以理解的"慢慢来"处事方式，招致了很多人的质疑。然而，这里他想表达的真实意图是南方人应当更多地了解黑人家族。事实上，他对种族主义罪恶以及所带来的社会问题的认识还是十分深刻的，对黑人家族成员遭遇的不公平待遇表达了同情，对种族主义罪恶进行了强烈谴责，因为他最痛恨的是，"人们之所以对黑人施以私刑并非因为他们犯了什么罪行，而是因为他们的皮肤是黑色的"②。在黑人家族历史书写中，他如实地展现了黑人家族成员的社会地位和宽容奉献精神，这显然是为了唤醒南方人的仁爱精神，重塑黑人家族形象。

福克纳的黑人家族书写与南方主流意识形态之间的对立与冲突关系，体现了福克纳作为家族书写主体对南方主流意识形态的质疑与反思。他对黑人家族的新历史主义书写在某种程度上摆脱了主流意识形态的束缚，成为历史事件的有力补充，也是现代人对内战认识的重要参照。南方作家对黑人家族的个人见解和文学书写模式各有各的特点，所展现的黑人家族的地位和作用也不尽相同。由于受到历史传统的影响，福克纳在黑人家族书写方面出现了一些矛盾心理，这是可以理解的，也是正常的，但他最终以良知作家的身份书写了黑人家族的宽容奉献精神和所作出的贡献，这是对黑人家族作用的肯定，也是对南方种族主义制度的否定。

---

① 〔美〕威廉·福克纳著：《喧哗与骚动》，李文俊译，上海：上海译文出版社，2004 年，第 314 页。本书中引用该书均为该版本，以下引用只在括号内注明书名和页码。

② William Faulkner. *Essays, Speeches and Public Letters*. Ed. James B. Meriwether. New York：The Modern Library，2004，p. 37.

当然，在当时的历史环境中，人们还没有意识到这种种族书写的影响和价值。如有人建议弗吉尼亚大学任命他为终身教授，但该校校长拒绝考虑这一建议，理由很简单，因为福克纳反对学校实行种族隔离。当时正值种族歧视、种族隔离之风盛行之际，尤其是在艾尔伯马洛县，许多学校长期关门，以表示对学校消除种族隔离主张的抗议。在这种情况下，能让福克纳做驻校作家已经是很不容易的事了，谁还敢冒天下之大不韪任命他为终身教授呢？难能可贵的是，福克纳对黑人家族的新历史主义书写突出表现在他对黑人家族历史地位和作用的定位上，尽管在其笔下黑人家族的命运不尽如人意，如邦恩家族的毁灭、南希家族的解散，甚至迪尔西家族成员在迪尔西去世后不知漂向何处，但他并不像以前的南方作家那样对黑人家族充满了憎恶与批判，或者根据创作需要对这种解体表示出乐观，相反，他对这些黑人家族遭受的不幸或毁灭命运寄予了无限的同情，展现了这些黑人家族的伟大与善良品德，寄托了他对人性复苏和南方家族精神的期盼与希冀。

第四节　历史语境：平民家族的忍耐意志与现实煎熬

历史语境作为一个宏大的哲学命题，包含了政治、经济、伦理和文化等诸多因素，而新历史主义中的历史语境则体现了历史事件发生的时空范围，也是作家本人将生活感悟融入社会发展和人类生存问题中的具体反映。"平民"，又称"穷白人"或"自耕农"，是指那些生活在南方社会底层，自身占有很少土地，或靠租借他人土地等养活自己的白人阶层，如本德仑家族、早期的斯诺普斯家族和沃许家族等。这些平民家族是南方社会的重要组成部分，长期生活在主流意识形态的压制下，被剥夺了社会话语权，遭受了剥削与摧残，却以惊人的忍耐化解了现实的煎熬，忍辱负重地生存下去，成为支撑社会发展的关键力量。福克纳出身传统贵族世家，但到他这一代基本上属于平民家庭。他在成长过程中亲身体会了平民家族的生存困境，因而对主流意识形态下的生存环境作出了质疑、抵制甚至颠覆的历史书写，展现了家族背后隐含的社会问题和所遭受的痛苦，凸显了这些家族的忍耐精神和强烈的生存意识。

一、平民家族历史语境与社会需求

历史是由具体的人或事组成的，新历史主义的历史书写将历史还原为普通人可触及的历史事件或人物，可以更好地反映历史发生的全过程。

南方社会从地位构成上分为上层、中间和下层等阶层，其中处在上层的是白人贵族，处在中间层的是自耕农或平民，处在最底层的是黑人。平民家族属于社会的中坚力量，对社会的稳定和发展起到重要的推动作用。福克纳对平民家族的新历史主义书写涉及政治、种族、性别等方面，凸显了历史书写的生活化和真实性，强化了底层群体对社会平等、公平和正义的需求，展现了平民家族生存和发展的历史环境。

新历史主义的历史语境是平民家族书写的基础和前提。以民间史观和生存意识为主要内容的历史语境，构成了福克纳家族书写的哲学基础。平民家族的兴起是由当时的社会条件和历史环境决定的，因为内战之后，新兴贵族家族不仅控制了南方社会的经济命脉，而且还拥有政治、经济和文化上的话语权，而占社会绝大部分的穷白人只能生活在社会底层，饱受贵族家族的欺凌和剥削。传统平民家族的构成与传统贵族家族的构成基本相似，不同的是，由于生活艰辛和生活范围的限制，家族成员之间的联系较为松散。这些家族成员分散居住在不同的种植园内，从事农业生产，平时各自独立生存，但在一些重大事件发生时相互照应，尤其是某一个家庭出现问题无法生存的时候，他们便聚集在一起，共同度过困境，或者共同迁移到其他条件较好的地方生活，形成了南方独特的平民家族文化。如早期的斯诺普斯家族，多个家庭相互帮助，从不适宜生存的山区迁移到"老法国人湾"，才有了后来庞大的斯诺普斯家族，显示出家族的优势和重要作用。"在福克纳的小说中，旧时南方的种植园主和黑人虽然起着重要的作用，小说中占主要地位的人们却既不是旧统治阶级的后裔，也不是奴隶。他们是白人，其中许多是贫穷的，大多数住在田庄上。"① 平民家族构成了社会的主体，对稳定社会秩序、推动经济发展起到了重要作用。

平民家族坚持以家族为本位的集体主义，他们的组织形式体现了历史环境的需求。南方统治者为了确保自己的领导地位，通常把穷白人与自己捆绑在一起，因为在他们看来，白人与黑人在智商、遗传基因和道德修养等方面都有着显著的差别，如果不加以限制的话，白人血统就会被黑人所玷污，因此必须严格控制血缘的混杂。由此形成了严重的种族偏见，即但凡带有任何黑人血液的人都属于黑人。这种意识成为社会主流意识形态，几乎没有人对此产生怀疑。事实上，在南方社会发展过程中，平民与黑人不存在冲突的基础，原因在于平民没有或拥有很少的土

① 李文俊编选：《福克纳评论集》，北京：中国社会科学出版社，1980 年，第 98 页。

地，居住在远离奴隶制种植园的偏远地区，且在南方种植园主眼中，他们的地位与黑人几乎没有差别，往往被戏称为"松林人"（piney folks）、"沙地山区人"（sand killers）或"白种垃圾"（white trash）等；而黑人是奴隶、是劣等种族，不是南方财富的占有者或社会领导者，始终受到种植园主的摧残与剥削，他们很少与白人平民发生联系，命运极其悲惨。唯一的差别是，平民具有白人种族上的优势，不至于受到因肤色而导致的种族歧视。上层社会统治者常常抓住这一区别，挑起平民与黑人之间的矛盾冲突，把穷白人与黑人隔离开来，从而获得更大的政治和经济利益。从福克纳对平民家族历史书写来看，他对主流意识话语进行了颠覆与抗争，使平民家族的历史书写更具南方特色。

新历史主义历史书写的主体性往往体现在书写者对历史事件的收集与认同上，尤其是展现那些受到传统价值观和道德观压制的历史事件，以及那些被压抑或被统治的人或事，"历史是一堆'素材'，而对素材的理解和连缀就使历史文本具有了一种叙述话语结构，这一结构的深层内容是语言学的，借助这种语言文字，人们可以把握经过独特的解释过的历史"①。福克纳把平民家族置于日常的历史语境中，强调了平民家族成员的日常生活以及与黑人之间的关系，形成了对主流意识形态的叛逆。马尔科姆·考利曾经这样谈及南方社会的生存状态：

> 居民中少数人住在种植园的大宅子里，这是另一个历史时期的遗迹；更多的人住在结实的木头农舍里，人数最多的还得算佃农，他们的居住条件并不优于内战前上等种植园里的黑奴。②

那些住在大宅子的"少数人"，实质上就是拥有土地和财富的奴隶主贵族，而平民家庭往往住在农舍里，勉强维持生存，和黑人的生存状况差不多。当然，穷和富只是相对而言，即使都是平民，其差异也依然存在。具体来说，平民还可以分为自耕农、佃农和穷白人等，其中自耕农通常拥有自己的土地，通过劳动养活家人；佃农没有土地，通过租种种植园主或拥有土地的人的土地，以土地收获分成方式来维持生存；穷白人突破了种植园的范围，还包括生活在城市的社会底层白人，其地位

---

① 王岳川：《海登·怀特的新历史主义理论》，《天津社会科学》1997 年第 3 期，第 71—72 页。

② 李文俊编：《福克纳的神话》，上海：上海译文出版社，2008 年，第 25 页。

和生活条件与佃农差不多。从范围上看，自耕农、佃农和穷白人三者在经济条件、社会地位和家族构成上存在一些差别，但为了表达上的便利，一并将其称为"平民"家族，目的是更好地展现其生存状态以及其在南方社会中的作用。

内战后，南方社会的变革改变了传统的生活方式，而传统价值体系的解体必然导致南方人失去精神上的依靠，进而感到一种前所未有的精神迷茫和生存危机。在南方传统作家笔下，平民作为社会群体往往被划入白人统治阶层，目的是将其置于黑人的对立面。这种阶层划分依据显然没有将南方平民的生活状况和历史地位考虑在内。福克纳摆脱了传统历史书写的缺陷，取而代之的是化解了"宏大历史"叙事，将平民家族意识通过家族成员集中体现出来。"'历史'不仅是指我们能够研究的对象以及我们对它的研究，而且是，甚至首先是指借助一类特别的写作出来的话语而达到的与'过去'的某种关系。"① 平民家族成员往往在成长过程中树立了为家族之崛起而拼搏的宏大志向，成年后始终为这个目标而努力，直至完成家族使命。为此，福克纳关于平民家族的历史书写主要是描绘或表现这些家族强烈的忍耐意识以及对家族使命的执着追求。

平民家族的社会需求既是南方历史语境的集中体现，又是福克纳本人根据生活经历和历史感悟而重构的历史再现。他对平民家族的新历史主义书写浸润了对平民日常生活、社会需求和生存状态的关注，反映了南方存在的诸多社会问题。历史事件是客观的，不以人们的主观意志为转移，但对历史的叙事和书写则受到所处时代的政治、经济和文化状况以及生态伦理、意识形态等历史环境的制约。历史语境发生了变化，对历史事件的叙事必然也要发生变化，否则就无法适应社会发展的需要。生存问题是内战后平民家族面临的最大挑战。因此，平民家族的书写始终贯穿着社会关系的冲突与对立，因为在社会转型中平民家族由于经济地位的弱化而失去了社会话语权，饱受上层社会的欺凌和摧残，命运极其悲惨。在对穷白人沃许家族的书写中，沃许跟随萨德本南征北战、出生入死，但他毫无怨言，甚至还将他15岁的外孙女嫁给萨德本，以便给后者生一个男性继承人。事实上，他住的房子十分简陋，是仆人住房中条件最差的一个，不但作为主人的萨德本轻视他，就连黑人也不时地找机会为难他和嘲弄他，在背后喊他"穷白鬼"。为了讨好萨德本，他委

---

① 〔美〕拉尔夫·科恩主编：《文学理论的未来》，程锡麟等译，北京：中国社会科学出版社，1993年，第43页。

曲求全，奴性毕露。这个鲜明的对比显示出沃许作为平民家族成员的悲惨处境，体现了转型时期南方人的信仰危机和生存困境，反映了福克纳本人对人类未来命运的担忧。

历史话语所遵循的不是历史过程的逻辑性，而是话语自身所需要的逻辑性原则。这就使得历史话语增加了一个重要特权，即赋予话语书写者以主体性的权利。福克纳的创作时期正值南方社会转型时期，各种社会矛盾和问题都集中爆发出来，成为社会新旧交替和社会结构变革的重要时期。新历史主义的历史书写并非消极地反映历史事件，而是不断推动或促进历史意义的重构或再阐释过程，特别是通过对文本化世界的解释，参与社会政治话语、权力操纵和等级秩序的重塑或重构，从而形成对历史的反思和对现实社会的变革。他对平民家族的新历史主义书写揭示社会现实状况和历史问题，引导南方人立足现实寻求未来发展出路。为此，他将现实中的人物写入作品，使其充当某个虚拟角色，让读者产生"在读历史"的错觉，从而模糊了现实和文学作品的界限，瓦解了文学创作的传统理念，体现了他对平民家族的关注和重构南方历史的决心与信心。

二、平民家族忍耐意识与历史书写

社会变革和传统价值体系的解体必然激发新的思想，或为接受新思想创造条件，从而使人们从新的视角看待社会问题。平民家族的生存环境和忍耐意识为人们重新认识平民家族提供了新的契机，而平民家族的新历史主义书写由于常常受到权力话语和叙述者政治意识形态的影响，必然要打破传统历史书写的束缚，以尊重历史事实和文学虚构艺术相结合的方式，以家族日常生活取代"宏大历史"叙事，关注家族命运结局，凸显了家族成员的忍耐精神和强烈的生存意识。

一切历史都是为了反映现实的社会问题。平民家族的新历史主义书写是以家族命运映照社会变迁，以家族成员情感纠葛透视人情世态，成为现实社会中生存状况的真实体现。福克纳对历史环境中的"宏大历史"事件并未过多渲染，而是着眼于平民家族的日常生活行为，揭示社会问题。南方平民家族，特别是自耕农家族，大都不排斥或反对实行奴隶制，甚至多数平民家族成员"认为奴隶制是一种制度，一定程度上他们参与到这个制度中，并在很小程度上获得它的利益"①。从利益关系上

---

① W. O. Brown. Role of the Poor Whites in Race Contacts of the South. *Social Forces*, 1940(2)：259.

看，平民家族与黑人虽然有些联系，但总体上交往不多，原因在于大多数平民家族很少或几乎没有土地，没有能力占有或雇佣黑人奴隶。个别平民家族在劳动力极其缺乏的前提下，可能会向周边的种植园主租用奴隶，但他们不是奴隶拥有者。当然，这并不是说平民家族不想成为奴隶主，而是奴隶主与平民阶层之间的差异熄灭了他们的期望。虽然他们受到奴隶主政治、经济上的排挤与压迫，但还是自愿站到奴隶主这一边，残酷剥削和压迫黑人奴隶。平民家族对于种族主义的态度是由其经济地位决定的，相同的白色肤色是保证他们地位改善和经济条件提升的前提。他们无法改变南方社会的管理体制，唯一能做的是把愤怒和不满发泄到黑人身上，完全站在黑人的对立面，由此加剧了南方社会中种族歧视的程度，导致社会更大的不公平性和黑人生活的悲惨状况。

历史事实与历史文本并没有固定的对应关系，也不存在绝对的对等要求，人们通常所接触的历史其实都是文本化的历史，或者说是以文本为载体的历史。福克纳对平民家族的新历史主义书写并非完全按照南方历史事实，而是以文学虚构与想象的方式书写了普通人的日常生活，为了解平民家族的生存状况和家族命运提供了重要的历史语境。为此，福克纳将内战历史及影响转化为平民家族成员的日常生活行为，在消解"宏大历史"中书写平民家族日常化的行为举止、家族伦理和勤劳善良等家族精神，使人们感到这些历史故事都发生在自己身边，且在极为普通的体验后，理解其意义和价值。应该说，无论是白人还是黑人，无论是上层社会还是平民阶层，人们的社会地位和政治权利都是人为设定的阶层差异，目的是使一部分人获得更多的利益，或享有更大的特权。如在内战之前的弗吉尼亚州，生活着大批穷白人，种植园主发现在很长的一段时间内雇用穷白人的费用要比雇用黑人的费用低得多，说明了穷白人的地位和经济条件比黑人还差。这种看似荒唐的逻辑关系似乎是不可理解的，但实际上它确实存在，因为黑人是奴隶主的私有财产；相反，穷白人独立生存，奴隶主根本不顾其死活，让其自生自灭。奴隶主通过各种活动，如为穷白人提供某些小的特权或恩惠，向商店职员、法庭程序员、选举人员、警察等散布和灌输"白人至上"的种族思想，目的是推行种族制度，维持白人的领导地位。当然，这些骗人的把戏并没有从根本上改变南方社会的组织结构，也没有改善平民家族的社会地位，但却成功化解了穷白人与黑人联合的可能性，成为统治阶级控制社会的一种有效方式。对此，福克纳进行了详细展现，他对平民家族的新历史主义书写的重点在于由传统书写的历史环境、人物性格转向历史叙事的主体意图，展现了其独特的创作取向和平民化意识，为平民家族赋予了复杂的人性表现以及不同的命运结局。

历史书写借助文学创作，把现实与历史联系在一起，寻找解决现实问题的途径和方法。福克纳对南方黑人家族的新历史主义书写从有形的历史进程延伸到无形的精神历程中，超越了以往文学作品的历史书写范围，从而对平民家族的道德伦理、生存方式和社会需求等进行了深入的分析。从主流意识形态的需求来看，平民家族成员与种植园主的合作可以把平民与黑人隔离开来，不至于形成平民与黑人的联合力量，进而威胁南方统治阶级的领导权。这样，平民和黑人权利和地位的区别实际上就被赋予了特殊的意义。这也可以解释为什么在南方历史语境中，特别是当平民家族与黑人联合起来共同反对上层社会和强权剥削的时候，最终的结果是平民更容易选择和自身肤色相同的白人达成协议，而不是选择与自身社会地位相同的黑人一起共同斗争。通过这种方式，南方平民家族虽然暂时改变了自身的地位或经济条件，但实际上却陷入了白人统治者的陷阱，面临更多的问题。大多数南方人都受到了这种种族主义思想的影响，因而加剧了南方社会的种族矛盾。

历史叙事不只是对浩浩荡荡的大事件进行叙事，更多关注的是普通人日常而琐碎的生活行为，将历史融入家族成员的情感生活之中来反映历史真实。福克纳对平民家族的新历史主义书写，在质疑现存制度的基础上，形成了对历史语境和现实生存条件的反思与重审，并提出了改进或完善的途径，从而达到对现存制度的颠覆。他在营造历史语境的同时，不断展现平民家族的日常生活故事，在历史语境和文学语境的融合中展现了其生存状况，揭示被权力话语和官方主流意识形态掩盖下的社会问题。这种平民家族书写方式不仅提供了南方历史事件发生的环境、过程和结果，还彰显了福克纳对南方社会的态度，表现了在特定历史语境中南方普通民众的思想形态和历史观念。

平民家族的生存和发展取决于南方历史语境，也取决于平民家族自身的忍耐精神和信仰追求。由此，福克纳对平民家族的新历史主义书写需要对社会的边缘性和被压抑因素进行挖掘，以每一个细微的生活素材作为历史解读的参照。相对于传统作家在历史书写中更倾向"宏大历史"的叙事模式，他在历史书写中更注重普通人的日常言语与行为，且对平民家族的书写更多是建立在日常生活琐事的基础上的，因为这些细微的行为对历史书写表现得最具体，也最直接。对平民家族成员来说，他们面对资本主义经济的迅速发展，在痛苦、贫困和屈辱之中目睹了家族生存困境，陷入情感的冲突与折磨之中，因而不顾传统道德观和价值观的束缚，或堕落失败，或期望跻身社会上层，成为新的领导者和决策者，但最终都受到了命运的惩罚。

南方主流意识形态代表了各种错综复杂的权力关系，为人们认识平民家族生存的历史环境和所表现出的忍耐精神提供了重要参照。历史和文学的辩证关系为平民家族书写赋予了自主性和权威性，形成了对南方主流意识形态的挑战，在某种程度上消除了权力政治的压抑，为文学文本的理解赋予了一种深层文化精神的引导。福克纳在展现穷白人忍耐精神和奉献精神的同时，发掘了平民家族成员身上善的品德，对他们报以同情或怜悯，并通过这些人身上的强大生命力反映了南方未来的希望。不可否认，他并不十分喜欢穷白人，有时还有意或无意地称他们为"贱胚"。这一点，他的多部作品都可以体现出来，其原因在于作为贵族世家子孙，他对包括穷白人在内的平民没什么好感，常常认为造成其家族的衰落正是因为这批人对社会的抗争与不满。事实上，平民家族争夺政治地位和利益权利的斗争在一定程度上造成了南方社会的现实困境，也是导致福克纳家族由盛到衰的原因之一。尽管如此，他对平民家族的新历史主义书写还是比较客观的，同时对社会出现的重大现实问题进行了反思，真实地反映了南方社会的生存状态，体现了平民家族的社会参与意识。

三、平民家族现实煎熬与未来出路

历史事件不能脱离其发生的语境而独立存在，新历史主义历史书写必须重新设置新的历史语境，因为任何脱离历史语境的书写都是不真实的。作为南方社会的基础，平民家族不仅遭受生活的磨难，面临着生存压力，而且由于社会财富分配不均和种族之间的差异，再加上统治阶层人为制造界限，激化平民和黑人之间的紧张关系，平民家族成员失去了生存下去的希望。为此，平民家族的新历史主义书写突破了传统文学作品对家族历史所作的政治化阐释，取而代之是把平民家族置于新的历史环境中，从平民家族不为人所关注的细微日常生活行为入手，展现了这类家族承受的现实煎熬，透视了社会历史困境和现实问题，预测了南方未来发展的出路。

文学中的历史书写展现了历史事件对现实世界的影响与启迪，为社会秩序的建构和现实问题的解决提供了参照。福克纳对平民家族的新历史主义书写揭示了平民家族中的伦理关系、价值追求和人性发展，展现了这些家族成员个体的生存意义与价值，在尊重历史的基础上重构了南方社会发展历史。美国内战摧毁了蓄奴制，动摇了南方社会的经济基础和传统价值观念，实现了从农业社会向工业社会的转变，引发了平民家族结构和组织形式的变化，开启了人人平等、社会繁荣的新型社会发展模式。然而，对绝大多数的平民家族成员来说，由于出身低下和经济实力的问题，他们对物质的追求还仅限于维持家族生存的需求，更谈不上对自由和政治权利的要求，为此，一些平民家族成员千方百计地抓住一切挣钱的机会，尽可能多地获得社会财富，从而占据了南方社会的领导权，直接导致了传统贵族家族退出历史舞台。这给福克纳带来严重的心理创伤，促使他关注这些家族的边缘性行为和被压抑的心理因素，关注日常生活中家族成员之间的矛盾冲突、权利争夺、感情纠葛、命运悲剧等，以透视南方社会的问题。事实上，他把平民家族的忍耐精神作为南方精神的体现，并上升为对人类整体命运的反思，对南方社会的发展起到了重要的引导作用。

新历史主义的历史书写必须以边缘取代中心，关注社会弱势群体，以虚构历史的方式重塑历史，以民间话语体系呈现主流意识形态下的话语体系。南方传统历史书写充斥着政治权力和"宏大历史"叙事，混淆或忽略了普通大众的生活需求，远离了历史真实的环境，造成以"宏大历史"叙事掩盖历史真实的后果。"重建时期"的平民家族成员，由于经济拮据，无法接受高等教育，因而教育文化水平通常较低，只能选择在煤炭、汽车、钢铁和服务等劳动密集型产业或行业中就业，属于体力劳动者。他们饱受日晒雨淋的煎熬，生活更加悲惨。为了改变自己受压迫的命运，一些平民家族成员在经历磨难后抓住一切机会改善自身的生存环境，有些人最终挤入了上层社会，但更多的人依然生活在困境之中。尽管如此，这些平民家族成员以强大的生命力和不屈不挠的精神感染了南方人，成为南方精神的标志，象征着人类的生命意识和容忍精神，预示了南方未来的希望。

新历史主义的历史书写通常是在过去与现实之间展开一种双向辩证的对话，从中把握历史价值和现实意义。内战后南方社会转型时期的历史环境和经济发展模式为平民家族书写提供了充足的历史素材，打下了坚实的文本书写基础。历史事件大多失去了原发时的历史环境，无法再重复发生，但有时为了某种需要对某些历史事件进行再现，为此，书写者需要通过语言凝聚、置换、象征以及修改等方式对历史事件进行展现，文学书写的作用和价值就凸显出来了。为表现平民家族成员与黑人、上层贵族家族之间的矛盾冲突与对抗，福克纳挖掘了这些家族成员之间的关系，展现了家族善与恶的本性。这是他对平民家族的新历史主义书写的创新之处，更是他将文学与历史紧紧结合在一起的标志。这种书写方式本身就是对南方"宏大历史"叙事的颠覆，体现了平民家族成员朴素的品德与超强的忍受力，也说明了平民家族力量的强大，乃至最终取代传统贵族家族成为新的领导者，成为不可阻挡的历史趋势。

作为对人类历史的认知方式，历史书写影响着人们对历史的理解和认同。每位书写者都希望自身能够摆脱主流意识形态的影响或强势话语权的限制，从而构建属于自己的历史观念和历史结论，成为作家表达自身思想的体现。福克纳对平民家族进行新历史主义书写的目的是，通过此类家族成员的日常行为，找到南方社会生存和发展的途径，重新构建南方精神。这就唤起了战后南方人对传统伦理的关注以及对现实困境的深层次思考，成为南方人思考和缅怀传统文化的最好记忆，在解决现实问题、摆脱信仰危机、遵守道德伦理等方面，为南方未来发展指明了方向和出路。

第三章　历史政治的荒诞性：家族政治的颠覆与历史重构

政治贯穿于人类的生死与文明的存亡，居于人类思想和社会实践的重要位置。一般说来，政治分为哲学政治和历史政治，其中前者以逻辑理性分析政治，后者倾向于从历史的角度思考和解决政治问题。历史政治意味着自觉地运用历史来解决重大政治问题。家族属于历史学研究的范畴，也属于政治学和社会学探究的对象，积淀着深厚的历史文化。家族参与了各种政治活动，担负着社会稳定和发展的职责。家族书写通常要透过主流意识形态掩盖下的家族成员的日常生活现象，最大限度地释放人性自由和生命意识。福克纳对南方家族的书写，试图以历史价值观透视家族政治、伦理道德和管理方式，从家族政治颠覆、家族传承和家族欲望等方面，将历史的政治化倾向转化为人性化倾向，从"宏大历史"叙事过渡到家族成员的生存质量意识，重新描述南方社会政治，彰显历史政治的荒诞性，从新历史主义的视角提升了历史重构的价值和作用。

第一节　家族政治与历史权威：康普生家族的生存挣扎与命运悲剧

新历史主义的历史书写往往有意识地摆脱主流意识形态对社会、政治、经济和文化的控制，从不为人所注意的日常生活事件入手，对历史真实重新进行阐释。康普生家族的兴衰历程，见证了南方政治、经济和文化的发展过程，反映了历史与社会现实之间的关系，揭示了传统贵族家族伦理和家族制度的腐朽性和落后性，以及由此给社会带来的危害与影响。福克纳对康普生家族的书写以内战为背景，以日常生活历史取代"宏大历史"叙事，消解了传统贵族家族政治的权威性，探索了传统贵族家族的生存困境和命运悲剧，真实反映了社会现实状况和人类个体的生存状况。

一、家族兴衰历程与日常生活困境

家族兴衰历史与所处的时代有着十分密切的关系。南方传统贵族家族的兴衰体现了社会传奇的演变过程，即"有关家庭出身和个人风采的骑士传奇，有关内战前'黄金时代'的种植园传奇，有关撤掉战后从北方来到南方的投机政客的议员席位的光荣的拯救者传奇"①。传统贵族家族开拓者的英雄事迹、他们所体现的骑士精神以及所带来的家族荣耀等，都体现了南方精神。作为传统贵族家族的代表，康普生家族曾显赫一时，祖上出现过一位州长和一位将军，拥有大片田地和众多黑人奴隶，拥有极高的社会地位，享有一定的政治权利。从本质上说，这个家族的兴衰历程反映了南方家族的政治更替，也反映了南方人的日常生活困境以及道德伦理失衡等问题，真实展现了社会环境的混乱状况与南方人的生存危机。

南方传统贵族家族兴衰留下的痕迹，不论是物质的还是非物质的，都会变成家族存在或记忆的标志，如纪念碑、内战前的住宅、家族荣耀、历史事迹等，往往成为记忆的对象或追索依据。以康普生家族为例，关于这个家族的形成，福克纳在一次谈话中曾提道：

> 开始，只是我脑海里有个画面。当时我并不懂得这个画面是很有些象征意味的。画面上是梨树枝叶中一个小姑娘的裤子，屁股上尽是泥，小姑娘是爬在树上，在从窗子里偷看她奶奶的丧礼，把看到的情形讲给树下的几个弟弟听。②

事实也是如此，康普生家族的起源本身就带有历史色彩，既与福克纳家族本身相似，也与其邻居的家事相仿，尤其是这个家族书写具有划时代的意义，因为所书写中的历史事件及人物体现了传统贵族家族命运的变迁和社会发展历程，真实再现了南方传统贵族家族的命运悲剧。南方殖民时期环境的恶劣、印第安人的袭击、移民文化的孤独以及人与人之间的矛盾冲突等，都增强了白人的自我保护意识和未来忧患意识，促使其形成了共同的生活方式和文化传统，强化了家族之间的关系，形成了坚强的家族凝聚力和南方精神，从而确保了社会稳定和道德伦理的有

---

① 〔美〕戴维·明特著：《福克纳传》，顾连理译，上海：东方出版中心，1994年，第4—5页。
② 李文俊编：《福克纳的神话》，上海：上海译文出版社，2008年，第316页。

序实施。

据福克纳为《喧哗与骚动》所写的附录中记载，康普生家族在 17 世纪末到达南方，第一代是昆丁一世（Quentin MacLachan Ⅰ），后来到昆丁二世（Quentin Ⅱ），即"康普生上校"，他当选为州长，达到了家族权利的最高峰。此人还被认为是家族的"掌门人"和传统贵族家族的创始人，内战中，他勇敢顽强，获得了南方人的广泛称赞。他的儿子杰生二世（Jason Lycurqus Ⅱ），人称"将军"，继承了家业，依然拥有较高的社会地位和政治权利，但家族开始出现衰败迹象。到昆丁三世（Quentin Ⅲ）时，家族基本上沦落为平民家族。从兴衰历程上看，这个家族的发展恰好与南方殖民、内战、重建等历史事件联系在一起，是历史的见证和象征，反映了南方人的日常生活困境和所面临的信仰危机。

家族书写通常是以家族所处的历史环境为基础，在历史与现实中寻找历史真实与文学重构的冲突与融合。不同作家的家族书写方式与其所处的生活环境、社会经历和个人家庭出身等有很大关系。没有哪一位南方作家能像福克纳一样，把传统贵族家族的兴衰历史，特别是家族成员生存状况浓缩在政治、经济和文化的日常生活图景之中，以期达到历史的真实。在大多数南方人眼里，传统贵族家族的创始人都是家族崛起的代表人物，象征着社会政治权利和家族权威。面对家族地位和权利的日趋没落，作为一家之主的康普生先生，认为自己有"太多的责任导致了不负责任"（《喧哗与骚动》，第 2 页），无力承担振兴家族的职责，只能用酒来麻醉自己，"这个战场不过向人显示了他自己的愚蠢与失望，而胜利，也仅仅是哲人与傻子的一种幻想而已"（《喧哗与骚动》，第 84 页）。他的言论看似荒诞，实则是贵族家族子孙内心备受煎熬的真实写照，因为他们身上已经失去了其父辈身上的锐气与进取精神。当然，人们不能把失责的责任完全归于康普生先生这一类人，因为他们无法掌握自己的命运，只能在父辈创造的辉煌中自嘲地暂且生存，更无法阻挡家族的败落，只能彻底沦为悲观绝望的嘲世者，借以逃避现实困境，并把悲观失望的情绪传染给子女，使子女丧失对未来的信心和希望。

在新历史主义者看来，历史文本作为一种对已经发生事件的解释，并不是客观权威的代表，但由于书写者主体意识的介入，尤其是历史书写对叙事关注对象和历史环境的个体选择不同，历史的客观性被消解，仍然体现着书写者的权利关系和意识形态诉求。南方传统家族通常是一个以父权制为基础的家长制生活共同体，其中家族的长子，一般是父亲，负有家族兴旺的责任，一方面要修身持家，处理好家族和社会之间的各种关系；另一方面又要压制自己的心理欲求，按照家族规范约束自己。这种家族管理体制在传统贵族家族中尤为突出，目的是更好地约束家族成员的言行举止，维护好家族声誉和权威。对康普生家族来说，从受人尊重的贵族世家堕落为一般家族，他们的心理受到了极大的伤害，被迫承受着时代变革所带来的压力。作为康普生家族继承人的昆丁，满怀着对家族的眷恋之情，尤其是面对那些业已逝去的家族荣誉时，他呈现出极度的病态情感与悲哀敏感的心态。正是因为这种对家族荣誉观的偏爱，使他陷入深深的自责，并最终走向不归之路。

家族兴衰历史的真实性隐含在文本之中，需要透过主流意识形态下的"宏大历史"叙事寻找历史真实。传统贵族家族由于历史环境的变化和自身因素的限制，无法抵挡新兴贵族的攻势，只能把领导权让位于后者，但权利的转变对传统贵族家族成员来说无疑是痛苦的，但又是无法阻止的社会发展趋势，因而他们面临很大的困境，饱受内心的痛苦。内战之前，南方家族制度发挥了社会伦理和道德方面的作用，维持着传统贵族家族的正常运行；内战之后，由于受到北方工业经济的冲击，家族制度逐渐失去了其原有的约束作用，无法维持家族的正常秩序，甚至还成为束缚家族成员的枷锁。如传统贵族家族按照南方"淑女"标准培养女性，完全没有考虑到她们的需求，导致大量女性的叛逆与抗争，最终成为家族制度的叛逆者。这个家族的女儿凯蒂，性格活泼、敢作敢为，极富同情心与爱心，却备受折磨与压制。为了摆脱生存压力，她从一个十分善良的少女一步步地沦为纳粹的情妇，饱受了家族的摧残。杰生是一个不折不扣的实利主义者，因为福克纳认为："对我来说，杰生纯粹是恶的代表。依我看，从我的思想里产生出来的形象中他是最邪恶的一个。"① 杰生憎恨姐姐凯蒂，认为由于姐姐的堕落使得自己失去了本应得到的银行职位，丧心病狂地对姐姐进行报复，私吞外甥女的抚养费；他缺乏同情心，甚至想把患有智障的弟弟送到马戏团去当展品来赚钱。成为一家之主后，他把所有的关系都演变成纯粹的金钱交易，也把整个家族置于被毁灭的命运悲剧中，导致家族成员之间亲情关系的异化。

南方社会政治和经济结构的变化，家族伦理秩序和道德规范的失衡，促使家族政治制度越来越无法满足家族成员的需求，导致家族伦理逐步走向解体。康普生家族的每一位成员经历了巨大的转变，从主观到客观，

① William Faulkner. *Lion in the Garden: Interviews with William Faulkner*, 1926-1962. Eds. James B. Meriwether and Michael Millgate. New York: Random House,1968,p.146.

从真理到事实,从个人内心独白到在社会互动中关注自身的需求,他们不断在家族事实和历史虚构中徘徊,引发了日常生活困境和精神折磨,始终感到自己没有获得应有的幸福,如康普生夫妇始终抱怨争吵,夫妻关系紧张;昆丁在饱受精神折磨后选择跳河自杀,结束了自己年轻的生命;凯蒂叛逆抗争,离家出走,颠沛流离,最终堕落;杰生利欲熏心,一心为了赚钱,毫无人性;班吉被阉割,住进疯人院。康普生家族要送昆丁到哈佛大学上学,因筹集学费而不得不出卖家族最后一块土地,而这块土地恰好是班吉的情感寄托和康普生家族荣誉的象征,此时的家族陷入了极端的生存困境,昆丁的死亡表明了家族的毁灭。具有强烈社会责任感和历史使命感的福克纳,期望以历史书写促进南方社会的有序发展,因而更多地通过家族政治、家族伦理来解决社会问题和历史问题,体现了新历史主义者对家族伦理和南方精神的呼唤与寻求。

二、家族权威消解与生存意识抗争

权威是一个社会学概念,指在社会生活中靠人们所公认的威望和影响而形成的支配力量。家族权威主要体现为对家族成员信仰、观念、价值取向等方面所发挥的影响、作用,是维护家族利益、惩处危害行为、确保家族繁荣的保障。康普生家族曾出过州长、将军这一类的重要人物,其住宅被称为"康普生领地""州长之宅",具有较高的社会地位和政治影响,因而象征了南方传统贵族家族的权威性。完整的家族书写过程,既是书写者对家族兴衰历程的真实反映,又是在重构历史上的家族精神。康普生家族书写作为家族权威的代表,具有厚重的社会意识和鲜明的历史特征,体现了不同历史时期的南方精神。

新历史主义的历史书写以历史真实为语境,以想象和虚构为叙事特征,利用历史事件和文学故事所形成的隐喻式关系,将历史事件与现实社会联系起来,反映人类的生存状况或历史影响。康普生家族的第一代开创者充满勇气与力量,创立了家族基业,为家族赢得了荣耀,也给后代带来了压力;作为父辈的第二代,竭力维护家族繁荣,但总是感到力不从心,不能取得先辈一样的好成绩,甚至无法维持家族的繁荣;作为第三代的子辈,更是缺乏能力,只能沉湎于对过去的幻想,失去了进取心和奋斗精神。这种心态反映了南方人对现实社会的不满:

> 我们有时受到记忆的伤害,但我们也吸取了它的营养,因为我们不是像动物那样以分钟计算生命,我们生活在人类历史完整丰富

的空间里。此外，我们是过去的产物，我们从它生长而来，由它的经历构成。好也罢，坏也罢，不管怎样，我们心中携带着它的一部分。我们或许能够救赎过去——使其产生美好的东西——或许我们会被它所伤，但是，认为我们能抛弃过去的想法是愚蠢的。①

在布鲁克斯看来，南方人无法抛弃过去，因为过去是他们无法分割的情感依赖；同时，他们也不能抛弃过去，因为他们已经无法适应内战后南方社会的发展需求，因而只能沉湎于对过去的回忆中。

新历史主义家族书写反映了家族兴衰过程，展现了家族成员的生存意识和生命抗争精神。内战后，由于蓄奴制基础的丧失，传统贵族家族的经济条件和社会地位发生了巨大变化，引起家族影响力的降低和家族道德伦理制约力的弱化，促使家族成员不得不为自身的生存而挣扎，导致精神颓废与生存质量下降。作为母亲的康普生太太，常以"大家闺秀"身份自居，表现得冷漠、虚伪和自私，完全失去了作为母亲的爱心与宽容，甚至把亲生智障儿子视为耻辱，认为这是老天对她的惩罚。这种扭曲的家庭关系和无爱的生活环境致使康普生家族成员呈现极端的创伤心理，导致了人性的扭曲和性格的偏执，也消解了传统贵族家族的权威性和公正性。

家族往往通过家族观念、家族伦理和家族信仰等影响家族成员的观念、行为和价值取向。康普生家族原本属于大种植园主贵族家族，但黑人奴隶的解放、贵族家族特权的消亡、女性的觉醒等都使战前的社会基础不复存在，家族成员个体的生存质量严重下降。特别是在北方资产阶级文明的侵蚀下，康普生家族的生存意识不断颓废，不得不千方百计地寻找自身的出路，以应对突如其来的社会变革。事实上，在长期的发展过程中，南方人潜意识中积淀的文化素养激发了人们追求自由、平等和公正的强烈欲望，因此，他们在回忆过去、面对祖先的英雄事迹或光辉形象时，往往会感受到鼓励或振奋，进而转化成为家族繁荣而奋斗的勇气和动力。内战给传统贵族家族带来人员和财产的巨大损失，家族权威被严重削弱，导致以康普生家族为代表的贵族家族成员被时代和社会环境禁锢于过去的生存模式之中，无法跟上时代的发展步伐，从而加剧了

① Cleanth Brooks. Southern Literature: The Past, History, and Timeless. *Southern Literature in Transition*. Eds. Philip Castille and William Osborne. Memphis: Memphis Sates University Press, 1983, p. 9.

家族成员性格的异化和相互间的矛盾冲突，威胁到家族的生存。康普生家族的生存意识抗争表现在对过去的记忆和缅怀方面，但他们却无法找到解决家族问题的有效方法，面临着很多困难与挫折，内心极为痛苦。

　　家族与历史保持着密切关系，因为伴随历史变迁，家族往往发生急剧变化，如分解或毁灭；同时，家族作为社会的基本单位，又成为观照人、社会、文化嬗变的主要场所，以其具有的血缘关系关联着生命的延续，成为展现人性的有效方式。在南方发展过程中，传统文化、宗教文化培育的父权制度、淑女制度和种族制度等，使南方人养成了悠闲自得的生活方式和无忧无虑的生存意识，刺激了其追求畸形的家族伦理心态。如昆丁生活在传统的家族伦理之中，极度关注凯蒂的贞洁问题，认为女人的贞洁、美德与家庭名声是密切联系在一起的，女性失去了贞洁也就失去了生命。事实上，白人女性在南方社会中处于十分特殊的地位，她们既要成为完美、纯洁、母爱和美德的化身，又被视为祸水和一切罪恶的渊源。这种两极化的要求对女性造成了严重的心理创伤和精神压力，如凯蒂是康普生家族成员中最美好的女性形象，身上具有一种南方母性的光辉，她给予了班吉无微不至的照顾，十分体贴陷入困境的哥哥，属于福克纳赞赏的古希腊神话中富有强大生命力和爱心的女神形象。然而，她又是不幸的，虽然她不断追求作为女性的正当权利，但却受到限制和摧残。由于在家里感觉不到爱，她只好到外面寻找真正属于自己的爱情，但未婚先孕，在遭到家人的排斥后，她离家出走，最终沦落为妓女。她女儿小昆丁的命运结局也是如此。作为一个不受欢迎的孩子，小昆丁饱尝了家族成员的冷漠和生活的艰辛，其舅舅杰生把自己遇到的困境都归咎在她身上，成为他发泄愤怒的对象。由于缺乏关爱，她像母亲一样开始逃学，与男孩子鬼混，最终选择了与他人私奔。她憎恨这个家族，迫切希望尽早从中解脱出来。她的悲剧也是由康普生家族爱的缺失而造成的。

　　生命意识的抗争彰显生存毅力和生命精神，追求的是家族权威消解下的人性自由。文学作品不是被动地反映历史环境和社会现实，而是通过某些历史事件，展现文学文本的存在条件与所处环境之间的关系和社会价值。在传统父权制度下，作为一家之长的父亲，应该对子女要求严格，时刻提醒成员遵守家族制度；母亲应该慈爱善良，关爱子女；家族成员和睦相爱，共同维持家族的稳定与繁荣。但康普生家族成员之间的关系截然相反，如夫妻关系紧张，子女因志趣不投而互相憎恨。当然，他们之间还是存在着一定程度上的相互关照的，如凯蒂对班吉的爱是真诚的和无私的，班吉对凯蒂的爱是本能的和无形的，而昆丁对凯蒂的爱则是抽象的和病态的。尤其是在他眼里，凯蒂的失贞意味着家族伦理的全面丧失，标志着振兴家族希望的完全落空。从这个意义上看，他把保护凯蒂贞操看成是自己的责任和义务，实际上也把自己置于极端的痛苦之中，因而只有选择自杀来结束自己的生命。

家族权威代表了家族伦理和秩序的尊严、权利与神圣性，而家族权威的消解并非仅仅是因为南方社会基础的变更，更预示了转型时期南方人对生命的追求以及南方人抗争意识的增强。南方传统家族制度中一些腐朽落后的因素，如种族主义、妇道观和父权制度等，限制了家族成员的自由，使其思维模式僵化，尤其是康普生家族的男性成员，把维护家族声誉和女性贞操视为神圣职责，给家族女性成员带来困境。凯蒂的悲剧实际上就是康普生家族的悲剧，因为蓄奴制和清教主义在给他们带来巨大财富和显赫地位的同时，也为其家族的毁灭埋下了悲剧的祸根。建立在蓄奴制基础上的南方清教主义，把女性置于脱离现实的位置，要求她们保持贞节、虔诚、优雅和顺从。然而，这些要求无论是从社会环境的变化还是从女性个性需求来看，都是不合理的，也是无法实现的，最终将女性推向叛逆或毁灭的边缘。

新历史主义家族书写的社会价值在于其所展现的社会意义，其中最重要的是生命抗争意识和家族奋斗精神。家族兴衰是在历史环境中发生的，家族命运书写也必须依据历史环境，寻找那些被主流意识文化所压抑的历史因素和社会关系，展现人类生存状况，从而正确认识社会本质和家族影响。福克纳将康普生家族置于内战历史的背景之中，显示出其所具有的家族优势和缺陷，反映了各成员的生命抗争意识和精神状况。这个家族的命运悲剧向人们讲述了传统贵族家族的毁灭历史，演绎了一场错综复杂的畸形家族伦理历史剧，也展现了福克纳本人的新历史主义家族伦理观念和对人类未来的看法。

三、家族政治危机与人性追索拷问

新历史主义的历史书写既不能脱离历史事实和历史环境，又不能以僵化的意识理解和对待历史事件；只有将历史真实与文学艺术结合起来，才能实现历史价值与现实意义的统一，为人类的发展提供借鉴。康普生家族历史作为南方家族文化不可分割的重要组成部分，具有不断重塑自身历史形象、建构社会意义和丰富传统道德伦理等方面的作用。福克纳对这个家族的书写突破了传统"正史化"的家族创作模式，以家族政治危机凸显人性追索拷问，增强了内战给南方人带来的痛苦与创伤，使人们充分意识到家族政治的弊端、家族所面临的社会现实问题以及人类生存危机等，复活了战前南方社会的原始人性，实现了对现实的关照与批判。

家族政治危机标志着家族权威的颠覆，预示了个体自由权利意识的增强。福克纳将思维能力、道德价值判断和理性认知方式等融入家族问题分析中，并以新的伦理道德标准重构人类精神和家族意识。"政治文化是一个民族在特定时期流行的一套政治态度、信仰和感情。"① 政治文化是在社会、经济、政治活动中形成的。福克纳对康普生家族的书写展现了南方社会的发展历史，体现了对现实社会问题的关注，其中绝望、暴力与死亡大多与男性家族成员相关，而同情、忍耐和仁爱则与女性家族成员相连。以死亡为例，这部作品中，"死亡"共出现四次。第一次，凯蒂从树上看到祖母的葬礼，这次死亡预示了康普生家族的生存危机。第二次，昆丁自杀，显示出他对凯蒂失去童贞后的痛苦和对死亡的期盼。第三次，康普生先生的葬礼，虽然在杰生看来这是一幕滑稽剧，但对福克纳来说却是南方传统社会真正向现代社会转变的标志。第四次，班吉到墓地旅游，这是家族书写中一种高潮后开放性结尾的需要，也是福克纳透视历史问题的创作态度。不仅如此，这四个有关死亡事件的书写背后，隐藏了康普生家族成员的矛盾冲突，特别显示出家族政治危机和人性追索拷问，表现了康普生家族在社会转型时期所遭受的命运磨难，让人们感受到现实生活的困境。

人性追索拷问总是不可避免地体现着后人对已逝时代的态度与观点，注定不可能原封不动地复制或还原曾经发生的历史真实。如南方淑女制度的衰亡已成为不可避免的趋势，原因在于这种制度剥夺了南方妇女的平等权和自由权，违背了人性与天理。这种对女性实施的伦理道德要求必然导致女性性格的扭曲。以凯蒂为例，她本来是一个善解人意的天真少女，无论是与男孩子玩耍还是成年的恋爱行为，都是她的权利和自由，但她最终受到家族政治的束缚与限制，只能离家出走。昆丁看到凯蒂的堕落后，选择了战前南方人通常选择的途径，即从保护家族荣耀出发阻止她的叛逆行为。当他的一切努力失败以后，他又试图想象与她乱伦来化解她未婚先孕的危机，因为"靠了这种手段，不用麻烦上帝，他自己

---

① 〔美〕加里布埃尔·A.阿尔蒙德、〔美〕小 G·宾厄姆·鲍威尔著：《比较政治学——体系、过程和政策》，曹沛霖等译，北京：东方出版社，2007 年，第 26 页。

就可以把妹妹和自己打入地狱，在那里，他就可以永远监护着她，让她在永恒的烈火中保持白璧无瑕"（《喧哗与骚动》，第 345 页）。他最终放弃了乱伦的企图，因为他没有这样做的勇气，特别是在面对家族的种种磨难时，他缺乏处理复杂问题的能力，由此也导致了家族命运悲剧。

家族政治危机在历史和现实生活中所忽略的现象或事件中进行一种象征性揭示或隐喻式披露，从而达到弘扬正义、揭露黑暗和预示未来等目的。南方社会、政治和经济基础的溃败，使得康普生家族伦理道德失衡，并被置于毁灭的边缘。应该说，这个家族的成员感到现实世界的空虚，因此陷入焦虑、痛苦和绝望之中。在回忆其父亲给自己手表时，昆丁的感受是这样的：

> 窗框的影子显现在窗帘上，时间是七点到八点之间，我又回到时间里来了，听见表在嘀嗒嘀嗒地响。这表是爷爷留下来的，父亲给我的时候，他说，昆丁，这只表是一切希望与欲望的陵墓，我现在把它交给你；你靠了它，很容易掌握证明所有人类经验都是谬误的 reducto absurdum，这些人类的所有经验对你祖父或曾祖父不见得有用，对你个人也未必有用。我把表给你，不是要让你记住时间，而是让你可以偶尔忘掉时间，不把心力全部用在征服时间上面。（《喧哗与骚动》，第 84 页）

人性是文化的积累，也是家族的信仰所在，显示出家族成员个体的生命价值和生存质量。福克纳通过对康普生家族战前辉煌历史的书写，重塑了历史与现实之间的对应关系，展现了南方人的共同精神追求和所面临的社会问题。任何作家都无法离开自己所生活的历史和社会环境，同时作为历史的创造者和参与者，他们通过展现历史环境和现实生活状况，感悟到社会生活的本质与历史发展趋势，积极主动地面对现实生活。作为书写者，福克纳身上流淌着传统贵族家族的血液，但他并没有在解构或颠覆主流意识形态话语权威的叙事中得到进一步释放，而是怀着浓厚的家族情结和对传统贵族家族毁灭的惋惜之情，形成了对康普生家族政治危机和人性追索拷问的对抗书写，借以表现南方人的心理痛苦和生存困境。

新历史主义历史评判的标准是以家族和睦、忠诚勇敢、心地善良和个性自由等为参照，彰显历史真实，形成对现实问题的关注和对未来生存问题的担忧。福克纳通过传统贵族家族政治权威的下降来表达对南方主流意识形态不合理因素的批判与反思。当然，这种批判和反思并不是推翻现行的伦理制度，而是提升或完善一些不合理的方面。他对康普生家族的历史书写，不仅是为了再现社会生活和社会环境，而是通过思考传统贵族衰败和没落的根源来探讨社会问题，表达对未来的担忧。他说过：“我是《喧哗与骚动》里的昆丁。”① 事实上，他的家族与康普生家族的命运相同，虽然到他这一代他的家族已经沦落为平民，但他还是像昆丁一样期待能够振兴家族。然而，家族日常生活的经济困境打破了他的梦想，使他失去了振兴家族命运的希望，但他依然展现了对人性的追索拷问。昆丁在《押沙龙，押沙龙！》中所说的“我不恨它，我不恨它”②，恰好也说出了福克纳的心声。昆丁对南方爱恨交加的矛盾心理直接导致了他自杀的命运，同样，福克纳对这个家族的命运安排也体现了其复杂的心态，在家族书写方面表现出既爱又恨的情感冲突，象征着人类内心的痛苦挣扎。

家族政治危机必然会涉及家族历史书写、伦理道德评价和对人类未来的预测等诸多因素，无疑展现了对南方历史的评判与反思。福克纳清楚地意识到传统贵族家族内部存在的诸多问题，在深刻揭露与批判的基础上流露出深深的惋惜之情。“历史是一个延伸的文本，文本是一段压缩的历史。历史和文本构成生活世界的一个隐喻。文本是历史的文本，也是历时与共时统一的文本。”③ 传统贵族家族问题直接影响成员之间的关系，规定着家族命运的走向，但终因传统家族无法适应变化的南方社会，必然导致父权制度的解体和家族的消亡。福克纳对康普生家族的新历史主义书写具有强烈的个人情感，直接触及家族问题的根源，并在克服家族情感的基础上对这个家族进行了客观公正的书写，阐释了其从繁荣走向悲惨命运的历程，给人类的生存和发展提供了重要借鉴。

第二节　家族规范与政治诱惑：沙多里斯家族的使命意识与命运报复

历史真实是人们认识世界的前提和基础，对人类的生存和发展起到

---

① Joseph L. Blotner. *Faulkner: A Biography*. New York: Random House, 1984, p. 213.
② 〔美〕威廉·福克纳著：《押沙龙，押沙龙！》，李文俊译，上海：上海译文出版社，2004年，第366页。本书中引用该书均为该版本，以下引用只在括号内注明书名和页码。
③ 朱立元主编：《当代西方文艺理论》，上海：华东师范大学出版社，1997年，第396页。

引领示范作用。不同历史时期的统治者往往按照自己的意识形态书写历史，以历史反映统治意图，达到预定的政治目的，从而体现自身的权威。家族兴衰是由内部环境和外部环境造成的，其中内部环境是根本，而外部环境为辅助，二者的有机结合或对立冲突决定了家族的命运。以父权制度、种族制度和女性制度为代表的南方家族历史书写，不仅体现了统治阶层的政治意识形态，而且直接为统治阶级利益服务，在家族治理、社会稳定、文化传承等方面都体现了家族的权威和使命感。沙多里斯家族是南方古老的贵族家族，其家族历史集中体现了南方历史，反映了社会生存问题。这个家族的子孙失去了对历史政治的信任和依赖，导致对社会权威和家族职责的颠覆或叛逆，使家族成员受到惩罚与报复，反映了福克纳对南方家族规范和家族政治的新历史主义态度。

一、家族规范陷阱与政治权利追求

家族规范是维持家族秩序、调节家族关系和维系家族生存的必要条件。随着社会的发展，家族规范逐渐由非系统性、非理性的生存经验向规范化和体系化的制度演进，并通过对家族成员的教育，形成民族性的文化和精神，对社会的稳定和发展发挥十分重要的作用。家族政治权利是指家族成员所具有的生存权和发展权，因为家族的生存必须通过政治而存在，而家族成员被政治分裂为生物性的生命和政治存在，进而形成生命的结构保障，直接呈现政治权利的影响力。福克纳对沙多里斯家族的新历史主义书写通过"碎片式"记忆、日常生活行为、逸闻琐事和边缘故事等对家族兴衰过程和家族生活进行再现，目的是展现家族所拥有的权利及利益关系，实现家族政治的权利欲望，真正感悟人类个体的心理痛苦与生存困境。

新历史主义的家族书写关注家族成员边缘性的日常生活，本身就与主流意识形态相冲突，当然，也并不是说家族成员所有的日常生活行为都可以成为书写素材，因为只有那些能够观照历史的故事或事件，才可以保留下来；反之，则被排斥在书写范围之外。从家族繁衍历程来看，沙多里斯家族的第一代人物有约翰·沙多里斯上校（约翰一世，Colonel John Sartoris）、贝亚德·沙多里斯（贝亚德一世，Baryard Sartoris）和弗吉尼亚（Virginia，其丈夫为杜·普里），他们参加了内战并成为南方神话传说人物。第二代为贝亚德·沙多里斯（贝亚德二世），又称"老贝亚德"，是约翰·沙多里斯上校的儿子，虽然这一代没有像第一代那样受到敬仰，但依然享有很高的社会地位。第三代为约翰·沙多里斯（约翰

二世），是贝亚德二世的儿子，他勉强守住家族产业，但无法阻止家族的
逐步衰败。第四代为双胞胎兄弟，是约翰二世的两个儿子，分别是约翰·
沙多里斯（约翰三世）和贝亚德·沙多里斯（贝亚德三世）。约翰·沙
多里斯（约翰三世）在第一次世界大战中牺牲；贝亚德·沙多里斯（贝
亚德三世），又称"小贝亚德"，满怀振兴家族荣耀的期望与信心，但力
不从心，只好冒死一搏，成为狂热的"冒险家"。第五代为班鲍·沙多
里斯（Benbow Sartoris），为贝亚德三世和纳西莎·班鲍（Narcissa Ben-
bow）所生，代表着家族的希望，但年龄尚小，无法预示其未来。除了上
述人物外，还有其他一些人，如约翰·沙多里斯上校与黑人所生的女儿
埃尔诺拉（Elnora）、他的第二任妻子（亦说是情妇）德鲁西拉（Drusilla）
等。需要特别说明的是，珍妮姑婆是老沙多里斯的妹妹，正式的名称为
"弗吉尼亚·杜·普里"（Virginia Du Pre），有时还被称为"珍妮""珍
妮姑婆""珍妮小姐"等，在全家被北方士兵杀死后，她到密西西比投
奔哥哥，后一直留在家族内。她是这个家族的全权代表，也是南方传统
伦理秩序的象征。可以说，这个家族浓缩了南方殖民、内战和重建等时
期的历史，是典型的家族政治、经济和文化的融合体，再现了南方人的
生存现状和历史发展过程。

　　家族规范不可避免地受到所处社会主流意识形态的影响，表现为对
家族日常行为的忽视或漠不关心，影响历史真实的展现。内战后的南方
人，不能正确对待社会问题，尤其是不能深刻反省自身战败的原因，总
是不负责任地把失败归咎为北方对南方的入侵，自欺欺人地编造各种神
话来安慰自己。有些家族极力吹嘘自己的出身，如把自己说成是欧洲的
皇室贵族，"甚至回溯到古埃及的法老，古希腊的国王和《旧约》中的
先知那里"①。事实上，这些家族大都来自欧洲大陆，所吹嘘的祖先为欧
洲骑士贵族，大多属于城市贫困的无业者。经过多年的经营，有些家族
在南方定居下去，积累了一些财富，成为贵族家族。有些家族参加了内
战，凭借自己的实力和善战精神获得了很高荣耀，受到了南方社会的敬
仰，同时也犯下了很多罪行，给家族带来了灾难。沙多里斯家族最初出
现在《沙多里斯》中，这是"约克纳帕塔法"系列作品中的开篇之作，
从此揭开了福克纳家族书写的序幕。不可否认，这个家族成员拥有"辉
煌"的家族历史，享有很高的社会地位和政治权利，这时刻激发着家族

----

① 肖明翰著：《大家族的没落：福克纳和巴金家庭小说比较研究》，桂林：广西师范大学出版
社，1994 年，第 30 页。

子孙为家族荣耀而献身，但最终没能阻止家族的颓败，原因在于家族政治的陷阱以及所犯下的罪行，招致家族命运的悲剧结局。

南方传统贵族家族的创始人大多英勇、勤劳和富有冒险精神，但由于内战后环境的变化，家族子孙逐渐失去了先辈们的创业精神，致使家族陷入濒临毁灭的命运。对家族规范陷阱的分析与对政治权利追求的透视，可以更好地展现贵族家族毁灭的原因，进而探索人类未来的出路。沙多里斯家族成员意识到自身无法达到先辈们的能力和目标，只能作为无能的平庸之辈姑且生存，因而内心倍感痛苦。如贝亚德·沙多里斯（贝亚德三世）在第一次世界大战中是个飞行员，目睹了孪生兄弟约翰·沙多里斯（约翰三世）在空中与德军作战时因寡不敌众而英勇牺牲的场面，他的心情无法用语言来表达，也可以说充满了敬佩和敌意。这主要是因为：一方面，约翰在天资和胆量上超过贝亚德，人缘也比贝亚德好，这使得贝亚德对约翰产生了隐秘的敌意；另一方面，对于约翰的死，贝亚德感到既内疚又妒忌，因为他没能成功劝说约翰放弃那次致命的飞行，或者说，他没有做到像其兄弟那样英勇献身。因为当约翰的战机中弹着火时，"他像平时那样用拇指顶着鼻尖对我［贝亚德］做了个鬼脸，又冲那个德国佬挥了一下手，然后蹬开他的飞机，跳了出来"①。这种傲视死亡的精神恰好是他所期望的，他却无法做到，所以莫名其妙地进行自责，"是你干的！都是你造成的：你杀死了约翰"②。历史事实是客观存在的，但理解历史真实需要研究者的创造力、判断力和想象力。沙多里斯家族后代对其家族历史不断进行神化，家族创始人富有传奇色彩的勇敢经历，不仅没能激起其子孙的自豪感，反而使他们感到自卑和低下。对此，珍妮姑婆不无骄傲地评价沙多里斯家族成员都是一群骄傲愚蠢的幽灵。

家族规范体现了主流意识形态所隐藏的家族政治制度，因而严重束缚了家族成员的个性发展，反映了他们内心的痛苦和权利需求。"新事物的诞生、繁衍和进步，像旧事物的死亡一样是必然的和不可避免的。事物不断进化，优者使劣者变为滑稽，优胜劣败。"③ 南方主流意识形态所推崇的家族伦理和规范大多反映了上层社会的利益，与历史

---

① William Faulkner. *Flags in the Dust*. New York：Vintage Books，1973，p. 280.

② William Faulkner. *Flags in the Dust*. New York：Vintage Books，1973，p. 359.

③ 〔俄〕M. 巴赫金著：《巴赫金文论选》，佟景韩译，北京：中国社会科学出版社，1996 年，第228 页。

事实存在差距。因此，新历史主义的家族书写必须抛开历史政治，通过家族日常生活和行为再现家族命运。对于沙多里斯家族来说尤为如此，这个家族的荣耀或神话已经褪去，留给家族后人的几乎都是压力与困境，导致家族男性成员几乎都非正常死亡，只留下最后的继承人班鲍·沙多里斯。这个年仅十岁的男孩是这个家族最后的希望。为此，珍妮姑婆竭尽全力地维护着家族的荣誉，扮演了沙多里斯家族最高统治者的角色，并以父权制维持着这个家族的伦理秩序。从这个意义上看，家族规范体现着所处时代主流意识形态的要求，同时说明家族书写按传统血统远近决定亲疏关系，遵循先天命定、尊卑贵贱的秩序，这是因为，"思想、知识、哲学、文学的历史似乎是在增加断裂，并且寻找不连续性的所有现象，而纯粹意义上的历史，仅仅是历史，却似乎是在借助于自身的不稳定性的结构，消除事件的介入"①，从而达到表达历史真实的目的和要求。

家族规范的作用体现为借助原本杂乱无序的历史事件所呈现出的伦理观、价值观和审美观，规范家族成员的行为和思想。那些散落在家族日常生活行为中的历史"碎片"和家族故事，都体现了历史的精华，浓缩了家族伦理道德和家族政治内容，反映了社会的关注和大众的需求。沙多里斯家族的父辈们能够维持家族的正常运转，但这个家族的子辈们却没有振兴家族的能力。与其父辈相比，这些后代更多地沉湎于过去的辉煌中，最终只能成为南方传统的殉葬品。换句话说，传统贵族家族祖辈创造了家族辉煌，父辈们苦苦支撑着这些家族荣誉，但到子辈这一代基本上被家族责任所压垮，预示着家族的毁灭。沙多里斯家族成员三代人的命运恰好折射了南方从辉煌到挣扎、最后到没落的历史，展现了三代人的更迭，实际上就是南方人勇气魄力不断下降的过程，反映了传统贵族家族在南方社会中政治权利的不断消解。

传统历史书写按照主流意识形态的要求或利益，形成官方所认同的历史政治，因此人们所接触的历史大都不是原始的历史事件，而是被文字再现的历史，失去了历史的客观性和权威性；相反，家族日常生活行为更加接近历史环境和历史事件的要求，更能反映历史真实。沙多里斯家族规范陷阱表现为家族成员在尊重家族制度的同时，又受到其消极因素的影响和制约，导致人性异化，陷入不可调和的心理矛盾。不仅如此，这个家族成员在自身发展过程中遭受了磨难与摧残，揭示了南方社会存

---

① 〔法〕米歇尔·福柯著：《知识考古学》，谢强等译，北京：三联书店，2003 年，第 5 页。

在的矛盾冲突，展现了传统贵族家族所处的历史环境和所承受的社会压力。

二、家族使命诱惑性与生存困境

家族使命指家族所信奉的价值观和道德观，是引导家族成员规范行为和思想的道德准则。每个家族在发展过程中经历了不同的历史环境，承担了不同的历史使命。南方传统种植园经济在内战中遭受巨大破坏，导致一些贵族家族无法适应战后的社会环境，逐渐从政治中心退却到社会边缘，致使家族成员的心理与性格发生极大变化。为了阻止家族的消亡，有些家族成员固执地追求家族使命，期望重振家族荣耀，但最终无能为力，只能陷入生存困境之中。沙多里斯家族的悲剧揭示了家族政治的弊端和传统道德伦理的缺陷，使家族成员饱受了家族使命的欺骗，不得不在虚构的家族神话中麻醉自己，引发了家族成员的命运悲剧。

家族必须承担社会所赋予的使命，这是家族延续的保证。沙多里斯家族的使命就是传承南方传统伦理道德，尤其是南方人普遍推崇的"骑士精神"。这种精神随着欧洲移民来到美洲新大陆，后来逐渐成为南方人彰显勇敢精神、展现强烈荣誉感、不怕流血牺牲的标志，出现了边疆开拓者、内战英雄、忠实的黑人奴仆等"传奇人物"。老约翰·沙多里斯身上体现的"骑士精神"尤为突出。他作为沙多里斯家族的缔造者，在内战中十分英勇，在生活中与他人多次决斗，目的是维护家族荣誉、了结个人恩怨、解决社会争执，受到了后人的尊重和敬仰。"我们不再相信仅仅存在着一个包容一切人类事件的故事。相反，我们相信有很多故事，不仅是有关不同事件的不同故事，甚至是有关同一事件的不同故事。"①同样，"骑士精神"也有另外一种含义，即传奇人物作出了很多伤天害理的事情，如以残忍的手段剥夺他人的生命，极力推行种族制度和南方妇道观等，给子孙后代造成了恶劣影响，致使他们在盲目追寻南方"骑士精神"的同时，陷入了生存困境，甚至是以死亡作为惨痛的代价。

新历史主义的家族书写把家族使命和家族日常生活作为主要创作目的，在家族兴衰历程中把握家族成员的生存状况和心理状况。由此，家族历史与家族书写之间保持着相互渗透、相互制衡和充满张力的关系，体现了"创造历史与叙述历史之间你中有我、我中有你的关系。换言之，

---

① 〔美〕华莱士·马丁著：《当代叙事学》，伍晓明译，北京：北京大学出版社，2005年，第65页。

叙述文体所属的生活形式是我们的历史状况本身"①。珍妮姑婆就讲了很多关于约翰·沙多里斯的传奇故事，目的是激励后人为家族振兴而拼搏，但是很多"英雄事迹"却在家族后代心理上形成了难以逾越的心理障碍，成为他们的心理阴影。不可否认，老沙多里斯在创业初期残酷无情，甚至是杀人不眨眼的刽子手，经历了很多苦难，但依然表现出坚强的意志和勇敢的战争精神，取得了后人难以企及的成就，为家族后代树立了一个个"光辉"形象。以"宏大历史"叙事为前提的传统历史书写处心积虑地编造出一系列神话来说明主流意识形态的有效性和引导性，诱使家族成员心甘情愿地服从于主流意识形态的权威性，并按照家族先辈无法企及的形象标准来要求自身。这种行为带来的后果是十分严重的，老沙多里斯被神化的英雄形象让其后代小贝亚德受到了家族使命的诱骗，促使他不断地尝试冒险行为，最终导致了悲剧命运。

　　家族历史书写记录了一连串发生的事件或故事，提炼出独特的历史经验和家族文化传统。"主体既受历史的制约处于历史长河中，又超越于历史之外能对历史做出深切的反思，并对历史文化话语进行全新的创造。主体尤其是历史阐释的主体，对历史不是无穷地趋近进行客观的事实认同，而是消解这种客观性神话而建立历史的主体性。"② 老沙多里斯曾怀有一个重建南方的梦想，但完成这一梦想的使命最终只能落到小贝亚德身上，这显然是不可能的，因为不是沙多里斯家族后人无能，而是南方社会环境发生了根本性改变。小贝亚德的悲剧是他拼命想证明自己是一个沙多里斯家族的真正"英雄"，但他所有的努力都使他痛苦地感到自己并非如此。他极力想证明自己具有祖父一样的"骑士精神"，敢于挑战别人不敢去做的事情，直至他在试飞一架飞机中失事身亡。值得注意的是，每当他在试图证明自己"勇气"的时候，老沙多里斯那耸立在坟地之上的"高傲"塑像就像幽灵一样出现，鼓励他去冒险，体现了沙多里斯家族的使命意识。事实上，在这个家族子孙的眼里，与其说老沙多里斯是一个强有力的家族开创者，倒不如说他是一个钳制家族成员思想和灵魂的"幽灵"，促使其后代不顾一切地进行冒险，最终导致了家族悲剧。

　　家族使命往往与家族记忆、家族文化和家族意识等联系在一起，共

---

① 〔法〕保罗·利科尔著：《解释学与人文科学》，陶远华等译，石家庄：河北人民出版社，1987年，第300页。
② 王岳川著：《后殖民主义与新历史主义文论》，济南：山东教育出版社，1999年，第178页。

同构成家族成员对家族的情感依赖和精神寄托。家族书写有意识突显家族日常生活、着意描绘家族成员的生存困境，目的是展现家族在社会发展中的作用和价值。为此，需要在重现历史事件的基础上，以一种更加积极的态度，建构家族历史使命的实施过程，让人们反思家族的教训或提供历史借鉴。依照南方家族的使命，或者说按照"南方骑士"的复仇准则，沙多里斯家族成员必须与损害家族声誉或杀害家族成员的人进行决斗，并对他们实施报复，从而履行自己的家族职责或使命。老沙多里斯这样做了，他受到了社会和家族的敬仰；贝亚德·沙多里斯（贝亚德二世）也这样做了，16 岁那年，由于外婆被格鲁比杀害，他和黑人伙伴以暴制暴杀死了仇人，将其尸体钉在外婆被害的屋门上，并砍掉其右手放在外婆的坟墓上。然而，到了小贝亚德这一代，面对同样的报复环境，他却以"懦夫"的形象抵制了"有仇必报"的南方传统"骑士精神"。面对难以承载的南方家族使命重负，他对现实社会感到厌倦，失去了生活下去的信心，无心顾及家族的命运，因而放弃了复仇计划，同时也意味着对家族使命的叛逆。当然，这里并不是说他的行为是错误的，而恰恰表明了他理智地抵制了家族使命的诱惑。

家族使命包含在家族兴衰历史之中，体现了家族命运背后的权利关系和社会主流意识形态的深刻影响。家族书写必然带有一种意识形态性，反映出家族生存现状和未来命运结局。沙多里斯家族作为传统贵族家族的代表，拥有上层社会地位、独特政治权利以及令人尊重的家族伦理道德等，但是当这个家族最终的"掌门人"珍妮姑婆不得不固执地将振兴家族使命强加到一个只有 10 岁孩子身上时，人们已经感受到该家族即将毁灭的命运，因为这个家族中已经没有其他男人了，而这个孩子是家族的唯一希望。必须关注的是，孩子成人之前，珍妮姑婆已经去世，沙多里斯家族失去了精神依赖，陷入严重的家族危机之中，虽然名义上是男孩子作为家族继承人，但真正掌管家族的人是孩子的母亲娜西萨。她接替了珍妮姑婆，需要在很长的时间内履行对家族的监督义务，完成家族的使命，这是一个极大的讽刺，因为这个靠出卖肉体的女性成为传统贵族家族的道德监督者和规范者。从家族历史书写来看，这个家族始终不断地履行自己的家族使命，千方百计地追求"骑士精神"，最终的结局却导致了家族的悲剧，值得人们反思。

新历史主义的家族书写关注了家族成员的日常生活行为，借助历史环境和文学虚构艺术反映家族历史使命和命运结局。南方家族的使命意识在家族成员心里随着内战的结束和北方工商业势力的入侵而变得更加强烈。然而，殖民时期缔造的家族神话或家族辉煌越来越难以维持下去，因为贵族家族成员已经厌烦了以种族歧视、妇道观和清教主义等为代表的传统伦理道德所带来的制约和束缚。因此，传统贵族家族子孙在家族使命的诱惑下举步维艰，呈现出一代不如一代的趋势。沙多里斯家族成员在崇尚祖先创造的家族荣耀的同时，陷入家族规范的陷阱之中，最终导致家族势力和影响的消失，也为家族的毁灭埋下了伏笔。

三、线性历史断裂与家族命运报复

家族作为社会基本单位，凝聚着社会历史发展的变迁。福克纳的家族书写基于家族兴衰历程，记录了家族成员的行为和思想，并以线性历史展现了家族成员的日常生活行为和生存状况。家族成员凭借个人"碎片式"的记忆，致力于揭示日常生活行为背后的家族命运，成为现实社会的真实反映。他将家族使命和家族成员面临的问题融入家族书写中，阐释了家族在阻止道德沦丧、解决历史问题和现实问题、恢复生活和发展信心等方面所发挥的作用，体现了线性家族历史的断裂，表达了对人类未来的关注与担忧。

线性历史观建立在线性时间基础上，受到基督教等宗教观念的影响，昭示着人们要想摆脱现实社会的苦难或沉重生活，必须在当下寻找救赎之道，以满足生存希望或精神渴望。"历史——随着时间而进展的真正的世界——是按照诗人或小说家所描写的那样使人理解的，历史把原来看起来似乎是成问题和神秘的东西变成可以理解和令人熟悉的模式。不管我们把世界看成是真实的还是想象的，解释世界的方式都一样。"① 沙多里斯家族故事在很大程度上取材于福克纳本人的家族历史，如他所崇敬的曾祖父，人称"老上校"，实质上就是沙多里斯家族创始人约翰·沙多里斯的原型，发生在这个家族成员身上的故事大多也都是发生在其家族成员身上。他对沙多里斯家族的书写围绕着家族发生的事件和日常生活行为展开，揭示了家族兴衰模式，即祖辈创建了家族荣耀，父辈勉强维护家族生存，而子辈大多被家族责任和使命所摧毁。随着家族命运的衰落，家族后代的勇气和精神逐渐减弱，心理敏感性逐渐增强，但实际行动越来越迟缓，最终陷入绝望之中，失去生存下去的勇气。

家族线性历史的断裂意味着对历史政治权利的颠覆，体现了历史书写的主体性意识倾向。历史文本包含了政治权力，而权利体现了暴力与

---

① 张京媛主编：《新历史主义与文学批评》，北京：北京大学出版社，1993年，第178页。

虚伪。为此，历史书写必须打破政治权利的束缚。福克纳对沙多里斯家族的书写在多数场合下并没有直接的道德批判，相反，更加倾向于从历史环境、生存状况等方面进行书写，尤其是对家族所处的环境和具有的精神表达了羡慕与崇敬。沙多里斯家族拥有的大宅使人感到赏心悦目，因为大宅"掩映在葱郁的树丛中，简洁而雅致。明媚阳光下的花园盛开着鲜花，花香四溢，蜜蜂发出令人沉醉的嗡嗡声，仿佛众多金嗓子在浅吟低唱。阳光似乎也要钻进耳朵里"①。这个典型的世外桃源显现出家族生活的奢侈追求，也显示出福克纳本人对家族生存环境的关注。原因在于他本人出身贵族家族，脑海中已经预设了家族书写的目标，获得了超出南方人预料的理念或结论，因而在家族书写中不可避免地选择自己熟悉或认为重要的历史素材，展现出传统贵族家族的命运，并表达了对这些家族命运的担忧。这种创作方式与其他南方小说家的创作有所不同，因为他从沙多里斯家族成员所参与的政治、经济和文化活动中展现了其生活现状和内心活动状况，借以反衬社会现实问题，从而更好地赢得读者的认同。

权力关系是现代社会的突出表现，反映了经济、政治、文化、话语和意识形态等之间的影响或制约。历史被视为一种文本，而文本中的自我意识在一定程度上就变成了权力关系。"新历史主义并不那么看重历史，特别是在自我批评或自我反思方面它并不是历史的。"② 作家总是把自己体验最深、离自己最近、最能展现历史发展的东西呈现出来，以便增加作品的历史价值和现实意义。重建时期的南方恰好是工业文明大发展的时代，也是南方人逐渐意识到家族伦理道德不可缺少的时代。以蓄奴制为基础的种植园经济，培育了南方独特的历史和文化观念，构成了南方文化的重要组成部分。福克纳有关沙多里斯家族的书写是对南方历史的书写，也是对社会现实状况的真实反映。为此，沙多里斯家族成员的日常生活行为在史料选择、叙事结构、意识形态、伦理道德取向和人物设置等方面，均体现了福克纳作为书写者的个人意识和强烈的南方特色，形成了文学与历史的交融互动，达到了重审和重构南方历史的目的。

家族命运反映了一定时期内家族的兴衰过程、人类的生存状况以及文化追求等，属于一种颠覆性的线性历史断裂与家族主体意识的当下展示。南方传统价值观作为一套综合的价值体系，规范着南方人的举止行

---

① William Faulkner. *Flags in the Dust*. New York：Vintage Books，1973，p. 56.

② 张京媛主编：《新历史主义与文学批评》，北京：北京大学出版社，1993 年，第 54 页。

为。弗莱德里克·R.卡尔认为，福克纳"不是那种可以编造出远离自己生活的作家"①。意思是说，福克纳作品中的许多故事都是真实可靠的，都可以在现实生活中找到原型。对于沙多里斯家族的书写，福克纳难免流露出伤感或失落的心情，因为他让沙多里斯家族孪生兄弟的父亲卒于1901年，也是福克纳家族举家迁居奥克斯福、从此开始走下坡路的前一年。他表面上对父亲很尊重，其实却把他塑造成一个"令人难堪的失败者"②，并把家道中落归咎于父亲的懦弱无能。这种怨愤后来持续不断地映照在对父亲形象的塑造方面。如在《坟墓里的旗帜》中，孪生兄弟的父亲甚至沦落到可有可无的地步。对此，福克纳解释说，"孪生兄弟的父亲没有故事"，他活着"只是为了家族的连续性"。③ 在他的家族中，他二弟约翰·福克纳英俊聪明，乐观向上，具有很好的人缘和很高的情商；而他本人则完全相反，常常沉思不语，不爱交际，对人也不热情。这些家族事实显然与他对沙多里斯孪生兄弟的性格塑造有着重要影响。在小贝亚德对约翰微妙的爱与恨中，前者表达了对兄弟的感情，而后者却充满嘲弄与怨恨。福克纳对沙多里斯家族祖辈与子辈的对比描写不只是说明南方文明的没落，更为重要的是表达了自己对现实社会的不满：南方老一辈打下了基业和江山，却被无能的下一代和残酷无情的现实所摧毁，原因何在？他虽然没有提供明确的答案，但这一主题在他的其他作品中不断深化。对他来说，沙多里斯家族代表了古老南方最美好的一切，然而岁月无情，现代资本主义的迅猛发展无疑毁灭了这一切，他只能通过新旧秩序的面对面交锋，借以抵制历史变迁和新秩序的建立所带来的家族悲剧。

无论是以家族书写的历史，还是作家想象的过去发生的事件，有关历史书写都是基于这样一种假设，即历史事件和文本故事都是相同的历史事实，所不同的是，历史事件虽然表明了事件真正发生过，或相信真正发生过，但目前已经无法再被直接感知。为了某种需要，必须对这个历史事件进行重构再现，文本故事正好属于这一类。家族线性历史的断

---

① 〔美〕弗莱德里克·R.卡尔著：《福克纳传》，陈永国等译，北京：商务印书馆，2007年，第259页。

② David Minter. *William Faulkner*：*His Life and Work*. Baltimore：John Hopkins University Press，1980，p.16.

③ William Faulkner. *Faulkner in the University*：*Class Conferences at the University of Virginia*，1957-1958. Eds. Frederick L. Gwynn & Joseph Blotner. New York：Vintage Books，1965，p.250.

裂与家族主体意识的凸显是一个辩证的过程，家族线性历史的作用及发挥的影响不受家族书写者的控制，而是作为一种话语进入历史体系，体现出作品意识的当下性；家族书写者通过文学话语进入历史，体现出创作意识的当下性。这是一种建立在主体意识与历史事件之间的辩证关系。对此，海登·怀特说：

> 不论历史事件还可能是别的什么，它们都是实际上发生过的事件，或者被认为实际上已发生过的事件，但都不再是可以直接观察到的事件。作为这样的事件，为了构成反映的客体，它们必须被描述出来，并且以某种自然或专门的语言描述出来。后来对这些事件提供的分析或解释，不论是自然逻辑推理的还是叙事主义的，永远都是对先前描述出来的事件的分析或解释。描述是语言的凝聚、置换、象征和对这些作两度修改并宣告文本产生的一些过程的产物。单凭这一点，人们就有理由说历史是一个文本。①

作为一种历史叙述或历史话语，新历史主义历史书写的突出特征在于其文本性，也就是说，书写者按照其书写意图完成对历史事件的再现。当传统贵族家族确立家族伦理道德时，就把南方女性置于高高的"神女"地位，造成她们灵魂与肉体的分离。这种生存困境导致她们人格扭曲和裂变，最终引发女性价值观和道德观的崩溃。从娜西萨身上所体现出的社会贞操观来看，人们不难感受到福克纳对南方妇女地位的思考以及对落后的南方妇道观的愤怒与谴责。虽然珍妮姑婆对娜西萨不守妇道的行为表示过强烈不满，但还是认同她是沙多里斯家族的女人，因为在她心中家族荣耀高于一切，理解娜西萨不得已而为之的痛苦心情；然而，老沙多里斯的黑人私生女兼保姆埃尔诺拉则排斥这个女人，认为"她永远也成不了真正的沙多里斯家的女人"（《献给爱米丽的一朵玫瑰花》，第186页）。由于沙多里斯家族中男人已作古多年，娜西萨仅仅是一个符号而已。事实上，她并没有作为一个独立的主体被沙多里斯家族认可，只是作为家族继承人的母亲形象留在人们的印象中，从而打破了线性历史书写的顺序，使人更多地关注到沙多里斯家族所遭受的命运报复。

新历史主义的历史书写引发了线性历史的断裂，颠覆了历史话语的

---

① 王逢振等编：《最新西方文论选》，桂林：漓江出版社，1991年，第499—500页。

权威性，打破了主流意识形态的束缚，展现了文学创作主体意识的当下性。福克纳认识到奴隶制的解体和北方资本主义兴起是不可抗拒的历史趋势，而当他目睹资产阶级工商业文明在南方泛滥并导致了精神堕落后，又开始怀念传统价值规范和伦理秩序。这种既爱又恨的矛盾心态导致他在痛恨南方某些消极传统规范的同时，却又在内心深处眷恋着南方积极的传统伦理和价值观念。他在回望历史时，强调的是传统文化在现实世界中的意义和价值；而当他展望未来时，强调的是传统中那些消极因素的束缚与限制，希望南方人在现实生活中摆脱这些消极因素的影响，重建南方精神和传统美德。以沙多里斯家族为代表的没落的贵族家族始终坚守着勇敢、坚毅和顽强的南方传统美德，但又犯下了摧残人性、践踏人性的罪行，逐渐失去了原有的社会地位和政治影响。福克纳让沙多里斯家族在现实严峻挑战面前败下阵来，以失败者的形象改写了"南方骑士"精神，目的是通过这个家族的悲惨命运提醒南方人所担负的职责与使命。

历史意味着过去，历史书写无法回到原发历史语境中，只能按照书写者的意图表现出来，因为人们"根本不可能接触到一个所谓全面而真实的历史，或在生活中体验到历史的连贯性"①。家族书写要受到书写者所处社会生活、社会背景和意识形态等的影响，体现了书写者的意识形态和价值取向。福克纳生活的时代正值历史发展的"十字路口"，可以说恰好处在线性历史断裂的时期，南方人背负着沉重的历史负担，内心深处遭受着罪恶和精神信仰混乱的折磨。"统治阶级的思想在每一个时代都是占统治地位的思想。这就是说，一个阶级是社会上占统治地位的物质力量，同时也是社会上占统治地位的精神力量。"② 传统家族书写通常是借助人物的命运发展书写家族故事，展现历史变革，但福克纳的家族书写颠覆了"宏大历史"叙事，将书写对象转移到家族日常行为方面，展现了家族兴衰以及由此带来的命运启示。"一度十分显赫的福克纳家族，却目睹了以（旧贵族）阶级为基础的旧南方社会的消失……以及伴随这种变化而来的新南方的崛起。可以肯定的是，福克纳为这种消逝和兴起而感到困扰。"③ 文学创作参与了历史书写，而历史深化了文学内

---

① 王岳川著：《后殖民主义与新历史主义文论》，济南：山东教育出版社，1999年，第185页。

② 《马克思恩格斯文集（第1卷）》，北京：人民出版社，2009年，第550页。

③ David Minter. Family, Region and Myth in Faulkner's Fiction. *Faulkner and the Southern Renaissance*. Eds. Doreen Fowler and Ann J. Abadie. Jackson: University Press of Mississippi, 1982, pp. 182-183.

涵，这是一个复杂的认知过程。福克纳对沙多里斯家族进行的新历史主义书写聚焦南方家族面临生存困境之际所表现出的冒险精神与英雄气概，把传统观念、种族制度、生存危机和宗教主义极端思想等呈现给世人，解决了南方家族问题和现实问题，为战后南方人赋予了新的希望和长远的使命意识。

第三节　家族欲望与生存危机：萨德本家族的权利欲望与人性堕落

文学与历史存在着颠覆与遏制的关系，因为历史总是对文学进行控制或"规训"，而文学并非被动地受到制约，而是根据自身的优势和条件形成对历史的反制。"文学对现实社会的控制是一种反控制，对现实的权力是一种颠覆，起码是一种想象性的颠覆。"① 正是在这种颠覆和重构过程中，文学不再是政治和社会历史的传声筒，而是拥有相对独立的个体属性，以想象与颠覆对历史事件进行重构或再现，彰显了文学的主体性价值。新历史主义的家族书写通过血缘关系中的生命延续，反思了人类的伦理道德与生存现状，反映了社会发展进程中人类的欲望与生存问题。萨德本家族由战前的平民家族发展成贵族家族，最终在内战后堕落毁灭，给南方人留下了深刻的教训。福克纳借助这个家族兴衰历史揭示了"宏大历史"叙事下遮盖的家族日常生活行为的本质，形成了家族历史书写与文学想象相融合的表现方式，彰显了家族发展过程中的南方精神与家族问题，使人们在哀叹萨德本家族由盛及衰的同时又感悟到南方神话的破灭，展现了由家族欲望与生存危机而引发的南方人对自身生存问题的思索，给南方未来的发展提供了思考。

一、公平失衡与种族压制

家族伦理规范指的是以家族为本位，以家族共同体的血缘等级秩序为骨架，以宗法精神和伦理精神为认知取向，从而形成的家族统治形态和政治观念体系。一般来说，家族伦理规范涉及家族政治权利、价值观念、经验信念，以及对政治目标的选择等。家族历史反衬了社会历史，为社会历史研究提供了参照。居于社会统治地位的政治意识形态掌握着历史书写权，可以根据自我意图赋予历史事件不同程度的书写权威性和

———————————
① 王岳川著：《后殖民主义与新历史主义文论》，济南：山东教育出版社，1999年，第183页。

政治性。萨德本家族的诞生有着特殊的历史语境和时代背景，突出表现为内战前后政治、经济和文化上的转型所带来的影响与后果。对于内战，美国主流意识形态认为这是一场解放奴隶、维护联邦统一的战争，而部分民间观点则认为这是由北方资本主义把自身政治意愿强加给南方而引起的，破坏了南方传统的农业经济和田园生活，导致了南方经济危机，摧毁了传统价值体系和文化体系。这个家族书写就是在这样的历史背景下创作出来的，反映了福克纳对南方社会的关注与担忧。他以家族文化为线索，围绕南方家族存在的问题，从新历史主义的角度探讨了家族兴衰历程和家族命运悲剧。

　　社会公平是客观的，但其书写却是根据书写者的意识形态需求进行的，因而带有鲜明的指向性和目的性特征。"无论'历史'这个词儿的意义发生了什么样的变化，无论'历史'这个词儿的意义变得多么不准确，我们都不能忘记，我们依然还是在用'历史'来指代我们心目中所想的那真正发生于过去的事情。"① 新历史主义的家族书写体现了社会状况从单纯的生活现象描述到家族兴衰历程重构的一个渐变实施过程，并趋向于通过家族命运达到认识现实社会的目的。萨德本家族在"约克纳帕塔法世系"的一个分支为白人血统分支，这一支从萨德本的父母开始，他们是弗吉尼亚山区的农民，善良勤劳，以南方传统方式教育和培养了年轻的萨德本，这是这个家族的第一代。萨德本在西印度群岛抛弃了可能带有黑人血统的妻子和儿子，来到杰弗生镇，娶了百货店店主科德菲尔德的女儿埃伦·科德菲尔德，建立了庞大的萨德本家族。这是这个家族的第二代。萨德本和埃伦生下了儿子亨利和女儿朱迪思，这一男一女是家族的第三代。为了获得继承人，萨德本最后又与穷白人沃许的外孙女米利同居，生下一个女儿，这是这个家族的第四代。如果把他的黑人血统子孙也计算在内，这个家族的第一代是萨德本和他的妻子尤拉莉亚·邦恩；他们的儿子查尔斯·邦恩为第二代；查尔斯与黑人女子所生的儿子查尔斯·埃蒂尼为第三代；埃蒂尼和黑奴女子所生的儿子吉姆·邦德为第四代，这是这个家族剩下的唯一男丁。由于萨德本不承认自己的黑人家族这一支，因此，本节所使用的萨德本家族主要是指他的白人家族。对于他的黑人家族这一支，将在后面对邦恩家族的分析中进行详细阐释。可以说，萨德本家族跨越内战前后，见证了早期穷白人家族的

---

① 盛宁著：《人文困惑与反思——西方后现代主义思潮批判》，北京：三联书店，1997年，第159—160页。

兴起和传统贵族家族的衰败过程，涉及白人家族和黑人家族，全面反映了南方社会发展现状及存在的诸多社会问题。

社会状况反映在家族生活的零散插曲、偶然事件、反常事物和卑微情形等行为之中，因为这些方面透视了主流意识形态下遮掩的家族生活本质，反映了家族成员的人性本原。萨德本家族的创始人为托马斯·萨德本，这个人被很多人认为是一个十足的"恶魔"，因为他为了实现自己的蓝图，不计后果，最终导致家族惨遭不幸。然而，如何评价这个人，大多数南方人的态度都比较模糊。这主要是因为萨德本具有南方种植园主的勇敢开拓精神；又试图建立一个"纯白人王朝"，这是对人性的排斥，也与历史发展趋势相背离。关于这个家族，福克纳在一封致出版者哈里森·史密斯的信中谈道：

> 小说的主要情节发生在内战和战争刚结束的时期中；高潮是另一个发生在一九一〇年左右的情节，这个情节解释清了整个故事的来龙去脉。大致上，其主题是一个人蹂躏了土地，而土地反过来毁灭了这个人的家庭。……故事是讲一个人出于骄傲想要个儿子，但儿子太多了，他们把他毁了……。（《押沙龙，押沙龙!》，《译序》第1、2页）

作为南方大种植园主家族的代表，这个家族贯穿了内战、南方重建和第一次世界大战等历史事件，展现了南方历史的发展进程。福克纳对这个家族的书写突破了传统书写模式，将家族历史以平民化和生活化的方式呈现出来，从内战的"宏大历史"书写转变为家族日常生活行为书写，对家族成员的人性本原进行了真实展现。

社会公平是社会发展的基础，也是维持人与人关系的前提。萨德本家族的悲惨遭遇从萨德本青少年时代就显现出端倪，这是因为，他出生于一个穷苦白人家庭，有一天父亲派他去一家大种植园主的大宅送信，他在门口，被黑人看门人拒绝入内，饱受了这个黑人奴仆的白眼与羞辱，心理受到了很大创伤。他立志成为南方社会的上层人物，并为此制定了自己的发展目标："我有过一个规划。为了完成它我得要有金钱、一幢房子、一个庄园、要有奴隶和一个家庭——自然，也总得有位太太。我着手去拿到这些东西，不向任何人乞求恩赐。"（《押沙龙，押沙龙!》，第257页）他要像大种植园主那样享受生活，拥有自己的白人家庭和大批的奴隶。为此，他漂洋过海去西印度群岛，从此开始了创业之路。正是这次遭遇的社会公平失衡，引发他的精神世界或心灵表象的异常，导致其种族思想的萌芽。

种族问题是南方社会的历史问题，在长期的发展过程中给南方人带来了诸多社会问题。家族书写以种族问题为对象，从家族日常生活体验转向南方人的心理感受，形成对主流意识形态的质疑与颠覆，目的是更好地解决社会问题。婚姻是萨德本实现宏伟计划的第一步，也是建立白人家族的重要途径，因为"在这个社会里，阶级地位的优越性始终取决于严格的血统划分"①。在南方社会，血统的纯洁决定了家族和个人的社会地位，黑人与白人之间的婚姻从未得到法律的认可，也没有得到南方上层社会的认同。萨德本初到西印度群岛时，在一个甘蔗种植园打工，后来正赶上黑人暴乱，他帮助这个种植园主制止了暴乱，显示出了非凡的才华。种植园主或是看上他的才能，或是出于感恩，就把女儿尤拉莉亚·邦恩嫁给了他，一次偶然的机会他发现儿子身上的黑人痕迹，大为恼火，于是抛妻弃子，只身来到杰弗生镇。在这里，不知通过什么手段他从一个印第安部落酋长手里获得了一块100英里的土地，花费了整整三年时间盖起全镇最豪华的"百英里庄园"，成为当地最大的种植园主和"县里唯一最大的地主和棉花种植者"（《押沙龙，押沙龙!》，第64页）。他虽然在经济上富裕了，但却因为无法获得杰弗生镇居民的认同，镇上的居民都排挤他和侮辱他，为此他向白人姑娘埃伦·科德菲尔德求婚并得到其父亲的同意。埃伦的父亲科德菲尔德先生，虽然算不上富有，但经营着一个百货店，生意还算不错，曾经帮助过萨德本，还一度成为他的合伙人，同时也是杰弗生镇口碑较好的人，是一个坚定的南方支持者。萨德本与科德菲尔德家族联姻后受到重视，获得了镇上居民的认同，生下儿子亨利和女儿朱迪思，成为一个富有的奴隶主贵族家族。

社会公平反映了不同时期的历史话语和社会话语，不仅代表了所处社会的需求，还展现了家族书写对社会的参与性和重构性，表明了书写者将自己的政治意识形态融入社会问题中，从而对主流意识形态进行颠覆与抗争，力求揭示现实生活的本质。萨德本家族的命运悲剧有其历史环境和社会因素，更主要的还是这个家族创始人自身的问题。萨德本从一个穷白人的孩子一跃成为南方首屈一指的大种植园主，建立起庞大的"百英里庄园"。实事求是地说，他并不是一个天生的恶棍，相反，少年时代的他天真质朴，不懂世故，在大种植园庄园门口受到的侮辱严重地

---

① 李文俊编：《福克纳的神话》，上海：上海译文出版社，2008年，第147页。

伤害了他的心灵，自己突然意识到不仅黑人和白人间有差别，白人和白人之间也有天壤之别。他的生活经历、他耳闻目睹的社会现实，为他提供了一幅弱肉强食的画面和一个人压迫人、人践踏人的"蓝图"。他没有憎恨那个给予他和他的家庭以屈辱、践踏黑人和穷白人的奴隶制度和等级制社会，而是憧憬有一天能过人上人的生活。他发誓要建立他的王朝，他沉醉于私有制和种族制度，因而陷入社会和种族的深渊。当然，他的悲剧不只是他的个人因素造成的，而是南方建立在奴隶制和等级制之上的不平等的社会把他变得如此，或者说，南方那个时代的社会才是其家族悲剧的罪恶之源。

种族不平等造成了不可一世的萨德本家族的坍塌，导致 15 位家族成员死于非命。应该说，这个家族命运悲剧并不十分复杂，只是由于种族制度而引发的社会不公平导致的。正如罗沙小姐感慨的一样，"仿佛有份厄运和诅咒落到我们家头上而上帝在亲自监督着要看到它一丝不差地得到执行似的"（《押沙龙，押沙龙!》，第 15 页），以及"究竟犯下了多大的罪孽，竟使我们一家命定成为不单是此人被毁灭而且也是我们自己被毁灭的工具呢"（《押沙龙，押沙龙!》，第 15 页）。萨德本身上除了带有残忍、暴力和毁灭的倾向外，他还同冒险、勇敢和容忍的意志联系在一起，千方百计地追求自己的"白人蓝图"。这是传统贵族家族创始人普遍具有的性格特征，人们并没有过多地进行谴责和诅咒，然而，这个家族中存在的种族问题却充分透视出社会的不平等，体现了家族的生存压力和对未来的担忧。

二、权利欲望与道德颠覆

新历史主义的家族书写与历史真实之间往往存在着一定的差异性，书写者为了凸显家族故事的曲折化或艺术性，必然在不同程度上对家族成员的行为进行极端化呈现或对历史事件进行虚构想象，从而更好地展现家族的命运走向。萨德本家族书写初期，福克纳曾打算以自己的曾祖父为原型进行创作，反映自己家族的生存状况。然而，当这个家族逐渐成形后，其曾祖父的原型便不受本人的控制，最后变成了作品中的萨德本形象，成为家族权利欲望与道德颠覆的典型代表。萨德本家族夫妻成仇、父子反目、兄弟残杀，导致这个家族由兴盛走向衰败、最终崩溃解体的命运悲剧，折射出南方历史发展的沧桑历程，也反映了人性的复杂性。

家族权利反映了家族的社会地位和影响力，体现出家族成员对现实世界、日常生活以及自身身份等权利的运用。萨德本家族对权利的追求标志着内战后南方历史变迁中家族成员的生存困境。作为传统蓄奴制经济的大种植园主，萨德本带来的不是道德以及传统价值观的重建，而是一场由种族主义思想而引起的更为深重的灾难和混乱。这场灾难波及社会各个层面，使内战后原来趋于平静的南方再一次出现骚动与不安。这个家族的兴衰历程虽然简化了家族在殖民、创业、战争、重建等时期对黑人的剥削和压榨等，但详细阐释了种族主义基础上的家族复仇主题，致使这个家族走向了毁灭的命运。萨德本成长过程中经历的种族痛苦以及形成的对黑人的反感情绪，积压在其心里，并作为家族追求的权利目标激励着他千方百计地构建自己的"宏大计划"，但最终造成了家族悲剧。他的家族权利欲望完全排斥了黑人血统，本身就违反了社会公平原则，是对南方道德伦理的颠覆，极大地损害了黑人的权利。

　　权利欲望的增强往往意味着对道德伦理的颠覆。新历史主义家族书写中的历史事件并不完全符合历史真实的原则，因为历史环境无法按照历史事件发生时的环境进行真实再现，然而，家族书写可以充分发挥书写者的想象力和创造性，对历史事件的主要要素进行展现，从而达到再现历史真实的要求，成为具有阐释性或启发性的历史文本。这样，在历史与现代、文本与社会之间就形成了一张相互阐释的张力网，使家族书写具有了新的生命力。萨德本家族的权利欲望首先是由萨德本妻妹罗沙的叙述引起的，她反复表露出对萨德本的憎恨，称他是"该死的魔鬼"，是一个注定要给自己和子孙带来灾难的祸根。作为唯一一个目睹过萨德本的人，罗沙看似掌握了他的一手资料，但实际上她叙述的事实最少，甚至都不了解他的发迹历史。在叙述中，她将萨德本视为一个僵死的恶魔，称他为"天堂不会要，地狱不敢收"的"魔鬼""恶棍""吃人妖魔""浮士德式的人物"，目的是把他塑造成为一个对权利充满占有欲的魔鬼化身。然而，她对萨德本家族人性的极端化叙事实际上暗含着操纵读者意识形态的冲动，让人感到她的看法完全偏离了事实。

　　对权利追求的欲望大多隐含在日常行为之中，往往不被人所重视。同样，新历史主义家族书写的目的是发掘家族中那些被忽视、被怀疑、被否定的东西，因为这些行为或思想往往隐藏在"宏大历史"背后，只有摆脱了主流意识形态的影响，这些被遗忘、被忽视的行为才能被揭示出来，从而展现家族和社会的生存现状。内战后，由于蓄奴制种植园经济失去了存在的基础，建立在这种经济体制上的家族道德伦理关系基本上变成了僵化的教条，成了一种象征性维持秩序或等级的规范制度。尽管罗沙表面上十分憎恨萨德本，认为他只顾追求自己的权利欲望，拒绝承担自己应该承担的家族伦理道德或社会责任。实质上，她依然敬佩他，因为当他向她求婚时，她竟然答应了这个请求。这些细节表明了她心目中的萨德本依然具有很强的吸引力，只是后来由于他荒诞生子的提议伤害到这位南方小姐的自尊心，她十分愤怒，断然拒绝了这个提议并搬出了萨德本大宅，从此再没有踏进这个庄园，并由此产生了刻骨铭心的仇恨。由于这些逸事发生在萨德本家族成员身上，是真实生活的反映，因而具有十分重要的信息价值，为读者理解罗沙的性格奠定了坚实的基础，也暗示了萨德本的权利欲望。

家族权利欲望追求可以通过家族生活"碎片"反映出来，每一个细微的活动都能够作为历史资料参与家族命运书写，进而寻找所蕴含的社会、道德和文化等要素，以此来分析家族成员的行为和态度。康普生先生出身贵族家族，明事理，有知识，判断能力强，竭力通过直接描写来塑造心目中"英雄般"的人物形象。在他看来，萨德本是这样的形象，"既富幻想又很机警，既残酷无情又很安详"（《押沙龙，押沙龙！》，第27页），"为了弄到钱在手段上是不会有任何顾忌的"（《押沙龙，押沙龙！》，第15页），"只要有机会和有需要，此人是什么事情都干得出来和乐于去干的"（《押沙龙，押沙龙！》，第39页）。他对萨德本充满了羡慕，但又保持着戒备之心，甚至瞧不起这些从穷白人一跃成为上层社会领导人的暴发户，但他又无法阻止这些入侵者，只能借助周围人对这个家族的敌视、嫉妒和畏惧来表达自己的不满。他的态度是隐含的和细微的，可以这样归纳：萨德本并不是一个魔鬼，而是一个有正常感情和行为的人，只不过是太过于专注对财富的疯狂占有。相反，萨德本的白人妻子埃伦·科德菲尔德却忘记自己作为母亲的职责，看起来像一只"花蝴蝶"（《押沙龙，押沙龙！》，第72页），行为十分显摆。两人的婚姻只是相互利用的结果，缺乏了情投意合的关系，甚至在儿女教育方面都不能形成共识。对康普生先生看似平静、客观的描写实际上存在着致命的缺陷，因为他并没有掌握萨德本家族完整的直接材料，很多事情都是他想象或推测出来的，甚至没有看出萨德本家族成员的权利追求欲望以及所导致的道德伦理颠覆，依然生活在对这个家族的误解之中。

家族对权利的追求欲望与道德伦理的颠覆，如同一堆堆记忆碎片在家族成员的记忆和日常行为中进行归类展现，从而提供了一条相对清晰的发展历程，预示家族命运的走向。像许多内战后的南方人一样，昆丁十分羡慕或崇拜像萨德本那样大胆勇敢的实干家，但他又比父亲康普生先生更加清醒，尤其是了解到这些家族创始者的残忍与所犯下的罪恶后。他的叙述以一种病态的高亢方式展开，谈到萨德本在 1869 年去世，他没有见过他，直至 1909 年，也是在自杀的前一年，才开始接触到这个家族的故事："还得过三个小时他才能知道为什么她叫他去，因为事情的这一部分，开头的部分，昆丁已经知道。那是他二十年来的传统的一部分，在这期间他呼吸着同样的空气也常听父亲讲起这个男人的事；那也是这小镇——杰弗生镇——的同样空气里的八十年传统的一部分，那个男人本人呼吸过这里的空气，从一九〇九年这个九月的下午一直上推到一八三三年六月的那个星期日早晨，当时……"（《押沙龙，押沙龙！》，第 6 页）。然而，由于无法找到有效的证据，他只能通过想象的方式试图解释发生在萨德本身上的一切，他合理构建了这个家族历史，并从自己的立场猜测萨德本不同意其女儿和查尔斯婚姻的原因在于兄妹乱伦，由此揭开了这个家族许多不为人知的秘密。种族制度把萨德本家族推到了焦虑、无奈、绝望甚至毁灭的边缘，使其逐渐失去了政治权利和社会地位，加速了家族毁灭的进程。昆丁以想象的方式为读者提供了萨德本家族成员的权利欲望和人性极端化表现，颠覆了南方传统伦理道德，让人看到了一个愚昧、自私和充满种族歧视的南方现代社会乱象。

新历史主义的家族故事虚构是家族书写的重要手段，因为家族事件多以碎片化的形式存在，如果不经过虚构就无法真实还原出家族兴衰发生的环境或时代背景，而家族故事的虚构艺术使得家族书写者的主观意识形态得以充分发挥。加拿大人谢里夫年轻好奇，富有浪漫主义，以一个局外人的身份剖析了萨德本家族毁灭的原因，认为正是在蓄奴制基础上形成的权利欲望与道德伦理颠覆最终导致了这个家族的毁灭。萨德本立志摆脱贫穷的社会地位，成为社会领导阶层。他建造了一座豪华的宅第作为他发迹的象征，但他内心深处对黑人的排斥使他抛弃带有黑人血统的妻子和长子，后又鼓动次子杀死长子，结果造成两个儿子一死一逃，家族也失去了继承人，再后来，他抛弃米利母女的行为招致了杀身之祸，一个雄心勃勃要发家立业的创业者却只落得死于非命的下场。南方官方历史对蓄奴制度罪恶的书写总是体现为空洞、模糊和隔靴搔痒的谴责，而萨德本家族的虚构把种族罪恶所带来的报复体现得淋漓尽致，表明以萨德本家族为代表的传统贵族家族的悲惨命运是罪有应得的。这个拥有巨大财富的家族呈现给世人的不是幸福生活，而是父子反目、手足相残的家族悲剧，使人很容易联想到基督教中关于原罪与报应的惩罚模式，彰显了种族歧视所导致的危害性以及社会不公平等问题。

新历史主义家族书写以家族成员的权利欲望与道德伦理颠覆为基础，跨越历史和文学界限，以历史拷问的姿态书写萨德本家族的兴衰历史。当然，这类家族的历史书写应当注重考察其兴衰的历史语境，从不同层面进行探索，直至最终找到家族兴衰的真相。从整体上看，萨德本家族的兴衰充满了压抑，其中死亡、谋杀、葬礼等常常出现在这个家族的日常生活之中，生命垂危和生存之痛苦始终衬托了家族成员的权利欲望和道德伦理颠覆行为，预示了家族的必然趋势。四位叙事者的叙事使原本复杂的萨德本家族故事更加扑朔迷离，原因在于他们每个人"都是在讲自己的传记"①，完全独立于主流意识形态之外，对萨德本家族成员进行人性极端化显现或历史人性化的想象，凸显了种族制度所导致的权利欲望追求与道德伦理的颠覆，也体现福克纳本人新历史主义家族书写的动机和目的。

三、人性堕落与命运悲剧

新历史主义家族书写借助文学虚构手法，将家族日常生活行为进行文本化，再现、重构或反思历史事件或历史故事，形成对现实问题的思考和对人类未来的担忧。这是福克纳对萨德本家族书写的宗旨。萨德本家族的历史从其童年时期，即 19 世纪初的殖民时期开始，一直到昆丁1910 年在大学时期，体现了南方社会的巨大变迁，涉及西印度群岛、欧洲和法属新奥尔良以及美国东北部等广饶地区，是南方社会从原始社会到资本主义社会发展的全部历史。福克纳对这个家族的书写获得了一种超越时代的、深厚的生命哲学意蕴，展现了萨德本家族成员的人性堕落与命运悲剧，为人类未来的发展提供了指导或借鉴。

人性堕落反映了对人类道德伦理的颠覆，取而代之的是追求社会不公平环境下的权利和利益。种族歧视属于南方社会主流意识形态，不仅压制了黑人的自由与平等追求，还使家族成员的道德伦理发生错乱，形成人性的极端化和家族命运的悲剧性结果。引以为豪的萨德本家族最终变成了一片废墟，只留下一个精神失常的混血智障孩子，记录着家族毁灭的悲壮历史时刻。这种家族命运留给读者很多反思，促使人们思考种族问题和历史问题。客观上说，萨德本具有强烈的个人意志，以实现

---

① William Faulkner. *Faulkner in the University*: *Class Conferences at the University of Virginia*, 1957-1958. Eds. Frederick L. Gwynn & Joseph L. Blotner. New York: Vintage Books, 1965, p. 275.

"宏伟计划"为目标来抗争自认为不平等的社会，但反抗方式与众不同，他欣然接受种族主义不平等制度，积极向上成为上层社会成员，由此造成了抛妻弃子、家族成员手足相残、父子不认的后果。他发誓要爬上去的社会是腐朽落后的社会，而他期望创建的家族是排斥黑人血统的"纯白人"家族，本身就违反了人类普遍接受的伦理道德。事实上，这个家族是从蓄奴制种植园经济起家的，成长过程中雇佣了大批黑人奴隶和穷白人，压制和剥夺了黑人的人性自由，导致很多黑人的背叛与逃跑，最终摧毁了南方人的生存环境，给南方人提出了生存警示。

　　家族命运是家族行为的最终体现。新历史主义历史书写的宗旨就是关注人类命运以及人性之间的关系，其中命运是人性的具体表现，而人性是命运的必然结果。家族成员人性的民间化、个体化书写必须借助人性的善与恶来展现家族命运的因果关系。福克纳通过蓄奴制、家族制约、社会罪恶等因素，书写了萨德本家族的沦落和家族成员的人性善恶，并通过这个家族命运的悲惨结局来展示南方人所面临的生存危机。他对萨德本家族的书写专注于种族主义的罪恶，无论是在社会层面，还是在历史层面，都带有鲜明的消解功能，颠覆了传统伦理道德中的"英雄"人物形象。不仅如此，这个家族的其他成员，如萨德本的白人妻子埃伦也是如此。为了财产，这个白人妇女嫁给了自己并不喜欢的丈夫，又由于受到传统世俗影响，她变得骄傲自大，没有尽到做母亲的责任。她的日常行为除了购买奢侈品外，几乎无所事事。她的女儿朱迪思以另外一种方式阐释了福克纳的伦理观和道德观。作为萨德本家族的小姐，朱迪思并没有受到种族主义思想的腐蚀，相反，却有着自己的处事原则和做事方法。她脱离了主流意识形态的束缚，勇敢地帮助黑人、照顾黑人，最终献出了自己的生命。福克纳通过丰富的想象力和高超的艺术手法，把南方历史置入萨德本家族的兴衰历程之中，对现实社会中的种族问题进行剖析、阐释和引导，实现了文学与历史的互动。

　　人性堕落导致家族命运悲剧是家族毁灭的必然原因。人们习惯认为家族历史就是曾经发生的事件，但往往忽略了历史必须进入文本后才能被人接受。然而，历史书写要受到书写者的虚构性和权利意识的影响，展现的家族历史必然包含了书写者的意识形态和对人性的追求。因此，人性堕落必然会引发家族不同的命运结局。当南方传统的道德伦理体系被家族日常生活"碎片"和社会现实问题打碎的时候，南方人对传统伦理体系和传统价值观的认同就开始动摇。南方人长期遵从的家族伦理、家族荣耀和家族义务等传统观念，在消费主义环境中变成了追逐利润、尔虞我诈、虚伪冷漠的社会丑恶思潮。这种伦理观念的变化投射到家族成员的行为和思想上，引发了更为广泛的人性堕落，导致家族命运悲剧。"萨德本是一件向那些毁掉南方的家伙们复仇的工具，但他努力建立种族谱系的企图却泡汤了，因为他没有生出一个能保证种族并没有罪孽的继承人。"① 他反抗不平等社会的方式不是想废除这一制度，而是建立和其他人一样、甚至更好的大庄园来与他们抗衡。人们不能简单地对萨德本这个人物冠以"好人"或"坏人"、"魔鬼"或"英雄"等，必须结合其所处的时代，对其进行客观、公正的评价。应该说，他是南方殖民时期的"英雄"，但又无法摆脱他那个时代、那个阶层的局限性。把种族主义同萨德本家族命运联系在一起，表明了种族主义罪行是这个家族毁灭的真正原因，也是传统南方社会毁灭或解体的真正根源。

新历史主义的历史书写以语言结构形式，借助书写者的主体想象力，将历史事件进行阐释、修正或再现，从而达到历史书写的目的和要求。福克纳通过边缘化的日常生活行为对萨德本家族进行书写，形成对南方主流意识形态的挑战与反叛，极力凸显家族边缘历史的社会借鉴与人性警示作用。萨德本死后，经过一场大火，这个家族只剩下唯一的继承人黑人吉姆·邦德。这是一个低能儿，甚至都不知道生与死的差别。对此，福克纳多次使用"吼叫"来描写这个人物的喊叫，且寓意模糊，引人深思：

> 吉姆·邦德，那个后裔，他的血族的最后子遗，此刻也看到那张脸了，此时是怀着人类理性在吼叫了，因为到这时候即使是他也准已明白自己是为了什么而在吼叫了。可是他们捉不住他。他们能听见他；他像是始终没有走开多远可是他们也没有能更挨近他一点，而没准到后来他们连吼叫的方向也弄不清。（《押沙龙，押沙龙！》，第363—364页）

这是福克纳对萨德本家族"白人王朝"创作的最终结局。"作为反映社会生活的文学，它通过艺术环境为伦理学批评提供更为广阔的社会领域和生活空间，通过艺术形象提供更为典型的道德事实，并通过文学中的艺术世界提供研究不同种族、民族、阶级、个人和时代的行为类型

---

① Robert E. Spiller. *The Cycle of American Literature*：*An Essay in Historical Criticism*. New York：The Macmillan Company，1955，p. 221.

的范例。"① 白手起家的萨德本家族的兴衰历史已被南方社会虚构为一部典型的传奇神话，并赋予了传统文化中的英雄形象。然而，这个家族又因为巧取豪夺、种族歧视和急功近利等行为，出现了人性堕落问题，促使福克纳不得不表达强烈的批判意识或谴责话语，并按照自己的道德价值观念来表达自然、社会和历史，反映出自己的道德理想。在感情的矛盾转化中，他对萨德本家族的书写承载了南方家族的使命责任，借助文学想象对作为家族英雄人物的萨德本进行颠覆性解构，赋予这个家族其他成员更加复杂的人性特征，实现了家族书写艺术与伦理道德主题的完美结合与统一。

---

① 聂珍钊：《文学伦理学批评：文学批评方法新探索》，《外国文学研究》2004 年第 5 期，第 18 页。

第四章　历史话语权利的颠覆：历史权威解构与家族伦理万象

历史话语权利体现出的叙事者的主体欲求，也是支配和引领历史叙事的动力或基础。新历史主义的历史话语权利赋予历史文本以想象或虚构艺术，打破了历史事件的客观性，为历史书写提供了更大的自由空间。福克纳的家族书写以家族兴衰历程为基础，展现了历史话语权和家族伦理对家族成员的束缚与限制，并从家族成员的日常生活行为入手，借助家族历史的"碎片化"记忆、话语权利和历史权威等，凸显了社会现状以及家族成员的内心焦虑。这种对传统历史话语权利的颠覆和对历史权威的解构书写方式，为阐释家族命运悲剧，分析家族成员人性状况、生存环境以及人类未来出路等，提供了更加真实的历史素材，实现了对历史话语权利的颠覆，深刻透视了家族悲剧命运的内在原因。

第一节　父权文明与伦理重构：麦卡斯林家族的边缘化与灵魂救赎

新历史主义的家族书写以家族或家族成员的生存方式为叙事对象，以家族兴衰历程阐释家族成员的思想或行为，解构传统意识形态中父权中心文明的权威性，重构家族伦理体系。加尔文主义作为南方宗教文化的精神支柱，起到了维护父权制度和家族秩序的作用，对家族后世产生了重要影响。福克纳的家族书写，特别是有关传统贵族家族的书写，忠实记录了家族盛衰荣辱和分崩离析的悲惨命运。麦卡斯林家族是南方家族中最古老的贵族家族之一，这个家族出现在多部作品中，如《去吧，摩西》《大森林三部曲》《坟墓的闯入者》《大宅》和《掠夺者》等，这些作品都讲述了这个家族兴起、发展、繁荣与衰落的过程，浓缩了南方历史、社会和文化的精髓。福克纳通过麦卡斯林家族父权中心文明的弊端、家族伦理缺陷、种族主义罪行以及对后代的影响，凸显了这个家族的边缘化过程，加强了对家族伦理的重构，展现了种族制度的罪恶以及家族成员由此而进行的灵魂救赎等。

一、父权神话坍塌与家族边缘化趋向

"神话"（myth）一词来自古希腊语"mythos"，指的是人对自然和社会进行认识改造的艺术成果。"任何神话都是用想象和借助想象以征服自然力，支配自然力，把自然力加以形象化……也就是已经通过人民的幻想用一种不自觉的艺术方式加工过的自然和社会形式本身。"① 美国南方是以种植园经济为基础的农业社会，十分注重血缘关系，强调家族观念，在蓄奴制基础上形成了家族父权神话。南方的家族父权神话是南方区别于其他地区的基本特征。南方家族父权神话作为南方人的精神支柱，维持了家族成员之间的关系，使家族成员个体感悟到家族的温暖和精神上的慰藉。麦卡斯林家族神话是在传统伦理道德基础上形成的，涉及南方家族伦理、价值观念及宗教信仰等层面，反映了现实社会与历史环境之间的融合与冲突。福克纳对这个家族的书写以父权神话坍塌与历史边缘化书写为线索，以家族伦理弊端和重构家族伦理为目标，在种族歧视和家族伦理失衡的冲突中显示出贵族家族的边缘化趋势。

南方家族父权神话包含了事实与想象两个层面，其中前者是描述性的，通过神话描述揭示家族的历史内涵；后者是叙述性的，是历史话语意识形态的具体体现，展现了南方人的生活困境以及对未来的担忧。从新历史主义视角看，历史神话并不能完全被视为历史真实，因为神话中的历史事件并不是真实的历史事件，更没有摒弃书写者的主体意识、价值取向和对历史事件态度等因素。历史叙述是一种释义行为。历史叙述既要描绘历史，又要产生意义，文学史叙述只有在展示意义的情况下，叙述本身才有价值和意义。在文学史的叙述史上，原初阶段单纯描述历史者居多，继而开展感悟、接受的文学史写作，进而进入阐释阶段；从阐释角度说，历史叙述学就是一种历史阐释学；阐释作为一种释义行为，要求文学史释义解构历史、重建历史的意义系统和话语体系。② 南方家族体系以父权制度为中心，父亲在家庭或家族中总是扮演着至高无上的权威角色，影响或操控着家族后代的思想或行为。这种家族伦理制度利用父权制度的影响力，将家族成员紧紧聚合在一起，激发了家族成员强烈的家族使命感；同时给家族成员带来严重的束缚与限制，使其失去自

---

① 《马克思恩格斯选集（第2卷）》，北京：人民出版社，2012年，第711页。
② 张首映著：《西方二十世纪文论史》，北京：北京大学出版社，1999年，第534页。

由和权利，不可避免地导致其性格或行为上的叛逆，削弱父权制度的权威性，最终给家族带来灾难。

父权神话具有自身的话语权利，而这种权利是通过历史书写获得的主体话语权利，在日常生活中对家族制度或家族成员的伦理道德等产生很大影响。麦卡斯林家族无论是社会影响力还是家族成员的地位和身份等，都在南方社会中占有重要地位。这个家族兴起于内战之前，当时经济上并不富有，只是到了卢修斯·昆塔斯·卡罗瑟斯·麦卡斯林（Lucius Quintus Carothers McCaslin）时，家族开始兴旺，并逐渐成为南方社会的领导者，这是这个家族的第一代。家族创始人共有两儿一女，儿子是双胞胎，分别叫西奥菲勒斯〔（Theophilus），又称"布克大叔"（Uncle Buck）〕和阿莫·迪斯〔（Amodeus），又称"巴迪大叔"（Uncle Buddy）〕，以及女儿卡罗莱纳（Carolina）。这是家族的第二代。西奥菲勒斯娶了索菲斯芭·布钱普（Sophonsiba Beauchamp），育有一子，名字为艾萨克·麦卡斯林（Isaac McCaslin），简称"艾克"（Ike）；阿莫·迪斯没有结婚，当然没有子女；卡罗莱纳嫁给了爱德蒙兹（Edmonds），育有一子，名字为麦卡斯林·爱德蒙兹（McCaslin Edmonds），又称"艾萨克·爱德蒙兹"（Isaac Edmonds）或"卡斯"（Cass），比艾萨克·麦卡斯林大17岁。这是家族的第三代。艾萨克·麦卡斯林虽然结婚，但没有孩子，这支在第四代就结束了。麦卡斯林·爱德蒙兹育有一子，名字为扎卡里·爱德蒙兹（Zachary Edmonds），又称"扎克"（Zack）；扎卡里生有一子，命名为卡罗瑟斯·爱德蒙兹（Carothers Edmonds），又称"洛斯"（Roth）。这是麦卡斯林-爱德蒙兹家族的第四和第五代。除了上述白人血统组成的家族外，卢修斯·昆塔斯·卡罗瑟斯·麦卡斯林还有一个黑人家族。他强奸自己家族黑人女奴尤妮丝（Eunice），令其怀孕后把她嫁给黑奴图西德斯（Thucydides），因为在他眼里，黑奴不是家族成员，是自己的私有财产，可以为所欲为；尤妮丝生下了她和卡罗瑟斯的女儿托玛西娜（Tomasina），又称"托梅"（Tomy），当其女儿长大后，卢修斯·昆塔斯·卡罗瑟斯·麦卡斯林又强占了自己的女儿，产下一子，取名图尔（Terrel 或 Turl），又称"托梅的图尔"（Tomy's Turl）。图尔的一个儿子为卢修斯·昆塔斯·卡罗瑟斯·布钱普（Lucius Quintus Carothers Beauchamp），他的妻子为莫莉·沃瑟姆（Mollie Worsham）。麦卡斯林家族成员复杂，社会活动多，影响面广，具有很高的社会地位和政治权利。

父权神话常常以一种历史环境与现实世界对话的形式，对家族成员的日常生活行为产生影响。人类历史主要有两种形式：其一属于自然科学精确性的事实，这是科学发展的历史；其二以科学为基础所形成的事件以及对事件的叙述，这是一般意义上所说的历史。南方父权神话表现了对父权制度的崇拜或敬畏，将家族历史人物神化并融入历史中，使其成为受人敬仰的"英雄人物"。这些"英雄人物"控制或维持家族或社会的政治、经济和文化秩序。麦卡斯林家族经历了数代人的奋斗和拼搏，建立了自身的家族文化或家族精神。这个家族的荣誉时刻激励家族成员投身社会，为家族兴旺贡献力量。美国南方早期移民在与自然环境进行斗争的过程中，形成了强烈的开拓精神和拼搏精神，涌现出很多"英雄人物"，形成了家族神话，为战后南方人构成了一个完美的心理防卫机制，成为其心理慰藉和精神支撑的动力。当然，父权神话的出现，在确立男性中心话语权利的同时，也剥夺了女性或黑人奴隶的自由权和生存权，使他们生活在社会的边缘，处在极端的生存困境之中。无论麦卡斯林家族的创始人卡罗瑟斯·麦卡斯林，还是这个家族的子孙洛斯·爱德蒙兹等，都是种族主义制度下培养起来的父亲代表，具有父权制度下许可的各种权利，但他们对待黑人或子女却没有良心上的谴责，因为在他们看来，黑人是上帝的恩赐，自己拥有随意买卖、处置黑人奴隶的权利。所以，像卡罗瑟斯·麦卡斯林这样的大种植园主强奸自己的黑人奴隶行为非常普遍，根本不用担心受到谴责或报应。这种父权神话在种族问题上违反了人性，导致自身家族伦理的扭曲和人性的缺失，必然使家族招致报应而受到惩罚，同时使"每个白人孩子都是生下来就钉在黑色的十字架上"①，最终引发贵族家族的衰败乃至毁灭的命运，体现了宗教信仰中的因果报应模式。

父权神话作为历史叙事具有鲜明的虚构性，也正是因为这种虚构性，才使父权神话具有更大的社会影响力。父权神话占据了主流意识形态中的核心地位，隐藏了女性制度或种族制度等很多社会问题。"每一种文化只要它失去了神话，则同时它也将失去其自然的而健康的创造力。只有一种环抱神话的眼界才能统一其文化。"②战后南方人的精神支柱是其强大的家族神话，虽然神话中有些道德伦理观念已不复存在，但其仍然根植于南方人心中，影响着南方人的思维习惯或生活方式。当然，这种家族神话带来的弊端也是显而易见的，因为家族神话总是与种族剥削与种

①　李文俊编：《福克纳的神话》，上海：上海译文出版社，2008年，第68—69页。
②　〔德〕弗里德里希·威廉·尼采著：《悲剧的诞生》，李长俊译，长沙：湖南人民出版社，1986年，第174页。

族压迫共存。南方社会长期存在着对黑人的种族歧视和种族隔离问题，由种族冲突而引发的流血案件屡屡发生，致使大多数黑人的生活依然处于贫困状态。卡罗瑟斯·麦卡斯林热衷于追逐蓄奴制度，残忍侵害、剥削和摧残黑人奴隶。虽然到家族的第二代、第三代，种族歧视的行为有所缓解，开始给黑人奴隶一些自由和权利，但依然无法从根本上改变其社会地位和政治权利。卡罗瑟斯·麦卡斯林的儿子们在账本中找到了家族保存的历史记录，发现了家族的罪恶，促使他们对先辈所犯下的罪行进行自我赎罪，以求心理上得到安慰，却无法提供更多的帮助。正是通过家族成员的日常生活行为，这个家族的历史被还原为非连续性、碎片化的历史本真状态，揭示了白人主人对黑人奴隶压榨和剥削的真相，使人们看到种族问题的严重性，引发了对南方现实社会的忧虑。

父权神话通过自身话语权利对社会现实施加影响，展现其意识形态和个体态度。麦卡斯林家族神话以话语形式反映了南方历史叙事，加深了种族歧视的程度，引发人们对种族问题的思考。事实上，这个家族从诞生之日起，就把黑人奴隶当成家族私有财产并为所欲为，如老卡罗瑟斯·麦卡斯林与黑人女奴发生过乱伦，而到了洛斯·爱德蒙兹这一代时又发生了同样的事情，他作为老卡罗瑟斯的后裔，同样强奸了一个黑人女孩并生下一子。随着南方民主、自由和平等意识的提高，反对奴隶制、种族主义等社会问题的势力不断增强，从而引发了父权神话危机，导致贵族家族的边缘化趋势。福克纳对麦卡斯林家族的新历史主义书写反映了南方历史发展进程，全方位地触及家族伦理道德，再现了南方社会变迁，表明传统伦理体系崩溃对家族带来的毁灭性影响。

二、家族伦理缺失与社会荒诞戏仿

传统家族书写注重作家的创作取向和作品所处的环境，目的是揭示作家的创作目的与时代要求，展现家族书写的意义和价值。福克纳对麦卡斯林家族的新历史主义书写消解了传统文学创作方式，取而代之的是以家族成员的日常生活为基础，关注家族的边缘化叙事和家族成员的人性特征。麦卡斯林家族毁灭既有外部因素又有内部因素，其中外部因素在于内战的失败和奴隶制种植园经济的瓦解，而内部因素主要是南方父权制度的缺陷与罪恶，给南方家族带来了致命的打击。一般认为，家族书写是社会现实与历史事实的有效融合方式，可以深入家族内部分析家族问题，找到解决家族问题的途径和方法。因此，福克纳借助南方社会的荒诞戏仿分析麦卡斯林家族的伦理缺失，为解决南方种族问题找到一条有效的方式和途径。

任何家族书写都不是书写者凭空想象出来的，而是受到所处时代政治、经济和文化的影响，对麦卡斯林家族的书写也必须置于社会历史环境中，分析这个家族的兴衰历程和毁灭的根源。福克纳对这个家族的创作始于第二次世界大战期间，当时美国已经卷入战争之中，希特勒正在华沙进行大规模的种族屠杀。虽然还不知道福克纳这一时期的文学创作是否受到希特勒种族屠杀的影响，但从他此时的家族书写中还是可以看出黑人奴隶的悲惨命运，反映出种族歧视和种族屠杀的阴影。麦卡斯林家族创始人老卡罗瑟斯·麦卡斯林是蓄奴制和父权制下种植园主的代表，他以欺诈方式骗取了印第安人的大片土地，导致后者丧失了生活依赖，被迫躲进森林；他依靠所夺取的土地，通过剥削和压榨黑人奴隶牟取暴利，获得政治权利和社会地位。他对自己与黑人妇女所生的子女没有任何的关爱，只在遗产中表明会给这些私生子每人 1000 美元，说："比对一个黑鬼叫一声'我的儿子'还要便宜，他想。即使'我的儿子'仅仅是四个字也罢。"（《去吧，摩西》，第 250 页）从他的话语中可以感受到这个家族对黑人的态度以及所犯下的种族罪行，表明了南方家族伦理的缺失，预示了其难以逃脱命运报复的结局。

"戏仿"有时也称为"戏谑"或"滑稽模仿"，原指模仿别人的诗文而作的游戏文字或讽刺诗文，后来作为文学创作的一种手段，常常利用叙述与故事内容的不协调，如以优雅的形式讲述琐碎无聊的故事，从而达到反讽的目的。麦卡斯林家族成员存在着道德伦理的缺失和对家族形象的荒诞戏仿，尤其是一些家族成员拥有双重的伦理身份，带有正义与邪恶两种截然相反的人性特征。老卡罗瑟斯·麦卡斯林勇敢而坚强，在后人心目中近乎完美。他的孙子艾萨克认为其祖父像上帝一样，建立了自己的"伊甸园"；同样也像上帝剥夺人类伊甸园一样，他的伊甸园也被工业文明剥夺了，留下了很多惋惜之情。"那些剥夺了别人的人剥夺了别人同时自己也被剥夺了，而在外地主在罗马妓院里鬼混的那五百年，野蛮民族在北方森林里出来的那一千年……"（《去吧，摩西》，第 238 页）。然而，他在 21 岁生日那天，从家族账本中发现了家族发家的秘密，完全是建立在对黑人剥削与摧残的基础上的，对黑人犯下了很多罪行。因此，戏仿的效果彰显出来，瓦解了父权文明的权威性，揭露出家族成员随意殴打黑人、剥夺其劳动果实的历史真实，尤其是发生在家族内部的乱伦更是引发对人性的思索，颠覆了南方父权文明的权威性。

道德伦理的缺失与社会荒诞戏仿打破了主流意识形态对历史书写的

话语权利，达到了颠覆官方历史书写的目的。当然，解构官方历史权威意味着与主流意识形态的对立，同时对普遍认同的历史故事产生对抗。美国历史上的白人移民与印第安人发生了很多冲突，而冲突的根源是为了争夺土地。从路易斯安那购买开始，白人就将印第安人赶到密西西比河以西，同时增加军事力量封锁了印第安人的出入，目的是保护白人对土地的占有权。以老卡罗瑟斯·麦卡斯林为代表的南方白人利用夺取的土地，强迫黑人劳动，使黑人失去了权利和自由。不仅如此，这些白人主人随意打骂摧残黑人奴隶的行为，给其后代带来了极大的震撼和困惑，促使他们深刻反思家族伦理道德的缺失，并质疑家族财产的合法性。艾萨克的父亲和叔父布克和布迪早已对家族财产产生了怀疑，因而搬离了老卡罗瑟斯生前所筹建的那栋"谷仓似的"大房子，把腾出来的房子留给黑奴们居住，而他们搬进了一座由自己亲手搭建的小木屋里，顶住世俗的压力给黑奴相当大的自由和平等，显示出这个家族成员的种族主义立场出现了分裂与对抗以及由此所引发的家族矛盾。这种对南方主流意识形态的对抗完全颠覆了家族父权神话的书写方式，恰好形成了对父权文明的荒诞戏仿。

父权文明的颠覆与家族伦理的重构必须建立在关注家族日常生活的逸闻趣事基础上，这是因为这些历史"碎片"不仅有别于主流意识形态，而且更能反映家族的历史真实。福克纳对麦卡斯林家族进行的新历史主义书写选取了以穷白人、黑人和印第安人为代表的边缘人物，形成了对南方社会的荒诞戏仿。蓄奴制问题是一个复杂的社会问题，也是一个历史遗留下来的难题，成为南方社会问题的根源。艾萨克16岁时发现了家族账本，记载的不仅仅有这个家族三代人共同经营的庄园财富收支情况以及对黑人奴隶的买卖记录，而且有这个家族在道德伦理方面所犯下的罪恶及显示出的家族父权文明缺陷。他终于明白了黑奴图西德斯宁愿用自己的劳动所得来赎取自由，也不愿接受白人主人"恩赐"的原因。艾萨克对祖父的行为和思想深感耻辱和痛心，因而一反祖父对黑人的歧视态度，极力赞扬黑人，认为：他们比我们优秀，比我们坚强。他们的罪恶是模仿白人才犯下的，或者说是白人和奴隶制度教给他们的。当然，他也对黑人带有一定程度上的歧视，譬如当找到图尔的女儿索菲斯芭·布钱普（Sophonsiba Beauchamp）后，发现她的丈夫沉湎于幻想无所事事，他对此表现了明显的厌恶与反感。在他看来，黑人身上带有"天生"的懒惰思想，这是南方白人普遍持有的种族偏见，也代表了福克纳本人对黑人的看法。福克纳认为黑人不应该通过社会和政治斗争来获取自由平等，而应该提高自身的道德素质，才能享有和白人一样的权利："为了获得平等自由，他自己（黑人）必须有这种资格，然后他必须永远为掌握、维护和保卫它而奋斗。"① 解决种族矛盾的唯一途径是通过道德手段，即黑人独立自主，白人与黑人平等相处。从艾萨克身上，福克纳探索了南方普遍存在的人类精神出路，积极参与了南方历史的再现与重构，最终完成白人种族赎罪和灵魂救赎的心理书写。

麦卡斯林家族的边缘化与灵魂救赎形成了对主流意识形态所主张的政治、经济和文化的挑战，从而以家族日常生活经历或边缘化的生存状态来展现历史真实。新历史主义者认为，社会边缘化的历史事件本身具有很多潜在的功能，常常使"宏大历史"叙事暴露出不真实的层面，引起社会主流意识形态的裂变，实现对历史真实的构建和对种族主义罪恶的讽刺戏仿。艾萨克决定放弃家族财产的继承权，感悟到人生的真谛，"在谁也不用个人名义的兄弟友爱气氛下，共同完整地经营这个世界，而他所索取的唯一代价就只是怜悯、谦卑、宽容、坚韧以及用脸上的汗水来换取面包"（《去吧，摩西》，第 237 页）。他开始对奴隶制这一扭曲人性的制度进行反思，依照家族理性对祖父造成的罪恶进行赎罪。虽然他的妻子无法理解丈夫的选择，因而提出分居的威胁，要求他收回自己的继承权，但他并没有妥协，而是搬到自己租来的小木屋中，甘愿放弃拥有子嗣的权利而维护自身的道德坚守："显然，除非经过受苦，他们不能学到什么，除非经过血的教训，他们不能记住什么。"（《去吧，摩西》，第 268 页）。艾萨克放弃了带有祖先罪恶的家族财产，主动给自己增加磨难和痛苦，实际上扮演了救世主的形象。

父权文明的颠覆也是一种文学性的叙事方式，其中想象和虚构作为伦理重构的手段，将孤立分散的历史事件整合成为另一种新的连贯的话语，以家族边缘化趋向反映社会现实问题和家族问题。麦卡斯林家族的毁灭正好印证了这一途径，让南方人在痛苦中反思自身对黑人所犯下的罪行，并为此作出赎罪。艾萨克意识到祖先所犯的罪行并自觉放弃家族财产以求赎罪，正是按照上帝的要求付诸到现实生活中来："他（指上帝）的书不是写给必须作出抉择、选择的人读的，而是让心灵来读的……因为那些为他写他的书的人写的都是真理，而世界上只有一种真理，它统驭一切与心灵

---

① William Faulkner. *Faulkner in the University*：*Class Conferences at the University of Virginia*，1957-1958. Eds. Frederick L. Gwynn & Joseph Blotner. New York：Vintage Books，1965，p. 211.

有关的东西。"(《去吧,摩西》,第240页)他在充满矛盾的震颤中超越了家族种族偏见与道德伦理缺陷,通过自我心理净化完成了精神救赎与重生,获得了灵魂上的升华,重新找到了区别对待和正确处理贵族家族命运悲剧的新模式,实现了对南方社会的荒诞戏仿。

三、人性返原塑造与灵魂痛苦救赎

家族书写以人性为基础,关注的是家族和家族成员个体的生存状况,尤其是在日常生活中的体验和行为,从而重构社会环境或再现历史真实。"历史是活的编年史,编年史是死的历史;历史是当前的历史,编年史是过去的历史。"[1] 麦卡斯林家族的新历史主义书写以民间化的视野关注了家族及其成员的命运,将复杂或真实的家族人性展现给读者,并通过对家族成员的人性返原塑造,探讨了南方人灵魂深处的痛苦救赎,展现了主流政治意识形态之外的历史真实。

新历史主义的家族书写主要是将书写者自身对家族的感悟展现出来,因而在多数情况下不必过度关注家族历史是否真实,尤其是对那些可能引起共鸣的历史事件,甚至可以采取文学虚构的方式进行编撰加工,以便引起读者的好奇心。内战结束之后,作为社会存在基础的蓄奴制瓦解了,导致建立在此基础上的传统家族伦理体系的溃败,暴露了家族成员为了家族利益而犯下的违反人性的行为。老卡罗瑟斯道德沦丧,认为自己所做的一切都是合理合法的,也是社会认可的,因此,他把自己给成人儿孙们的遗产都记在账本里,期望通过这种方式能名垂青史。然而,内战后由于社会环境的变化,黑人作为社会边缘群体积极寻求权利和自由的政治环境改变了部分南方人的种族观念,尤其是在一些具有良知的贵族家族后人看来,对黑人的残酷行为是对人性的践踏,促使他们在灵魂深处为祖先犯下的罪行进行救赎。正是通过这种人性返原的塑造,这些家族成员呈现出内心深处的痛苦,也促使他们在日常生活中极力对祖先的罪行进行灵魂上的弥补与救赎。

历史与家族书写是相互融合的,体现了历史叙事中的主体话语权利,目的是满足书写者的主体需求。家族成员的人性返原塑造展现了人性复归,通过书写者的想象虚构、拆解和重新组建等方式,让家族虚构的历史故事凸现出历史的真实,从而唤起家族成员对历史强烈的阐释欲,展

---

[1] 〔意〕贝奈戴托·克罗齐著:《历史学的理论和实际》,傅任敢译,北京:商务印书馆,2017年,第8页。

现了其心理状态和人性变化。福克纳对麦卡斯林家族的新历史主义书写关注的不再是南方历史事件的真实性，而是人们对南方历史环境的感悟以及所认同的南方历史真实，形成对南方人的心灵震撼。当然，这种历史真实不受历史事实的限制，且最大限度地建构了属于南方人心目中的日常行为准则和道德伦理规范，使其人性返原与灵魂痛苦救赎，展现南方家族伦理体系的本质特征，书写这些家族因种族歧视而导致的悲剧命运。艾萨克最终选择了放弃带有罪恶的家族财产，到大自然隐匿起来。正是在这种传统道德与历史虚构真实的引导下，他作出了自己的思考与选择，为南方未来发展找到了方向和出路。

家族书写所具有的虚构性质与历史的文本性是一致的，麦卡斯林家族的书写不仅以文本的形式承载和展示了南方历史，而且也在家族书写过程中再现了家族伦理进程以及其所发挥的历史作用。艾萨克作为大种植园主的子孙，承受了祖父乱伦所造成的精神负担和心理创伤，但他从自己精神导师，即作为自然精灵的印第安人山姆·法泽斯身上找到了灵魂救赎的方式和途径，独自到森林中生活并接受大自然的净化。这种自我放逐的行为既可视为一种虔诚的赎罪行为，又可以理解为人性的复原或对自然的回归。当然，还有一些贵族家族子孙面对祖先罪孽，由于无法找到缓解折磨的途径，最终忧郁自杀而死。家族书写中通常有许多难以阐释的问题，一些问题需要根据人们的理解或想象感悟，才能获得人性启迪和道德伦理能力的提升。福克纳设置了麦卡斯林家族书写中的种族问题，形成对战后南方社会启发性的阐释，解构了南方贵族家族的神话。如艾萨克了解到自己的祖父不但霸占了黑女奴尤妮丝，而且还霸占了尤妮丝的女儿，也就是他自己的女儿托玛西娜，并生下一子，"他自己的女儿他自己的女儿""不，不，不"（《去吧，摩西》，第251页）。这种潜意识式的语言表达了他的震惊，他完全不敢相信这种事情，但它确实是真实的。这一惊人的发现使他感受到祖父极端蹂躏黑人妇女的残忍行为以及家族财产浸透黑人血泪的罪行，成为南方人性缺失和道德伦理堕落的明证，在历史与现代、文本与社会之间形成了一张相互阐释的张力网，展现了灵魂深处的痛苦救赎过程。

历史书写并不是把单纯而任意的历史事件进行罗列，而是要对历史事件进行分类、梳理和分析；同样，要理解文本中的历史，也必然以民间视角分析民间历史，把众多作品中的人物形象通过历史"碎片"事件联系起来，找到历史真实。或者说，历史真实存在于社会边缘群体的日常生活行为之中，即"把过去所谓的单数大写的历史（History），分解成众多复数的小写的历史（histories）；把那个'非叙述、非再现'的'历史'（history），拆解成了一个个由叙述人讲述的'故事'（his-stories）"①。麦卡斯林家族书写包含了大量"碎片式"的历史事件和家族故事，体现了历史进程中的人性想象，强化了边缘大众对历史的影响，并通过社会边缘大众发出的声音来寻找历史真实。艾萨克在自身灵魂净化过程中逐步了解、认识和接受了代表自然"神灵"的大熊"老班"，融入自然中并与自然万物为伍，完成了人性返原的灵魂救赎。这是一种超越阶级局限性与狭隘性的灵魂重生，也是南方社会的人性复归，表达了对自然界或人类原始人性的敬畏与尊重。"他甚至都不幻想三年、两年、一年后他参加打猎时打中大熊的说不定正好是他的那支枪。他相信只有当他在森林里学艺期满，证明自己有资格当猎人时，才能获准去辨认扭曲的趾印。"（《去吧，摩西》，第178页）这种谦卑的态度大大提升了他的道德修养和灵魂的纯洁性，为后来认识到家族罪恶、抛弃家族遗产、选择到自然界生活打下了基础，为南方未来指明了方向。

历史叙事可以理解为一种话语，是借助语言进行交流的一种具体行为，与话语使用者所处的社会环境、阶级地位和文化背景等密切相关，不可避免地受到历史条件的影响和制约；同时，在话语背后，存在着某种鲜明的意识形态特征。传统历史主义作家呈现给读者的是井井有条的文本世界和主流意识形态下"宏大历史"叙事中的政治取向，引导人们关注人类普遍意义上的伦理价值；而在福克纳对麦卡斯林家族的新历史主义书写中，这些书写特征都明显消失了，取而代之的是对人性弘扬、人性返原的塑造和灵魂深处的痛苦救赎。艾萨克多次流露或强调自己对自由的向往，表达自身所担负的社会责任和历史使命，自愿选择以家族救赎的方式走进大自然，进而获得对社会和家族的真实感受。

新历史主义家族书写带有强烈的主体性特征，以解构"宏大历史"和历史客观性的方式，在家族书写过程中彰显书写者的主体意识，进而达到再现或复原历史真实的目的。麦卡斯林家族书写颠覆或消解了贵族家族的"宏大历史"，从民间历史叙事的视角关注了边缘大众的生存状况和人性需求。这个家族成员的心理状况、道德伦理和行为举止等体现了传统道德伦理准则，揭示了家族书写背后的社会问题。对战后南方人来说，面对祖先犯下的种族罪恶，应当以积极的态度化解种族问题，找

---

① 盛宁著：《人文困惑与反思——西方后现代主义思潮批判》，北京：三联书店，1997年，第158页。

出解决种族问题的方法和途径，而不是选择躲避。作为传统贵族家族后裔，如同艾萨克一样，福克纳热衷于传统贵族家族神话的构建与再现，曾经一度为祖先创造的家族神话感到骄傲与自豪，但他对祖先所犯罪行有了清醒的认识，对南方父权中心文明作了痛苦反思："福克纳是透过显贵们歪曲事物的眼光来观察南方社会的其他阶层的。"① 他没有像其他南方作家那样把贵族家族的没落归罪于内战，而是从这些家族自身的腐败与内部问题寻找衰落的根源。因此，艾萨克决定放弃家族财产继承权，最终选择与荒野融为一体，这是对人性的彻底回归，但并不是南方人在内战后所采取的最佳选择。福克纳意识到人类为了生存必须进行抗争，因而并没有认同艾萨克的选择。换句话说，人类仅仅认识到自己和现实的罪恶是远远不够的，务必要勇敢地面对社会问题并加以解决，这才是人类走出生存危机和精神危机的唯一方法，也是麦卡斯林家族书写证明了的途径，为南方人走出种族困境提供了借鉴与解决思路。

第二节　母性神话坍塌与代际冲突：斯诺普斯 家族的女性困境与命运追求

西方文明的进步总是以女性权利更迭为基础的，而伦理的完善和文明的提升也都是以女性地位为标准的。女性作为传统家族文化的践行者、牺牲者和畸变者，在爱情、婚姻、家庭、事业等方面都表现出趋同的悲剧性命运，而女性的理性觉醒及觉醒后的道路选择则是最富有精神光彩和价值意义的，往往体现了母性神话的影响效果，发挥着维护家庭与社会稳定、消解代际冲突的作用。斯诺普斯家族作为新兴贵族家族，其女性随着社会的转型被推到社会前沿受到关注。她们将自己的命运融入历史事件中，展现了她们的独立人格，着力表现了自尊、自强的南方精神。她们不再是单纯的圣洁与高尚女神形象，而是人性与神性、爱情与欲火、率直和复杂等思想的综合体。无论是家族悲剧的受害者，还是社会的激进分子，她们都能以宁静而坚毅的姿态抵御命运带来的冲击，展现强大的精神力量。福克纳对这个家族女性的新历史主义书写，强调了家族历史话语中对人性的展现与阐释方式，探寻了转型时期女性命运悲剧以及为此引发的各种抗争与叛逆，体现了南方母性神话的坍塌和女性代际冲突。

---

① 李文俊编选：《福克纳评论集》，北京：中国社会科学出版社，1980 年，第 120 页。

一、社会媚俗化与女性生存困境

传统女性书写要求从家庭事务中解放女性，实行男女平等，给女性提供与男性相同的社会地位和政治权利；新历史主义女性书写颠覆了男女平等意识，要求把女性置于社会权力结构之中，展现权力冲突过程中的男女平等，尤其是女性自身能力的提高方面。在现代社会消费媚俗化的大趋势下，这种书写方式真实显示了女性主体意识需求增强的趋势，也说明了女性面临着新的压力和痛苦。"斯诺普斯三部曲"是福克纳多年苦心构思才得以完成的系列作品，由《村子》《小镇》和《大宅》三部小说构成，以 19 世纪末到 20 世纪 40 年代末的南方社会为剖面，描写了南方由传统的农业社会向现代工商业社会的过渡，而此时期的南方，正"以胜利的北方为模板，想要重新塑造一个工业、商业和繁忙的南方"①。斯诺普斯家族利用工商业势力的崛起，抓住了机遇，一举登上了南方领导地位，成为南方社会新兴的贵族家族。这个家族的女性在新的历史环境中遭受了前所未有的生存困境，代表着战后南方女性追求公平正义、男女平等的艰难历程。

社会媚俗化以满足大众非理性的、格调低下的需求为目的，是在特定历史环境中产生的一种处事态度。斯诺普斯家族的新历史主义书写以女性命运为载体，借助被"宏大历史"叙事忽视或遗忘的生活细节以及家族故事所包含的历史信息，阐释了女性的悲剧命运，体现了社会的媚俗化现象。为了更好地说明这一问题，这里需要对斯诺普斯家族进行介绍。这个家族的第一代成员是从弗莱姆·斯诺普斯的父亲阿比·斯诺普斯（Ab Snopes，又称阿伯纳，即 Abner Snopes）算起，这一代共有兄弟6 人和 1 个女儿，在作品中提到名字的有卫斯理·斯诺普斯（Wesley Snopes），他们基本上都是穷白人，依靠土地维持生计。第二代以弗莱姆·斯诺普斯（Flem Snopes）为代表，其他同辈还有拜伦·斯诺普斯（Baron Snopes）、明克·斯诺普斯（Mink Snopes）、奈特·斯诺普斯（Net Snopes）、上校·沙多里斯·斯诺普斯（Colnel Sartoris Snopes）、厄克·斯诺普斯（Eck Snopes）、兰斯洛特·斯诺普斯（Lancelot Snopes，简称"兰普"，即 Lump）和艾萨克·斯诺普斯（Isaac Snopes）等，这一代从事各种职业，贫富不均，尔虞我诈，缺乏兄弟情谊。第三代主要以

---

① Charles Roland. *History Teaches Us to Hope*: *Reflections on the Civil War and Southern History*. Kentucky: University Press of Kentucky, 2007, p. 320.

克莱伦斯·斯诺普斯（Clarence Snopes）为代表，其他还有蒙哥马利·沃德·斯诺普斯（Montgomery Ward Snopes）、圣·艾摩·斯诺普斯（St. Elmo Snopes）、比尔博·斯诺普斯（Bilbo Snopes）、瓦达曼·斯诺普斯（Vardaman Snopes）和多丽丝·斯诺普斯（Doris Snopes）等，这代人有政客、商人、骗子等，相互间也只有金钱或权利关系。由于家族分支庞大、成员数量多，所代表的阶层也比较繁杂，这个家族的历史叙事主要围绕着家族女性成员，即弗莱姆·斯诺普斯的妻子和养女，分析这个家族的兴衰历史和家族成员之间的关系。这些女性经历了社会转型中的坎坷，遭受了社会底层人的磨难与折磨，饱尝了人世间的冷暖。她们不仅缺乏男人享有的社会平等权，又受到社会媚俗化的侵袭和困扰，是南方女性生存现状和社会地位的真实写照。

内战后的南方依然存在着种族歧视以及社会不平等制度，父权制管理方式使得很多女性深感痛苦与压制，虽然不断争取物质和精神上的权利，以求实现社会平等公平，但由于主流意识形态严重束缚着人们的思想和行为，她们的主体意识受到很大的制约和限制，面临严重的生存困境。瓦纳家族起源于贝德福德·罗雷斯特的骑兵（Cavalryman of Bedford Rorrest），他把女儿嫁给了威尔·瓦纳（Will Varner）。这对夫妇有多个儿子，但在"约克纳帕塔法世系"中提到的只有儿子乔迪（Jody）和女儿尤拉（Eula）。虽然尤拉出生在一个条件优越的富裕家庭，但却承受着家族父权势力的压迫，在成长过程中必须按照南方"淑女规范"来要求自己，不能突破男人视为"不道德行为"的底线。瓦纳家族早先属于平民家族，后经营有方，成了"老法国人湾"地区的有钱人，十分重视对子女的道德教化，对女儿尤拉的教育更为突出，如严格培养她操持家务的能力，规定了她的日常行为举止和未来作为家庭主妇需要担负的职责等。尤拉也在不知不觉中认同了自己的女性身份和家族为她制定的道德行为规范，成为"南方淑女"媚俗化的典型形象，最终导致了其生存困境和命运悲剧。

"媚俗"意味着过分地讨好、迎合大多数人，女性社会媚俗化是指女性始终作为社会的配角或陪衬，失去了独立的自由和权利。家族依托父系血缘关系或婚姻关系而存在，男性作为家族的重要成员，享受的权利远远大于女性，但对女性来说，她们只是男性成员的附属，没有独立的人格和尊严，存在着严重的社会不平等。内战后，由于受到传统思想的影响，南方女性的主体意识并没有随着现代工商业文明的发展而得到强化，相反却在一步步弱化，甚至走到了自我约束的地步。南方白人女性更愿意自觉接受父权制度为其制定的贤妻良母标准及培养方式，从而在思想和理念上形成了更加难以改变的心理定式。这种自我压制、自我束缚和自我轻视的心理状态进一步促成了女性主体意识的隐退，她们的自卑、自弱意识也就相应地成为束缚她们的沉重枷锁。当然，也可以说，虽然内战后妇女文化水平有所提高，她们的政治和经济地位得到进一步改善，但并不能说这些妇女在家庭中拥有与男人平等的地位或同等的权利。尤拉童年使用过的物品还在潜移默化地影响着她的性格和本质，她的服饰、衣着、谈话方式都被严格地限制在传统女性规范的范围内，使她感受到自己在家里不是一个人，而是一个物。事实上，她纯洁的外表下依然有着正常的激情和欲求，充满了对外面世界的向往，渴望获得自由和权利。

社会的媚俗化体现了男性对女性依然保持着传统女性角色的期望，虽然多数男性愿意接受具有现代风采、敢想敢干的新型女性，但具体到自己的生活，他们还是希望寻找贤妻良母型的女性作为配偶。因此，南方女性在社会、家庭等公共领域中依然处于从属关系，始终以显性或隐性的形式受到社会的压制、忽视、歧视、排斥等。在消费时代趋于媚俗的大趋势下，尤拉逐渐认同在家族和社会的身份，虽说并不甘心被男人摆布，但为了生存，她必须获得男性成员的认同，不得不接受世俗社会强加于其身上的种种枷锁。福克纳对这一家族成员形象的塑造展现了传统价值体系和伦理规范在北方工商业文明侵蚀下的全面溃败，书写了男权话语体系和现代商业文明对女性的制约，从新历史主义视角透视了男权秩序和性别政治，揭示了女性的生存困境和心理痛苦状况。

二、女性集体失语与话语体系重构

作为生命个体，女性与男性共同维持人类的生存与发展，体现了对社会信念、价值观念与道德伦理的接受和认同。尽管在不同历史时期女性的生存状况不同，但她们的生活经历和悲剧命运始终承受着误解与偏见，被剥夺了与男人一样的同等地位或权利。尤其是在"比清教徒的新英格兰更为清教化"[①] 的南方，由于长期形成的种族主义的偏见和父权制度的影响，女性或被神化成冰清玉洁的"圣女"，或被奉为善良完美的"大地母亲"，被置于缺少情欲的道德禁地；反之，则被贬低为"欲女""荡妇""堕落女性"等邪恶形象。这种两极式的分类

---

① Monre Billington. *The American South：A Brief History*. New York：Scribner's Sons, 1971, p. 304.

对女性来说是一个极大的挑战，严重压抑了其人身自由和个性发展，造成女性集体失语和社会话语权利体系的颠覆，引发了南方社会的动荡与不安。

话语权利体现了男女地位和权利，也表明了女性受到尊重的程度。家族书写和历史事件可以通过话语权进行转化，由于话语受特定历史时代的影响，新历史主义家族书写通过历史语境中所表现出的家族成员的个体命运、生存状态及人性关注等表达出书写者的话语权利。南方女性作为家族历史的见证者，保存了家族兴衰历史中的鲜活内容和真实的发生环境，不仅从"宏大历史"叙事遮盖下的日常生活行为中透露出自身的需求与活力，而且还作为历史书写主体展现了自身的情感倾向、道德立场和价值判断，更加贴近历史或家族成员生活的真实状况。在长期的发展过程中，女性总是以男性征服或消费的客体而存在，失去了独立的人格尊严。在美国南方传统文化中，身材高大、美丽温柔、笑容可亲的形象构成了"好女孩"形象，这样的"好女孩"并不需要健全的思想和惊人的才华，更不能具有强烈反叛意识和征服意识。尤拉就是这样的形象。她的父亲威尔·瓦纳对她命运的随意操控，其哥哥乔迪对她青春期的正常行为进行监视并表示鄙视，村子里的男性村民对其丰满性感身材的觊觎不止，弗莱姆对其地位和身份的利用等，都使她在社会泥潭中越陷越深并走向毁灭的命运结局，形成了女性生存中的失语状态。

新历史主义家族书写具有主观和客观的双重性，因为家族历史一旦产生就会作为一种独立和外在的客观存在，不因书写者的主观影响而发生改变；而作为客观存在的家族历史一旦消失，就必须借助话语或文本形式才能重新进入人们的视野，从而体现书写者的主观性特征。作为战后新女性的代表，尤拉在追求自我人格独立时，与主流意识形态产生了激烈的矛盾冲突，先后经历了对父权制度和"南方淑女"制度顺服、反抗、再顺服、再反抗的多次循环反复的过程，对她的自尊心造成了创伤，激发了她抗争的决心。她两次遭遇危机，但都依靠自己的力量成功化解。第一次是击败了企图非礼自己的体育教师拉波夫。这是一位被其父瓦纳引进学校，以拳头震慑住学生并维持良好教学秩序的大学业余橄榄球选手。这样一个身强力壮的男人，一直对美丽的尤拉不怀好意，"他不想要她做老婆，他只想要她一次"①，体现出十足的男性霸权心理。当事件发生时，尤拉临危不惧，奋力自卫，让拉波夫"感觉她身体的骨骼和肌肉

_____

① 〔美〕威廉·福克纳著：《村子》，张月译，北京：燕山出版社，2015年，第122页。

的剧烈反抗"(《村子》，第 125 页)，并将他打得倒在地上，最后使他灰溜溜地离开了"老法国人湾"。第二次发生在尤拉 18 岁那一年，当时其男友被人袭击并身负重伤，她从马车上冲出来，用鞭子把殴打男友的人打得落荒而逃。两件事改写了"骑士救美"的神话故事，体现了尤拉作为现代女性所具有的强大心理素质和坚强毅力。

　　集体失语指不能或无法表达自己的意愿，或失去了话语权，或不愿谈及自己的诉求。这种状况的发生多是由所处的社会环境和历史环境决定的，其中前者被剥夺了说话的权利，后者是因为无权改变现实状况而宁愿选择沉默。白人女性无论是从政治上还是从经济地位上，都处在家族或家庭的最底端，无法参与家族或社会管理，只能作为男性的附属品，遭受到更多的折磨和磨难，致使一些女性出现了人性异化、性格扭曲和心理异常等症状。在斯诺普斯家族中，家族管理和运行模式并不是建立在公平与民主基础之上的，而是出于家族利益和个人私利的需求。在利益的驱使下，女性不可避免地承受着来自父权、夫权和其他社会话语权的压制与束缚，从而失去了自己的话语权和个体意识。"在福克纳生活的年代，南方社会煞费苦心地控制女性的贞洁……尤拉身上发生的那种未婚而失贞的现象可能是南方最可怕的社会罪恶。因此，南方社会对于女性失贞的时机看得很重，失贞何时发生、怎样发生以及因谁发生是一个南方社区特别关心的事情。"① 作为尤拉的父亲，瓦纳享有决定女儿命运的权利，由于担心女儿背上"堕落女人"的恶名以及毁坏家族荣誉的骂名，他强行将尤拉嫁给了她并不喜欢的弗莱姆，使她失去了表达自己意愿的话语权，并在父权的压制下违心接受家族的包办婚姻，开启一步步堕落并最终走向毁灭的悲剧命运。

　　话语权利在家族书写中体现了家族成员的地位和身份象征，家族女性借助话语权表达自己的观点或态度，希望享有同男人一样的政治和生活权利。由此，新历史主义家族书写的任务就是再现家族语境中发生的事件，在现实社会中为女性发声，追索女性的生存需求和话语权利。尤拉天生具有叛逆心理，虽然没有完全屈服于南方男权势力的压制，但她不得不吞下婚姻的苦果，跟随弗莱姆来到杰弗生镇，在特殊的历史环境中成了镇长曼弗雷德·德斯班的情妇。当然，她的这种行为不值得提倡，但她与弗莱姆的婚姻没有任何基础，亦缺少夫妻情感，且丈夫只关心自

① Joel Williamson. *William Faulkner and Southern History*. New York：Oxford University Press，1993，p. 393.

己的经济利益和权利欲望，她的堕落还是值得同情的。事实上，她的行为已经构成了对南方"淑女制度"的叛逆，挑战了南方传统婚姻关系和家族伦理，因而招致镇上人的风言风语，甚至还被孤立与围攻，受到过人身伤害。从她的身上，人们很容易看到南方女性所遭受的痛苦，因为这些女性处在家族权利中心的边缘以及家族组织的最底层，既是传统家族伦理的恪守者，更是传统家族伦理的受害者。尤拉的失语表明了父权制度的危害以及南方女性的悲惨命运。

　　女性话语权利的重构将家族书写和历史话语联系在一起，通过家族书写，特别是对女性追求权利和平等的书写，展现社会现实问题和历史问题，引导人们更多地考虑现实语境与女性权利之间的关系。尤拉的丈夫弗莱姆·斯诺普斯是一个没有人性的资产阶级势力的代表，他的人生哲学就是不择手段地攫取财富，千方百计地往上爬。为此，他利用尤拉怀孕的机会与其结婚，获得了瓦纳家族的大量财富，提高了自己的社会地位。也是在这场经济条件完全不对等的婚姻交易中，尤拉失去了作为女性的独立自由权利，犹如一具任人摆布的木偶，彻底沦为南方社会的边缘者和牺牲者。然而，弗莱姆并没有因此罢休，相反，他还紧紧盯着更高的银行总裁的位置。为了达到这个目标，他以尤拉与曼弗雷德·德斯班私通为要挟条件，提出欲把两人的私情曝光，私情一旦暴露，尤拉就会被视为"堕落"的女人，遭到镇里居民彻底的孤立与唾弃，同时还意味着失去一切，甚至连累自己的女儿琳达。出于母性的柔情，她不得不以牺牲生命为代价委曲求全，成了斯诺普斯家族最悲惨的牺牲品，换取了弗莱姆的不断高升。

　　新历史主义的历史书写作为一种权力运作的产物，将家族成员的话语权利置于社会语境，特别是置于历史语境中，分析和展现了其所包含的文化内涵和生存诉求，主张以特有的方式回归历史真实，反映社会现实状况。因此，对话语体系的重构可以将斯诺普斯家族女性与南方相关历史情境、社会语境以及伦理道德等联系在一起，对家族女性的生存和话语权利进行开放式展现，预测南方家族女性的命运走向。女性话语权的困惑和失语是社会发展的必然结果，因为不同时期对女性的要求不同，由此导致了女性对自我的认同也各不相同。斯诺普斯家族的女性由觉醒到逐渐成熟的动态化过程，显示出社会文明发展的历程。战后女性在一定程度上摆脱了处在男人附庸地位的身份，成为具有独立意识和主体意识的社会中坚力量。尤拉的女儿琳达继承了母亲的聪明智慧、勇敢坚强，她富有热情和毅力，并形成了自己独特的个性，如处事果断机灵幽默、富有涵养，全力以赴地做好本职工作，一往无前地将自己信仰的事业坚持到底，不屈不挠地同南方男权制度进行抗争，最终达成目标，成为南方女性的代表，彰显了南方女性的伟大与坚强。她从少女时代就表现了强烈的反抗意识，甚至满嘴脏话，颠覆了南方传统"淑女"的形象。"你这个傻瓜！你这头笨牛！你这头笨手笨脚的蠢牛！你这个笨手笨脚的愚昧无知的野种！"① 这种直率和泼辣的话语显然与"南方淑女"的形象背道而驰，以至于周围的人这样评价她："这可是我头一回听到一个16岁的女孩说这种话，不对，头一回听到哪个女人说出这种话。"② 不仅如此，她还经常动手打人，一副满不在乎的样子，突破了"南方淑女"形象的底线，具有现代女性的大度与豪爽，体现了对传统伦理规范的叛逆与抗争，彰显了南方女性叛逆、勇敢的个性特征。

话语体系的建构是由社会政治、经济和文化等综合作用而成的，体现了历史语境和社会语境中的实践活动和主流意识形态的变化。"历史本身在任何意义上不是一个本文，也不是主导本文或主导叙事，但我们只能了解以本文形式或叙事模式体现出来的历史，换句话说，我们只能通过预先的本文或叙事建构才能接触历史。"③ 随着南方经济的迅猛发展、生活水平的提高，越来越多的女性开始注重自身精神层面的需求和社会权利。斯诺普斯家族的女性在爱情、婚姻和家庭等表现出的道德修养，都与南方社会的发展相一致，成为顺从或抗争性格的具体体现；也就是说，这些女性逐渐从传统依附式人生状态中解放出来，挣脱了家族的牢笼，积极争取自己的政治权利和话语权利。琳达19岁时来到纽约格林尼治村系统学习现代主义思想，自觉运用马克思主义理论武装自己，摆脱了南方狭隘、苛刻的传统伦理束缚，形成了追求种族平等、弘扬社会正义的思想意识，其中还包括共产主义理论。这些方面具体体现在她后来与杰弗生镇共产党员的谈话之中："希望、盛世、梦想：把人类从悲剧中解放出来，最终永远从痛苦、饥饿、不公中解放出来，从人类的生存困境中解放出来。"④ 她接受马克思主义思想的影响并积极将其运用到工作当中，为穷苦大众伸张正义，反对剥削与压迫、提倡种族平等，以致人们认为她"改变了福克纳小说世界中女性空间的面貌，追溯出一条从受

① William Faulkner. *The Town*. New York：Vintage Books，1957，p. 191.
② William Faulkner. *The Town*. New York：Vintage Books，1957，p. 191.
③ 张京媛主编:《新历史主义与文学批评》，北京:北京大学出版社，1993 年，第 19 页。
④ William Faulkner. *The Mansion*. New York：Vintage Books，1965，p. 222.

难、背叛、死亡的空间到欲望、自主和自由的新建空间的轨迹"①。她的所作所为是对女性自身价值的确认，也是对男权制度最强烈的批判，彻底打破了对"南方淑女"的身份定位，以普通人的生活和情感反映了女性的权利与诉求。

话语体系的重构主要是解决因地位和权利不平等而导致的社会权利问题，这是家族书写的出发点，具体体现了颠覆父权制或男性中心主义、消解女性从属地位、实施男女平等的目标。琳达作为斯诺普斯家族的女性，具有不屈不挠的精神意志，有着争取婚姻自由和个性自由的强烈愿望，是南方女性的杰出代表。西班牙内战爆发后，她积极参与这场正义战争，并在战争中冲锋在前，有力地支援了西班牙人民的斗争。虽然在战争中失去了丈夫，自己双耳失聪，甚至说话都很困难，但她并不后悔，表现了高度的乐天主义精神，如为方便交流，她将自己或别人要讲的话写在随身携带的一个小笔记簿上，但每页仅能书写三个字，否则无法看清。正是这样一位饱受身体伤残痛苦的南方女性，依然无法放下对穷苦大众的帮助与支持。回到故乡后，她积极引导南方人参加民主运动和解放运动，改变社会存在的种族歧视和种族压迫。为此，她从改善黑人的教育入手，到黑人学校旁听课程，向黑人教师提出教学建议，建议黑人学校校长聘请白人教师任教等。她的这些做法在 20 世纪 40 年代种族主义横行的南方实属惊世骇俗的事件，很多人想都不敢想，更不敢接受。黑人校长不相信她的建议，认为教育需要黑人自己慢慢改善，无须她这样的白人施加恩惠，恳求她不要插手黑人的事情。对此，她并没有气馁，相反，"她像头公牛一样勇往直前，推行自己的主张"②，她多次找黑人学校董事会和镇里的管理者说明情况，要求改善黑人学校的办学条件。她的这些行为在南方主流意识形态下被视为严重的社会叛逆，招致很多白人和黑人的强烈抗议，甚至还出现了对她的人身威胁。然而，这一切都没有改变她的行为，也没有迫使她放弃自己的计划，相反她一如既往地为争取种族平等而奔走呐喊、尽职尽力，体现了南方女性的奉献精神。

很多重大历史事件通常都是由多个日常生活行为而引发的，虽然这些日常行为并不是真实记述的历史事件，但却为自己的判断找到了有力证据，展现了社会和历史问题，引导人们对人类命运进行反思或重构。

---

① Donald M. Kartiganer & Ann J. Abadie. *Faulkner and the Natural World*. Jackson：University Press of Mississippi，1999，p. 167.

② William Faulkner. *The Mansion*. New York：Vintage Books，1965，p. 223.

新历史主义家族书写以历史叙事、日常行为、社会问题和话语权利等为基础，展现了社会环境和历史语境下人们的追求与抗争。内战之前的女性虽然经历了不同程度的抗争，但取得的效果并不明显；只是到内战结束后，由于传统婚姻制度和家族父权制度的弱化，女性开始追求个性，继而要求解构传统伦理对女性主体性的束缚和限制的呼声越来越高。正如冲突会使女性性格日趋成熟一样，同男权制度和种族制度的斗争也是女性寻求自我权利成长的过程。对于斯诺普斯家族的女性来说，她们从对传统提出质疑，到在家族和社会中担负不同角色，进而成为南方政治运动的引领者，都反映了社会发展与女性思想上的巨大进步。也正是这些女性使得福克纳的家族书写呈现了丰富多彩的艺术景象，同时也富有深刻的哲理思想。

三、崇高化困境与反欲望化生存

任何权力关系都会以不同方式渗透在历史书写之中，其中社会环境与历史环境作为话语事件，往往成为社会能量的载体，通过文本进行流通，"'社会能量的流通'，就是社会上各种利益、势力、观念之间的互动"①。这样，历史文本本身也就成为一种历史事件的明证，反映了社会问题和现实生存状况。南方长期形成的"淑女制度"或"女性神话"实质上是父权制度的反映，统治者为了自己的政治目的和家族利益将女性限制在日常生活范围中，使其丧失追求平等和自由的权利意识。这样，女性作为被排斥和被孤立的对象，往往只能游走在社会边缘，在家庭生活中寻找自己的生存方式，常常处在极端的痛苦之中。福克纳对斯诺普斯家族的女性进行的新历史主义书写，关注了两位女性去崇高化的文化心理和反欲望化书写的大众需求，重构了南方女性的斗争历史，反映了南方社会存在的不平等现象。

文学真实体现出话语与话语之间的关系，而历史真实展现的是历史书写话语和历史真实话语之间的关系，展现了社会权利的分配情况。人类对权利的追求普遍存在于自己的内心世界，因为权利作为某种特定事件的能力或者潜力，或行为和作用的基本动机，表明了人类个体生存和发展的动力。传统历史书写通常将历史的必然性和规律性作为历史发展线索，以构建自由、平等、正义以及乌托邦精神作为书写的价值皈依目标；福克纳对南方家族的新历史主义书写颠覆了传统历史书写中思想进

---

① 张进著：《新历史主义与历史诗学》，北京：中国社会科学出版社，2004 年，第 195 页。

步、积极向上的形象，取而代之的是消解崇高意识、呈现颓废病态的社会叛逆者形象，或为追逐奢华生活而成为媚俗、拜金主义等去崇高化的人物形象。他对斯诺普斯家族的新历史主义书写以种族暴力、家族复仇、内战创伤等为历史背景，围绕家族女性命运进行展现，揭示了女性受到的压制与折磨。这个家族的女性虽然并不是高大全的完美人物，但都富有情感和激情，都有一颗追求平等自由的普通大众心态。尤拉有一种自然之美，象征着女性的纯真与朴实。如作品中提到，有一年的冬天，大雪下了很长时间，但尤拉一回来就停止了，同时以温暖和充沛的雨水给大地带来了春的希望。她身上具有一种女性的原始力量，给周围的人造成了敬畏，化为对男性的破坏力，因为尤拉"受到生活的束缚，她生不逢时。她在'老法国人湾'没有自己的一席之地，那个小村子容不下她。当她到杰弗生镇后，那儿也容不下她"①。她具有强烈的主体意识，期盼自己能拥有与男性一样的权利，因此，她极力追求男人的行为方式，如吸烟和酗酒等，尤其是在加文·斯蒂文斯的办公室里，希望以肉体来报答他的帮助。事实上，她的内心充满了矛盾，既有对自由、平等权利的渴望，又在不自觉中认同了女性的从属地位，虽然在多数场合中屈从命运的安排，但最终选择自杀来结束自己的生命，表达了女性对自身权利追求的绝望。

　　家族兴衰历程都是连续的和完整的，本身不需要任何阐释，也不会因为书写者的主体意志而发生本质的变化，但斯诺普斯家族的新历史主义书写却是围绕家族女性的命运展开的，这个家族的女性成员以其独特的性格特征颠覆了传统女性形象，成为极端的社会或家族反叛者，给南方家族的兴衰带来了深刻的思考。传统伦理包括家族文化、家族结构、家族伦理观念、道德准则和生活方式等，家族成员的行为和思想要符合家族利益，维护家族的发展和繁荣。在一般的家族书写中，家族男性成员担负着家族兴衰的使命和职责，而对家族女性的要求则是扶持和帮助男性成员，并以此作为女性是否称职的判断标准。这样，很容易把女性推到社会的边缘，导致女性主体权利的剥夺或人格的忽视，使女性成为炫富的拜金狂、无所事事的贵妇人以及扭曲的偏执狂等消费欲望的牺牲品。南方上层妇女几乎都是按中世纪骑士小说的模式塑造的、理想化的

---

① William Faulkner. *Faulkner in the University*：*Class Conferences at the University of Virginia*, 1957-1958. Eds. Frederick L. Gwynn & Joseph Blotner. New York：Vintage Books, 1965, p. 31.

女性形象，是所谓的"大家闺秀"，必须具有优雅贤淑和德才兼备的性格特征。内战的失败打破了南方女性的虚假神话，促使他们摆脱了崇高化的生存困境，不得不寻求各自的生存之道。这些女性虽然都有各自的人格意识和追求自我的欲望，但在社会和家庭的压力下，她们往往被迫放弃自己的社会角色，完全依附于丈夫，无法摆脱命运的桎梏。尤拉作为男权交换的礼物，经历了两次大的交换。一次是怀上了豪克·麦卡伦的孩子，但豪克又不知去向，她父亲要求她与弗莱姆结婚；作为交换，还给弗莱姆一大笔钱，把"老法国人湾"一处老庄园转移到弗莱姆名下，尤拉由此从娘家转手到了弗莱姆家族。第二次交换发生在尤拉当了市长曼弗雷德·德斯班的情妇且被弗莱姆发现了，为避免奸情泄露，作为回报和补偿，德斯班任命弗莱姆为水电站的负责人，而弗莱姆默认了德斯班和尤拉的情人关系，这次交换是在家族外的男人之间进行的。在这两次交换中，尤拉作为礼物被赠送，具有商品买卖的特征，是对南方女性人格的蔑视和践踏。

欲望是人性的重要组成部分，也是女性自我解放的标志。人类个体生存的意义通常有两种：其一是生命存在的自然本真欲望，其二是实现自我生命的价值和意义。内战后的南方社会是一个物质社会，也是一个消费性社会，一切东西都成了商品，代表着人类个体的欲望。从内容上看，欲望包含了感性和理性两大层面，其中前者指有关生存、性等感官方面的欲望；后者指较高层次，如伦理、审美等层面上的欲望。家族书写作为社会历史的产物，反映了社会公平、伦理道德和价值取向的需求，反欲望化书写更能体现出南方社会的真实状况，担当起社会责任。为此，斯诺普斯家族的反欲望化书写揭示了家族成员的非理性欲望及情感诉求。这些女性正视自身需求，从自我形象提升到情感表达、社会关系处理和命运沉浮等，形成了对南方主流意识形态和价值标准的挑战，体现了女性集体形象的叛逆性需求。福克纳尊重斯诺普斯家族的两位女性，讴歌其伟大和善良，但也对她们进行了不同程度的反欲望书写，如对尤拉"妩媚""性感"的过度描写，对琳达"无情"和"冷酷"的夸张等都极大地影响了两位女性人物的性格和人性展现。对此，他虽然进行过多种解释，有些说法也有道理，但对女性的两极性分类标准以及由此而导致的书写态度，还是很容易地让人感受到传统女性观对家族书写所带来的影响。在母性神话坍塌与代际冲突的展现中，他在对女性主体意识的渐变增强感到欣慰的同时，也暴露出无奈的苦衷。

文学书写真实和历史真实是相辅相成、互为条件的。斯诺普斯家族的女性书写将女性命运置于日常生活体验之中，关心女性身心发展和女性生存抗争以及其悲惨命运，体现了南方"淑女制度"去崇高化的特征。话语是权利的象征，能够衍生社会和政治权利，进而对女性进行约束和限制。在更多的环境中，有些话语，如"淑女制度"、种族主义、妇道观等被无意识接受，作为家族制度被赋予更深层的政治权利或价值作用，对女性产生更大的影响力。美国内战实质上是一场解放生产力的战争，因为这场战争推动了种族主义思想的解放，促使南方社会发生本质性的变革，磨炼了女性，重塑了女性。"一个社会即使探索到了本身运动的自然规律——本书的最终目的就是揭示现代社会的经济运动规律——，它还是既不能跳过也不能用法令取消自然的发展阶段。但是它能缩短和减轻分娩的痛苦。"① 换句话说，内战使女性变得坚强自信，不断挑战男权制度和标准，为最终实现女性自身的经济和政治独立打下了坚实的基础。福克纳觉察到这种发展趋势，也理解女性为争取平等自由权利面临的困难。因此，他以去崇高化与反欲望化的新历史主义书写方式展现了斯诺普斯家族女性由顺从、叛逆，最后到毁灭的命运悲剧，说明了南方社会必须赋予女性以平等权利，才能确保人类的顺利发展。这是对女性群体命运的尊重，也是对生命本体发展规律的尊重。

第三节 身份缺失与人格裂变：海托华 家族的荒诞化与世俗性

"身份"是人类个体社会地位的象征，反映了对自身社会关系的认识和定位；"人格"作为人类生存的基本权利，是人类个体终生所享有的权利。家族书写从有形的日常生活行为延伸到无形的道德伦理规范，记录了以家族兴衰映照社会变迁、以家族成员命运状况透视世态人情、以身份定位和人格权利作为社会秩序的心理呈现过程，凝结了大众意识和社会文化的综合影响力，被人们寄予了重新审视历史真实和反思社会问题的使命和职责。福克纳对海托华家族的新历史主义书写从宗教历史环境和世俗人性入手，涉及家族伦理、家族秩序、家族命运和家族成员的身份和人格等层面，反映了南方人的身份定位和人格裂变，是研究家族成员身份或人格的重要参照，展示了社会边缘群体的生存状况和人性状况，揭示了南方家族子孙的身份缺失与对人格造成的裂变与影响。

---

① 《马克思恩格斯选集（第 2 卷）》，北京：人民出版社，2012 年，第 101 页。

一、"宏大历史"的背离与寓言化的身份传奇

历史书写是记载和解释人类日常活动及发展过程的载体，由于历史已经发生，人们无法直接触摸或把握到，书写历史必须结合历史事件发生的时空环境及参与者的记忆描述，借助想象再现历史发生的真实过程，从而引起共鸣。内战失败给南方人带来了严重的精神创伤和文化创伤，使南方面临繁重的战后重建工作，如城市道路的摧毁、房屋的坍塌、基础设施的缺失，特别是赖以生存的土地也因战争而出现了荒芜，引发了生活困境和身份认同危机。在这样的历史环境下，南方人对"美好过去"充满情感，形成了一系列慰藉内心创伤的"南方神话"，如白人种族主义神话、南方淑女神话、内战英雄神话和基督教教义神话等。事实上，这些神话都是对过去美好生活的想象，也是对已经逝去的传统文化的缅怀，说明大众生活方式颠覆了"宏大历史"事件下的神话故事，并将寓言化身份传奇视为自我心理慰藉的方式。

新历史主义的"宏大历史"叙事体现了以宗教、政治和文化等为主要内容的主流意识形态下的话语权，同时具有广泛的群体性、民族性和国家性特征，是以重要历史人物和重大历史事件为主体，进而反映历史的一种叙事方式。"宏大叙事也不过是一种叙事成规，其强烈的目的性和功利性必然形成对一些历史真实的遮蔽和歪曲。"[1] 传统文学作品是由人物、故事情节和环境组成的，其中作为高大全的人物形象是文学作品中最为活跃的要素之一，也是贯穿文学作品、衔接故事情节的中间因素。这种书写方式有其创作优势，但存在的弊端也是有目共睹的，如容易忽视人们的日常生活行为，使人们感到人物形象过于"高大"而难以接受。为此，福克纳对海托华家族的新历史主义书写采用民间化、边缘化的历史素材，聚焦这个家族成员作为普通民众或边缘人群的日常生活行为，从而颠覆了"宏大历史"的叙事方式，真实反映了社会和历史真实。海托华家族是一个典型的南方家族，其创始人盖尔·海托华一世（Gail Hightower Ⅰ）（以下简称"海托华祖父"）曾自学法律，在儿子结婚的当天离家出走，内战期间加入南方部队成为骑兵连的一名骑兵，在杰弗生镇偷袭北方联邦仓库时被枪击身亡，这是家族的第一代人。海托华一世的儿子参加了内战，担任部队牧师，由于性格懦弱，没有留下

---

① 崔志远：《新历史小说的"碎片写实"》，《海南师范学院学报（社会科学版）》2005年第6期，第24页。

"英雄事迹"，这是家族的第二代。盖尔·海托华二世（Gail Hightower Ⅱ）（以下简称"海托华"）是家族的第三代。由于受到祖父"英雄事迹"的感召，他选择了牧师职业，经历了痛苦的磨难，形成对"宏大历史"叙事的颠覆，并以寓言化的身份传奇引发了自身人格的裂变。

新历史主义对日常生活行为的书写意味着对"宏大历史"叙事的背离，表明历史书写内容和方式的彻底改变。传统文学批评通常把历史视为一种客观环境，作为故事发生的背景展现文学的社会功能和价值作用。福克纳对海托华家族的新历史主义书写以内战为背景，以家族成员日常生活为对象，以文学想象与历史真实的结合，将这个家族的兴衰历史放在内战语境中进行审视或重构，打破了"宏大历史"叙事弊端，引发对大众群体的关注。"历史，无论是描写一个环境，分析一个历史进程，还是讲一个故事，它都是一种话语形式，都具有叙事性。作为叙事，历史与文学和神话一样都具有'虚构性'，因此必须接受'真实性'标准的检验，即赋予'真实事件'以意义的能力。"① 这种在家族神话或"英雄故事"基础上的新历史主义家族书写凸显了家族创始人的"伟大"与"英勇"行为，将家族荣耀提升到一种难以想象的神话寓言位置，以吸引人们的好奇心。然而，令人感到荒诞的是，没有人看见海托华祖父牺牲时的场面，也没人了解他在内战中的表现，只是凭着海托华个人的想象或虚构，认为其祖父是在傍晚时分杰弗生镇发生的激战中，不幸遭遇"敌人罪恶"的子弹而"英勇"牺牲的。这样的"高大形象"和"英雄事迹"在其记忆中根深蒂固，以至于每天傍晚他都会想入非非，无法专心地工作，陷入寓言化的身份传奇误区之中。

探究历史真相就是要以日常生活行为所展现的身份困境、现实问题和生存危机等为依据。其中新历史主义寓言化身份是以寓言为母体，以身份的荒诞性和虚构性为特征，运用反讽、隐喻或象征等手法，在人物形象或性格塑造方面进行延伸与拓展，从而起到教育启迪或示范作用。"用假托的故事或自然物的拟人手法来说明某个道理或教训的文学作品，常常带有讽刺或劝诫的意味。"② 海托华家族的新历史主义书写以寓言化的身份传奇解构了南方主流意识形态下的历史书写方式，使家族边缘化

---

① 〔美〕海登·怀特著：《后现代历史叙事学》，陈永国等译，北京：中国社会科学出版社，2003 年，《前言》，第 10 页。
② 中国社会科学院语言研究所词典编辑室编：《现代汉语词典》，北京：商务印书馆，2016年，第 1606 页。

书写充当了历史事件的忠实记录者，同时沟通了历史与现实的关系，形成了与"宏大历史"叙事的背离。海托华是内战之后出生的，对内战极为着迷，他在自家阁楼上发现了一件旧衣服，心里产生了好奇，"好像只要被他们之中的任何人穿过，这衣服本身就会获得那些幽灵的气质；那些英勇卓绝的幽灵闪现在炮声隆隆、硝烟弥漫、破旗翻卷之中的悲壮情景，至今还充满他似醒若睡的生活"①。这件衣服上有"一块蓝色、暗蓝色的补丁，北部联盟军制服标记的蓝色。凝视着这块补丁，这块缄默的来历不明的布，孩子（指海托华）体验到一种静穆的胜利的震惊"（《八月之光》，第335页），因而，认为祖父杀死了北方军，且用其衣服做了补丁，但事实上他的祖父从来没有杀害过北方士兵，完全是他幻想出来的。正是从这次发现中他感觉到重生的力量，增加了他的寓言化身份传奇，也促使他陷入更深的幻想之中，最终导致其性格的裂变。

新历史主义寓言化的身份传奇与身份认同有着密切的关系，进一步加深了当事者对家族神话的心理认同情结。"认同"在哲学上主要是指"同一性"，意思是人在思想和观念上的"一致性"，一般分为自我认同和社会认同，其中自我认同是将价值选择和精神追求与某种有地位、影响以及包容自己价值体系和文化体系的标准或象征等联系在一起，并在这其中获得对自己身份或地位的自我确认，从而得到心灵上的慰藉；社会认同通常是指他者对某一个体价值观、世界观和生活方式等的接纳或认可。由个体身份认同上升到对南方身份的认同，一直是美国南方文学历史书写的一个重要主题，也是家族书写反映历史真实最有效的方式之一。福克纳对海托华家族新历史主义书写不仅展现了内战的影响，还表现了海托华本人的情感、对内战的感悟以及对自身身份的传奇幻想。对海托华来说，他不知道自己是真实存在的还是虚假生存的，只能凭着自己的感觉生活在其中，无法挣脱出来，展现了家族子孙身份的缺失与人格裂变。"难怪我跳过了一代人，"他想，"难怪我没有父亲，在我出世以前的二十年的一天晚上我就死了。我只有回到杰弗生镇去才会得救，在那儿我的生命还未开始就已终结。"（《八月之光》，第341页）这种感受虽然当他还在神学院时就产生了，但促使他到杰弗生镇传教的强烈愿望还在于其祖父的召唤："听吧。上帝准会召我去杰弗生镇，因为我还未诞生就在那儿死去，二十年前的一天夜里在杰弗生镇的一条街上，我从

---

① 〔美〕威廉·福克纳著：《八月之光》，蓝仁哲译，上海：上海译文出版社，2004年，第335页。本书中引用该书均为该版本，以下引用该书只标注书名和页码。

一匹嘚嘚奔驰的马背上中弹而坠下马鞍。"(《八月之光》，第341页)不仅如此，他独自一人住在那座远离世人的"黑屋子"里，25年来除了有一个叫拜伦的人来看他外，没有与其他人有过来往，每天傍晚只是独自坐在楼上临街的窗前，回忆其祖父被打死的那一时刻，他完全陷入虚幻世界中，丧失了辨识能力以及与外界的交流能力。

新历史主义的"宏大历史"叙事由于忽视了日常生活体验或边缘事件，往往无法反映历史真实，而普通大众的故事由于所具有的普遍的社会性和世俗性，因而更能接近历史真实。"美国文学发展出了三大显著的主题：在对个体的本质及其归属的不确定感的基础之上对身份的追寻；与之密切相关的主题是探索某种绝对的价值观，无论这种价值观是道德的、社会的还是审美的；进一步的必要后果就是在形式上进行实验的永远的潜在愿望。"[1] 南方家族的寓言化身份与神话故事有着很大的关联性，是战后南方人展现历史想象、时空构建和历史连续性表达的具体体现，显示出内战给南方人所带来的心理创伤。海托华家族神话始于这个家族创始人被枪杀在马背上的那一瞬间。无论是白天还是晚上，也不论是在何处，甚至在教堂里神圣的布道坛上，海托华都会产生撕碎的战旗、轰鸣的枪炮和奔腾的马蹄的幻觉；特别是每到星期天，他的布道总是离不开奔驰的骑兵、震耳欲聋的枪声和其祖父从马镫上中枪掉下来的场景，他"双手挥舞，情绪激昂，声音震颤热切，在这如醉如狂的声音里，上帝、救世军、奔驰的战马、他已故的祖父都幽灵般狂呼乱嚷；坐在坛下的长老们，全体会众，都感到莫名其妙，愤怒不已"(《八月之光》，第47页)。他在教堂是这样，在家里还是如此，在其脑海中时刻闪现出那匹奔驰的战马和祖父牺牲的场面，全然不顾其他人的存在。这种失衡状态表明了内心深处所受的创伤以及家族荣耀对他的影响。

西方哲学中的身份通常具有两个特征：其一，它是非本质的，是可建构的，也是一个不断建构的过程；其二，身份的建构要通过社会其他因素才能实现，因为身份主体往往不能直接体现自己的需求，需要借助其他手段才能实施。海托华虽然多次听到祖父虚构的传奇故事，每次他都表现得十分兴奋和激动，但从未想象过这种神话事件是否曾在南方现实生活真实发生过。一般说来，对于寓言化的身份传奇，战后南方人一般不会费力考证，只是在历史叙事中反衬出社会现实问题，因为在他们

---

① Heinrich Straumann. *American Literature in the Twentieth Century*. New York and Evanston：Harper & Row Publishers，1965，p. Ⅷ.

眼里，寓言化的身份传奇不过是历史真实的虚幻，是创伤心理慰藉的手段和方式。海托华家族的新历史主义书写无疑是南方家族书写中最具广泛性和典型性的书写艺术，因为这个家族成员的身份与南方身份"广泛地联系着文化、祖先、集体记忆、历史、语言等诸多因素"①，体现了历史真实性和文学真实性的关系。福克纳将海托华家族成员放置在一个新的历史空间中，深深挖掘其伦理传统、历史身份、道德理性、情感价值和人格修养，展现出家族成员在精神或生存层面上的困境，揭示出家族悲剧命运的根源，从而建构出一个不同于传统观念的真实的南方世界。

二、宗教人性的颠覆与世俗人性的真实

在人类文明进程中，伦理观念从无到建立再到逐步完善的过程都是建立在人性完善的基础上的，如希腊神话中的本能提升，俄狄浦斯情结中的人性表现等，都展示了伦理道德约束下肉体与灵魂的有机结合。人类对人性的追求显示出自身文明的不断提升，而对世俗人性的渴望则彰显了人类的真实情感。在南方传统文化中，人性的沦陷由蓄奴制体现出来，长期形成的种族制度滋生了浓厚的文化意识，并作为家族伦理指导家族成员的日常生活和行为。海托华直接否定了父亲的存在，认为自己还没有出生时父亲就去世了，他必须从祖父的死亡之地重新找到生命的欲望。他奉行的是家族荣耀信仰和宗教精神支撑，承袭的是祖辈留下的"英雄精神"。这种从神话到孤单、最后到清醒的过程，体现了南方人对宗教神性的颠覆和对世俗人性真实的渴望。

文学文本无法脱离文学的话语权利，书写者在关注文学自身发展的同时，建构出历史意识形态与历史话语的权利关系。从这个意义上看，对宗教人性的颠覆与世俗人性的真实反映是家族书写的基本要求，原因在于书写者的情感和立场反映了对宗教本质的认知和对现实生活的热爱程度。在南方重建时期，家族神话已经发生了质的变化，原先的家族"英雄"已经失去了存在的基础，逐渐淡出人们的视野。在崇拜英雄的时代，那些大种植园主作为神话的创造者引领着社会遵守伦理秩序，成为神圣秩序的制定者与领导者。然而，当"英雄行为"被揭穿后，南方人心目中崇高的宗教人性发生了颠覆，陷入深深的反思之中。海托华在不了解自己家族神话的时候，渴望成为一名神学院的学生，且从神学院一毕业，就来到杰弗生镇做了一名牧师，因为在他看来这是一个神圣之

---

① Christian Karner. *Ethnicity and Everyday Life*. London：Routledge，2007，p. 7.

地，是他的精神源泉。作为宗教使命的担负者，他感受到上帝的召唤，期待在这个小镇上完成上帝交给他的使命，因为其祖父从马背上跌落时发出的那一瞬间的光芒早已给他带来了上帝的启示，然而，当他了解到自己所崇拜的人不过是一个"鄙俗不堪的坏蛋"时，他才最后清醒过来。这样，祖父也就从"英雄"神位上坍塌下来，其原有的"高大"形象被颠覆。海托华受到了沉重打击，他开始反思自己的行为和宗教信仰。事实上，内战之后，南方神话的影响力远不如战前或殖民时代那样稳固和有效，上层社会也难以用神话来约束民众，只能通过外在行为，如物质利益、精神激励等方式引领普通民众的精神走向。这样，失落的"英雄人物"消解了南方人对家族神话的崇拜，呈现出一种颠覆变形的丑恶形象；同时，新历史主义寓言化的历史书写消解了南方人性的本真特征，促使家族书写更加关注家族成员的日常生活行为，从而表达出对人类个体人性的关怀和对南方命运的忧虑。

对宗教神性的颠覆和对世俗人性的真实反映，展现了南方人在社会转型时期对现实环境的认识，表明虚构的家族"英雄人物"只是安慰了受到创伤的心理。海托华家族新历史主义书写以极具个性化的日常生活行为构筑起丰富的文学空间，在利用神话反衬现实社会的同时，构成了对南方宗教人性的颠覆与对世俗人性的真实反映。在海托华的生活中，他从来没有给妻子留下位置，总是对她视而不见，他的冷漠使妻子感到孤独、绝望，甚至精神失常。有一次，在他布道过程中，"她突然站起身，开始朝着布道坛大嚷大叫，对着布道坛挥舞手臂"（《八月之光》，第 46 页）。一个鲜活的生命在这个没有爱的婚姻中渐渐变成了一个活死人，最后，她跳楼身亡。海托华以此获罪被迫离职，失去了牧师的职位，成为一个被流放的耶稣的形象。对此，邦奇·拜伦评论道："人人会说他希望逃离活着的乡亲，但真正危害他的是死去的亲人。死人静静地躺在地下并不想作弄人，然而任何人都逃脱不了死者的阴影。"（《八月之光》，第 53 页）这种看似为宗教信仰献身的人性实则体现了家族神话的荒诞寓言，寄寓了家族书写中的理性批判，蕴含了南方人对宗教毒害的谴责和对世俗人性的呼唤。

世俗人性体现了历史书写中人类个体道德伦理的普遍性和哲理性，以虚化或抽象化的文学方式使家族书写摆脱时空限制，从而获得文学文本的永恒价值。新历史主义家族书写的"边缘化"过程亦称为"非中心化"过程，常常使处于中心的话语或家族制度暴露出问题，引发神话或高尚人性的坍塌，进而退出崇尚和关注的中心。海托华原本是一个德高望重的牧师，属于主流意识形态下的社会焦点人物，但他沉溺于祖父所谓的"光荣事迹"之中，且满脑子都是祖父在战场上"牺牲"的场景，因而无法坚守自己作为牧师的工作，被教民们轰下布道台，成为一个社会边缘人。历史书写在这里出现了神话的荒诞性，体现了对宗教人性的颠覆，显示出世俗人性的普遍性。他沉湎于祖父的死亡时刻，读者觉得十分滑稽与荒诞，因为他的痴迷与狂热失去了理性，呈现的是对"宏大历史"的背离：

> 他似乎把宗教、奔驰的骑兵和在奔驰的马上丧生的祖父混在一起，纠缠不清，甚至在布道坛上也不能区别开来。（《八月之光》，第44页）

> 他讲道时手舞足蹈，他所宣讲的教义里充满了奔驰的骑兵，先辈的光荣与失败；跟他当初在街上向人们唠叨奔驰的战马时一样，他布道时也会把战马同赦免罪过和好战尚武的九级天使都七扯八拉地搅混在一块儿。自然，年长的男女会众都深信无疑：他在上帝的安息日、站在上帝的圣殿上所宣讲的这一切，简直近乎亵渎神明。（《八月之光》，第45页）

新历史主义的文学作品从社会权力的束缚下挣脱出来，要求人们在接触文学文本时遵守某种权力约定并安于现存的秩序，成为社会主流意识形态的认同者；同时，由于文学文本又以各种方式质疑、挑战甚至颠覆主流意识形态的霸权，人们需要认真审视和反复思考文学文本中的引导、动议、挑战等意识形态的影响，从而选择合理的方式方法。海托华家族的新历史主义书写将家族命运上升到对整个南方社会、家族历史和人类命运的深刻反思层面上。海托华祖父创造的"辉煌事迹"将他带入一个难以自主的虚构历史环境中，严重地影响生活，其中家族神话充溢着拼搏精神，给他带来了精神动力，而家族神话的崩溃则给他带来了沉重打击。他干枯又臃肿的身体在作品中被赋予了丰富的寓意，显示出他处于枯死状态，他的房间里有一股浓重的陈腐气味。然而，在经过痛苦的反省和挣扎后，他最终从过去的困扰中解脱出来，那些缠绕了他一辈子的马蹄声渐远渐逝，在生命行将完结的时候，他终于意识到自己的问题，承认自己是妻子绝望和死亡的根本原因，亲手迎接了一个新的生命，以上帝的宽恕慰藉了一个漂泊的黑人灵魂，尤其是他看到伯顿小姐的房子被烧成废墟时，他想，"可怜的女人，"……"可怜的不曾生育的女人。要是再活上一个星期，幸运就会回到这片土地。幸运和生命就会回到这些贫瘠荒芜的田土"。(《八月之光》，第 290 页) 由此，"八月之光"洗涤了他的心灵，在心中的人性之光闪耀的同时，他获得了精神上的重生。

新历史主义家族书写以家族日常生活行为书写颠覆历史的"宏大叙事"，以世俗人性取代主流意识形态下的宗教神话，展现了家族历史变迁和存在的问题或弊端，产生"英雄堕落"的艺术效果，在历史叙事中启发人们对现实生存的思考。这种对家族"神话英雄"人物的塑造是对宗教人性的颠覆和对世俗人性的真实再现，因为，"正是通过一些不起眼的小地方———一些轶事趣闻、意外的插曲、奇异的话题，去修正、改写、打破在特定的历史语境中居支配地位的主要文化代码 (社会的、政治的、文艺的、心理的等)，以这种政治解码性、意识形态性和反主流性姿态，实现解中心 (decentered) 和重写文学史的新的权力角色认同，以及对文学史思想史的重新改写和阐释的目的"①。海托华的家族悲剧既是南方历史的产物，又是战后南方社会现实问题所导致的必然结果，原因在于他作为家族成员虚构了先辈的"英雄行为"，获得精神幻觉，缺乏对自我的重新认识，由此走向了自我放逐的生活方式。值得庆幸的是，他在走向命运结局的关键时刻，意识到自我存在的问题，找到了生命的价值和意义，也给人类生存指明了方向。

三、生存的现实性与创伤心理慰藉

历史书写是在历史文献或历史故事基础进行的，在一定程度上反映了历史真实。而当文学文本作为文献被研究时，文本中的历史事件再次受到审视，为社会现实或历史真实提供相应的支撑。内战给南方社会带来了前所未有的冲击，导致社会矛盾激化，环境遭到破坏，人与人的基本信任丧失，社会问题复杂多样，严重威胁南方社会人们的信仰与社会发展基础，"村里的男人不是在这家厂里做工便是为它服务……然后，一部分机器，大部分操作这些机器的人，靠它们谋生的人和为它们服务的人，就会载上货车运到别的地方去"(《八月之光》，第 2 页)。这种现象和问题引起了福克纳的极大担忧，他以新历史主义的眼光对海托华家族进行透视，书写了这个家族由日常生活故事成为南方神话的荒诞经历，

---

① 王岳川著:《后殖民主义与新历史主义文论》,济南:山东教育出版社,1999 年,第 155—156 页。

引发了对南方家族权威和宗教信仰的颠覆，形成了对生存现实性的思考以及对内战创伤心理慰藉的方式。对这个家族的新历史主义书写促使南方人回归现实世界，为重新寻找其自身生存的方式和途径打下了坚实的基础和条件。

家族神话在形成过程中融入了社会、文化、意识形态和道德价值观等物质内涵，成为历史事件的象征，给后人留下了丰厚的历史遗产。然而，家族神话多以"宏大历史"为内容，忽略了普通人的日常生活，遮盖了历史真实。为此，新历史主义家族书写以家族成员日常生活为主题，捕捉生活细节，反映历史事件和现实问题，从而寻找解决现实问题和历史问题的方法或途径。"文学批评能够大胆进入陌生的文化文本，反过来，这些文本——通常是边缘的、怪诞的、零碎的、出乎意料的、粗糙的——也能够以兴味盎然的方式开始与人们十分熟悉的文学经典作品相互作用。"① 新历史主义家族书写关注了家族逸闻轶事、偶然事件等，涉及历史故事，如内战发生的原因、途径、影响等，并以大众喜闻乐见的表述方式表示出来，为社会所接受。战后南方关于内战的故事大都来自黑人保姆、内战老兵和家族成员中的老人，这些人的历史叙事或所讲述的历史故事很容易被周围的人所接受，具有较大的社会影响面。同时，由于宗教对南方人的影响深重，生存的现实性又常常与宗教影响联系在一起，海托华的家族书写在内战历史叙事的基础上又包含了对南方宗教的书写，体现了海托华作为家族继承人对宗教的盲从、清醒到最后挣脱束缚的过程，最终找到了现实世界的生存之路。当然，他的悲剧命运不仅仅是家族神话的启示，而是宗教信仰感召所造成的，因为其极端的行为是由宗教影响引发的，致使其妻子只好到孟菲斯去追求自由和快乐，最后跳楼自杀。他的教徒们无法容忍一个亵渎上帝、不关心妻子死活的人作为牧师，联合起来抵制他的布道，万般无奈之下他只能辞去牧师的职务，但拒绝离开这个令他着迷的城镇。人们打他骂他，甚至把他抓起来捆在树上吊打，但他仍不离开，一个人在杰弗生镇孤独地生活着，完全陷入孤独寂寞的生活之中。

战后南方人生存的现实性体现了家族成员创伤心理的生存转向，表明创伤之后人们的创伤记忆与现实困境之间的因果关系。因为创伤记忆既有具体的所指，又体现了模糊和潜在的扩张能力，属于家族成员的创

---

① Catherine Gallagher & Stephen Greenblatt. *Practicing New Historicism*. Chicago: The University of Chicago Press, 2000, p. 30.

伤心理慰藉欲求和现实生存的使命意识。海托华家族成员的创伤记忆、生存意识、现实使命等形象地体现在《八月之光》中对历史与现实的景象阐释方面，"她总是在行进，从早到晚，从晚到早，日复一日；……像是化身为神的无穷无尽的马车行列，仿佛是那古瓮上的绘画，老在前进却没有移动"（《八月之光》，第4页）。内战后出生的一代南方人生活在现实与历史的夹缝中，各种思潮不断涌进，社会秩序不断变更，严重影响着他们的价值观和道德观。以海托华为代表的家族成员虽然极力效仿先辈的"英雄行为"，但由于缺乏先辈的勇气和力量，无法改变家族衰落的命运悲剧，只能在社会现实困境中述说着自己的心理创伤。该家族的书写在追溯家族史、探寻自我身份的过程中重新审视了家族传统文化，塑造了家族精神，同时兼容吸纳了多元文化，具有更大的社会现实性。当然，这种书写不只是提供了文化背景，还透视了社会种族、性别、道德伦理和传统价值观等得以展现的历史因素和时代环境，为南方人寻找未来出路提供了借鉴。

　　创伤心理展现了历史"碎片化"事件，借助这些"碎片化"历史故事建构了历史事件和历史环境的真实性。海托华的家族创伤记忆作为身份认同标志，把家族精神和历史事件连缀在一起，形成对社会整体的看法，反映了南方生存的现实性。由于家族神话体系的崩溃体现了传统价值观与宗教信仰体系的失衡，内战传说中的"神话英雄"实际上并不是真正的"英雄"，而是一些生活在社会底层的劳苦大众。这样，家族书写就把断裂的、非连续的历史事件结合在一起，以内战历史为视角透视整个家族历史的变迁，对家族历史发展作出了自我阐释，并从普通大众的日常生活经验解构了主流意识形态下的神话叙事，展现了南方历史文本的现实性，对南方人来说形成了对创伤心理的慰藉。南方家族历史叙事也就具有了现实性象征。"如果我们把历史事件当作故事的潜在成分，历史事件则在价值判断上是中立的……同样的历史系列可以是悲剧性或喜剧性故事的成分，这取决于历史学家如何排列事件顺序从而编织出易于理解的故事。"① 从这个意义上看，海托华家族书写不只是记录或谈论历史故事，而是构建历史叙事，针对战后南方人的信仰迷茫和现实困境，展现了海托华家族的历史、家族荣耀和家族神话，在某种程度上是对南方文化的怀念以及对南方精神的重塑。

　　社会存在和历史事件对家族书写本身具有重要的影响力，不仅展现

---

① 张京媛主编：《新历史主义与文学批评》，北京：北京大学出版社，1993年，第164页。

了现在和过去、后人和前人等为解决南方社会问题所需要的具体方法，而且体现了历史文本的现实性与对创伤心理的慰藉。海托华家族的新历史主义书写为逝去的南方历史留下了缅怀的空间，并依靠文学文本寻找那些曾经鲜活的家族成员留下的创伤记忆，让战后南方人重新体验先辈们所经历的一切，产生心灵上的共鸣，进而建构南方历史、参与历史发展进程，成为现实社会发展的推动力。在内战后的南方现实生活中，又究竟有多少像海托华那样的家族成员，在祖先神话的压制下饱受痛苦，但历尽一切心酸后却发现自己崇拜的家族神话都是虚构的和骗人的，因而感到无比痛心，所经历的心理创伤是常人难以体会的。家族神话的破灭使海托华对自己的宗教信仰产生了困惑，不得不对历史进行重新审视，最终发现只有抛弃家族神话和认识到家族神话的弊病与缺陷，才能使自己回归正常生活。事实也是如此，他为莉娜接生，半夜起来赶到她所住的棚子中，当看到一个新的生命在他手里诞生时，他体会到从未有过的激动和欣慰。在黑人乔被追杀的最后关头，他千方百计地拯救他，虽然最终没能如愿，但他的行为是一个勇敢者的行为，他甚至撒谎说，在乔被杀死的那天晚上，他和乔在一起，所以暴徒格雷姆对他骂道："难道杰弗生镇上每个牧师和老处女都跟这黑兔崽子有不清不白的关系？"（《八月之光》，第331—332页）海托华勇敢地拯救乔的行为彰显了他的正义与醒悟。还有一个细节，即海托华每季度一收到支票就把它捐赠给孟菲斯的一家少女感化院，后来由于失去了牧师职位没有了收入，就痛心地写信告诉被捐赠者，以后只能寄去以往数目的一半。从这些细节上也可以看出，海托华认清了自己的失职并积极醒悟，从而获得了救赎，重新回到南方社会的现实世界中来："我只顾自己的心事，没把人们放在眼里。我来到这儿，人们脸上充满困惑和饥渴，他们急切地等待我，期待着信任我，可我对他们视而不见。他们举起手以为我会给予，我却没看见他们。"（《八月之光》，第348页）他从心理创伤中走出来，展现了南方人从一种生命状态向另一种生命状态转变的兴奋之情，代表了人类未来的希望。

历史文本的现实性是历史叙事的必然要求，而文学文本随着时间和历史向前推进，在不同的时代被赋予不同的含义，同时，也留下了不同时代的历史烙印，对历史和现实产生不同的影响。海托华家族的新历史主义书写参与了历史文本的阐释，实际上也是参与或再现了社会意识形态的完善与提升。这个家族书写采用了两种不同的方式：其一是在虚构和想象的世界中，这个世界属于海托华的祖父，但在南方现实生活中已经失去了存在的基础，始终充满黑暗、暴力与死亡，给海托华带来亢奋与虚幻，最终剥夺了他的现实生活乐趣；另一个世界是海托华生活的现实世界，这个世界虽然看起来有很多问题，但通过海托华自身的努力，依然充满了光明、自然和纯真的希望，预示了未来的生命力。当然，这两个世界都是通过海托华家族的书写完成的，因为他的祖父代表了传统家族神话的破灭，而他从家族神话的破灭中看到了未来的希望。海托华家族成员借助种族歧视、宗教信仰迷茫、家族暴力和性别歧视，以及人与社会的冲突和对人类道德的拷问等，引发战后南方人对历史和现实世界的思考，在历史神话和现实社会的影响下形成强烈的艺术反差，构成了文学文本与历史文本的巨大艺术张力，彰显了文学文本和历史文本相互参与和互动的巨大魅力，为人类未来发展指明了方向。

第五章 历史叙事的虚构性：家族 书写与历史文本的互文性

　　文学与历史的关系问题是家族书写涉及的主要问题，无论是在历史文本还是文学文本中，由于家族书写融入了书写者的意识形态观念和道德伦理思想，因而呈现出不同的书写方式和历史内涵，体现了文本化的历史或历史的文本化特征。文学的历史性和历史的文本性往往反映出作家的主体意识，成为家族叙事和家族书写的基础和动力，因而把家族伦理秩序与现实生存困境之间的冲突作为突破口，将家族精神、伦理道德和家族成员的日常生活行为等作为历史书写的对象，可以更好地为书写者提供丰厚的创作素材和取之不竭的创作灵感。福克纳对南方家族的新历史主义书写从家族普遍信仰到宗教信仰体系的崩溃，从家族创始人的"英雄形象"到平民的日常生活形象等贵族家族兴衰的历程，都表现了人性的弊端和现实生活的困境，颠覆了"宏大历史"叙事权威，以历史叙事的虚构性直接深入家族内部体系，透视家族成员的内心世界和精神需求，在社会发展需求中把握家族成员的命运沉浮和人类未来的发展趋向，彰显了南方社会的生存状况。

第一节 历史文本性与文本历史性：邦恩 家族的文学虚构与历史真实

　　新历史主义文学理论认为，历史书写不可能原封不动地照搬历史事实或一成不变地重新还原历史环境，任何主流意识形态下对"宏大历史"叙事的片面强调都会偏离历史书写的真实性；相反，深入民间日常生活行为或反映社会边缘人的生活状况，结合书写者本人对历史事件的个人情感、历史感悟和文学想象，才能真实展现历史事件的社会价值和现实意义。查尔斯·邦恩家族（以下简称"邦恩家族"）从血缘上看是萨德本家族的一个分支，但由于特殊的历史环境，这个家族并没有被白人家族所认同，因此，这里将其作为一个独立的家族进行分析，目的是通过这个黑人家族的兴衰历程展现战后南方人的人性特征和生存状况。历史事件无法复原历史事件的原发环境，只能根据书写者的想象来描述历史发生的环境；同样，福克纳对这个家族的书写也是根据家族所处时代及所涉及家族成员的生活环境进行构建或再现，反映了南方社会的生存需求。从新历史主义的历史书写立场来看，邦恩家族的兴衰历史揭露了种族主义的罪恶，深深触及社会的脉搏，拓展了黑人家族的生存困境和社会存在的种族问题，具有重要的现实意义。

一、历史虚构性与文学真实性

文学文本包含了历史真实与文学真实两个层面，说明了历史文本性和文本历史性的辩证关系。由于历史事件的特殊性，书写者无法摆脱历史叙事的虚构性，只能像文学创作一样书写历史，"历史学家在研究一系列复杂的事件过程时，开始观察到这些事件中可能构成的故事。当他按照自己所观察到的事件内部原因来讲述故事时，他以故事的特定模式来组合自己的叙事"①。福克纳对邦恩家族的新历史主义书写将历史真实和文学虚构融合在一起，借助文学文本的历史化与历史的文本化方式展现了社会不平等现象，在此基础上凸显了实现社会平等的途径和方法，从而建构出历史和文学的辩证统一关系。查尔斯·邦恩家族与萨德本家族、康普生家族等存在着复杂的情感纠葛，反映了家族历史的变迁与家族成员的情感历程以及遭受的不平等待遇。由于家族与社会具有相辅相成的辩证统一关系，邦恩家族的命运变迁折射出南方的社会问题，揭示了历史发展的本质规律，形成了清晰可辨而又充满矛盾的历史真实，展现了文学与历史的互动关系。

历史真实通常包含历史生活真实、历史精神真实和历史文化真实等三种形式，其中历史生活真实包容了丰富和复杂的历史、时代、人性、文化等内容，而历史精神真实和历史文化真实体现了社会正义、伦理道德规范和文化需求的社会发展规律。历史真实不可能重复再现，只能以话语形式进行叙事或书写。这样，历史真实必须借助话语形式才能展现其所包含的历史价值和现实意义。查尔斯·邦恩（Charles Bon）从血缘关系上说是萨德本家族的成员，由于父亲萨德本拒绝承认这个儿子，他被排斥在萨德本白人家族之外。因此，这个家族从生活在海地的尤拉莉亚·邦恩（Eulalia Bon）开始，是家族第一代；查尔斯·邦恩是家族的

---

① 张京媛主编：《新历史主义与文学批评》，北京：北京大学出版社，1993 年，第 165 页。

第二代；查尔斯·埃蒂尼（Charles Etienne）是家族的第三代；第四代吉姆·邦德（Jim Bond）是一个低能儿，没有自己的子女，预示了家族的毁灭。邦恩家族符合黑人家族构成条件。把这个家族作为一个独立家族来分析，目的是通过"文本的历史性"和"历史的文本性"，对南方历史真实和历史书写进行梳理，剖析种族主义的罪恶以及贵族家族分崩瓦解的根源，从而使读者更清醒地认识奴隶制和种族主义对人性的践踏和摧残，探寻消解种族问题的途径与方法。

对于历史事件而言，新历史主义家族书写追求的真实是历史事件的精神实质，通过历史体验、历史事件本身和历史感悟等有机结合，探知历史事件的真相，从而获得精神上的启迪。历史事件在文学作品中表现为历史故事，作家根据自己的创作需求对文本中的历史故事进行处理，使读者感悟到历史真实，"事件通过压制和贬低一些因素，以及抬高和重视别的因素，通过个性塑造、主题的重复、声音和观点的变化、可供选择的描写策略，等等——总而言之，通过所有我们一般在小说或戏剧中的情节编织的技巧——才会变成了故事"①。尤拉莉亚·邦恩是海地大种植园主的女儿，虽然在《押沙龙，押沙龙!》等作品中并没有详细介绍这位女性，但在字里行间中却透露出她的一些个人信息。应该说从外貌上看不出她身上有黑人血统，但其儿子查尔斯出生时的特征却表明了混血事实。这是作为丈夫的托马斯·萨德本抛弃她们母子的根本原因。这位母亲年轻时十分漂亮，举止优雅，富有学识，这些特征从她培养儿子的复仇计划和儿子后来的行为举止中显示出来。如康普生上校这样描述查尔斯：

> 一位比他实际年龄显得更加优雅而见过世面、更加富有自信的青年，人很帅气，显得很富裕，而且有背景……此人举止从容安详，气度傲慢豪侠，与他相比，萨德本的妄自尊大简直是拙劣的虚张声势，而亨利则全然是个笨手笨脚的毛小子了。（《押沙龙，押沙龙!》，第66—67页）

在尤拉莉亚的精心培育下，查尔斯学识渊博，彬彬有礼，一表人才，一到杰弗生镇就立即赢得了人们的好感，同时赢得了埃伦和朱迪思的认同。这一切都与尤拉莉亚的辛勤培育密不可分，也透露出她所具有的极

---

① 张京媛主编：《新历史主义与文学批评》，北京：北京大学出版社，1993年，第163页。

高社会地位与良好的家庭修养。虽然她的财富和美貌都很出众，但并没有消除萨德本雄心勃勃地建立"纯白人"家族的野心，因而萨德本将她抛弃，但尤拉莉亚并不甘心接受自己被抛弃的命运，一直有计划地雇佣律师跟踪萨德本，积极培养儿子，把儿子培养成为挑战南方传统伦理道德、为自己耻辱复仇的"勇士"，并在 26 年后将儿子送到萨德本庄园，操纵着儿子给自己复仇，由此拉开了萨德本家族毁灭的序幕。

相对历史事件的真实而言，文学真实指的是文本精神的真实。历史书写发挥的价值和作用在于给读者提供的不仅仅是历史故事，而是以历史事件凸显社会现实问题，反映时代精神需求和现状。"真正的历史对象根本就不是对象，而是自己和他者的统一体，或一种关系，在这种关系中同时存在着历史的实在以及历史理解的实在。"① 邦恩家族的新历史主义书写将历史真实与文学虚构融合在一起，展现了对现实生活、种族观念、价值观念、时代精神和传统文化的不同理解，揭示了历史真实与文学虚构真实的融合。查尔斯不能算是一个纯粹的外来者，因为从出身来看，他是萨德本的儿子；从外表看，他跟白人没什么两样，身上是否具有黑人血统，在杰弗生镇也只有萨德本一人所知，而其他人只能是猜测，并没有确切的证据，甚至都没有人怀疑过。然而，他却一次次被阻挡进入所谓的"纯白人"家族，这一事实展现了南方种族制度对他的排斥，反映了文本的历史真实性。

新历史主义家族书写中的历史虚构真实是指文学文本试图借助于作家对社会生活、人性人情、伦理道德等方面的理解与认识，阐释历史对象并通过对历史对象的生活化、人性化和人情化叙事，使历史书写的对象在解释历史含义的同时又充满了人性、人情和生活气息等所要求的真实境界，成为日常生活行为的真实再现。"任何一个文本都是一个历史性的'事件'，它不仅是历史的'反映'，而且它本身就是塑造历史的能动力量，是历史得以现形的场所。"② 福克纳对邦恩家族的新历史主义书写将黑人历史变成了民间史、个人史和种族史，在历史偶然性事件中展现社会真实状况和种族问题。这样，所展现的历史事件实际上就变成了南方人所接触到的家族历史故事，体现了历史真实与文学虚构的融合。一

---

① 〔德〕汉斯-格奥尔格·加达默尔著：《真理与方法——哲学诠释学的基本特征》，洪汉鼎译，上海：上海译文出版社，1999 年，第384—385 页。

② 周忠厚主编：《文艺批评学教程》（第二版），北京：中国人民大学出版社，2002 年，第233 页。

般认为，历史意识就是将过去的经验通过感知、回忆等转化为当下和未来的生活导向，而文学反映了现实问题，展现了人们的生存状况。萨德本拒绝认同查尔斯，但他能接受自己的黑人私生女克莱蒂，这种深入到家族内部、以民间立场重构家族问题和社会影响，本身就超越了历史哲学的局限性，扩展了家族历史叙事的真实。邦恩家族的历史反映了美国南方战前和 20 世纪三四十年代的历史，呈现出鲜明的"文本的历史性"特征，体现了文学虚构真实与历史真实的密切关系，表达了对人性的关注和对传统道德伦理的反思。

家族叙事的真实是指对某一特定历史时期内，以精神水平最高的人物作为精神考据，分析其对历史的审视、理解和反思等所能达到的真实境界。这类真实并不注重对历史事件的客观性评价，也不是探寻主流政治意识形态中所说的"宏大历史"叙事真实，而是致力于描述家族成员心灵的轨迹变动，以此来再现历史真实。无论是在战前还是在战后的南方，白人与黑人之间的关系实质上是奴隶主和奴隶之间所保持的主仆关系，黑白混血的地位较之于白人或其他种族的社会地位和身份更为低下，因为黑人混血儿更容易产生社会问题。查尔斯的闯入改变了萨德本的家族计划，打破了家族内部种族主义一手遮天的局面，显示出家族存在的种族不平等现象，给南方人带来了深刻反思和社会生存危机警示。他的"寻父"意识的执着与顽强让人敬佩，他的身世和悲剧命运旗帜鲜明地表达了对种族主义的态度和立场，从一个个历史"碎片"中展现了南方历史真实。

文学虚构真实主要是指在历史人物形象塑造、历史事件叙述和历史生活描绘等方面所展现的传统文化精神、生存状态、变化状况等所达到的真实境界。家族叙事的真实是历史叙事的自觉追求，体现了南方种族意识的觉醒。为此，福克纳将传统家族文化从表层的"宏大历史"文化扩展到家族日常生活所体现的深层文化精神，使家族书写折射出更为丰富的家族叙事意蕴。正如乔治·弗雷德里克森所言，"南方的人种混杂现象注定是大量存在的，因为南方白人与少数种族之间的关系是主人与奴隶的关系，而奴隶主是很容易获取处于仆人地位的女奴的。很明显，奴隶制的存在注定了混血的发生"[①]。南方历史伴随着黑人的种族抗争历史，成为黑人生存现状的血泪史，是导致南方社会问题的根源。无论是在历史真实还是在文学虚构真实的表现形式上，邦恩家族书写都再现了

---

① George Fredrickson. *White Supremacy*. New York：Oxford University Press，1981，p. 101.

南方社会存在的种族暴力、种族歧视与种族迫害，同时又涉及南方社会、政治、历史等现实问题，使历史真实与文学虚构融合在一起。这个黑人家族作为社会边缘群体，没有被主流意识形态所接纳，引发了诸多社会问题，显示出社会基础的不稳定性。亨利的父母是白人，他自然是纯种的白种人；而查尔斯的血统来自白人血统的父亲和部分黑人血统的母亲，他就理所当然地是黑人，被剥夺了享受现代文明的权利和自由。这样，历史真实和文学虚构真实都出现了荒诞的逻辑结论。作为同父异母弟弟的亨利不知道哥哥查尔斯的身世，两人友好相处，甚至还把查尔斯当作自己的偶像，模仿他的穿着打扮、行为举止，鼓励他妹妹和查尔斯的婚事，甚至可以忍受这种乱伦的事情发生在他家，然而，当他知道查尔斯是黑人时，却毫不犹豫地杀死了他。亨利为什么可以容忍乱伦，却不能接受不同种族之间的通婚呢？这主要还是因为黑人在南方社会的地位造成的。他为了妹妹的名声杀了查尔斯，不是因为乱伦，而是为了维护家族的地位和名声。在当时的南方，乱伦可以被定义为家族内部的事情，但黑人与白人通婚的后果极为严重，这是一种有辱家族的丑恶行为，亨利理所当然地杀死了查尔斯。南方种族主义是一种历史真实，而处于社会边缘的黑人则是危险的符号和卑微低下的象征，这是文学虚构真实，二者的融合体现了种族不平等现象所造成的社会问题和黑人悲剧命运的根源，也是影响社会发展的主要障碍。

历史真实不只是一种理论上的存在，而且在历史叙事中也真实存在，但这种存在是无法客观还原的，只有通过文学想象才能重构历史事件发生的环境。"一切艺术都烙有历史时代的印记。"[1] 邦恩家族的新历史主义书写重构了南方历史环境，最大限度地接近和剖析了家族成员的内心世界，显示了对种族主义的批判和谴责。当然，这个家族的毁灭并没有局限于亨利逃亡、朱迪思不嫁等方面，而是通过邦恩对亨利、朱迪思和周围南方人的影响，试图在最大程度上改变战后南方人对黑人的态度。萨德本终生追求的建立"纯正白人"血统王国最终以这样的结局结束了家族的命运。在蓄奴制盛行的南方社会中，一个带有黑人血统的家族是不可能得到主流意识形态认同的，因为这样的家族会对白人统治阶级带来致命的威胁，这是南方种族主义罪恶的根源，也是造成查尔斯被杀的根本原因。邦恩家族的悲剧命运从他一出生就注定了，这是无法颠覆的历史真实和文学虚构真实的融合，也是福克纳对南方的家族新历史主义

---

[1]　Terry Eagleton. *Marxism and Literary Criticism*. Bristol：Methnen，1985，p.3.

书写中所展现出的历史真实。

二、家族历史性与历史艺术性

以历史为主题的家族文本，不仅需要以大量的家族历史事实作为支撑，还需要通过文学艺术展现家族历史的发展过程，从而发挥家族历史对现实社会的借鉴作用。这样，家族书写既有家族内涵，又有历史底蕴和文学艺术价值。这种带有新历史主义明显倾向的家族情感和创作方式体现了新历史主义理论中家族的历史性与历史的艺术性。家族文本无论是对社会歌功颂德或是言辞犀利地对其加以批判，目的都是通过这种方式引起人们的情感共鸣，使文学作品达到借古讽今的目的。南方黑人有着共同的作为人的尊严，也遵循着普遍意义上的亲情观和价值观，但在种族歧视严重的南方，他们却被人为地隔离出来，一个黑人总是感觉到他的两重性："自己是美国人，而同时又是黑人；感觉到两个灵魂、两种思想、两种不可调和的努力；两种冲突的理想在同一个黝黑的躯体里。"① 邦恩家族书写为读者勾画了一幅清晰的南方历史发展脉络，这是文本所呈现的家族的历史性；这个家族又通过与托马斯·萨德本家族的兴衰史融合起来，以回望带有标志性的种族记忆，从而挖掘家族的深层意蕴，这是文本所呈现的历史的艺术性特征。也可以说，历史性与文本性的统一构成了福克纳对邦恩家族新历史主义书写的原则和基础。

家族的历史性不是单纯以家族故事为依据的，而是融合了社会结构体系以及由此而涉及的人或物。南方家族生活以传统社会结构为基础，而家族成员的行为活动又受到社会传统价值观和道德观的影响与制约。因此，每个人都要遵守社会规定和伦理道德。邦恩家族的兴衰历史再现了社会内部结构和社会伦理道德，展现了以种族制度为基础的社会发展历程和各种社会关系。查尔斯·埃蒂尼·邦恩是查尔斯·邦恩与其八分之一黑人血统的情妇所生的孩子，这个孩子童年经历了难以想象的孤独与煎熬，从 12 岁起就搬到了萨德本"百英里庄园"，与朱迪思和克莱蒂生活在一起，过着既不是黑人又不是白人的异类生活，他的身份比纯种的黑人身份更可怕。在以朱迪思、罗沙和康普生将军为代表的少数白人眼中，他是黑人，因为他体内流有黑人的血液；然而，从外表看，他又具有白人的外貌特征，黑人对他嗤之以鼻，他常常遭到黑人的围攻和咒骂。康普生将军明确告诉他，让他离开南方，"且不说你是什么人，只要

---

① W. E. B. Du Bois. *The Souls of Black Folk*. New York：Bantam，1989，p.45.

你置身在陌生人中间，在不认得你的人中间，你就可以想当什么人就当什么人了"（《押沙龙，押沙龙！》，第201页）；同样，朱迪思不允许他睡在白人孩子睡过的床上，不能与白人或黑人孩子玩耍等，限制了他的自由和权利，这给他的内心世界带来了创伤，也培养了他的叛逆性格，最终导致了其悲剧命运。

在新历史主义视野中，家族的历史性常常突破历史的政治化阐释，取而代之的是以个人记忆替换主流意识形态话语，使历史叙事回归到历史事件本身。"虽然历史决定论承认，有许多典型的社会条件，并且可以观察到这些条件有规律地一再发生，但它否认在社会生活中所发现的规律性具有物质世界规律性那种不变的性质。因为它们取决于历史，取决于文化上的差异。它们取决于特定的历史境况。"① 邦恩家族的新历史主义书写消解了"宏大历史"的权威性，确保了重构历史真实的可能性。无论南方人对种族或肤色的态度如何，作为人类的共性准则就是对人性的尊重。这样，将南方人置于虚幻的历史环境中，对历史进行新的认识、理解和阐释，可以清楚地揭示南方经济、文化和道德等多种社会问题。查尔斯·埃蒂尼·邦恩最后发展到自虐的地步，一步步地走向自我毁灭的命运结局：

> 这个男人显然是主动找碴儿以便把他黑炭般的伴侣那猿猴一样的身躯推向甩向想回敬他的每一张和任何一张脸……这个身架与四肢跟姑娘一样单薄纤巧的人挥出第一拳，通常是什么武器都没有并全然不顾对方人数有多少，总是怀着同样的狂怒与深仇大恨，同样的对肉体痛苦与惩罚的满不在乎，他既不咒骂也不喘气，仅仅是哈哈大笑。（《押沙龙，押沙龙！》，第204页）

埃蒂尼内心的痛苦加深了，从而坚定了他自我毁灭的决心。为了凸显他的叛逆个性，他迎娶了一位"黑炭般黑长相像猿猴"的黑人女子为妻。这种叛逆行为背后隐藏了异常强烈的身份焦虑以及对南方社会的仇视和报复，预示了南方社会在种族问题上面临的巨大危机，展现了种族主义的危害性。

历史书写是一种话语活动，而话语表达融入了书写者的意识形态。

---

① 〔英〕卡尔·波普著：《历史决定论的贫困》，杜汝楫等译，北京：华夏出版社，1987年，第4页。

历史真实性表达是语言活动的产物，受到话语权的支配或约束。"每一种写法都是激烈的参与，在其中作家无意识地把自己强烈的绝望、愤怒、沮丧或是他对更加强烈的希望的狂暴预言都写进每一行文字和语句中去。南方作家当中并没有那样冷酷的知识分子，他能心如止水、完全无动于衷，全然没有热情地写当代生活。"① 从邦恩家族成员的心理分析，作为一种复仇手段，尤拉莉亚让儿子查尔斯接触萨德本家族成员，尤其是让朱迪思爱上他，这是最佳的复仇方式，因为乱伦是当时南方社会最容易引起人们关注的行为。正因为如此，查尔斯与朱迪思之间的恋爱关系引起了萨德本的关注。当然，读者在文本中找不到任何迹象能显示出查尔斯曾主动追求过朱迪思，更没有迹象表明他向她求过婚，他所做的只是在消极地等待。他在内心深处知道自己不能和同父异母的妹妹结婚，在行为上十分注意自己的分寸。他在婚姻这件事上失去了自主性和主动性，只是消极等待自己生物学上的父亲对自己的认同。不仅如此，他的生活中还有很多有待破解的秘密，如在海地时他为什么说自己没有父亲？为什么母亲歇斯底里地精神失常？他对母亲对自己表现出的溺爱充满疑惑，只是觉察到自己在按照某种方式接受母亲的精心培养，但最终目的是做什么，却始终没有得到答案。他结识亨利并被带到"百英里庄园"后，他才可能猜出了自己的身世或母亲复仇的意图。查尔斯的行为并不是家族毁灭的根本原因，而萨德本的"宏大王朝"因为种族歧视而排斥黑人血统，所以造成了尤拉莉亚、萨德本、查尔斯和亨利等人的命运悲剧。从这个意义上说，南方盛行的种族制度抹杀了家族成员之间的血缘亲情，使他们放弃了传统家族伦理和道德规范，最终导致南方家族毁灭的命运悲剧。

历史和文学同属于符号系统，保持着"互文性"的关系，呈现出"文本的历史性"和"历史的文本性"特征，即历史可以被视为延伸的文本，而文本可以被视为再现的历史，历史真实与文本虚构共同构成了现实世界中的多种隐喻。邦恩家族的悲剧是从尤拉莉亚作为女儿时开始的，因为她的父亲把她作为奖赏，嫁给了因举报黑人暴乱有功的萨德本，在这件事情上或许隐瞒了家族成员所具有的黑人血统。后来查尔斯出生后，萨德本注意到了儿子的牙齿呈黄色，据此推测这个嫁给自己的海地女人身上可能有黑人血统，这是他最不能接受的事实，因为这妨碍了他

---

① 〔美〕威廉·福克纳著：《福克纳随笔》，李文俊译，上海：上海译文出版社，2008 年，第314 页。

企图建立纯白人王朝的计划。坦率地讲，查尔斯的母亲在自己的婚姻问题上是个无辜的受害者，一方面她无权决定自己的出身；另一方面，她父亲将她嫁给萨德本时她无权决定自己的婚姻，特别是在萨德本因为儿子出生将她遗弃时，她更无法决定自己的命运，只能将仇恨集中到萨德本身上，将报复作为其终生目标。为此，她按"南方骑士"的要求，在才能、举止、修养、谈吐等方面调教儿子，希望他将来有一天能出人头地，为自己报仇；然而，这个长期准备和计划周密的复仇计划最终却令儿子惨死在前夫的家门前，并招致自己的命运悲剧。同样，对朱迪思来说也是如此，她与查尔斯的关系恰好说明了她的单纯与善良，因为查尔斯不可能与她结婚，她只是查尔斯利用的工具，目的是接近自己的父亲。作品中有很多证据都可以证明这一推测，因为每到周末，查尔斯就会去新奥尔良见他的情妇，并不是与朱迪思待在一起。当然，人们不能怀疑查尔斯获取萨德本的认可是为了争取财产，因为他对萨德本家族的财产没有任何兴趣；他有的是钱，所追求的是自己的身份或名分而已。即使是在内战期间，他的想法也是如此。他的最大"奢望"就是期望从父亲萨德本那里得到认可的标志，诸如纸片、头发、指甲等信物，以便证实他们是父子关系，但萨德本始终没有找到，最后只有选择谎称与朱迪思结婚这一借口来迫使萨德本承认他的存在。出乎意料的是，萨德本并没有直接处理这件事，而是把查尔斯是黑人的身份告诉给亨利，导致了基督教教义中最悲壮的兄弟相残、家族毁灭的结局。

　　家族叙事的历史性与文学的虚构性集中体现了历史的文本性和文本的历史性。"混血儿"这一称谓是白人权利与种族话语的产物，也是黑白文化融合的具体象征。然而，在南方特殊的历史环境中，混血儿的身份不是自然的种族融合，而是白人男人对黑人女性的侵犯。作为权力链条上的一环，混血儿并不是消极接受自己的命运悲剧，而是在自己力所能及的范围内与白人主流意识形态进行着抗争。查尔斯从外表看是白人，他被周围的人视为"南方骑士"；而一旦知道他是黑人，等待他的命运就是强奸犯、杀人犯和戴罪的逃犯。在白人权利的压制下，包括混血儿在内的所有黑人都被想象或建构成白人的对立面或"妖魔"，这类人被标记为社会的"异类"，遭受身份异化、身心奴役和心理痛苦等难以愈合的精神创伤。如在萨德本家族中，深受种族思想影响的亨利能够容忍兄妹乱伦的丑事，但绝不容许自己的妹妹被一个黑鬼所玷污，因为后者带来的耻辱在他看来远远超过乱伦。黑人血统对白人家族荣誉的影响是外在的入侵，而乱伦只是家族内部的事情，两者相比，孰重孰轻就一目了然了。然而，种族的压制与歧视必然引起黑人的反抗；同样，查尔斯以自己的方式企图改变南方社会的权力关系，特别是向白人权利和种族意识发起了有力挑战，但最终还是死在同父异母兄弟的枪下，成为种族主义的牺牲品。事实上，黑人或混血儿在苦苦探索和追寻自我的过程中，承受了社会的种种不公，残酷无情的现实使他们意识到永远不可能找到自己希望得到的东西，即作为平等社会人的自我。邦恩家族书写通过文学虚构的方式再现历史事件，展现了历史真实与文学虚构真实的有机融合。

三、家族见证历史与文学边缘化书写

历史叙事常常用来指那些在现实世界中发生过或者在历史文献中记载的真实发生的事件，但历史叙事真实要求叙事者不能对所发生的事件赋予新的内容，也不能改变原有事件及其人物和背景属性。福克纳的新历史主义家族书写以历史事件和现实环境为素材，以虚构艺术让人具有身临其境的感觉，并积极参与历史重构和社会治理过程。邦恩家族书写以真实再现荒诞，用虚构见证真实，达到了家族见证历史的目的，所使用的文学边缘化书写彰显了历史价值和文学表现力。如在昆丁与罗沙一起夜探萨德本"百英里庄园"的经历中，昆丁看到了，"在底下门厅里站着一个大大蠢蠢、浅肤色的年轻黑人，穿着干净、褪色的工裤与衬衫，双臂悬垂着在轻轻摆动，那张马鞍色、嘴巴松垂的白痴脸上没显露出惊讶，没有任何表情。他记得自己当时想，'是那个孑遗，那个后裔了，看样子很像……'"（《押沙龙，押沙龙！》，第358页）。

昆丁此时看到吉姆·邦德混血的外貌特征，突然感悟到邦恩家族成员的血缘问题，由此联想到查尔斯的黑人血统身世。有关吉姆的叙事环境体现了文本性和历史性的融合，因为罗沙、康普生先生、昆丁、施里夫等人的叙事都为吉姆的最后出场作了铺垫，给读者提供了萨德本和查尔斯两个家族的命运结局。这一结局颇具戏剧性，发展过程顺理成章，没有任何的造作或牵强，显示了福克纳高超的文学虚构能力。吉姆最终充满哲理性的哀号终结了因种族而对立的两个家族的命运，就像在小说中其他成员的身份一样，他的哀号在众多的叙事声音中显得滑稽，却体现出家族见证历史与文学边缘化的书写艺术。

新历史主义历史书写中的偶然事件是家族书写关注的重心，那些千奇百怪的家族逸闻轶事或家族成员不经意间的日常生活行为，往往更有力地显示出历史真实和现实社会状况。福克纳以邦恩家族成员的民间日

常生活体验或发生的故事为基础，利用边缘化平民大众或偶然性的历史素材来展现"宏大历史"叙事的需求，可以更具真实性以及在更大程度上获得人们的认同。列维-施特劳斯认为："历史事实并不比其他事实更具有给定的性质。正是历史学家或历史演变中的行动者借助抽象作用，并仿佛在一种必须进行无限回溯的威胁下，构成了它们。"① 与以往的家族书写方式不同，邦恩家族书写更多地改变了惯常使用的历史——"缩影式书写"，成为对人类命运、生存状况及未来前途的"寓言式书写"。在对康普生家族、萨德本家族的书写中，福克纳采取的方式是将这些家族历史融入南方历史中；而对邦恩家族的书写则体现了对人类未来的担忧，具有预言性作用。罗沙认为，查尔斯是个阳光、热情、帅气的小伙子，还没有见面就爱上了他；康普生先生认为，查尔斯是个"重婚犯""教唆犯"和"引诱者"；施里夫则持截然不同的观点，认为查尔斯充满人性，是个可怜的寻求父亲承认的悲剧人物；昆丁认为查尔斯是一个深爱其妹妹的肉体的人，犯下了乱伦的罪孽。这种精心设计查尔斯命运悲剧的艺术揭示了南方社会的真实状态，引发了人们对种族主义的憎恨，提醒人们关注黑人或混血儿这一边缘群体所经历的创伤以及所遭受的煎熬。南方社会如果不能有效地解决种族问题，吉姆·邦德的哀号可能就预示了南方未来的命运结局，由此向南方人提出了告诫和警示。

历史事件一经发生就无法复制再现，任何还原客观历史事件的想法都是不可能实现的，人们所做的是尽最大可能地叙述历史，从而接近历史真实；或者说，尽可能对历史进行阐释或以虚构的文学形式再现出来，实现家族见证历史的创作意图，或通过文学的边缘化选择，重新形成对历史的阐释。种族主义在新历史主义家族书写中表现为话语权利，这种历史真实既是历史上存在的普遍现象，又是现实社会中黑人边缘化身份的象征，是社会真实和文学虚构真实的完美结合。值得欣慰的是，朱迪思的所作所为展现了部分有良知的南方人在对待黑人问题上的态度，代表了人类命运的希望。当查尔斯被杀后，朱迪思在他身上找到了一张他与混血情妇的照片，这张照片应该是他到杰弗生镇之前拍的，且他与黑人情妇已经有一个混血儿子。尽管如此，她还是想办法为他举行了一个体面的葬礼，将他安葬在她母亲墓旁，实际上也就相应承认了他作为萨德本家族成员的身份。不仅如此，她还为查尔斯订了一块墓碑，邀请他

----

① 〔法〕列维-施特劳斯著：《野性的思维》，李幼蒸译，北京：商务印书馆，1997 年，第 294 页。

的情妇和儿子一起为他扫墓，尤其是在得知孩子无依无靠时，又将他接回家里抚养并亲自照顾，最后由于孩子染病，她在照顾这个孩子时被感染而身亡。福克纳并未对朱迪思和查尔斯之间的关系设置定论，只是提供了一些历史事实，其中最有说服力的是几封信、墓碑和朱迪思对查尔斯的态度等。这些看似普通的边缘化家族故事给读者呈现了一个真实的历史环境，讲述了社会的种族问题，见证着历史变迁与文学边缘化书写的艺术震撼力。

家族书写对历史事件的认知往往受制于书写者自身所处的环境，包括时代环境和历史环境等，但家族见证历史与文学的边缘化书写是新历史主义家族书写经常采用的艺术形式。内战后南方社会的种族思想、价值观念和权力关系等，潜移默化地影响历史书写，从而彰显社会存在的诸多问题。"新历史主义所表现的只是努力重绘'最初产生……真正的文学和戏剧作品的社会—文化领域'，将这些作品不仅置于'与其他文类和话语方式的关系之中，而且置于与同时代的社会惯例和非话语实践的关系之中'。"① 查尔斯寻求父亲认同的真正意义是夺回黑人作为人的权利，然而却被白人弟弟杀死在自己父亲家的大门前，体现了他作为正常人的权利被他人剥夺。萨德本发誓建立的白人王朝其实就是早期开拓者们的范本，是建立在奴隶制基础上的对人性的侵犯，违背了上帝的宗旨，导致家族毁灭。亨利与查尔斯之间的冲突就像是南方与北方的冲突，其中亨利的恐惧、绝望和毁灭预示了北方作为内战胜利方所面对的后果，而查尔斯的被杀则预示了南方的命运悲剧。福克纳在《押沙龙，押沙龙！》中对所构思的吉姆这个混血儿形象只是寥寥数语，但在后期改动中加大了对他的描述。这样做的目的显然是想通过对萨德本家族排斥黑人血统的"伟大计划"的嘲笑与谴责，加大对邦恩家族成员所代表的种族问题的忧虑，暗示了吉姆身份和最后嚎叫包含的深刻哲理内涵。当一场大火将萨德本家族的一切都化为灰烬时，这个不停哀号的白痴就是种族问题对南方人的报应或惩罚，是对萨德本家族所追求白人血统思想的反叛和有力回击。吉姆的意象预示了人类所面临的困境以及南方未来的命运结局。

历史叙事必然会受到叙事者意识形态的影响；同样，新历史主义家族书写也是通过文学虚构的方式对历史事件进行重构，实现家族见证历史与文学边缘化书写目的的。邦恩家族历史就是一部浓缩的南方黑人历

---

① 王逢振等编：《最新西方文论选》，桂林：漓江出版社，1991 年，第 496 页。

史，在这个历史构成中，家族成员都是由混血儿构成的，这些人虽然都是白人种植园主的后代，但却不能享有与白人家族成员平等的地位；他们与黑人有着相同的地位或外貌特征，但又无法融入黑人群体。因此，这些混血儿家族成员从一诞生起就决定了他们的命运悲剧。这正是邦恩家族新历史主义书写的伟大之处，也是家族见证历史与文学边缘化书写的艺术表现形式。查尔斯对父爱的渴望引导他离开海地来到杰弗生镇，却没有被父亲所代表的南方主流意识形态所接受，最终还是成为种族社会的受害者。这样，以黑人身份建立起的家族权利政治在白人的歧视下消解了，带走的不只是这个家族创始人可悲的身世、复仇和斗争的结局，还有庞大的萨德本"百英里庄园"继承人的缺失以及蓄奴制种植园经济制度的消失。福克纳旗帜鲜明地表达对种族主义的立场，赋予邦恩家族成员以新的时代内涵，折射出更为深远和明确的象征意义。

历史不断进行更替，过去的历史事件在人们的记忆中总是留下经验或教训，而这一切，或称之为文化或文明等，都是人类继续发展的基础。然而，如何看待历史却体现了不同的历史观和价值观，如果抛弃了历史，人类就很难找到是非对错、真假善恶的评判标准和价值尺度。邦恩家族的新历史主义书写恰好说明了这一论断。查尔斯的情妇是一个没有名分的混血妇女，与查尔斯育有一子，但没有妻子的身份，她的出现是在查尔斯被枪杀之后，也没有任何言语，只是默默地在朱迪思的陪伴下来到查尔斯的墓地，其无言的痛苦表露得一览无余。实际上，南方任何一个有关种族主义的故事本身就是一个文化创伤，且这种创伤会世代相传和人人知晓，所造成的影响或危害很难在短期内消除。查尔斯的寻父之旅虽然是其心理创伤所带来的种种表现形式，但也是黑人文化与白人文化平等相处的期望所在。他不顾一切地寻找生父，却在有意无意中重蹈了父亲的覆辙，他的悲剧说明了根除南方种族主义的艰巨性和长期性。

在新历史主义文学理论中，历史书写话语决定了历史书写文本，使历史书写从话语到文本层面的过程存在着对应同一实体形式的多样性。历史书写的虚构性受制于人类认识的同一性和社会集约性，且这种同一性和集约性存在于"被神话、寓言和民间传说及历史学家自己文化的科学知识、宗教和文学艺术概念化了的关系模式之中"[①]。无论是家族小说

[①] 〔美〕海登·怀特著：《后现代历史叙事学》，陈永国等译，北京：中国社会科学出版社，2003年，第185页。

家还是历史学家，都必须依赖自身所积累的历史体验，按照一定理性和历史标准，才能把这些"碎片式"历史事件构建成某种类型的故事，历史书写才能获得历史价值和社会现实意义。查尔斯的死在某种意义上说是自杀，因为他把自己推到了死亡的一方，但正是他的死亡，使读者在种植园庄园的大门前看到了两个精彩的历史故事：年幼的穷小子萨德本被拒之别人家的门外，而带有黑人血统的查尔斯被枪杀在自己家的门前。历史始终在重复，而在福克纳看来，历史更加残忍与冷酷。因为查尔斯寻找父亲是为了融入家庭，却死在父亲手里，这如同现代科技带来的人类异化一样，必然引起人类的自相残杀。邦恩家族的悲惨故事和命运结局突显了南方种族主义的罪恶，唤醒了人们内心深处的同情感，提醒南方人必须改正自身的问题，社会才能健康发展。这是人类发展的普遍性规律和生存的意义所在。

第二节 "宏大历史"与历史琐碎化：本德仑家族的现实痛苦与死亡欲求

新历史主义家族书写通过消解"宏大历史"叙事，深入家族成员的日常生活，着重表现家族成员的生活体验，让家族兴衰历史融入家族琐碎化生活中，获得对社会和生活的体验，从而触及历史真实。"宏大历史"叙事也称"元历史叙事"，指"完整的叙事"，涉及社会或民族的重大历史事件；家族叙事的琐碎化，主要指家族成员的日常生活，关注的是普通民众的生活行为，以细微事件反映社会存在或历史真实。福克纳对南方家族进行的新历史主义书写颠覆了"宏大历史"叙事，聚焦家族成员的个体体验，以自身对家族的感受重新书写家族生存和发展的历史，反映历史真实。以本德仑为代表的南方自耕农家族，虽然不像贵族家族那样具有严格的家族组织形式，但他们有自身的家族组织特征，主要表现为以一个家庭为核心、其他家族为辅助的家族构成形式，对社会的稳定和发展发挥着重要作用。面临内战后北方工业势力对南方传统文化入侵的历史背景，福克纳感受到不断激化的家族矛盾对社会稳定所带来的危机，因而十分重视对平民家族的历史书写，这突出表现在他对平民家族成员忍耐精神的赞扬，以及对家族人物形象的塑造上。这些身处社会底层的劳苦大众具有非凡的忍受力和牺牲精神，担负着历史使命和职责，是推动社会发展的根本动力。

一、家族传统伦理与现实痛苦

历史书写借助历史真实，从文学艺术层面升华到历史哲学和人生哲理层面，反映出人与社会、历史与文学等之间的关系。新历史主义家族书写关注民间历史故事，强调对边缘人群的塑造，更加重视逸闻轶事、神话和传说等历史叙事，从而"架空了那些无法亲历的真实历史，疏离由强势话语撰写的单线大写的传统正史，进而通过对小写历史和复数历史的书写来拆解和颠覆大写历史。新历史主义者总是将目光投向那些普通史家或不屑关注、或难以发现、或识而不察的历史细部，进行纵深开掘和独特的自我阐释，进而构筑出各种复线的小写历史"①。福克纳对本德仑家族的新历史主义书写选择平民家族的日常生活，淡化了惊天动地的历史细节，通过对平民大众或民间历史故事的书写，反映了社会边缘群体的生存现状以及由此而引发的社会问题。

家族传统伦理是家族生活的秩序保证和家族成员日常行为的引导。每个人都拥有追求自由的权利和追求幸福的欲望，还必须具有超越现实的精神，才能达到自己的目的。内战后的南方社会，无论是在经济上还是在文化上，自耕农或平民阶层的认知理念都发生了很大的改变，突出表现为这些阶层从过去安于自身的日常生活，转变为内战后不断争取自己的话语权利、改善自身经济地位，超越主流意识形态的束缚与限制，从而引发了家族传统伦理与经验超越的现实矛盾。本德仑家族就是其中的代表之一。这个家族拥有自己的土地，家族成员通过劳动养活自己，准确地说他们属于自耕农阶层或者平民阶层家族。在前面章节中分析过南方"穷白人"，这一概念通常是指处在赤贫状态下的白人，主要包括没有土地的农民、农场工人、体力劳动者和无法养活自己的白人等。南方大种植园贵族属于社会领导阶级，享有社会资源，占有他人的劳动，而人数最多的是"穷白人"，社会地位低下，不得不租用他人土地或为他人提供服务才能养活自己和家人，且经常受到剥削和欺负。本德仑家族就是这样的一个平民家族，主要是由父亲安斯（Anse）、母亲艾迪（Addie）、长子卡什（Cash）、次子达尔（Darl）、女儿杜威·德尔（Dewey Dell）、三子朱厄尔（Jewel）和小儿子瓦达曼（Vardaman）等组成。应该说，这是一个普通的平民家庭，还算不上"家族"。然而，除了这个家庭外，还有艾迪的父亲和母亲等。这样，以艾迪·本德仑为中

---

① 赵炎秋主编：《文学批评实践教程》，长沙：中南大学出版社，2007年，第337页。

心，连接了多个家庭，因而符合家族的分类标准，为此将这个家族称之为本德仑家族。虽然作品中没有过多提及艾迪的出身，但她的父母拥有自己的家族墓地，住在杰弗生镇，特别是她父亲是一个历史虚无主义者等，时刻影响着艾迪，从这些因素来看，她的娘家属于富裕的上层社会家族。至于她嫁给平民安斯，可能也是家境破落的缘故，也可能是因为其他的社会变故，如内战带来的创伤给这个家族带来的致命打击，实在是没有办法，将女儿嫁给"老法国人湾"的自耕农安斯。当然，关于艾迪为何嫁给安斯的原因不是这里讨论的重点。需要明确的是，艾迪的父母，当然，也包括艾迪丈夫安斯的父母，是这个家族的第一代；艾迪与安斯构成家族的第二代；其子女构成家族的第三代，这样就组建了完整的艾迪家族或本德仑家族。这个家族延续了战前南方社会的生产和生活方式，在宗教习俗、民间传统和道德观念等方面体现了家族的保守性，反映了家族生活中传统伦理与现实问题的矛盾与冲突。

历史发展表现为对过去经验的超越，这是现实生活的特征，体现了新的生活需求，反映了社会发展后出现的政治、经济和文化等新的变化。南方传统家族日常生活体现了传统道德伦理，规范了南方人的行为和思想；然而，内战之后，一些不能适应社会发展，尤其是不符合家族成员需求的价值观、道德观等，严重制约着家族成员的自由，引起家族成员之间的矛盾冲突。本德仑一家生活在社会底层，其日常生活反映了内战后北方工业经济对传统农业经济的侵蚀，呈现出典型的平民生活困境和家族成员之间的矛盾冲突，展现了诸多社会问题。《我弥留之际》伊始，在读者面前展示的正是一幅内战后南方破败的乡村景象，"棉花房是用粗圆木盖成的，木头之间的填料早已脱落。这是座方方正正的房屋，破烂的屋顶呈单斜面，在阳光下歪歪扭扭地蹲着，空荡荡的，反照出阳光，一幅颓败不堪的样子……"[①]。不仅如此，这个家族居住的房子地势不平，家里经济拮据，衣服破旧肮脏，甚至无法填饱肚子等，都说明了这个家族的日常生活困境。他们与周围的人关系紧张，性格胆怯、顺服或麻木，完全接受了被奴役和被剥削的地位。虽然家族成员各有各的想法，但却不敢与他人交流，显现出极端的冷漠与绝望，形成了与主流意识形态的对立，恰好反映了南方重建时期平民大众的生存状况。

南方家族的日常生活是建立在血缘伦理或婚姻关系基础上的，与家

---

① 〔美〕威廉·福克纳著：《我弥留之际》，李文俊译，上海：上海译文出版社，2004 年，第 1 页。本书引用该书均是该版本，以下引用该书，只标书名和页码。

族的经济状况和社会地位相适应，而那些平民化家族的日常生活通常都会与社会主流意识形态的要求保持着一定的距离。传统文学创作过于关注"宏大历史"叙事，往往对家族日常生活产生忽略或缺乏足够的重视，不可避免地出现历史虚构与现实困境。正因为如此，福克纳对本德仑家族的新历史主义书写凸显了历史叙事的平民化、个体性和大众性特征，关注了不为世人所关注的细微之处，从而反映了南方社会和历史的真实与普通南方人的日常需求。艾迪是本德仑家族的核心人物，作为家族的缔造者和维持者，与丈夫共生育和抚养了五个儿女，千方百计地维持这个家族的正常运转和人际关系交往。作为家中为数极少的有头脑者，她是家族伦理秩序的维护者和实施者，原因在于她有着显赫的家庭出身背景和不安于现状的性格特征，总是不断地调整自己的地位和心态。她出生在杰弗生镇，这是"约克纳帕塔法世系"中传统贵族家族的聚居地和埋葬地，康普生、沙多里斯等南方传统贵族家族成员很多都生活在这里，最终也埋葬在这里。这里的人大多都有显赫的出身、辉煌的家族历史和特殊的个性。由于这里的上层社会在内战后失去了传统伦理和道德价值标准，无力改变现实困境，他们只能沉湎于昔日的幻想之中，普遍感到悲观丧气、孤独绝望。艾迪的父亲就是一个典型的历史虚无主义者，他曾多次对女儿谈到人活着就是为死作长期准备，这给年轻的艾迪带来极大的影响，最终导致了她的价值观和人生观的扭曲变形，成为社会转型时期家族制度的牺牲品。在《我弥留之际》中，关于她的直接叙述所占篇幅虽然很小，但这个家族及成员之间的情感纠葛大多因她而生和因她而为，是家族成员之间缺乏关爱、夫妻关系淡漠的根源。艾迪经常谈到自己娘家的高贵，她与安斯的结合也可以视为传统没落贵族妇女因家族沦落不得不下嫁平民的行为，这就导致了她内心仍残存着不甘和埋怨，认为她现在的生活就是认罪和赎罪。这给本德仑家族成员笼罩了虚无、孤独的不祥之兆，造成了家族的冷漠与矛盾。由于她坚信只有死亡才能解脱，所以让家人答应她死后将尸体送回娘家墓地安葬。这才有本德仑家族履行一项单纯而神圣使命的传奇故事。她的死不仅仅是本人的消亡，也是南方贵族思想对穷白人家族影响的消失。

家族日常生活历史是民间历史的一部分，不仅对社会活动有着详细的记录，也反映了现实社会的变迁。历史故事一旦被政治意识所笼罩，其历史环境就发生了变化，也就相应失去了历史真实性。"宏大历史"忽视了奇闻轶事、个人日记和日常档案记录等传递出的历史信息，因此传统历史书写方式无法真实反映本德仑家族成员的内心空虚与受到压抑的心理状况。为此，福克纳对这个家族的新历史主义书写聚焦到平民家族的日常生活，还原了被主流意识形态遮蔽的历史真实。如从对艾迪分娩的书写中，人们很容易感觉到艾迪的声音充满了令人不安的情绪，因为她在成长过程中接受了历史的虚无思想，成年后仍然受到这种思想的影响，以致她在教学过程中渴望用鞭子抽打学生，以便学生在生命旅程中记住自己；即使她在结婚之后，仍对婚姻与家庭抱有严重的怀疑态度，不仅背叛了丈夫，还背叛了自己的信仰。可以说，她的生活痛苦主要还是因为自身因素造成的，她时刻感觉到自身陷入深深的孤独之中，没有体现出贤妻良母的品德，给家族带来了阴影和灾难。

历史书写体现了意识形态和权力话语的运作过程，而家族历史书写往往包含了某种政治形态、文化观念、价值尺度、道德范式，体现了书写者的主观态度和情感倾向。本德仑家族的新历史主义书写恰好弥补了主流意识形态中对穷白人历史书写的误解或忽视。尽管平民在内战创伤下感受到了压制与束缚，但南方传统伦理道德并没有发生根本性的改变，相反，在自身发展过程中还不断地吸收历史和时代的内容，丰富和发展了家族文化。虽然为女主人的送葬过程充满了水与火的多重考验，但这群纯朴的穷白人还是凭着其忍耐和牺牲精神艰难地完成了这个艰巨的任务，体现出内战后南方人所具有的优秀品德和不屈不挠的斗争精神。福克纳对这个家族的新历史主义书写展现了社会现实和历史本质，同时借助下层大众的忍受力及行动力将人类现代困境升华为一部命运悲剧，预示了未来的希望和信心。

二、神启式家族叙事与家族矛盾冲突

本德仑家族的新历史主义书写通过对家族边缘生活行为的诠释，揭示了隐藏在"宏大历史"叙事背后的民间意识形态，真实再现了被主流意识形态所忽略的处在社会最底层的劳苦大众的现实生活状况和家族社会关系，引导人们关注边缘群体，进而关注人性，使作品具有更深层次的历史价值和意义。这个家族成员的叙事实际上是通过被边缘化、被湮没的平民大众在遭遇内战所带来的灾难性冲击时呈现出的心理状况和人性状态，触及一些内战后的社会问题和伦理道德问题。为此，福克纳对这个家族的书写方式采用了新历史主义神启式家族叙事方法，即透过复杂纷乱的历史表象，将书写的关注点聚焦在家族成员的生存状况和人性需求方面，重新挖掘被主流意识形态忽略的社会特殊环境中生活的边缘人群，进而复活了被"宏大历史"压抑的家族成员的历史记忆，构成了对主流意识形态和"宏大历史"叙事的质疑与颠覆，彰显了神启式家族叙事而形成的家族矛盾冲突。

"神启式家族叙事"，顾名思义是家族叙事摆脱了传统叙事模式，展现出家族叙事动机是出于人们的精神欲求和心理需要。家族社会关系作为家族历史发生发展的标志，是家族成员个性展现的重要手段和方式。由于大多数家族成员的性格形成和发展受到历史环境和区域环境的制约和影响，所表现出的性格特征也各不相同，如缺乏统一的目标引导，更多的是出于本能的需求或想象。这种叙事方式看似属于"宏大历史"叙事和政治意识形态范畴，但实质上还是属于日常生活琐事，强调的是家族成员对话语环境的情感依赖和真实感受。艾迪要求丈夫把自己的遗体运回娘家埋葬本身就透露了其内心深处的秘密，这就是她自认为属于杰弗生镇那些具有"宏大历史"叙事中的上层贵族。产生这种想法的原因在于她的特殊出身，尤其是当她感到孤独之际，与父母生活在一起才是她的最好选择，因为她不擅长交际，与周围人的关系也不十分和谐，这导致她始终不认为自己是"老法国人湾"人，更谈不上属于安斯家族的成员，似乎还是一个尚未长大的孩子。这种心理反映出南方人对过去的依附关系以及对战后南方社会的反感与排斥。当然，这一违反常理的要求也包含了对丈夫的彻底告别与最高程度上的惩罚，似乎在告诉人们，安斯可以得到她的肉体，但得不到她的精神。战后南方社会的现实也是如此，北方工商业文明可以"入侵"南方经济发展，但无法改变南方精神。事实也是如此，在家族送葬途中，达尔纵火烧仓，企图烧毁母亲的棺材，因而被送进了疯人院；瓦达曼没有得到他心爱的小火车，杜威·德尔没有打成胎，朱厄尔失去了他心爱的马，似乎只有安斯才是最幸运的，他如愿以偿地安了假牙，还娶了新太太，但这只是预示着原来本德仑家族的彻底瓦解以及新一轮家族悲剧的开始，使这个家族面临更大的生活困境和信任危机。

本德仑家族的新历史主义书写避开了"宏大历史"场面和传奇英雄人物的历史叙事，试图在被"宏大历史"叙事遮盖的社会边缘群体中发现历史真实。这种书写方式体现了神启式家族叙事艺术，不断呈现南方生存根基、文化灵魂和精神家园等本土化话语权利，塑造着家族成员的族群认同意识，大大增强了南方人的自信心和凝聚力。"《我弥留之际》写的是一次历险，就这一点来说，它有点像《奥德修记》，但是它完全没有《奥德修记》的英雄色彩。它在框架上又有点像约翰·班扬的《天路历程》。在风格上，它更像《堂吉诃德》。"（《我弥留之际》，第 2 页）

本德仑家族书写一共涉及 15 个普普通通的叙述者，其中家族成员有 7 个，其他叙事者 8 人。这些人围绕艾迪的生活与安葬过程回顾了她的一生，讲述了她"为死亡做准备"的经历。其中，在炎热的夏天，家族成员把她的尸体送到四十英里外的墓地进行安葬，这个过程并不是一件轻而易举的观光"旅程"，甚至可以说是一次磨炼心智、个性、情感的精神劫难：高温使马车上的尸体腐败并散发恶臭，导致沿途居民的反感；路途上遇到大洪水，差点将棺材冲走；后又发生大火，几乎将棺材和遗体化为灰烬；跟随他们且时刻准备吃腐尸的秃鹰给他们带来了危险信号，使他们胆战心惊，这次送葬"旅程"体现了这个家族的神启寓意，每一个人都遭受了上帝的考验，同时展现了不同的道德观和价值观。

本德仑家族书写打破了南方传统作家一味赞美南方传统价值观和文化观的文学创作模式，取而代之的是在作品中广泛关注了普通百姓的日常生活，凸显了新历史主义作品的日常生活化、偶然化和边缘性等特征。伴随着本德仑家族的送葬"旅程"，家族书写体现了内战遗迹、风俗习惯、神话传说、奇闻逸事等，增添了浓郁的传统文化色彩，呈现出乡土特色场景。艾迪遭受历史虚无主义的侵蚀，失去了情感体验，期盼死亡，提出死后葬在娘家墓地的请求表明了她的自我意识回归，也是她为弥补自身精神上的缺失而采取的最后行为。然而，对本德仑家族成员来说，给她送葬的过程实际上是家族成员经历磨难和灾难的过程，显示了神启式的引领与应答互动，体现了家族话语的权威性。南方经历内战摧残后已成为道德和文化的废墟，整个南方社会处于一个缺乏伦理道德、信仰丧失、精神萎靡的不安局面。本德仑家族神启式的书写喻指社会混乱无度和人类生存危机，给读者提供了理解人性的环境和历史背景，并通过对家族成员的个体化性格书写，大量使用非主流历史故事、神话传说、秘闻逸事等历史材料，揭示了现实社会的荒诞性和传统文化的腐朽性，为战后南方人指明了未来的发展出路。

任何作家都要受到所处时代背景、文化传统及地域特征的影响。作家在展现家族社会关系和日常生活时，主要展现了家族书写作为文化现象所表现出来的文化个性，且这种个性能够独立存在，给人以生存和发展启示。本德仑家族的新历史主义书写把历史真实和作品虚构艺术统一起来，建构家族话语权利，重新阐释了历史话语和文学话语的对话与沟通，实现了神启式家族叙事。本德仑家族成员不辞辛劳的送葬之举虽然不为乡邻们所理解，但却得到了众多乡邻的帮助，如农夫萨姆逊（Samson）主动为本德仑家族成员提供住宿，他的妻子雷切尔（Rachel Samson）谴责那些难为这个送葬家族成员的人；农夫弗农·塔尔（Vernon Tull）热心助人，勇敢地跳入汹涌暴涨的河中帮助卡什捞起了河里的直角尺、锤子和画线板；农夫阿姆斯蒂德（Armstid）看到他们运尸体的马被河水冲走，就把自家的骡子借给他们；农夫吉利斯皮尔（Gillespie）为这个家族成员提供住宿，出借谷仓供他们停放艾迪的棺材等，这些都表达了极大的善良和诚意，体现了相互帮助、相互照顾的南方传统伦理规则。与这些纯朴的乡下人相比，城里人则把这家人当作贫穷异己，并表现出很强的敌意和很大的虚伪性。如药剂师莫斯利（Moseley）不仅看不起杜威·德尔，还认为她玷污了整个南方乡村风气；药房伙计麦克高温（Skeet MacGowan）趁机诱奸了杜威，并鄙视地对她说："那些乡下人也真是。在一半的情况下她们不知道自己需要什么，在另一半的情况下她们又说不清楚"（《我弥留之际》，第 211 页），还说"我没见到有结婚戒指。不过看起来，乡下人大概还不时兴戴结婚戒指"（《我弥留之际》，第 211 页）等，显现出了自己的无知和自大等。对城乡矛盾体会最深的应当是安斯，因为在他看来，"要在这儿活下去真不容易……在这个充满罪恶的世界里，一个老老实实、下力气干活的人在哪儿都得不到好处。那些在城里开铺子的人呢，一滴汗不流，却靠流汗的人生活"（《我弥留之际》，第 92 页）。这种对南方人精神探索、思想变动和心灵轨迹等的观察与书写体现了文学的虚构真实，展现了普通大众日常生活的行为和话语权利。

　　家族书写借助认识历史和感受历史的过程，获得了基于错综复杂的历史事件的社会关系体验，根据家族生活中偶然发生的事件，找出必然性的历史因果循环，从而书写家族历史的真实状况，并依据这些事实构建文学历史故事，展现神启式家族书写方式和家族人际关系。"我就是我"是本德伦家族的伦理道德核心和行为信条，而这种处事规则和行为伦理摧毁了这个家族成员之间的关系，最终导致了家族的解体。在本德伦家族中，父亲和母亲都在场，但从情感和责任上来说他们是缺场的，其中作为母亲的艾迪在家中具有极其重要的影响力，由于感到婚姻及家庭生活的失意，因而以婚姻出轨的方式报复丈夫，还让丈夫答应在自己死后将尸体送回娘家安葬。作为一家之主的父亲安斯，事事都以经济利益为重，对妻子冷漠无情，对子女不负责任。这个家族成员的性格扭曲在很大程度上都是源自这个家庭父母的失职。艾迪在达尔未出世前，十分憎恨丈夫安斯，"接着我发现自己又怀上了达尔。起先我还不肯相信。接着我相信自己会把安斯杀了"（《我弥留之际》，第 149 页）。她不承认达尔是自己的孩子，导致他一生生活在"无我"和"无家"的痛苦中，甚至引起了他的憎恨，"我无法爱我的母亲，因为我没有母亲"（《我弥留之际》，第 78 页）。她无法控制自身的焦躁与欲望，"床上""早春""无法忍受""狂野"等高频率词汇的出现表明了她内心的痛苦。她和安斯之间的关系与其说是夫妻关系，倒不如说是满足与被满足的利用关系，他们的婚姻是为了弥补两个内心孤独的人走到一起，"我只能依稀记得我的父亲怎样经常说活在世上的理由仅仅是为长久的安眠作准备"（《我弥留之际》，第 146 页），现在，她感到一切都过去了，"于是我可以准备死了"（《我弥留之际》，第 152 页）。按常理来说，人之将死，其言也善。艾迪的话是真实的，但她并没有表现出令人信服的善良，而是对安斯充满了憎恨，在临死前都不愿看安斯一眼，死后也不愿和他的家族葬在一起。这种恨之入骨的表白与行为体现了传统贵族世家子孙对现实世界的排斥。福克纳把家族伦理从南方人的记忆深处展现出来，通过神启式家族书写方式，在直观感觉和记忆的对比中完成对传统道德伦理的评价，同时为战后南方道德伦理体系的重建提供了参照。

文学文本的意义在于对家族日常生活的体验与价值判断，新历史主义的家族书写描述了日常生活中的人性状况，既关注了心目中生活化了的家族人物，又重视家族所处的历史背景和社会状况。家族社会关系的异化意味着社会道德的分崩离析。艾迪始终没有掌握好如何与他人建立友好的关系，总是感觉社会亏欠她，因此千方百计地表达出自己的不满和报复。身为小学教师，她喜欢殴打那些犯了错误的学生，期望这种极端方式能在学生身上留下一种痕迹，"下午，学校放了学，连最后一个小学生也拖着脏鼻涕走了，我没有回家，却走下山坡来到泉边，在这里我可以安静一会儿也可以发泄对他们的恨意"（《我弥留之际》，第 146页）。她对生活的不满导致对所教孩子的恨意，而表达恨意的方式是让孩子痛苦，由此陷入渴望折磨孩子的心理欲求之中。这种被扭曲的心理在展现自虐倾向的同时，又期望通过虐待别人来满足自己的欲望。这种受压抑的心态导致家族成员的人性扭曲和对他人的极端冷漠。以达尔为例，他的自我封闭乃至疯癫的行为举止，都与其母亲的扭曲性格有很大关系。这是因为他极度渴望母爱，从小就期待母亲对他的关注和安慰，但最终没有得到母亲应有的关爱，因此出现了后期的精神错乱。应该说，单从给艾迪送葬这件事来说，达尔是本德仑家族成员中送葬目的最为明确的一个，因为他没有私心，且亲自为母亲打制棺材，然而，在送葬途中他突然发疯，甚至还想放火烧掉马棚，进而烧掉母亲的棺材。这种行为可以解读为他所具有的爱恨交织的矛盾心理，表明了他想报复母亲对自己的不公，也想阻止家族其他成员借送葬之旅来满足自己的私欲，才产生摧残母亲尸体的欲望。他渴望母爱，又憎恨母亲遗弃自己，这种心态在他纵火后趴在棺材上痛哭的行为中表露得十分清楚。由此可见，父母之恩、手足之情在这个家族关系中已荡然无存。

　　神启式家族叙事是人类特有的精神活动，人们通过历史文本和文学文本捕捉和探索自己的感觉，在精神和心理层面获得愉悦，从而规范自己的行为或培养道德修养，协调好家族关系。这种新历史主义叙事方式汲取了传统历史书写的优势，建构了具有乡土特色的历史叙事体系，体现了历史传统、种族制度、女性制度、家族制度和价值观等。以本德仑家族为代表的平民家族，处在社会最底端，经济处境十分恶劣。比如，这个家族付不起电费，晚上只能使用一只煤油灯照明；为了省钱，家族成员只能自己动手为艾迪制作棺材。卡什和达尔都已过了适婚年龄，但两人整天在地里忙碌，却因贫穷找不到配偶；作为女儿的杜威·德尔为皮保迪医生做晚饭、挤牛奶，还要照顾自己的智障弟弟；达尔和朱厄尔为了能挣到 3 块钱，不得不冒着炎热，离开弥留之际的母亲给富人拉木材等。贫困的生活导致穷白人养成了精打细算的生活习惯，这些行为都是家庭困难的生活条件导致的，本无可厚非，且是可以理解的，但他们精打细算的后果在于，在计算利益和道德得失时，却选择了利益，牺牲了道德，实在令人叹息。如发生达尔放火烧马棚借以毁灭棺材的事件，导致本德仑家族面临少额经济赔偿时，为了免于赔偿，决定牺牲达尔。卡什描述了家人如何"齐心协力"地捆绑达尔的场面：当疯人院来抓达尔而达尔反抗时，杜威·德尔就像一只疯狂的野猫一样抓住他，安斯和朱厄尔合力把他摔倒等。战后南方包含本德仑家族在内的穷白人都已被环境彻底地改变了，人们不得不相信，"美国南方穷白人是人类道德最堕落的一群人"①。本德仑家族成员之间的相互仇恨传达了福克纳对传统生活方式和伦理价值观的解体与没落感到失望与悲哀，同时深刻揭露了内战给人们带来的精神创痛，以及这些生活在社会底层的大众所面临的生存危机和道德困境。正如在《我弥留之际》的结尾处所说："这个世界不是他（达尔）的；这种生活也不是他该过的。"（《我弥留之际》，第225 页）福克纳十分清楚本德仑家族成员的悲剧性结局，表明了在神启式家族叙事过程中对平民家族生命力的赞赏，真实再现了重建时期南方

---

①　Irving Howe. *William Faulkner: A Critical Study*. New York: Random House,1952,p. 47.

人的精神风貌和日常生活状况。

以家族成员日常生活化为特征的新历史主义家族书写颠覆了"宏大历史"叙事，关注了社会大众的生存和需求，体现了传统家族道德、伦理秩序和家族命运的变迁历程，成为本德伦家族书写的具体内容，为读者了解南方历史真实和社会现状提供了更多的历史素材。南方父权制文化观念占统治地位，处在家族从属地位的女性无论生死都应与家人厮守在一起，艾迪主动提出埋在娘家墓地虽然违反南方传统伦理要求，但作为丈夫的安斯仍答应了妻子的请求，并全力以赴、不顾一切地与其他家族成员一起把她的遗体运到其娘家去安葬。换句话说，安斯作为农民，是南方乡村生活的守望者，也是社会变革的受害人；作为丈夫，他能坚守家业，不遗余力地处理好妻子的后事；作为父亲，他能指挥一家人与命运进行抗争，无论他表现得如何，都值得同情，因为他们能够坚强面对现实问题，勇敢承担自己作为社会底层成员的责任。这个家族生活在美国经济大萧条的背景下，所经历的送葬过程似乎是一条南方发展所重复的路线，表明了艾迪从出生地来，又回到出生地，喻指内战后南方无论是物质还是精神上，都必须回到自身的发展上，重建蓄积力量，重塑传统伦理道德规范。不仅如此，这条重复的人生轨迹表明了战后南方人表面上信奉基督教教义，但实质上却把对爱对罪的真实感受都抛之脑后，对战后南方社会的发展发挥了极为重要的警示和引导作用。

三、家族宿命启示与死亡欲求书写

家族的历史性作为一个客观事实，在历史书写中展现出了其真实价值，但历史事实的时空一旦改变，也就颠覆了客观性。因而，新历史主义家族书写通过家族日常生活行为传递道德伦理观念，反思家族成员命运和社会生存状况。南方重建时期的社会动荡和公平缺失使一些家族走到了毁灭的边缘，给家族成员带来了压力和创伤。本德伦家族在送葬过程中所表现出的忍受力和克服困难的精神的确令人赞叹，但他们滑稽可笑、荒诞不经的送葬行为，特别是家庭成员各怀鬼胎，相互嘲弄与伤害，也展现出浓厚的家族宿命启示。这个家族书写围绕家族成员的生与死、善与恶、过去与现在的生活故事展开叙述，彰显了对人类整体处境的担忧，而对死亡欲求的书写则提供了一种参悟人生的良机。

相对于"宏大历史"叙事与家族兴衰过程，家族成员的命运书写无疑是家族书写中最为核心的内容。传统历史主义以英雄人物为对象，强调英雄个体在历史发展上的作用和价值，而历史深处中无数普通个体都被当作"宏大历史"叙事的跟随者和陪衬者，成为主流意识形态下盲从和缺乏个性自由的牺牲品。福克纳对这个家族的书写改变了人们传统的认识历史的方式，从而通过众多社会底层大众的日常行为和伦理道德，展现了南方社会存在的问题。"南方人和局外人发表的关于南方的看法，大都包含这样的假设，即南方是美国的一块分立而独特的地区，在背景、经济、文化和社会态度上都与其他地区迥然有别。"① 内战后的南方人，由于受尽了北方工商业势力的屈辱和压迫，他们内心深处形成了一个封闭的自我世界，"包括农场的贵族统治、南北战争前鸟语花香的天堂、希腊社会式的奴隶制这个'特殊的制度'、失去的事业、白人的最高统治以及为理解这一切而应具有的'生在那里'的必要性等"②。福克纳凭借对南方家族成员的命运把控，从"宏大历史"叙事走向历史故事分析，巧妙运用偶然性历史事件，以主流意识形态下的历史叙事虚化为背景，将叙事重点聚焦到那些普通人的命运结局，从日常生活体验，尤其是从家族兴衰的变迁历史中，触摸人类发展的历史规律和家族成员的人际关系，体现了家族命运的宿命感和对死亡欲求的痛苦心理。

家族书写深入家族成员日常生活中，摆脱了主流意识形态的束缚和限制，对家族命运和成员个体的生命体验进行反思，反映了历史真实。有些评论者认为，本德仑家庭成员的自私和冷漠等导致了这个家族的悲惨命运结局。这种看法有一定的道理，原因在于这个家族生活在偏远闭塞的山区，经济条件十分落后，而作为南方社会下层阶级，他们面临的问题很多，还处在满足自身温饱的阶段，顾不上过多的生活追求。仔细分析这个家族存在的问题，除艾迪的婚外情不能原谅外，其他家庭成员的需求都是为了他们生活所需。如安斯的牙齿多年前就坏掉了，严重影响了他的进食，他确实需要装个假牙，而并不仅仅是人们所说的为了迎娶一个"鸭子般"的女人。卡什喜欢听音乐，想买一台留声机，这是他多年的想法，也是他为摆脱繁重劳动而放松的一种方式。杜威·德尔由于无知未婚先孕，但为了不影响家族的声望，她想悄悄堕胎。瓦达曼属于智障人，还是个孩子，希望得到面包和玩具火车等，也是一个儿童的合理要求。这些家族成员的要求都不过分，没有什么可以谴责和责备的

---

① 〔美〕罗德·霍顿等著：《美国文学思想背景》，房炜等译，北京：人民文学出版社，1991年，第409页。

② 〔美〕罗德·霍顿等著：《美国文学思想背景》，房炜等译，北京：人民文学出版社，1991年，第412页。

地方。具体到家族成员方面，有的评论家认为安斯懒惰。的确，因为他拿走了卡什准备购买留声机的钱，卖了朱厄尔的马，抢走了杜威·德尔打胎的钱，让人感到无法理解。然而，他这样做也是因为家庭经济困难所致，如自家用于耕地的骡子被洪水冲走后，为了购买骡子，他甚至把家里唯一的耕作机和播种机都抵押了出去。为了家族的整体利益，家族成员都倾其所有。朱厄尔虽然气愤，但他还是主动把马卖了；至于抢走了杜威·德尔的钱，其实安斯并不了解女儿怀孕这一件事，更不知道这笔钱是她准备打胎的。在达尔的叙述中，他说："爹的脚外八字得很厉害。他的脚趾痉挛、扭歪、变形，两只小脚趾根本长不出指甲来，这都是因为小时候穿了家制的粗皮鞋在湿地里干活儿太重的关系。"（《我弥留之际》，第8页）安斯年轻时是一个好农民。在艾迪去世前的三年里，安斯还与儿子们一起在地里干活，他们的邻居对安斯的评价是比较客观的，认为他确实很能吃苦。正是这些穷白人，以他们拥有的优秀品质，确保了南方社会的顺利发展。他们所表现出的坚定的行动能力和他们在此过程中对苦难的坚韧忍受力等都是南方传统伦理道德的具体体现。

"宏大历史"往往用作"荒诞"的代名词，认为这种历史在干预社会和生活的同时，是不真实的。福克纳对南方家族的新历史主义书写开启了南方文学由"写寓言"向"写真实"转变的创作趋势。南方家族成员生活在社会急剧变革的历史和社会氛围中，感到极度恐惧、迷茫与绝望，并且随着北方工商业时代的到来，消费至上的工商业文化潮流在战后南方悄然形成，给南方人带来更大的压力和担忧。为此，他对本德仑家族成员命运的书写消解了传统家族观和价值观，弱化了所追求的家族道德性和凝聚力，从内容到形式上颠覆了内战之前那种热衷于家族神话的书写方式，取而代之的是面对商业化、媚俗化的社会现实，努力从历史深处发掘南方文化复兴的动力之源，建构南方精神、价值观等历史话语体系，并借助历史的民间寓言所提供的家族叙事，为战后南方人指出了方向。艾迪有很多缺点，但她作为一个出生在杰弗生镇的大家族女性，在远离家族和贫乡接壤的"老法国人湾"遭受磨难，妻子与母亲的职责、乡村生活的艰辛和情感上的失落使她生不如死，受尽苦难，促使她尽快选择死亡来结束自己的生命。当然，她也显示出自身的伟大之处，这一点从达尔、科拉等子女或邻居的叙事中都可以体现出来。周围的邻居都叙述了艾迪的聪明能干、坚强忍耐和操持家务的辛劳，如她烤蛋糕补贴家用，通宵坐在灯下照顾孩子等。在强大父权制度和传统伦理的压制下，虽然她的醒悟和抗议十分弱小，常常也无济于事，但她很早就陷入虚无的历史深渊中不能自拔，对她来说，死亡事实上成为解脱痛苦的唯一渠道，大大增添了家族书写的艺术感染力，深化了家族成员的命运悲剧主题。

　　家族作为人类个体存在的物质依托和精神摇篮，是人类个体和群体的精神家园和情感寄托。与贵族家族那些无法适应社会变化而在艰难中苦熬的成员不同，本德仑家族成员有着顽强的生命力和忍耐力，这是值得人们尊重与赞扬的，实现了从家族宿命伤感走向超越死亡欲求的心理转向。福克纳按照自身对历史的独特感觉，凭借丰富的想象力，进入南方历史空间，加大了对历史的本质追寻，使家族书写超越了死亡欲求的心理界限，更好地对南方家族兴衰进行分析和判断。康拉德·艾肯说，福克纳"决不能被看作仅仅是个'南方'作家：他的情节和人物的'南方属性'对他是无关大旨的，正如这些情节和人物写得愉快与否、真实与否的问题都不是他所十分关切的"①。艾迪的死亡经历了漫长的过程，从作品开始的第一天弥留，到第九天埋葬后才真正"死"去，表明了传统道德伦理的持久影响力和生命力，暗示了死亡欲求的强大。本德仑家族成员在送葬过程中遭受到死亡、大火、洪水等洗礼，受尽了人世间的磨难，但他们的顽强精神体现了传统伦理道德的生命力和南方精神的不朽。这些平凡人物身上体现的忍耐精神支撑了南方社会的发展，其身上的坚忍精神以及生生不息的生命力给南方带来了希望。因而这个家族的行为不应该仅仅被视为南方穷苦农民对自己命运不公所进行的抗争精神的体现，在一定意义上也是人类自强不息、勇猛向前精神的象征。即便是家族成员身上体现的弱点和缺点等，都是普通人身上所普遍存在的，真实展现了社会底层大众的生活和生存真实。艾迪的死亡书写寄予了很多人文关怀，将她的生活困境、精神痛苦以及内心深处的需求等真实地呈现给读者，形成了一个关于穷白人家族的完整历史意识体系，展现了平民家族命运的艰辛痛苦以及由此而引发的对社会生存环境的关注。

　　本德仑家族的日常生活行为展现了家族内部和社会现实中存在的诸多问题，但家族成员显示出的鲜活人性和他们的自由时刻冲击着主流意识形态的权威性，瓦解了内战作为"宏大历史叙事"的话语权，为本德仑家族成员的个体命运赋予了历史使命和社会责任。这个家族冒着生命危险将艾迪的棺材从洪水和大火中救出，最终安葬了她，表明了送葬使命的终结。这样的结局看似荒诞，但事实又确实存在，印

---

　　①　李文俊编：《福克纳的神话》，上海：上海译文出版社，2008年，第83页。

证了家族书写中的历史真实和文学虚构真实。当然，这个家族的宿命启示表现了人性精神、忍耐牺牲和精神意志，以及为追求这些目标而对自我的确认和奋斗精神等，是南方精神的具体体现。福克纳在本德仑家族叙事中展现了家族成员个体在面对艰险和苦难时所表现出的对命运的抗争和超越精神，对此进行肯定与赞扬，为读者提供了一卷生动鲜明的家族生活画卷和人性轨迹的曲折变化。尽管内战后传统家族结构和道德伦理大部分都消散了，但由此而形成的家族意识已渗透到家族成员的血脉之中，至今仍影响着人们的生活方式和行为准则，成为南方文化中最具特色的重要组成部分。

第三节　边缘意识与神话解构：格里尔生家族的身份误区与信仰献祭

　　文学与社会保持着密切的关系，其中社会构建了文学文本的内涵和表现形式，而文学文本反映了社会的需求和现实状况。新历史主义文学以家族历史解读文学文本，就是把文学文本视为揭露、批判和反抗不合理的社会方式，特别是以边缘叙事或颠覆"宏大历史"叙事的方式消解主流意识形态的话语权利，质疑社会政治秩序的合法性与公平性，最终将历史文本和文学文本融合在一起，形成文学的历史性和历史的文本性相互作用，起到反映社会历史真实的创作目的。格里尔生家族是南方古老贵族家族之一，虽然在内战中遭受严重创伤，不得不接受家族没落的命运悲剧，但依然表现了虚幻的家族权威与社会地位。福克纳对这个家族的新历史主义书写以家族成员的日常生活行为为基础，解构了家族神话和家族权威，昭示了历史存在的本原状态，揭示了家族的身份误区和信仰献祭，呈现出精彩的文学艺术魅力。

一、女性历史叙事与身份缺失误区

　　文学的根本任务是反映人与社会之间的关系，其中历史书写体现了个人与历史事实之间的关系。女性作为历史书写的重要层面，包含了家族伦理需求与女性身份定位等内容，对人类认识历史和现实起到了重要作用。南方社会力求保持传统价值观和道德观，尤其是有关女性的行为规范和社会定位，原因在于无论是在传统宗教文化还是在现实社会中，女性都发挥了重要作用。父权社会的统治者，为了自身的权利和利益，常常给女性制造一种虚假的"荣耀"和身份，将其置于

"淑女""女神""圣母"的地位，使其难以企及从而遭受精神压制或思想束缚。大多数传统女性在面对父权制度时，常常缺乏反抗力，最终沦为社会的牺牲品；部分女性虽然进行了抗争，但依然无法摆脱社会枷锁和自身的悲惨命运。这样，就不可避免地形成女性身份误区，即自身享有的权利与身份缺失所产生的矛盾与冲突。格里尔生家族书写反映了19世纪末至20世纪30年代南方贵族家族的衰亡过程，揭示了传统家族伦理的坍塌与崩溃，展现了女性历史叙事与身份缺失造成的社会困境和生存困境。

新历史主义家族书写通过社会、家族与女性个体之间的复杂关系或情感纠葛，借助家族兴衰荣辱、婚姻状况和社会关系等，颠覆了"宏大历史"叙事，如内战残酷场景和种族屠杀等，让"英雄神话人物"退居家族叙事的幕后，成为家族兴衰的铺垫；而虚构的历史事件与人物居于历史叙事的核心地位，彰显了家族生活的真实。格里尔生家族兴起于内战之前，在南方政治舞台上受到关注，获得了很高的家族荣耀、社会权利和政治地位。从家族构成来说，这个家族的第一代是由爱米丽的祖父以及其祖父的妹妹，也就是爱米丽的姑奶奶等构成的。虽然提及的地方不多，但从遗留下的家产来看，这个家族应该属于大种植园主，在《献给爱米丽的一朵玫瑰花》中还提及镇上的人给其姑奶奶写信，让她们劝劝爱米丽埋葬其父亲的事宜。爱米丽的父亲和母亲构成了这个家族的第二代，她的父亲参与了内战，立下了战功，以至于当时的镇长沙多里斯上校免除了这个家族的赋税；她的母亲去世过早，导致她对父亲过于依赖，具有严重的"恋父情结"。第三代主要是爱米丽本人，由于没有结婚，也就没有子女，代表了家族的灭亡。从时间跨度上看，这个家族在内战之前极为繁荣，留下了很多神话传说和豪华建筑，但内战后更多呈现给世人的是家族符号身份，象征着南方传统文化和道德伦理标准。

在父权制度占统治地位的南方社会中，女性很容易受到来自日常生活经历的创伤体验。无论是在社会还是在家庭中，她们都受到比男性更多的制约或束缚。由于这种制约或束缚不像内战所带来的创伤那样剧烈，且大多融入日常生活中，因而长期被男权社会所忽视，导致女性历史叙事与身份缺失误区。然而，这种伤害对女性来说是十分巨大的，其中爱米丽就是这种社会生活经历的受害者。福克纳曾经谈及对格里尔生家族的创作过程：

这又是一则展示人悲惨生存环境的悲剧性的作品。在这个空间内，他梦想，他希冀，他不停地与自己，与环境、与他人作斗争。这是一个关于一个年轻女子寻找爱、寻找男人、渴望建立家庭、满足自身正常欲望的故事，但这欲望却被自私的父亲无情地扼杀了，……这只是一个关于一个年轻女孩渴望被爱，渴望爱别人，渴望有一个男人和一个家庭的故事。①

福克纳以同情和赞扬的眼光看待格里尔生家族的兴衰过程，并将这个家族的历史融入历史叙事中，展现了传统贵族家族的历史真实。虽然没有详细讲述格里尔生家族的崛起，但从家族住房、装饰以及其社会地位和影响等方面来看，这个家族的创始人是一个不拘传统、思想坚定、勇于开拓的南方殖民者形象，因为爱米丽的父亲是一个性格暴躁、做事干脆、敢说敢为的人，一定遗传了先辈的豪爽气概。不仅如此，年轻的爱米丽曾试图多次打破传统束缚，表现了很大的叛逆性，但最终还是无法摆脱身份误区，沦为家族伦理的牺牲品。

女性借助历史叙事来寻求自身身份的行为是人类个体的本能需求，也是对现实社会的不满和对未来担忧的体现。与男人一样，女性只有在社会活动中才能获得自身的价值和权利。格里尔生家族有严格的家族伦理准则，这使得家族女性深受心理创伤，不仅爱米丽的姑妈如此，而且她本人也是如此，形成了女性社会身份的缺失和家族权利话语的丧失。为了保持家族的纯洁性和贵族高贵的生活方式，爱米丽成年后，其父亲仍然不允许她谈恋爱，因为在他看来，杰弗生镇里没有任何男孩子能配得上他们格里尔生家族的高贵血统。不仅如此，她父亲去世后，男权制度依然深深地影响着她的生活，使她难以结婚生子、过上正常人的生活，最终只有这个家族"豪华"的旧房子见证着她衰老的过程，提醒人们这个贵族家族特有的高傲与尊严。

在美国南方家族历史上，尽管荣耀与奇迹已成为过去，但内战后南方家族成员的伦理道德观念依然没有发生变化，父权制度与女性身份缺失依然存在。除了对爱米丽居住的房子进行描述外，福克纳在作品中还多处描述了这个家族的家具陈设，以此衬托出传统贵族身份与自然环境的冲突与对立，表明了传统与现代的极不协调性。在传统文学中，"南方

---

① William Faulkner. *Faulkner in the University: Class Conferences at the University of Virginia*, 1957-1958. Eds. Frederick L. Gwynn & Joseph Blotner. New York: Vintage Books, 1965, pp. 184-185.

淑女"以美的形象留在人们的记忆中，带来很多遐想，因为"南方淑女"之美既有外在之美，如身材、举止和言行等；又有内在之美，如善良、温柔和体贴等。然而，爱米丽臃肿肥胖的外貌特征给人以行尸走肉般的感觉，缺少了传统意义上的女性之美。另外，她使用的"已经失去光泽"的乌木拐杖、镶金的拐杖头以及金表链等，使人联想起其家族的显赫家世，但显露出的却是落日余晖。借助于对爱米丽小姐住宅和个人生活用品的叙事体现了历史真实，展现了传统文化在北方工业文明冲击下不堪一击的状况，而整个家族大宅的没落象征着上层社会的垂死挣扎，给人们留下的是一种没落或衰败的气氛。

女性历史叙事作为一个整体性存在，被不完整的家族历史碎片和叙事欲望所代替，表现出的是女性身份的缺失和对社会平等的渴望。格里尔生家族历史作为一种不断变化的南方历史缩影，反映了内战对贵族家族所造成的影响。虽然已进入 20 世纪，但作为这个家族成员的爱米丽小姐仍然沿袭了传统贵族家族的生活方式。这个与时代相背离的没落贵族家族凸显了其孤独、守旧、古怪和不合时宜等特征，成为社会的隐喻和历史象征：家族的房屋坐落在杰弗生镇上，南邻联邦烈士墓，似乎在向人们讲述着一个古老的历史故事；整个大院被令人窒息的死亡气息所笼罩，特别是"一股尘封的气味扑鼻而来，空气阴湿而又沉闷"（《献给爱米丽的一朵玫瑰花——福克纳短篇小说集》，第 42 页），"一栋尘埃遍地、鬼影憧憧的屋子"（《献给爱米丽的一朵玫瑰花》，第 50 页），"仿佛到处都笼罩着墓室一般的淡淡的阴惨惨的氛围"（《献给爱米丽的一朵玫瑰花》，第 51 页）等。奢侈豪华的破旧庄园显示的是昔日的荣华与高贵，透露的是现实的矛盾与困境。镇上的居民对这个家族充满了敬仰和敬畏，虽然很多人从老城区迁移到新兴的工业区，但爱米丽和其家族大宅依然独自在那里，似乎守护着南方逝去的岁月与辉煌，也展现出与现实世界的不协调性。

任何生存方式都是一种历史叙事，表达了对男女平等的身份需求和共享历史话语权利的要求。家族成员希望社会对自我生命权利的尊重，而社会总是以女性权利牺牲为代价，从而在更大层面上符合社会的共同利益，推动社会向前发展。格里尔生家族的古老大宅给人们留下了一种高不可攀的印象，同时剥夺了这个家族成员作为普通人的话语权利，因为房屋等同其主人一样已经被物化了，代表了南方身份和地位。这个家族的宏伟旧宅就是阻碍格里尔生家族与外界交往的不可逾越的屏障。在这个全镇最大的建筑物上，所有的门窗都钉上了木板，房屋向右倾斜得十分厉害，仿佛随时就会坍塌一样；房子古老得透露出一种古怪的、疯疯癫癫的气氛，叫人捉摸不透是怎么回事，但看上去完全荒废了。房屋外观上的装饰风格依旧保持着南方哥特式建筑风格，在展现主人守旧意识的同时，也告诉人们这个家族与时代的隔离以及与周围环境的格格不入。这种贵族式生活方式引起镇上居民的极度关注和好奇，使人们与这个家族的成员保持着一定的距离，体现了对传统道德伦理的尊重。

社会身份通过他人关系所体现的社会定位和他人认同反映人类个体的社会影响及权利占有状况。历史叙事的真实在于反映社会和生活的真实面貌，而新历史主义的家族书写不需要诉诸任何阶级或经济力量，只需关注家族的日常生活体验，就可以达到书写的目的。格里尔生家族历史是南方种植园经济的缩影，家族伦理则反映了南方社会人与人之间的关系，如父权制度、种族制度和南方等级制度等。然而，内战改变了传统伦理道德和社会阶层构成，而黑人奴仆的逃离意味着经济基础的动摇和贵族家族悲剧命运的开始。养尊处优的贵族妇女突然发现自己没有了侍女、厨娘、洗衣妇等可以随时使唤的黑奴，意味着她们必须亲自动手，洗衣、缝补、做饭，收拾家务，甚至扶犁耕地等农业生产劳动都要自己干，这对上层社会的打击是致命的。然而，格里尔生家族的黑奴托比并非如此。他对白人主人言听计从，坚决捍卫和维护格里尔生家族的地位和家族荣耀。如父亲去世后，家中只剩下爱米丽一人，而且与亲戚和镇上的人关系并不亲密，在这样的情形下，托比离开她是轻而易举的事情，但他还是一直陪伴在主人身边，充当这个家族的管家和厨师。在爱米丽闭门不出的岁月中，她同外界的唯一联系就是通过黑奴托比。他完全知道自己主人的意图，甚至还可以把她的杀人计划告诉他人，从而获取一定的个人利益，但他并没有这样做，因为他知道爱米丽小姐的苦衷，心甘情愿地效忠于这个白人家族，显示出黑人保姆对白人主人的忠诚与善良，体现了这个家族与黑人之间建立起的良好关系。

家族历史叙事通常是指家族中过去发生的事件，或者讲述家族过去的事件；家族历史总是被"叙述"，并以历史叙事的形式出现。南方女性历史叙事负载的历史内涵与建构的历史使命有着必然的联系，不同社会身份的叙事及其所建构的现实世界有不同的内涵，显示出不同的态度和结果，甚至在家族视野中导致女性历史叙事与身份缺失的误区。爱米丽始终坚持自己属于不纳税的杰弗生居民，其依据是1894年杰弗生镇镇长沙里多斯上校说过的话，而此时，沙多里斯上校已经去世10多年了。爱米丽这种明目张胆的抗税行为看起来理直气壮的，但事实上却显得荒诞无理。她作为南方贵族的代表，是战后南方残留的传统文化的一部分，而对她抗税行为的容忍也是杰弗生镇居民出于对传统文化的缅怀。尽管如此，这种历史叙事是真实的，体现了战后南方人对传统贵族家族的态度，展示了历史与现实的关系。

内战作为集体记忆是南方人对现实社会认同的依据，也是南方人传承和建构传统文化的重要来源，如果这种集体记忆被颠覆或被否定，就会导致南方人身份认同的缺失和精神信仰的危机。爱米丽在失去父权制度的依赖后，不断寻求精神寄托，试图从家族历史、社会和他人的社会交往中获得自我身份定位，从而找到心灵的慰藉。然而，父权制度束缚下产生的消沉与创伤始终笼罩着她的日常生活，制约着她的行为和思想，最终迫使她走向悲惨的人生结局。可以说，内战后美国南方女性历史叙事中的身份缺失是造成其命运悲剧的根源。

二、民间生存逸事及神话记忆对立

新历史主义的历史叙事在于对个体生命的尊重，特别是对个人在具体历史情境中生存状况的关切与同情。"每个文化都生活在自己的梦想当中……南方家庭浪漫小说就是南方的梦想。它构成了南方人在对待这个地区以及家庭和种族之间、男女之间、上等阶级同大众之间关系的态度上所表现出的价值观、立场和信念。"① 传统家族的女性生活在父权制的社会环境中，整日把自己禁锢在腐朽落后的传统之中，彰显了人类个体命运的悲哀。福克纳对格里尔生家族的新历史主义书写背离了主流意识形态所主张的"宏大历史"叙事，触及家族日常生活行为，复活了被"宏大历史"意识形态掩盖的民间历史叙事，体现了民间生存状况及家族神话记忆的对立与反叛，表明了女性社会地位的变迁与所产生的影响。

南方女性形象的演化则由女性从属于男性的女性神话地位，逐步发展为适合女性个性发展需求的标准，继而提出建立新的适合女性生活需求的道德价值体系，使南方虚幻的"女神形象"回归到普通日常生活的女性本色。爱米丽住在透不进阳光的宅子中，其生命中的后半部分基本是足不出户的。由于长期不与人交流，她的脸上毫无表情，整栋房子里充满了潮湿阴暗的气味，以至于令人窒息。她的一块滴滴答答作响的钟表预示着其内心世界的时间，并且跟随她从过去的纯净善良走到了生命

---

① Richard H. King. *A Southern Renaissance*. New York：Oxford University Press，1980，pp. 26-27.

的终结。作为正常女性，她有追求自己爱情的权利，但却受到父权制度的嘲笑与阻拦，形成了民间生存意识及贵族神话记忆的对立与抗争。她的父亲是清教家庭中威严家长的代表，在家中具有绝对的权威，不但约束她的一言一行，还对她的情感生活横加干涉，致使原本活泼可爱的她成为无人问津的老小姐。文本中有一个细节提到这父女二人的合影："长久以来，我们把这家人一直看做画中的人物：身段苗条、穿着白衣的爱米丽小姐立在身后，她父亲叉开双脚的侧影在前面，背对着爱米丽，手执一根马鞭，一扇向后开的前门恰好嵌住了他们俩的身影。"（《献给爱米丽的一朵玫瑰花》，第 45 页）这段描述暗示了父权制在这个家族中占据的主导地位，表明了女性的命运掌握在男权家族领导者的手中。她的父亲手里拿着象征控制与管理的"马鞭"，监督她的自由，践踏她的权利，对她的性格造成了严重创伤。在成长过程中，她接受了传统伦理道德并身体力行地贯彻在自己的行为之中，但最终失去了自我，成为女性伦理道德的牺牲品。

从新历史主义家族生存方式来看，民间生存逸事与贵族神话记忆往往产生对立，前者强调的是内战之后贵族家族社会地位的下降，乃至沦落到平民家族，但对家族荣耀和贵族生活方式依然记忆犹新，这样就不可避免地出现现实生活与家族记忆的对立。内战后南方传统贵族家族成员不得不寻找心理慰藉，通常是通过对过去的记忆进行建构，界定和形成自己的身份认同，最终达到对未来的期盼。美国南方农业社会和以家庭为中心的庄园生活造成了两个相反的思想倾向，如同所有的农业社会一样，南方人遵循共同的道德伦理观念，进而形成了南方精神；而庄园生活的独立性又在南方人的性格中造成了强烈的个人主义倾向。这两个方面互相补充、互相依存，共同体现在格里尔生家族成员的性格之中，直接或间接地影响到这个家族的命运走向。事实上，爱米丽专横暴戾的父亲在多年前就已经去世，而且从未以一个真实的人物形象出现，而是以一种模糊、虚幻的形象出现在她的记忆中。当然，她父亲的面貌是否真实已经不重要了，重要的是这个专横自私的父亲对家族子女造成了难以摆脱的消极影响。这一虚一实、一强一弱的两个形象体现了父权制度在剥夺子女自由与纯真、践踏子女人性的同时，也在扭曲自身的人性，给家族带来了毁灭的命运。

新历史主义家族书写对民间生存逸事表现出浓厚的兴趣，通过对历史记忆的渲染，融入了作家本人对历史进程的参与欲望和主观态度，洞察久受压抑的心理情感和深层人性，使民间生活更加真实和富有人情味。

工业化和城市化进程虽然对南方产生了巨大冲击，妇女的生活环境和社会地位发生了深刻变化，然而，清教主义妇道观和父权制度依然严格束缚和限制女性的自由和权利，她们的身心和肉体都受到了无情的摧残。当爱米丽的父亲把已经失去生存基础的家族伦理当成历史真实传授给她的时候，实际上注定为她设计了一个悲惨的命运结局，维系了一个始终不变的"僵死"的过去，使她深深陷入历史的虚幻之中。父亲的去世不仅让她变得孤苦无依，同时也让她第一次独立接触到"真实的"现在，触摸到现实世界。她的思想和追求发生了变化，引发了她对爱情的需求。她在父亲死后，与镇上居民之间的矛盾冲突发生了激化，而从父亲那里遗传下来的贵族家族的行为举止不允许她接受平常百姓的怜悯和施舍。作品中提到的她的姑奶奶韦亚特老太太就是如此。在这个家族成员看来，一旦发生这种情况，杰弗生镇上的居民就会迫不及待地对这个过去"高高在上"的家族表示同情，这会极大地伤害贵族家族的名誉和成员的自尊心。然而，对杰弗生镇上的居民来说，他们关心的目的实质上是满足自身的好奇心。这种矛盾冲突迫使爱米丽不得不继续显出家族的"坚强和英勇"，结果导致了她的生存环境不断恶化。长期在这种内心折磨下生活，她患了病，甚至休息了很长一段时间；当镇上的人再次见到她时，她已剪短了头发。"剪短的头发"具有十分重要的象征意义，对她来说，意味着一个新的开始，是一个摆脱困境、告别悲痛的希望或机会。她期望开始新的生活，寻求自己的爱情，然而，镇上的居民猝不及防地毁灭了她的幸福，因为在他们眼中她是一座象征南方传统道德伦理的纪念碑。作品中两次提到她好似人们心中的"神像纪念碑"，或者说"宛如女神"之化身。这两种称呼或形象体现了南方人对她的敬畏之情，抑或对其行为的嘲笑与"捧杀"。虽然他们自身无法坚守南方这些"腐朽的"与"落后的"文化传统，但还是希望有人来坚守，而这个最后的坚守者却成了爱米丽小姐。因此，杰弗生镇上的居民不得不将她视为纪念碑，并言不由衷地谓之敬畏与崇敬。

　　民间生存逸事作为历史叙事的重要内容，充满了必然性和排他性。新历史主义者认为，历史真实将偶然性、非理性因素作为推动民间故事发展的力量，将边缘人物的命运和社会下层群体的生存方式置入偶然性之中，表现出社会下层群体心理中的无意识行为，最终促使个体生命一步步滑向毁灭的深渊；或者是由于一连串巧合的事件引起下层群体命运的改变，进而引发社会危机，威胁人类的生存。内战摧毁了南方的种植园经济和奴隶制度，战后北方统治者极力用自己的价值准则来重建南方社会，引来了南方人的反感与心理创伤，因为战后南方人曾引以为豪的生活方式、文化传统和价值观念在北方资本主义工商业文明的冲击下土崩瓦解了，给他们留下的只有对家族神话的记忆和在现实生活困境下的内心折磨。格里尔生家族的历史变迁发生在内战后新旧社会秩序交替之际，虽然时代发展了，社会环境发生了变革，但爱米丽依然受到贵族身份的束缚，导致她陷入精神困境之中，无法选择合理的生存方式，最终成为家族悲剧的牺牲品。

人们对历史真实的理解通常会随着社会发展的变化而变化，尤其是作为个体的人对历史真实的理解更是千差万别。每个人对历史真实的理解都会触及历史的多个方面，但经过一代代人的努力与探索，最终形成了对历史真实的共识。格里尔生家族命运悲剧是多种偶然性综合而导致的，实际上也可以说是家族命运必然性的体现。爱米丽完全脱离了现实社会，牢牢固守着传统家族制度，但内心深处又埋藏着对人性欲求的渴望。这种扭曲的性格折射出战后南方现代工商业文明的发展趋势以及以其父亲为代表的男权制度、清教主义对女性的束缚。这个家族的没落恰好说明了民间生存是以贵族家族神话的解构为基础的，阐释了人类的生存危机和人性危机。格里尔生家族这个曾经一度荣耀无比的贵族家族，就像枯萎的玫瑰花一样，不再代表南方历史的发展方向；相反，却成了社会发展的障碍，最终被历史所淘汰。这就是格里尔生家族留给南方人的教训，也从正反两个方面表明了家族伦理对成员个体成长、家庭和睦、社会和谐等所起的重要作用，从而引领了南方社会的健康发展。

三、代际历史传承与献祭式生命信仰

文学是社会生活的反映，描述的是人的现实生活和精神世界。家族书写将历史作为文本，以历史虚构或想象的形式映照出当代人的生存境况。内战之后代表资本主义工业文明的北方战胜了代表愚昧落后的蓄奴制的南方，因而对北方来说，这是先进制度战胜落后制度的胜利，也是先进精神理念战胜落后精神理念的胜利；对南方社会而言，这是不应该发生的战争，是对美国宪法和自由主义思想赤裸裸的践踏。内战失败的创伤带给南方人的是无尽的痛苦与折磨，促使他们在历史传承中以献祭式的生命信仰寻求摆脱这种不安状态的方法或途径。爱米丽接受了父亲的安排，再现了历史和现实的矛盾与冲突，使家族叙事表现出更高层次上的历史真实。

代际历史传承与献祭式生命信仰是指书写者将文化作为载体，发挥

历史传承与献祭式生命信仰的书写方法，从而使家族叙事或家族书写聚焦到家族伦理道德传承和信仰上来。南方生活的传统方式是建立在以蓄奴制经济为基础的种植园农业经济形式上的，属于一个相对封闭的生存环境。在这个封闭的环境中，每一个家族都繁衍出了南方文化最基本的文化单元，共同组建起以文化秩序替代了契约秩序的传统南方，呈现出不同的家族文化或伦理道德准则。当爱米丽的父亲去世后，这对于一向依赖家长管制的她虽然经受了很大的打击，但依然生活在对过去的想象当中，即使听到了自由的召唤，她生平第一次自己做主并依照个人喜好选择伴侣，但还是按照传统价值标准来安排自己的生活。这是代际历史传承与献祭式生命信仰形成的历史偶然性事件，也是父权制度的影响造成的后果。文本中提到，"最近一个周日下午，我们开始看到她和荷默驾着一辆黄轮马车和一群红棕马离开租马棚。镇上人说：'格里尔生家的人绝对不会真的看中一个北方佬，一个拿日工资的人。'不过也有别人，一些年纪大的人说就是悲伤也不会叫一个真正高贵的妇女忘记'贵人举止'"（《献给爱米丽的一朵玫瑰花》，第46页）。爱米丽的父亲赶走了她的所有追求者，关上了她与外界沟通的大门，而小镇上的居民时刻限制她追求自己幸福的权利，相当于关上了另一扇大门。这样，她被以父亲为代表的父权制度和以小镇居民为代表的传统价值观禁锢起来，最终将她推向了毁灭的深渊。

代际历史传承指的是处在历史时空中的历时的、纵向的人类历史的继承和发展，其性质本身决定了必须将历史放在过去、现在、未来之域中加以审视。传统、现代和未来等因素总是相互交织地影响着现代社会，对代际历史传承往往产生深刻的影响。由于北方工商业文明的入侵，南方家族文化作为传统文化的重要内容，在代际传播中出现了家族伦理混乱和家族历史断裂，严重影响了社会的稳定、家族的凝聚力和家族成员的身份认同，出现了不同的历史观和价值观，导致不同年龄的人群在生命体验、道德伦理、家族关系、行为准则等方面呈现出不同的表现形式。南方贵族家族成员在面对父权制度的消失、黑人奴隶的解放、传统道德伦理的空洞和高消费生活方式的式微时，出现了家族内部的争执和人格的偏执，使这个家族面临着更大的脆弱性。爱米丽父亲去世后不久，镇上出现了一个来自北方的铺路工头，如果以南方贵族的标准来评价这个体力劳动者，他只能算是一个下层工人，然而，出身传统贵族家族的"南方淑女"爱米丽小姐居然爱上了他，与他在街道上急速驾车、谈笑风生，完全不顾小镇居民的猜疑和敌视，与其父亲在世时对她的限制形成了强烈的反差，呈现出极大的代际差异。这种心理变化表明她的传统伦理道德观念在北方工商业文明的影响下逐渐发生了根本的改变。特别是她在得知情人并不想和自己结婚的消息后，就杀死了他并以特殊的形式厮守爱情，由此，从一个受社会尊敬的"南方淑女"蜕变成一个谋杀者的恐怖形象，这种结局产生了意想不到的艺术效果。

代际历史传承与献祭式生命信仰体现了家族发展动机，维系着代际关系的发展，全面展示了格里尔生家族成员的人生价值。生命是救赎的基础和目的，献祭是救赎的条件和途径；为了实现救赎这一终极目标，格里尔生家族与南方社会构成了一个互相联系、不可分割的整体。爱米丽的生活因为荷默·伯隆的到来而发生了本质的改变，但面对其悔婚的行为和可能招致的世俗非议，她勇敢地采取行动并杀死了他。对于这一行为，很多学者有不同的观点。当然，人们不能用常理来推测爱米丽，因为在她看来，生与死之间没有截然的不同，这就是为什么她不让镇上的居民安葬其父亲的原因。杀死荷默的动机也是如此。她把荷默的尸体藏在家中的做法有其依据，否则，她应该替未婚夫操办丧事埋葬他，这样她和荷默的爱情故事就成了因爱不成而行凶杀人的故事。不可否认，这样她就会面对强大的社会舆论和心理压力，尤其是会辱没家族名声；相反，当面对未婚夫的离世、公众的非议以及所造成的压力时，她保持了格里尔生家族成员对感情的执着追求以及贵族家族的高傲与自信，果断地藏尸家中。作品中谈到她家中因为停有尸体而散发出来的难闻的气味，但她坚决不让外人进入家里，表现出了顽强与坚毅的性格。这是一种更勇敢、更坚韧的选择。她将荷默的尸体停在了婚房中，这样做既避免了来自社会的精神打击，又使自己有了某种精神寄托。尽管如此，她的一生都是生活在这种极度痛苦之中的，何况这些痛苦很可能引发她精神上的崩塌和心理畸形，迫使她不知畏惧地与荷默发臭、恐怖的尸体同床共枕直到死去。虽然人们无法想象她是如何终日与尸体为伴，度过40多年与世隔绝生活，又是如何面对众人质疑和好奇的目光的，但可以想象，她每天面对这一具尸体，固执坚守自己的精神领地，其心是何等的坚强与伟大。

历史事件作为文学素材丧失了被直接感知的必要条件，历史学家撰写历史，必须对历史事件进行充分还原。这是一种叙事，是对历史客观真实的修正。新历史主义理论认为，历史由叙述转变成文本，文本再转化成社会公众意识，而公众意识又转化成文学，文学又影响着历史事件向历史文本转化的形式和结果。这是一个互动循环的过程。爱米丽对爱情大胆的追求是对传统最有力的反抗，这种行为在现代看来是正常的、合理的，但在当时的南方社会中，她的选择还是背离了传统伦理的要求，大大触怒了杰弗生镇上的居民。他们无法忍受一个传统贵族家族女性在没有父亲监管下独自作出有损家族名声和南方人尊严的疯狂行为，千方百计地挽救在他们看来似乎已经"堕落"的女人看似是合情合理的。事实上，没有一个人真心关爱她和理解她，他们所做的是像她的父亲一样把传统妇女观和伦理观强加给她，限制她追求幸福的自由，最终把她推入了命运悲惨的陷阱之中。

任何文本都处于一个由其他文本、文化所构成的系统之中，形成了相互的参照、彼此的关联和开放式的对话关系，这不是一个简单现象，而是文学发展的历程和主题接受过程。"如果你没有清楚地意识到符号，如果你没有清楚地觉察到符号与它所表示的东西的关系，你就会发现自己将那些仅仅属于符号的特性归于那个事物。"① 历史叙事所指的只是一组已经发生的事件意象，这种意象当然不可能等同于现实中的具体对象，叙事所呈现的事实只能是运用语言符号建构的结果。在清教主义禁锢下的南方，女性完全处在父权制的控制之下，人们把能否保持身体的"贞洁"作为评判好女人与坏女人的标准。她们的身体不属于她们自己，而是属于南方，是用以炫耀和缅怀过去的一座"纪念碑"。如《喧哗与骚动》中的凯蒂、《八月之光》中的莉娜和《村子》中的尤拉都属于这一类形象。她们共同的特征是年轻、精力充沛且敢于挑战习俗，也都是未婚先孕，年纪轻轻便成为母亲。其实，她们身上原本就有一种母性的力量，这种母性是与生俱来的，这使得她们对异性的吸引力远远超出一般女性。她们体内蕴含着巨大的活力和能量，这种活力和能量并没有被南方的"贞洁观"所扼杀，而是以一种或平静或激动的状态燃烧着，直至转化为新的生命。爱米丽独守一具尸体，孤独寂寞地了却一生，其行为虽有种种心理和社会学的合理依据，但她的一生依然是可悲的，使人联想起那种来自战前南方、令人窒息的传统的力量，同时也强调战前的南方日渐没落和一个逐渐消失的贵族家族神话。

家族书写的审美意象通常是指文学作品所具有的意义形象以及形象和意义的统一体，多带有超越性和自由性，展现了具体语言形式无法展

---

① 〔英〕伯特兰·罗素著：《逻辑与知识（1901—1950 年论文集）》，苑莉均译，北京：商务印书馆，2017 年，第 223 页。

现的"言外之意"，同时又赋予审美客体以多种思想意蕴，让人们在阅读体验中获得愉悦与教育意义。死亡是人生的永恒话题，也是家族文学中的常见现象。作为生命终点的死亡是悲哀的和令人惋惜的，但作为文学起点的死亡是美丽的和令人赞叹的。因此，关注死亡、思考死亡的意义就成了每一个时代的作家经常演绎的文学主题。福克纳把历史事实与文学虚构结合在一起，模糊了历史与文学、真实与虚构之间的界限，超越了传统历史叙事。这种创作方法不仅与其生活年代的社会历史环境有关，更与其个人成长的历程和独特的贵族家族子孙的心理状态相关。他对格里尔生家族的新历史主义书写不仅展现了南方家族历史，而且表达了自己家族历史和人类社会历史，使历史事实与文学虚构交织在书写之中，展现了代际历史传承与献祭式生命信仰。格里尔生家族带给南方人以深刻的反思和启示：一位富有青春活力、多才多艺的贵族女性在一次次的打击中失去了追求幸福的权利和机会，最终只能陪伴着一具死尸度过几十年与世隔绝的痛苦岁月，这是何等的震撼和无奈。爱米丽的性格极为异常，心理扭曲十分严重，引发了福克纳的感慨："她是一个可怜的女人，没有任何的生活意义，她的悲剧是无可改变的，任何人都无能为力。"① 虽然读者无法了解爱米丽对死亡的态度，或者甚至可以说她的死是自杀或近似自杀，因为她似乎是在一种平静的期待中与情人共同迎接死亡。这种对待死亡和迎接死亡的态度蕴含了对命运、对传统伦理以及对周围小镇居民等近乎绝望的心理状态，体现了对家族伦理迫害女性的控诉以及对女性弱势群体的同情与关注。

　　献祭式生命信仰促进了家族文化的传播，融入文学文本历史叙事，反映历史叙事的内涵以及历史事件的存在状态，在代际历史传承中达到不受时空限制的目的，对社会稳定和发展发挥了重要作用。格里尔生家族的新历史主义书写彰显了家族文化代际传承的形式与途径，给南方人带来警示或借鉴。这个家族的新历史主义书写有其独到的价值和意义，因为在传统社会中，以父权制度为代表的传统伦理道德将女性塑造成为淑女形象，本质上是为了确立社会中的权威性；而在现实生活中爱米丽的行为具有很大的反叛性，必然引发南方人的心理震撼。福克纳揭示了爱米丽在传统与自我的夹缝中痛苦的生存状态，认为她的命运悲剧"是一个无法避免的悲剧，没有什么能阻止她……可怜、可悲的人为了得到

① William Faulkner. *Faulkner at Nagano*. Ed. Robert A. Jelliffe. Tokyo：Kenkyusha LTD，1956，p.71.

所有人都想得到的东西，和自己的心灵、和别人、和环境进行着搏斗"①。她是传统贵族家族女性的代表，如果说她的肉体生命不过是历史事实存在的一种短暂形式，那么在代际历史传承与献祭式生命信仰中她所代表的家族悲剧，才是这个家族书写所追求的目标和意义。真正的过去已经永远失落了，"我们关于过去的概念，是受我们用来解决现在问题的心智意象影响的，因此，集体记忆本质上是立足现在而对过去的一种重构"②。福克纳对格里尔生家族的新历史主义书写的当下建构以家族伦理记忆为基础，带来的是对社会现实问题的思考与警示。这也许是福克纳送爱米丽一朵玫瑰的原因，目的是借以表达对她悲惨一生的同情和对她勇敢、大胆和自由追求爱情行为的赞扬或认同。

---

① William Faulkner. *Faulkner in the University: Class Conferences at the University of Virginia*, 1957-1958. Eds. Frederick L. Gwynn & Joseph Blotner. New York: Vintage Books, 1965, pp. 184-185.

② 〔法〕莫里斯·哈布瓦赫著：《论集体记忆》，毕然等译，上海：上海人民出版社，2002 年，第59 页。

第六章　历史的主体性：历史还原
人性与生命张扬书写

　　哲学上的主体性是指作为主体的人在社会中的地位和所发挥的作用。历史的主体性强调人的活动在社会历史发展中的重要地位和作用，或者说在历史书写中，书写者的活动对历史产生的影响或对历史事件进行的一种取舍。历史书写与历史真实之间存在着辩证统一的关系，其中历史真实作为历史事件发生、发展的基础，可以帮助人们尽可能地还原历史真相，从而获得历史感受；而历史书写通过历史叙事，再现历史事件发生的环境，给人们带来身临其境的感觉。当然，无论是作为历史真实，还是作为文学真实，历史书写必须借助文学书写的方式来完成，且融入书写者的政治意识形态，彰显历史书写者的主体性。福克纳对南方家族的新历史主义书写通过把文学与历史融合在一起，将家族历史融入文学创作之中，构筑了对人性进行探索和张扬生命力的书写模式，从历史、文学和政治意识形态等方面展现了南方家族精神，体现了历史还原人性与对人类生命力张扬书写的创作目的。

第一节　人性压抑与终极探寻：伯顿家族的
人性颠覆和宗教信仰背离

　　宗教信仰是人类个体价值意识的定向形式，通常对人的思想和行为起着至关重要的作用。优秀的作家离不开成长的环境，而伟大的文学作品与作家的信仰息息相关。无论是有意识继承某种信仰还是刻意对某种信仰进行反叛，作品主题和作品中的人物都或多或少地打上了作家信仰的烙印。信仰从表面上看是文学文本的外在因素，事实上却是文本的核心和立场，始终潜移默化地影响着文学文本的创作。美国南方社会是一个封闭的传统社会，虽然在内战后有所开放，但传统文化依然延续，清教教义、种族歧视、腐朽的妇道观等依然影响着南方人的生活，制约着南方家族的发展。以伯顿家族为例，这个家族由于受到宗教使命的驱使，呈现出献祭式宗教命运结局，反映了宗教信仰中的人性压抑以及对家族命运的终极探寻，折射出现实世界的人性颠覆和对宗教信仰的背离。

一、宗教信仰磨难与现实世界荒诞性

宗教信仰是一种特殊的社会意识形态和文化现象，代表了人类精神的不同阶段。美国南方宗教信仰是在特定的历史语境中形成的。以加尔文宗教为基础的南方宗教信仰，无论是内战之前还是之后，都对南方人的道德观和价值观产生了极大的影响。尽管福克纳并不是一个虔诚的基督徒，但他深受基督教熏陶，其家族书写笼罩着浓厚的基督教文化氛围，跟圣经故事中的某些形象、场景、事件和命运等一样蕴含了众多的隐喻关系，包容和反映了基督教的教义和理念。尤为重要的是，他对伯顿家族的新历史主义书写就是以宗教为基础的，充满了灵与肉的冲突，再现了宗教信仰的磨难，凸显了现实世界的荒诞性。

家族书写的过程本身是对家族伦理进行质疑的过程。家族故事通常不能称之为"历史"，因为故事本身没有实际意义，只有把这些孤立的故事视为关于历史的"叙述"，成为蕴含某种历史含义的"故事"，才能称之为家族历史。宗教信仰是人们在恐惧、困难和无助的状态下祈求宗教神灵救助的一种仪式或行为体现，通常表现为心理上的需求或慰藉。"当我们的经验伴随原型特殊的魅力时，就可以感知到原型的特殊活力。它们似乎拥有特别的符咒。这种特质也是个人情绪的特征，恰如个人情绪有其个体的历史，原型特质的社会情绪也如此。但是，当个人情绪只能产生个人偏见时，原型却创造出能够影响整个民族和时代，并赋予其特征的神话、宗教和哲学。"① 宗教发挥影响的大小取决于人类赋予其价值的大小：也就是说，对宗教越敬畏，寄予的希望越大，所发挥的影响也就越大，最终衍生出神并由此主宰人类的一切。南方素有"圣经地带"之称，加尔文主义助长了奴隶制和种族主义，然而，南方人对加尔文教义的过度热衷与崇拜在很大程度上压制了南方思想的活跃性，引发了社会矛盾和种族冲突。伯顿家族的兴衰就反映了这一现象。对这个家族，福克纳在多部作品中都有所提及，其中在《八月之光》中叙述得最多，也最为详细。这个家族是北欧移民的后代，最初生活在北方的新英格兰，带有极强的宗教信仰背景，是典

① 〔瑞士〕卡尔·荣格等著：《人类及其象征》，张举文等译，沈阳：辽宁教育出版社，1988 年，第 60 页。

型的普通大众家族。

　　新历史主义家族书写往往需要从一些未被加工的家族"碎片"故事中挑选出原始素材，在一定历史语境中重新构建一个有关日常生活的历史故事，进而反映家族历史的真实状况。这一过程，实际上就像文学家的创作一样，是以文学形式展现预想的历史进程，使原本独立于人类主观意识且真实存在的事件转变成为承载的历史故事，表达对社会的认同或排斥。伯顿家族提到的最早成员为纳塞尼尔·伯林顿（Nathaniel Burr-ington）和妻子胡安娜·伯林顿（Juana Burden），这对夫妻生活在北方，生活节俭，但他们的生活比较安稳。这是伯顿家族的第一代人。纳塞尼尔·伯林顿与 12 岁的儿子发生争执，导致儿子一气之下离家来到加利福尼亚，儿子由于年龄太小，无法正确拼写自己的名字，便把自家的姓"伯林顿"（Burrington）误写成"伯顿"（Burden），他的名字就成了加文·伯顿（Calvin Burden），这是家族的第二代。加文在与别人争论蓄奴制的问题时一气之下把对方杀了，只好带着一家人逃到南方的杰弗生镇，并定居下来，和妻子伊万杰琳（Evangeline）育有一子和三女，其中儿子叫纳塞尼尔·伯顿（Nathaniel Burden），女儿分别为莎拉（Sara）、丽贝卡（Rebecca，简称 Beck）和伊万杰琳（Evangeline，简称 Vangie），这是家族的第三代，以纳塞尼尔·伯顿为代表。纳塞尼尔·伯顿和第一任妻子育有一子，名字也叫加文·伯顿，但为了避免混淆又称为"加文二世"（Calvin Ⅱ）；这个妻子因难产去世后，他又娶了一位来自新罕布什尔的妇女，生下了女儿乔安娜·伯顿（Joanna Burden），这是家族的第四代，以加文二世和乔安娜·伯顿为代表。从家庭背景来看，这个家族是平民家族，自食其力，生活在社会底层，没有什么政治和经济特权，但家族成员多年因宗教信仰与周围人产生矛盾，陷入孤立无援的困境，被镇上的人视为外来者受到排挤，说明了南方宗教信仰的极端化以及现实社会的荒诞性。

　　南方家族的行为规范、宗教信仰与心理行为等体现出历史真实和生存语境，表现了社会存在的种族歧视和社会生存状况，在提供精神支柱的同时也带来了人性的压制。内战之后，南方虽然战败，但南方很多人仍然怀念传统的社会秩序，希望回归传统生活方式，其中包括对种族制度的态度。因此，一些人总是披着宗教的外衣，按照所谓的上帝旨意对黑人进行教育，期望提高黑人的道德伦理水平，但事实上，他们从未把黑人当作与白人一样平等的人加以看待，"白人并不真正了解黑人，因为白人在和黑人打交道时总是逼迫黑人以黑人的身份而不是以人的身份出现"①。以加尔文主义为核心的清教信奉原罪学说，拥有强大的政治势力，始终禁锢着南方人的行为和思想。加文·伯顿喜欢谈论政治，人们常常听到他"直起粗声粗气的嗓门大骂蓄奴制和奴隶主"（《八月之光》，第172页），教育子女憎恨蓄奴制度，如周六晚上他喝醉回家、推醒熟睡中的孩子告诉他们，"我要你学会憎恨两桩事"，他说，"不然我就狠狠地揍你一顿。那就是地狱和奴隶主"（《八月之光》，第172页）。在星期天，他强迫孩子穿戴整齐，聆听他用西班牙语朗诵圣经，但实际上没有人懂得西班牙语。他的这种性格和行为遭到了家人和镇上居民的反感，有一天，他与孙子一起走在大街上，因黑人选民问题与他人发生争执而被枪杀。为了担心报复，他的儿子不得不把他们的墓地掩藏起来，以避免尸骨被白人所毁坏。这一事件也显示出这个家族因为宗教信仰和种族主义行为所导致的人际关系紧张，对南方宗教信仰来说也是一个巨大的反讽。

　　历史和文学都属于话语权利系统，包含了文本书写或历史叙事两个层面，存在着虚构或主体性介入的现象。作为一种特殊的语言系统，历史话语没有自己固定的术语，只能采用文学表现中的隐喻或象征等方式来构建文本。正是由于这一特征，新历史主义的历史书写更倾向于被划为文学叙述范畴。这样，文学书写和历史真实的结合实际上也就把家族故事转化成人类发展的历史。乔安娜·伯顿实际上是一个隐形的黑人，虽然与白人的肤色差别不大，但还是能够显现出来。从历史资料来看，当时的海地属于法国的殖民地，有大批的黑人在那里从事种植园经济劳动，很多混血儿都是18世纪法国人父亲和非洲人母亲的后裔，后来一些人逃亡到美洲大陆定居下来，成为黑人自由人。乔安娜在与乔的谈话中曾提到，"我父亲是法国人，半个法国人"（《八月之光》，第182页）。由此可见，她的祖母可能是逃往美洲的黑人奴隶，表明了这个家族具有黑人血统，也说明了乔安娜的黑人混血身份。伯顿家族成员属于加尔文主义宗教的狂热支持者，虽然终身致力于黑人事业，但他内心深处十分抵制自己的黑人身份。这也能理解这个家族成员为什么在白人高贵、黑人低贱的那个时代却一直从事着提升黑人身份的艰巨任务，也说明了宗教信仰的复杂性，凸显了南方现实世界的荒诞性。

---

① William Faulkner. *Faulkner in the University*：*Class Conferences at the University of Virginia*，1957-1958. Eds. Frederick L. Gwynn & Joseph Blotner. New York：Vintage Books，1965，p. 221.

宗教对人类产生的影响表现为一种精神上的寄托，因为人类个体在苦难的时候常常请求神灵的帮助，期望在无法抉择的时候恳请神灵的指引，在未来的选择上得到神灵的救助。当达到目的后，人们往往会感谢神灵，接受宗教信仰的教化。乔安娜四岁的时候，她的父亲把她领到祖父与同父异母的哥哥墓前，给她当场灌输种族主义思想："记住这个。你爷爷和哥哥躺在这儿，杀害他们的不是白人，而是上帝加在一个种族头上的诅咒，注定要永远成为白种人因其罪恶而招致的诅咒和厄运的一部分。记住这个。他的厄运和他的诅咒。永远永远别忘。"（《八月之光》，第179—180页）在她父亲看来，种族主义是一把双刃剑，既能给白人造成良心上的折磨，又会使白人背负种族主义原罪。这种极端的种族主义教育对幼小的乔安娜造成了严重的心理影响，导致了她后来一遇到难以解决的问题而又想逃避时，就会想起父亲常常说的话：

> "你逃脱不了"，他说，"你必须斗争，站起来。而要站起来，你必须把黑影一同支撑起来。可是你永远不可能把它撑到你自己的高度。"我现在明白了，而这一点是我来到这儿以后才明白的。你想逃脱可办不到。黑种人受到的诅咒是上帝的诅咒，而白种人受到的诅咒是黑人的诅咒，他们将永远是上帝自己的选民，因为上帝曾经诅咒过他们。（《八月之光》，第180页）

这里需要对"黑影"进行解释和说明，因为乔安娜之所以把黑人看成"黑影"，是因为黑人的肤色是黑色的，同时隐喻了白人从来也没有把黑人当作与白人一样的"人"来看待。当然，这种思想源自她的祖父、父亲等在其内心世界早早播下的种族歧视的种子，使她意识到现在的黑人不是人，而是物；不是独立的自由人，而是让白人视而不见的"黑影"。她在南方生活了近40年，把自己的一生都花在提升黑人能力上面，期望他们与白人平等。即使遭到白人唾弃，她依然坚定不移地执行家族使命，显示出加尔文主义宗教信仰的彻底性和危害性。

新历史主义家族书写存在着一个文学真实与历史真实的互动机制，同样，也存在着历史形态与宗教意识形态彼此作用的影响。这种影响突破了传统历史主义家族书写的界限，取而代之的是历史书写者对宗教信仰的极端展现。迈克尔·米尔盖特在评论《八月之光》时曾说过："对众多的读者来说，它仍然是最令人困惑的、最难纳入无论是加以理性的思辨还是美学的透视的小说之一。因此，它还是一部远未读懂的小说。"① 这部作品交织着不同家族成员的记忆和以记忆为轴心的宗教、种族、社会归属等诸多层面的含义，且上述层面彼此渗透、相互融合，共同构成了家族书写中的交互式对话模式，展现了家族书写者对社会文化，特别是基督教教义的思考。伯顿家族的多位成员把生命都献给了提升黑人地位的事业，最终却没有得到好的结局。这种命运安排清楚地表现了南方社会存在的社会问题和宗教影响，展现了种族主义问题的复杂性和艰巨性，有助于人们更深层次地理解南方社会的荒诞性。

历史早已逝去，人们无法客观地再现和原封不动地对历史进行复原，新历史主义的家族历史书写以宗教信仰为基础，揭示了宗教思想对现实社会的极大影响力。伯顿家族的新历史主义书写体现了福克纳对南方历史和宗教的理解和感悟，因为特定的社会历史性和家族独特的文学性形成了开放的互动关系，尤其是以家族历史建构种族历史可以带来更大的社会影响力。南方社会根深蒂固的白人种族优越性以及狂热的宗教信仰，又促使更多的南方人极端化地投入到提升黑人能力的努力中，从而引发种族矛盾或冲突。伯顿家族帮助提升黑人奴隶的地位与加尔文宗教的宗旨有很大的关系，因为在这个家族的成员看来，黑人先祖受到上帝的诅咒，由此陷入被奴役的命运。这样做的原因并不是因为上帝要抛弃他们，而是想真正拯救他们，使他们脱离奴隶的地位。乔安娜的父亲总是提醒家族成员，让他们意识到黑人将"永远是上帝的选民"。事实上，这种思想也是典型的种族主义思想的体现，意味着黑人还不能与白人一样平等、自由地幸福生活，因为他们的能力还没有达到。同样，这个家族的其他成员虽然也积极帮助黑人争取权益，但骨子里仍然歧视黑人，帮助黑人是因为他们认为黑人依然是低下的，尚无法达到与白人平等分享权利和自由的能力。这种种族偏见或歧视在乔安娜对待乔的态度上表现得最为明显，她不仅隐瞒了自己黑人血统的秘密，而且还强迫其男友承认自己的黑人身份，最终死在连自己都不知道是黑人还是白人的手里，显示出南方现实世界的荒诞性，不能不让人为南方未来的命运而担忧。

二、家族救赎陷阱与生命终极质疑

文学想象与历史真实组成了家族书写的有机整体，其中文学想象参与家族历史的构建并与政治意识形态和权力话语相互配合，反映人类个

① Michael Millgate. "A Novel: Not an Anecdote: Faulkner's *Light in August*". *New Essays on Light in August*. Cambridge: Cambridge University Press, 1987, p. 31.

体的生活状况。历史文本与文学文本相互参照、彼此关联，共同体现了新历史主义家族书写者的历史观和宗教观，由此导致了家族书写所关注的主体不再是"宏大历史事件"或"历史英雄"人物，而是普通大众，尤其是社会底层大众的日常生活行为。伯顿家族的成员作为南方社会的边缘叙事主题，认为对黑人进行拯救不应仅仅局限于救济扶助层面，而应当主要提升黑人的能力和素养。这种对黑人的"拯救"或"改造"实际上是一种变相的精神歧视和种族压迫，剥夺了黑人的权利和自由，陷入了家族救赎的陷阱，本身就充满了责难、痛苦、焦虑、冷漠与麻木的心理变化过程，体现了家族救赎的残酷性以及对生命终极的质疑，最终导致家族成员的悲剧性结局。

救赎是基督教的重要教义，原指人世间充满了罪恶，但人类无法自救，因而上帝派遣耶稣降临人间，以自我牺牲赎世人之罪，从而洗净人类的罪恶。伯顿家族的成员对黑人所承担的救赎使命经历了善与恶、毁灭与重生的斗争，完成了从物质到精神的救赎，体现了由外在向内部关照的过程。从这个意义上看，伯顿家族帮助黑人的原因就得到了完美的阐释，乔安娜的祖父和同父异母的哥哥被白人种族主义者枪杀后，她的父亲依旧选择留在南方帮助黑人。同样，对于乔安娜本人来说，她对过去的回忆都是祖父用鞭子抽打家族成员的身体，向她灌输基督教教义，或者父辈为了洗脱种族罪恶而卷入各种争斗之中。为此，她一生都在致力于提升黑人地位的事业，竭力帮助和教育黑人：

> 她在收发大量信件，每天午饭前的一段时间，她总要坐在楼下那些不常用的陈设简陋的房间之中的一间，在一张破旧不堪、表面凹凸不平的桌边不停地书写。……这些信件都是公务函件和私人文书，来自各地，盖着五十个不同的邮戳，而她发出的是给经理、董事或财产受托人的复函，有关金融和宗教事务的忠告，向南方十多所黑人大、中学校的年轻女学生，甚至这些学校的校友，奉献出她个人的切实可行的劝诫。隔一些时候她会每次离开家三四天，……亲自访问那些学校、同师生们谈话去了。（《八月之光》，第166页）

她整日忙于黑人事务，看似为黑人牟利，但体内白种人的血液始终促使她鄙视黑人，同时黑人对她的态度也不是尊敬，而是敬而远之。客观地说，这个家族宗教意义的救赎表现为对种族主义罪恶行为毫无批判地认同，并且试图通过教育和提升能力的方法来改变传统观念中对种族主义的误解，最终形成了对命运终极的质疑。

　　任何历史书写者都有权利对自己所书写的历史事件作出阐释，但作为历史故事，历史书写本身没有太多的政治意义和历史价值，只有将历史事件纳入历史话语体系中，历史书写才具有了价值和意义。伯顿家族的新历史主义书写反映了南方种族主义的影响和真实现状。内战结束以后，残留的奴隶制意识和早已内化的白人优越论思维定式依然左右着这些已经获得自由的美国黑人，造成了他们身份认同的障碍。黑人与白人之间的种族界限进一步强化了黑人二等公民身份的地位，禁止黑人与白人通婚，黑人更不能享受与白人平等的政治、经济和教育权利，致使黑人陷入历史的阴影之中不能自拔。乔·克里斯默斯从一出生就遭到外祖父的遗弃，经历多种磨难，由于不清楚自己到底是白人还是黑人，他只好四处流浪。他想成为黑人，但得不到黑人的认同，因为他看起来像白人；他想成为白人，但缺乏自信心，因为从小被视为黑人。这种矛盾而荒诞的身份扭曲了他的人格。在乔安娜眼里，他却是一个地地道道的黑人，因此称他"黑鬼"。他受到乔安娜的控制，当乔安娜企图改变他的信仰或生活方式时，他表达了强烈的反感并动手打了她，致使乔安娜死亡，而一周后他被警察打伤，并被白人极端分子处了私刑。这种命运结局体现了南方种族主义的暴力与偏见，表达了对生命终极的质疑。

　　新历史主义认为，历史不是一连串过去事件的组合，而是书写者与历史事实相互作用、相互影响的过程。家族书写虽然属于历史虚构，且这种虚构虽然并不完全是历史事实，却呈现出清晰完整、贴近历史真实的特征。乔安娜的父亲为了继续完成家族的宗教使命，在失去儿子的前提下，把女儿乔安娜当作男孩进行抚养和教育，不仅让她了解家族的历史，而且赋予她家族的历史使命和责任。由于长期受到清教主义和种族主义的影响，乔安娜具有与男性一样的强烈控制欲，并试图挣脱清教主义教义的束缚，追求自己的爱情。乔因为寻求食物而误闯入她的房间，成为她寻求爱情的对象。在她与乔同居期间，她很少与外界交流，也很少与乔交谈，却极力想控制乔并试图改变他的思想和生活方式，但最终以失败而告终。她的悲剧在于，她无怨无悔地为宗教主义信仰进行救赎，致使自身人格的完全扭曲，对黑人的救赎成为宗教使命下她别无选择的义务。这种异常行为归咎于她自我约束机制的丧失，她摧残自身和控制他人，身心受到极大折磨和痛苦，最后导致了命运悲剧。

　　家族历史的本质是一种文本或一种话语，这也意味着不是所有的家族历史都可以纳入历史书写之中。在新历史主义者看来，只有那些反映普遍人性或人类生存境遇的民间历史，才能进入历史书写者的视野。以死亡为例，生命终极的结局意味着死亡，而死亡并不总是意味着生命的结束，而是生命的升华。对于生命个体而言，死亡是对一切苦难的终极认定，也是对所有生命情怀的彻底消解与无情嘲弄。对生之迷恋和对死之恐惧，构成人世间的主旋律，川流不息，永世轮回。"伯顿"（Burden）这个姓氏具有深刻的哲学含义，意味着"沉重负担"，可以说，"伯顿家族"被上帝赋予了拯救黑人的神圣使命，体现了加尔文教义对宗教的救赎体验，展示了内战后南方依然残存的宗教束缚和种族主义问题。伯顿家族的救赎使命和南方病态的社会环境造成了这个家族成员性格和身份的变异，导致了其人生阶段的残缺和人性的异化，展现了对人类生命终极的质疑。

　　文学的悲剧艺术总是描写美好的事物被毁灭，善良的人物被冤屈而死，并借以引起人的恐惧和怜悯，使人产生反思和抗争。人类生命终极的结果源于掌控命运的神秘力量，而神秘力量根据某种标准对人类生命个体实施惩罚与奖励。文学作品中的悲剧人物因遭受毁灭性灾难而走向死亡，表明一切都逃不开命运之手的安排，表明因果报应的范式始终在发挥作用。种族主义和妇道观与文学融合在一起，清晰地显示出加尔文主义宗教和种族主义在南方的危害及后果。伯顿家族对宗教教义的救赎体现了社会转型时期对宗教加尔文主义思想盲目崇拜的偏见。这种近似疯狂的非理性行为印证了南方人所坚信的"生活中最美好的东西不是现存的事物，而是那些应该存在、或那些据说过去曾经存在过的事物"①。乔安娜的宗教救赎给自身带来沉重的精神压力，导致其性格异化和命运悲剧。这正是伯顿家族书写的历史价值和社会现实意义，展现了宗教信仰的人性压抑以及对生命终极目标的探寻。

三、历史真实逃离与宗教创伤慰藉

　　新历史主义主张，历史叙事利用真实事件和虚构历史的类似性使历史书写具有真实性，而家族书写虽然也是通过虚构的历史事件展开故事叙事，但这种虚构的故事带有很强的主体意识，充满了对历史真实的质疑和对宗教创伤进行慰藉的需求，不同程度上揭示了南方人在现实生活中的精神状态。事实上，通过书写者意识重构历史事件或历史环境，本

---

　　① 〔美〕罗德·霍顿等著：《美国文学思想背景》，房炜等译，北京：人民文学出版社，1991年，第454页。

质上是一种对历史真实的逃离，目的是在原有基础上形成一种张力，引起人们对"宏大历史"叙事或历史权威的反思。福克纳对伯顿家族的新历史主义书写围绕着战后南方人所遭受到的困境、宗教加尔文主义的影响以及所带来的苦难等进行，呈现出多种形式的历史真实逃离和宗教创伤慰藉，展现了文学艺术的魅力与价值。

历史真实逃离，从哲学视角来看，可以理解为质疑历史真实或怀疑历史的客观性。作为一种叙述话语，历史文本的深层内容属于语言学和诗性的范畴，带有一切语言构成物的虚构性，人们通过历史话语才能把握历史。历史真实逃离必然导致对历史客观性的怀疑，这相当于承认了逃离历史的必要性。乔安娜努力为黑人争取权益，但骨子里却歧视黑人，而这种歧视在她与乔之间的关系维持中表现得尤为明显。她以一个上帝派来的拯救使者的身份出现，但始终保持一种居高临下的压迫性姿态，强迫乔承认自己的黑人身份并接受她的安排和建议。这种种族自信或者称之为种族傲慢的根源在于，她认为黑人地位低下，不配与她平起平坐。既然上帝赋予她拯救"受到诅咒"黑人的职责，她就认为自己作为黑人命运的主宰者，有权安置黑人的一切。由此可见，美国南方清教主义思想给战后南方人带来沉重的精神负担和行为压力。福克纳展现历史逃离的目的在于，通过黑人与白人之间的融合期盼，祈求摆脱种族歧视的枷锁。这才是南方人逃离历史真实困境的出路。

从日常生活体验来看，历史真实逃离大多发生在这样的情况下：个人或集体无法在现有的生存环境中继续生存下去，必须选择逃离或摆脱原有的伦理道德、生存环境和价值观念，选择一种新的生活方式重新生活。历史事件作为文学素材已经丧失了被直接感知的必要条件，而历史书写必须对历史事件进行还原，这种历史还原实际上是对历史事件的修正，逃离了历史真实。传统历史观把历史看成一个客观认识的领域，其中历史独立于历史研究者认识主体、研究手段和语言工具的实际存在之外，但这样的历史观本身就是非历史性的，因为研究者的主体"人"与语言工具本身都是历史的产物，人类个体借助语言把目光投向过去时，其视野就局限在历史、语言以及两者综合的影响之中，是所看到的历史，而非历史本身。新历史主义历史观认为，历史体现了权利或欲望，充满荒诞与非理性因素。福克纳出生在一个信奉加尔文主义的传统基督教家族，他的曾祖父、祖父、父母都是典型的清教教徒。这种浓厚的基督教文化氛围对他的创作产生了深远影响，他的作品中大量使用基督教典故和基督教教义。当读者仔细分析他作品中对基督教观的借用和对耶稣基督形象人物的塑造时，就会发现他实际上并不是一个真正的基督教作家，从来没有把宣扬基督教教义作为自己的创作目的和作品主题，而是将基督教文化和宗教神话作为作品背景的一部分，展现了现实生活的困境。他把耶稣基督神话原型与乔安娜的行为进行了对照叙事，使伯顿家族叙事具有反讽性的"双重对应"结构。即使当乔安娜期望借助于乔的爱情故事享受一个作为女人的幸福时，她的内心深处仍然处在不断的挣扎与抗争之中，认为自己的行为违反了传统道德规范，视自己的行为是肉体和精神上的极度堕落，祈求上帝的原谅。她白天装作不认识乔，晚上也很少与他交流，从不与他共同进出，但当她的感性恢复到理性时，她又反复强调乔的黑人身份，以结婚为条件让他接受自己的黑人身份并不断地提升自己，但遭到了乔的拒绝。乔安娜的这些异化行为表明了包括乔在内的南方人内战后依然保持着传统的道德思维模式。这种叙事体现了对历史的逃离，目的绝非是表现南方社会的种族仇恨和道德堕落，而是从历史与文化反思的高度上，对南方历史上存在的种族主义原罪进行清算，进而寻找救赎的途径，实现历史与现实的对话。

历史真实逃离不仅是人类自我需求释放的行为，更是对历史真实重构的需要。新历史主义家族书写是对家族成员行为以及行为背后事件的纪念、缅怀或回忆，其中苦难叙事以历史事件的真实性为基础，兼顾了家族成员个体的心理创伤，经由个体创伤积淀成民族的和文化的标志，成为民族和区域精神的体现。这不仅是对福克纳新历史主义家族书写主体性的概括，也是对南方人的宗教创伤慰藉。伯顿家族书写反映了福克纳本身所具有的家族情结，表达了其探求历史真相的动机以及进行文学书写的精神诉求，体现了他对历史真实性的质疑和对宗教创伤慰藉的渴望。南方清教主义的确起到了规范言行、劝人为善的积极作用，但清教主义的消极方面，如种族观和清教主义的妇道观等，对社会的影响也是极为明显的，就连南方人都很难为之辩护。以清教妇道观为例，福克纳在某种程度上受到了这一思想的影响。他在对女性进行历史书写时，两种相互矛盾的情感并存，其立场随之发生了模糊与暧昧。尽管他再三表白："对我来说，人是第一位的，象征意义是第二位的"①，但在战后南方社会中，对黑人和女性的歧视都是客观存在的。当创伤事件对个人的

---

① William Faulkner. *Faulkner in the University*: *Class Conferences at the University of Virginia*, 1957-1958. Eds. Frederick L. Gwynn & Joseph Blotner. New York: Vintage Books, 1965, p.117.

影响超出其情绪、情感和能力能够接受的范围时，个体就会出现无法实施自我管理的内在情绪状态；同样，从集体层面来看，当历史事件造成一定数量和程度上的苦难和创伤时，就会形成铭刻于人们集体记忆中的历史创伤，而集体性的历史创伤会缓慢地破坏社会组织间的联系、相对应的社会价值观和固定的社会关系，对集体认知的形成和维系都会带来普遍的破坏和困难。"我认为，妇女研究与妇女争取解放和权利的运动几乎是分不开的，也是我生命中不可分割的一部分。当我第一次意识到我是女性时，就已经有人定义好我是谁，我走每一步所作的决定。我在一个'女性就是二等公民'的环境中长大，在这里，有色人种也失去了其最基本的权利。遗憾的是，我们也不得不被社会所误导——女性的地位是低下的。"[1] 乔安娜离群索居的住房和紧闭的前门，表明了黑人和女性遭受的种族创伤是巨大的，也说明了南方社会问题的严峻性。

历史真实逃离面临着很多问题，时刻考验着逃离者的意志和决心，因为逃离者必须摆脱现实社会的制约，才有可能找到新的生存环境。话语权利理念具有隐喻象征文学的表现形式，富有意在言外的含义。"不是历史学家的人有时以为历史就是过去的事实。可是历史学家应该知道并非如此。当然事实俱在。但它们数量无穷，照例沉默不语，即使一旦开口又往往互相矛盾，甚至无法理解。"[2] 对历史的逃离和对抗历史等都具有同等的社会效力，因为无论在何种历史环境下，逃离的动机都是对自我生存困境的突破，期望获得新的生存空间。这是人类对自我生存意义和价值的追求，是人类自身不断发展的动力和保障。这样，对历史的逃离就从最初追求自我生存环境的改善演变为普通人对日常生活的体验，揭示了人类个体对自我生存环境和社会存在的焦虑感与忧患意识。福克纳对伯顿家族的新历史主义书写融合了基督教的宗教观念，因为这个家族的成员并不是黑人的救世主，也并不真心关心黑人。这正是伯顿家族悲剧命运产生的根本原因，也是将乔的血缘故意混淆的真实意图。乔对自身身份的寻找恰好经历了从心理抗拒到最后不得不接受黑人身份的荒诞过程，象征着种族主义罪恶所导致的现代悲剧。

历史真实逃离和对宗教创伤慰藉的渴望始终成为战后南方人日常生

---

[1]　Alice E. Ginsberg. *The Evolution of American Women's Studies*：*Reflections on Triumphs, Controversies, and Change.* New York：Palgrave Macmillan，2008，p. 215.

[2]　〔美〕柯文著：《在中国发现历史——中国中心观在美国的兴起》，林同奇译，北京：社会科学文献出版社，2017 年，第 39 页。

活体验中所追求的目标，因为"人并不是一成不变的。在不同的地点，人对上帝的构想并不相同，其诸多的方式随着时间和空间的变化而变化"①。伯顿家族的新历史主义书写明显区别于传统文学中的历史叙事，特别是通过剪辑拼贴、空间并置以及时序调整个人的叙述，在充分调动人们理性思维的基础上，流散在书写中的历史记忆碎片在拨开层层迷雾中透露出历史的沉重感和悲剧感。这种家族书写方式突出强调了这个家族蛮横专制的父权制度在狂热的宗教使命驱使下，迫使女性放弃了追求自由和幸福的权利，造就了男女的不平等性。加尔文主义教义中的清规戒律严重束缚了处在青春年华时期的乔安娜，致使她只能对爱情遥遥观望。不仅如此，拯救黑人的宗教使命在她心中根深蒂固，始终迫使她像赎罪一样继承着祖辈、父辈为黑人服务和谋权益的事务，内心深处却极为鄙视和歧视黑人。这种极具扭曲的性格和心态不仅导致她坚决抵制北方先进文化的侵蚀，盲目地维护南方腐朽的传统文化，而且限制了其身心和精神的自由发展，最后使她像妓女一样生活。南方社会流传了很多解放黑人的方式和方法，如一些人认为，黑人只有经过白人的帮助才能提升自己，达到社会平等的要求并最终得到自身的解放。然而，这些想法是十分幼稚的，在南方是无法实现的。福克纳晚年时，美国发生的几次大规模的黑人民权运动恰好说明了种族主义的隔离无法解决南方社会的种族冲突。伯顿家族成员的命运悲剧具有很大的前瞻性和针对性，产生的社会效果超出了其他南方作家的作品，对解决种族问题提供了重要借鉴。

历史意识是代代相传的无数同类经验在全体南方人心中沉积下来的对历史的认识和感悟，构成了南方文化传承与发展的基本内容。伯顿家族新历史主义书写以文学艺术的形式再现了南方历史真实，使之在一代代人的心理体验中不断增强，从而提升解决种族问题的程度，并通过历史真实获得精神慰藉，"能够解决这个（种族）问题的唯一途径是平等而不是融合"②。对伯顿家族成员来说，黑人就是上帝给南方人施加的一个诅咒，由此激发了家族成员身上所具有的潜在的种族不平等意识，因而坚信南方人有责任去提高黑人的层次，但白人与黑人的平等是永远无

① William Faulkner. *Lion in the Garden*: *Interviews with William Faulkner*, 1926-1962. Eds. James B. Meriwether & Michael Millgate. New York: RandomHouse, 1968, p. 71.

② William Faulkner. *Faulkner in the University*: *Class Conferences at the University of Virginia*, 1957-1958. Eds. Frederick L. Gwynn & Joseph Blotner. New York: Vintage Books, 1965, p. 227.

法实现的，因为黑人的修养和素质太低下，而教育是帮助黑人摆脱困境的最佳手段。换句话说，如果没有以乔安娜为代表的白人社会把乔逼迫到如此惨烈的困境，也就不会有后来作为黑人的乔杀死乔安娜，更没有穷白人联合起来把乔杀死的悲惨命运结局。这种由宗教创伤所导致的家族毁灭恰好说明了历史书写的想象性和虚构性，所产生的艺术效果让置身其中的南方人深感历史书写的沉重感和痛苦感，感受到历史的嘲讽与荒诞性，彰显历史真实逃离所带来的宗教创伤慰藉。

第二节　民间叙事与权威消解：德雷克
家族的虚伪性与政治追求

新历史主义者主张，历史书写不能脱离现实生活，必须从日常生活的原生态出发，在民间历史资料中把握历史真实，剖析普通人的生存困境和所遇到的各种问题，着重刻画这些人的心灵痛苦与复杂的社会关系。福克纳的家族书写从历史环境和社会环境出发，关注平民大众的日常生活体验，展现所遇到的生活困境和信仰问题，从而构建家庭温暖、人际和谐、人与人之间互相爱护的社会发展愿景。这样的书写意图在德雷克家族书写中得到集中体现。这个家族虽然没有康普生家族、萨德本家族等传统贵族家族那样显耀的"辉煌"历史，但从经济地位和社会政治权利等方面上看，还算得上是一个南方中等以上的重要家族。围绕着这个家族，尤其是发生在家族女性成员谭波儿·德雷克身上的故事，揭露了家族政治的虚伪性和"淑女"制度的危害性，揭露和抨击了南方丑恶的社会现实，表达了对人类生存的终极意义追问。

一、家族叙事戏说与怀旧心理复原

家族书写往往受到历史环境、社会需求和风俗文化等诸多因素的影响，为此，新历史主义家族书写在历史环境中选择历史事件，将历史与文学结合起来反映历史真实。这种书写方式打破了以往思想启蒙或意识形态中单一的思维方式，同时又不是简单地排斥政治意识形态在现实生活中的真实存在，而是在强化民间史观叙事的基础上，突出了家族文化、传统文化在民间意识形态结构中的稳定性和主导性，形成了一个民间、家族、伦理与政治意识形态的多元交织、重叠、消解和并存的共时性逻辑关系。德雷克家族的新历史主义书写把南方社会不同时空的历史事件、家族成员的个性、家族生活"碎片"等重新组合起来，借助家族的日常生活行为透视了社会的生存状况和政治追求，体现了民间叙事对政治权威的消解，展现了家族叙事的戏说与怀旧心理复原。这无疑是对以往家族书写的一次重大突破，在现实世界的荒诞中完成对生命力的张扬书写。

人们通常意义上能接触到的历史事件大都经由叙述者加工而得到，叙述者对于历史事件的选择、理解以及赋予历史事件的意义都带有强烈的主观色彩，尤其是注入了自己的生命体验与日常生活感受，表达出对民间生存状况的同情与反思。内战后南方的社会、经济和文化等正处在大动荡、大调整时期，南方人的生存状态和社会现实状况可以从福克纳的家族书写中得到挖掘、提炼和展现。德雷克家族主要成员包括父亲德雷克法官（Judge Drake），这是家族的第一代。他有四个儿子和一个女儿，其中长子和次子没有提到名字，只说明是律师，三子为报社记者，四子赫伯特（Hubert，简称 Buddy）也没有说明职业，女儿谭波儿（Temple），这些子女构成了家族的第二代。谭波儿嫁给了高温·斯蒂文斯（Gowan Stevens），育有一子一女，儿子命名为巴奇（Bucky），女儿生下后不久就去世了，这是家族的第三代。《圣殿》中的谭波儿还是个在校大学生，《坟墓的闯入者》中，她已经成为两个孩子的母亲，且在孩子问题上发生了很多故事，引发了各种争论。从整体上看，这个家族的书写涵盖了战后南方社会因精神空虚、社会暴力、种族谋杀、法庭审判而引发的事件，涉及匪徒、私酒贩子等社会边缘人群，律师、绅士、淑女和法官等上层社会的人群，反映了南方道德堕落、人性邪恶等问题，真实呈现出社会混乱和精神颓废的现状，表达了对人类未来的担忧。

新历史主义家族书写围绕家族生活、成员行为、人际伦理关系等，记录"宏大历史"叙事下家族的日常生活经历和行为，通过疏离主流意识形态对家族所处时代的政治制度和道德伦理准则进行展示，引发人们对家族政治和家族伦理的反思或质疑。德雷克家族历史是从这个家族唯一的女性谭波儿·德雷克开始的。她自幼丧母，父亲信奉清教教义教规，并把女性的贞洁和家庭荣誉看得重于一切，希望女儿能够遵守自己的要求、恪守妇道，成为一个受人尊重的"南方淑女"。生活在这样的一个家族中，谭波儿深受父亲和哥哥们的特别照顾，在成长过程中养成了叛逆的性格，如穿着时髦、经常涂脂抹粉，以外貌诱惑和俘虏男性来满足自己的虚荣心。然而，在父权制度下的男人们看来，女人是家族的财产和附属品。内战之后，随着工业化生产的出现，女性社会地位虽然有所改观，但依然扮演着照顾和抚育子女的角色，女性总是与自身的生物特征联系在一起，处于父权社会的最底层。"在物欲横流、是非颠倒的现代社会里，法律不再是主持正义的圣殿，暴力反而主宰了社会。"① 特别是到了消费主义时代，南方充斥了父权暴力和男性邪恶，只剩下社会腐败、人性泯灭、残忍冷酷的阴暗世界。谭波儿就是生活在这样的世界里，所受到的压制和束缚是可想而知的，这也导致她后来的叛逆性格以及所遭受的各种磨难，为其命运悲剧埋下了伏笔。

家族书写如同文学创作一样，既不是依靠客观陈述来严谨地呈现发生、发展和变化的历史，又不是仅凭借支离破碎和残缺不全的历史材料来支撑起一座历史大厦，而是在历史材料的基础上，通过文学虚构或想象合理阐释历史发展进程。事实上，德雷克家族的新历史主义书写把民间传说、逸闻轶事等作为文学素材，通过对家族故事进行虚构或创造，探索和演绎人们的社会生活、精神欲求和心理状态等，传达了对人类生存状态的关注和对生命意义的呵护。这个家族的历史大多是以故事"碎片"展现的，如对谭波儿的教育、她的母爱缺失、父兄对她的严格要求等，都是通过他人的叙述或谭波儿自身的内心独白来揭示的。这种家族书写方式是对传统历史观的一种背弃，也是对传统家族书写模式的突破。从历史层面上来看，无论是简单的阶级论，还是庸俗的认识论，新历史主义家族书写都是以民间史观取代了政治史观，目的是促使读者用民间眼光解构正统历史，寻找历史本质和人性真实。德雷克家族的很多历史细节虽然没有直接叙述，但从家族成员的日常交流或内心独白中可以透露出来。如谭波儿的父亲作为法官，在杰弗生镇影响很大，一提到他的名字，人们都会感到惊恐或畏惧，足以说明这个家族的社会地位和政治权利。这种家族的背景和社会影响力助长了谭波儿的叛逆行为，导致她误认为有父亲的庇护，自己可以得到其他人无法得到的特殊保护，谁也不敢冒犯自己，同时也揭示了南方家族的虚伪性和政治权利的荒诞性。

家族书写渗透了书写者的思想或观念，德雷克家族的新历史主义书写站在传统道德伦理立场上，给这个家族涂上一层民间色彩，并通过夸张诙谐的方式，形成对南方历史的戏说，同时表达了家族的怀旧心理。这个家族的男性成员都希望谭波儿遵守传统妇道观，给她命名"Temple"，本意是"圣殿"，希望她成为"一座纯洁、高贵的圣殿"。事实上，谭波儿没有正确的道德观念，经常与男孩子鬼混，寻求刺激；不但喝酒、抽烟，还说脏话等，违反社会传统伦理道德，完全失去了"淑女"的基本

---

① 〔美〕威廉·福克纳著：《圣殿》，陶洁译，上海：上海译文出版社，2004年，第12页。本书引用该书均为该版本，以下引用只在括号中注明书名和页码。

素养。她在现实生活中的行为和方式都与传统伦理道德背道而驰，违反了作为社会公民的基本素养，尤其是表现的话语权利、地位优势和政治影响力等都有鲜明的戏说成分。从历史叙事来看，谭波儿的噩梦始于不负责任的男友高温·斯蒂文斯，这个以"南方骑士"自诩的纨绔子弟大碗喝酒、夸夸其谈、谈情骂俏、不务正业，酗酒后误将谭波儿带到"老法国人湾"，遇到了具有黑社会性质的"金鱼眼"等人。在这里，谭波儿这个堕落的"南方淑女"与"骑士英雄"发生了浪漫故事，使人感受到谭波儿身上的滑稽色彩，极大地增强了艺术感染力。

"戏说"在南方家族书写中通常有两个用途：其一是嘲讽，目的是说明南方存在着严重的不公平；其二是借用，意在借题发挥，通过滑稽的手法探讨严肃的哲学问题。"谭波儿"本来是个男子的名字，用于女子身上统指不分性别的人类。"Drake"（德雷克）这个姓在英语中的意思为"公鸭"，在西方文化中代表着丑陋且令人厌恶的形象。"Temple"（谭波儿）在英语中通常指代"肉体"，这部作品中的"Temple"一词，既有实义，又有形义，指谭波儿没有灵魂，没有思想和原则，生活和行为全凭生理本能和肉体冲动，同时又具有放荡、懒散、空虚且受欲望制约的本性。这个家族为了自身家族名声，颠倒黑白、草菅人命，严重败坏了南方的政治生态环境。谭波儿的法官父亲象征南方社会的没落贵族，身为法官却不维护法律的尊严，为了家庭脸面，非但不阻拦女儿作伪证，反而用老者、父亲、法官的身份来争取镇民的同情，支持女儿的错误做法。这个家族在对待南方社会问题方面采取以偶然性因素阻挡社会发展的必然性，以非理想的性格替代理性思维，以现代价值观颠覆传统价值观的做法，如果放在历史环境中考察，这个家族实际上代表了"一副被败坏了的现代南方社会的场景"（《圣殿》，第9页）。这个家族的成员身居要职，顶着正义和公正的神圣光环，但思考的却是自己家族的利益和名声，显示出南方生存环境的恶劣和荒诞，增加了家族书写的戏说色彩，引发了对父权制度的反思和谴责。

新历史主义的历史叙事并不关注崇高的个人追求和高尚的道德伦理修养，而是关注民间大众或社会边缘人群，因为这些人的道德品质有好有坏，是人类个体的真实体现和具体形象反映。德雷克家族的新历史主义书写明显不同于南方正史中的传统思路，而是将客观严肃的历史戏说成为一场德雷克家族名声保卫战，借以显现南方社会的生存困境。传统现实主义作品以一种全知全能的视角来讲故事，想方设法让读者相信文学文本的内容可以直接作为现实，也是真人真事。这个家族书写通过一系列家族历史"碎片"，演绎历史和南方人的生存状况，形成了对南方历史的戏说。谭波儿喜欢反复说的话是"我父亲是法官""哦，上帝啊"等。这种话语模式体现了她依然把自己视为南方"淑女"，自己完全沉湎于过去。退一步说，即使她不去"老法国人湾"冒险，不被"金鱼眼"等强暴或劫持，她依然会以其他方式寻求刺激和玩乐，依然会陷入男人的陷阱和罪恶之中。她的受辱只是个迟早的问题，因为无法应付内战所带来的创伤和社会突变，她只能随波逐流。南方的命运也是如此。当南方失去传统价值观和道德观时，也就失去了掌控自身命运的时机与能力，因为这与"南方被强奸被败坏的看法是有关联的"[1]。谭波儿的命运结局与南方命运一样，北方工商业引起的邪恶早已伸向了各个角落，南方没落也是意料之中的事情。

　　文学文本的真实基于对历史真实人物的亲身经历或是对逸闻轶事的道听途说，在创作过程中通过回忆和叙事方式进行艺术想象和虚构加工。许多作家以自己所获得的时代意识为标准探讨家族道德、秩序和命运，形成不同时代的家族思想和家族观念，为家族文化赋予了丰富的内容。同样，福克纳对德雷克家族的新历史主义书写正是在历史选择或编制内战记忆的基础上，最大限度地复原了内战后的政治、经济和道德伦理等历史要素，通过文学想象力和协调能力完成的。家族怀旧心理复原欲望成了对德雷克家族书写的动机，因为其本人心中始终凝结着一个剪不断理还乱的家族情结，反复暗示谭波儿并不是一个邪恶势力的化身，而是一个邪恶社会的殉难者。这样，德雷克家族书写表现了戏说的成分，并以虚构艺术阐释了家族的兴衰历史，反映了家族叙事的娱乐性与怀旧心理。也可以说，德雷克家族的新历史主义书写关注了现代文明所带来的罪恶和社会问题，引发了对历史的戏说以及复原家族怀旧意识的创作动机，激起了对未来命运的担忧。

二、政治狂欢叙事与民间生存本真

　　家族书写被置于具体的历史环境之中，忠实记录家族的日常生活行为，展现社会边缘群体的历史意识和精神追求，可以更好地加深对历史和家族命运的反思。"文学作品并非如很多人以为的那样，是以词语来模仿某个预先存在的现实。相反，它是创造或发现一个新的、附属的世界，一个元世界，一个超现实。这个新世界对已经存在的这个世界来说，是

---

[1]　李文俊编：《福克纳的神话》，上海：上海译文出版社，2008年，第40页。

不可替代的补充。"① 德雷克家族的新历史主义书写充满非理性的情感本能，反映了南方在转型时期的生存状态以及生存能力，象征了社会政治狂欢叙事与民间生存本真思考，对社会历史环境进行了完美的阐释与重构，显示出高超的文学表现艺术和思想价值。

欢乐和悲伤情感经验是生命的体验，蕴含着历史或政治的动机、教训与可能性，具有启示现在的意义和价值。"狂欢"在《现代汉语词典（第七版）》中的解释为"纵情欢乐"，但在哲学及社会学领域其外延的含义更为丰富。学术界一般将"狂欢理论"与巴赫金联系在一起，巴赫金在自己的博士论文《拉伯雷的创作和中世纪与文艺复兴时期的民间文化》中分析了"狂欢"的含义，认为狂欢意味着颠覆、解构、融合、戏谑、粗鄙、混乱、界限的消失等，是"对（生活）严肃性的彻底摆脱"②。目前学界对"狂欢"的解释是：在当今生活状态下，大众文化生活中所呈现出的融合、混杂状况以及公众在思想和行为上所呈现的带有鲜明主动性的整体状态。用狂欢理论来分析谭波儿的心理特征和行为表现，不仅拓宽了德雷克家族书写的视角，而且让读者真正体会谭波儿作为一名女性的心理变化过程。谭波儿出生在一个上层社会大家族中，从她对家庭的态度就可以看出她在成长过程中所受到的教育。每次提到自己的家庭，她不是因为对家的眷念，更多是在犯了错误之后对家的恐惧和畏惧，如遇到困境后，所想到的总是她的父亲和哥哥，因为法官和律师掌握着社会政治权利，可以为她的错误行为进行开脱，使她免去后顾之忧。从这个意义上说，德雷克家族书写体现了家族政治权利，并以政治话语体系展现了家族成员的心理狂欢，从而回归历史真实本身。这种书写方式看起来更像是讲述谭波儿个人与男权制度的对抗，围绕其发生的平凡普通却又离奇荒诞的故事，展现出南方女性的生存状况和内心痛苦。

家族政治狂欢叙事展现通常是借助家族叙事来表达人们的生存哲学和对现实世界的认知程度，传递家族政治、社会现实、历史环境和伦理道德的内涵，从书写中发现家族成员的生存状态和精神困境，以历史戏仿还原人性，形成对家族救赎的体验和对生命的终极质疑，为

---

① 〔美〕希利斯·米勒著：《文学死了吗》，秦立彦译，桂林：广西师范大学出版社，2007年，第28—29页。

② 〔俄〕巴赫金著：《巴赫金全集（第六卷）》，李兆林等译，石家庄：河北教育出版社，2009年，第290页。

人类走出困境寻找出路。谭波儿与《喧哗与骚动》中的凯蒂·康普生、《押沙龙，押沙龙！》中的朱迪思等女性一样，都是按照自我欲望或需求来生活的，但对她的书写明显带有政治狂欢化倾向，甚至带有历史戏仿的色彩。一个出身于受人尊重的法官家庭、且有着严格道德教育的女大学生，本应该是一个端庄严肃的"南方淑女"形象，具有知书达礼、善良美丽和充满正义的性格特征，然而，她完全脱离这些美好形象，在她美丽漂浮、含情脉脉的背后是一个丑恶的化身，一个欲望难忍、谎话连篇、虚伪浅薄的放荡女子形象。她为把男性玩弄于股掌之间而感到骄傲和自豪，目的是利用自己的身体和美貌对以父兄为代表的父权制度权威发起挑战。然而，她的反叛是随性的和轻佻的，只是用来满足自身的需要，并以个体主观情感介入历史和政治的重构，体现了历史的个体化思考，展现了对南方社会、家族命运和人类生存问题的关注与担忧。

西方"狂欢"的文化传统等源自"文化狂欢节"，这种"狂欢"多指肉体上的自我放纵，包括性猥亵、肉体欲望、脏话连篇等行为。"政治狂欢"是指社会各个等级身份的人们突破了日常行为的等级界限，抛开官方所做的限制及宗教禁忌，化妆或隐瞒身份地举行游行，进行滑稽表演，尽情吃喝玩乐、尽兴享受等。德雷克家族在社会中享有较高的政治地位，拥有置人生死的权利，本应坚持正义、维持社会公平与安稳，但他们以亲历者的身份演绎了一个只顾自我、真假难分、冷漠无情的家族故事。由于创作者没有明确界定他们的故事发生的历史背景和年代，似乎在内战后的南方社会具有普遍性。这个家族的历史叙事使人感受到了家族政治狂欢的倾向，体现了民间的觉醒和思考。德雷克家族书写的环境主要是"老法国人湾"、孟菲斯及杰弗生镇等三个地点，且这三处的社会环境并非彼此孤立，而是相互牵连的，揭示了罪恶之本的起源、发展和影响过程。以"老法国人湾"的部分场景为例，这里代表着暴力和丑陋，谭波儿的噩梦首先发生在这里。一座光秃秃、四四方方的大房子，内部破败不堪、十分荒凉；周围的棉花地、花园和草坪早已荒废，长满了荒草杂树；一条被废弃的道路就像一条伤疤，而路上堆满了肮脏腐烂的树叶、树枝，给人以颓废和衰败之感。很多罪恶都在这里发生，如汤姆被杀、谭波儿被奸等。同样，孟菲斯给读者的印象也好似地狱，这里是一个下流、卖淫、行凶和犯罪的环境，一个超越传统法律的社会。这个城市里的一切都是反常的、机械的、畸形的。读者在这里看到的主要场景是一家妓院，从表面上看它十分繁华和整洁，然而一旦揭开华美的外表就暴露出其荒诞的本性，呈现出狂欢化空间叙事特征。逻辑颠倒是狂欢空间的常见表演手法，正话反说的效果明显强于直接的表述。谭波儿暂住的房间里空气静止，似乎是一种毫无意义的机械重复，一种犹如躺在墓穴里般的空虚，恰好反映了狂欢之后对人生的思考和对人类终极命运的担忧。

荒诞源于理性的丧失，当唯理主义与政治相结合，政治权力机构不仅强化了对人肉体上的规训，也加强了对人的精神的控制。这样，在权力的整合和压制下，人类个体的心智，特别是政治狂欢的生命激情被压缩在唯理主义的外衣下，人类个体逐渐成为一个符号，变成政治权力的工具。德雷克家族的新历史主义书写以一种野蛮、残忍、充满暴力的叙事策略讲述了以情欲、仇杀、堕落、疯狂为主题的家族历史，向历史话语权利和主流意识形态提出了严峻挑战，如从表面上看，这个家族成员遭遇的是由于不文明方式所引发的暴力故事，在这个暴力故事的背后体现了南方社会的政治狂欢。"南方淑女"制度是建立在内战之前蓄奴制经济基础之上的，内战后失去了其存在的基础，然而，女性依然承受了"淑女制度"的束缚和压制，由此导致人格异化，或是堕落、发疯，或是被迫自杀身亡等命运悲剧。谭波儿的叛逆同样是父权制度压制下的具体体现。"爵士时代"使她暴露于光怪陆离、喧嚣复杂的消费世界，原本被压抑的欲望被彻底释放出来，又由于缺乏道德引导，她最终变成了一个生活放荡的女人。很多人批评她被强暴后自甘堕落，认为她被安置在孟菲斯的妓院时其实是有机会逃走的，但她并没有这样做，证明她是一个天性放荡、无可救药的女人。

事实上，这种判断并不客观。人们通过化装、游戏、讲粗鄙的话等活动，充分享受个性摆脱压抑后的自由与快乐。每个人都有自己的自由和需求，但在现实生活中往往受到各种限制和束缚，如秩序法规、道德伦理、社会规范等，常常感到缺乏自由，而狂欢作为一种释放个人压力和束缚的方式被西方人所接受并不断得到弘扬，展现出其特有的魅力。谭波儿自甘堕落何尝不是一种欲情释放或享受自由快乐的"政治狂欢"呢？醉生梦死不单单是男人的权利，女性也有这个权利。无论是在家中，还是"老法国人湾"，她都属于弱势群体，没有自由，也没有权利。客观上讲，她不应该作为邪恶的化身来承担社会腐败堕落的责任，因为她只是以一个参与者的身份重新踏入历史，让充满家族"荣耀"的社会以一种警示或反省的力量来展现人性的堕落、历史的荒谬和家族命运的悲惨，呈现战后南方社会生存状况和所面临的危机。

　　家族书写以历史事件的想象性回归来展现历史事件在集体或文化体系中所发挥的重要作用，进而将文学创作视为一种话语权利实施过程，而文学文本被视为一种权利话语的表现形式。政治狂欢叙事的关注点是人类的生存困境，通过民间日常生活体验，展示了政治狂欢后的心理感受，展现了对未来的担忧和对民间历史体验的思考，为回归历史本身和预示历史觉醒奠定了基础。在南方家族传统文化中，父亲或丈夫拥有绝对权威，要求家族女性贞洁贤惠、美丽温柔，为家庭或家族愿意牺牲自己，包括身体在内的一切。谭波儿没有话语权，或者说她的话语权完全淹没在男性话语权中。在家庭中，没有人关注她的个人需求；在"老法国人湾"，她不停地呼喊与抗议，但现场只有又聋又瞎的老头，象征着男性世界狂欢后的静寂和沉默，没人愿意听她讲话；在法庭上，她像一个机械人那样听从检察官的指令安排，没有任何的主动权。正如狂欢过后生活空虚、情感麻木和道德沦丧等日渐成为生活方式一样，谭波儿在疯狂行为后的生活和情感就是如此，同时激发了人们对南方未来的担忧和对民间历史体验的思考。

　　新历史主义强调，历史书写关注的是普普通通的芸芸众生，通常在民间生活与历史边缘处寻找普通人的存在，关注历史上普通人的生存境遇和生命轨迹。人们在政治狂欢和解构历史的快感中重新阐释历史，目的是满足自身作为历史叙事主体的欲求。生活在政治意识形态话语压制下的平民大众，只有在狂欢过程中才能成为真正的主体。那些非平民阶层的人要想在狂欢世界生活，只有放弃权利、身份和地位，才能够为狂欢世界所容纳。福克纳在德雷克家族政治狂欢叙事与民间历史的书写中，对"恶"的本质，如荒诞虚伪、娱乐消费、怀旧重复等进行了非常态的人性书写，为了把人性写实写透，他把历史人性化想象发挥到极致，体现出对家族历史叙事的觉醒。德雷克家族历史提供了多种文本供人阐释：可以理解为北方工业文明侵犯了南方实行蓄奴制的权利与意愿，还可以理解为这个家族代表了一个道德混沌的宇宙，在家族政治狂欢后只有通过对创伤的痛苦反思，才能真正感受到战后南方人的心理状况。无论何种理解方式，谭波儿和"金鱼眼"的结合既邪恶、又富有毁灭性，从整体上展现了20世纪南方荒原图景，表明了资本主义制度下的人性异化、生活荒诞和毫无意义。福克纳借助家族政治狂欢与民间历史思考方式，在反思工业文明的过程中加深了对女性的关注和深度阐释，展现了历史真实与文学虚构艺术的完美结合。

三、民间归隐期盼与人性趋善信念

新历史主义家族书写崇尚人性自由，关注民间日常生活体验，展现普通人的生存状况和发展轨迹。"人性"，顾名思义是指人的本性，即决定并解释人类行为固定不变的天性。这是一个古老的哲学话题，人性具有人类整体的普遍适用性，因为人类个体总是按照伦理道德的要求来修正自身的生存方式和道德修养，回避了自我发展的条件与需求，使"灵之高贵，肉之低俗"成为人们对人性本质理所当然的理解和自我发展的必然选择，严重抹杀了个体成长的客观需求。人性作为文学的永恒主题，也是文学创作的出发点和表现对象。福克纳对德雷克家族的新历史主义书写以人性趋善信念恢复南方个体生命需求，触及民间历史、文化需求与精神诉求，在民间归隐中诉说家族人性趋善的信念，寻找拯救战后南方社会的途径和方式。

人性趋善信念是对历史的认知、感悟和意识的具体体现，包含了对历史事件或历史真实的观念和看法，是由所处时代文化和历史观念决定的。历史叙事、文学作品与政治意识形态之间存在着复杂的关系，这就要求历史书写必须反映人类生存理念，体现引领社会发展的主体性原则，以历史眼光反思现代社会问题。19 世纪末 20 世纪初，南方妇女一改传统柔弱和深居简出的"淑女"生活方式，以开放和摩登的形象出现并活跃在公共场所中。这种生活方式的变化体现了妇女与现代社会发展保持着密切的关系，同时反映了对现代生活方式的接受和认同。谭波儿的成长发展既有寻找自我权利和自由的追求，又有遭受创伤而迷失自我身份的特征。她母亲在生下她后不久就去世了，这给她带来了沉重的打击，而父权制度的严格要求和个性约束又使她无法找到自我，她的身体发育状况和智力情况与她的实际年龄极不相称，如"长腿细胳臂，臀部小巧而高翘——是个已经不是孩子可还没有发育成妇人的娇小的、孩子气的身材"（《圣殿》，第 76 页）。她的男朋友高温·斯蒂文斯驾驶的汽车撞到树上，把她甩了出来，此时恰好路上有两个男人看见她，这两个男人心中纳闷说道："这妞儿还真是个高挑个子呢……长着这么细的腿儿。"（《圣殿》，第 35 页）当她困在"老法国人湾"的床上，她的坐姿和十七岁大姑娘的肌肉和神经组织发育非常不相称，更像八九岁孩童的模样。当她坐在证人席上时，"她像孩子似地一动不动地坐着，像个服过麻醉药的人"（《圣殿》，第 248 页）。从这些相貌特征上看，她只能算是个未发育成熟的大孩子，同时解构了传统历史书写中的女性形象，颠覆了家族伦理的权威，呈现出阴暗而荒诞的特征。

　　人性趋善信念对民间归隐的期盼与对人性进行完善的途径，可以通过边缘化历史叙事来实现。人类作为一个整体，从本性上说是有限的理性存在，必须对自身本性进行不断改进与完善。德雷克家族的新历史主义书写关注了家族历史的偶然性和非理性方面。在谭波儿噩梦发生的"老法国人湾"的大宅子里，这里生活的都是社会边缘人，如歹徒、走私贩子、假酒制造者等"恶人"，几乎没有一个是健康的，且外形丑陋。即便是能够驾驭多种男人的谭波儿到这里后也是恐怖至极，只能反复念叨"我父亲是法官"这样一句话。然而，一旦适应了这里的环境，她就很快融入其中，如同那些不法分子一样，我行我素，缺乏责任感和道德感，陶醉在自己的美貌之中，甚至在危机时刻还不忘打扮自己，"谭波儿用手捂住嘴打了个呵欠，然后掏出一个带镜子的粉盒，打开粉盒看到一张大大缩小的郁郁寡欢、满怀不满、愁苦悲怆的面孔"（《圣殿》，第 273 页）。这种反常的行为表明了她受到的创伤心理，本能地掩盖了她的无奈与接受，因为她所追求的只是感觉上的满足，反映了人性的堕落。虽然她后来跟随父亲到法国巴黎塞纳河边度假疗养以求尽快恢复，但并没有收到太大的效果。

　　民间归隐期盼关注历史叙事的随意性和非理性因素，常常将其置于历史进程之中，用来体现历史信念，揭示民间归隐期盼与人性完善的途径，真实地展现社会问题以及人类生存的境遇，引导人们走向民间归隐。谭波儿整天急匆匆地来回奔波，这种东奔西跑的行为喻指了南方是一个充满喧嚣与骚动的社会。当她首次出现在读者面前时，"她一臂夹着匆忙中抓到的一件外套，修长的腿儿因奔跑而呈金黄色，是个所谓'鸡舍'的女士宿舍亮着灯的窗户前快步如飞的侧影，消失在图书馆墙边黑暗里的身影，而人们最后的惊鸿一瞥也许是她跳进等候在那儿的马达尚未熄灭的汽车并迅速转身坐下时所露出的短衬裤之类的东西"（《圣殿》，第 23 页）。这段文字活生生地勾画了一个急忙赶去寻欢作乐的长腿姑娘的形象，特别是她那双奔跑的长腿以及即将上路的汽车给读者留下了深刻的印象。就连她在粮仓里睡觉的时候，也是定格在奔跑的镜头中，虽然她的身体是静止的，但脑海里不断显示出她因恐惧驱使而在昏暗中沿路奔跑的意象，烘托了处境的恐怖，刻画了一个花蝴蝶似的轻浮摩登女郎。她的奔跑意象还有更深的寓意，使人容易联想到希腊神话中的宁芙（Nymph），这位半人半神的林中美女，每日嬉戏追逐、唱歌跳舞，给人们留下了追欢逐乐以及脚步轻捷飞奔的仙女形象，还可以比作被太阳神阿波罗穷追不舍、始终在奔跑的狩猎女神狄安娜，或无奈而变成一株长青桂树的达芙妮。福克纳把谭波儿比喻成放荡的仙女，轻浮又富有挑逗性，她的奔跑既可以理解为逃避强暴，同时可以理解为勾引男人欲望的挑逗性行为，并呈现出优雅的古典神话美与腐朽的丑恶现实，强烈的反差起到了震撼人心的艺术效果。

新历史主义历史书写将叙事触角延伸到人类个体的文化心理结构，注意吸收民间逸事和日常生活历史故事，揭示民间历史所反映的真实，期盼回归原始自然状态。德雷克家族的新历史主义书写以非理性女性偏见作为政治话语权力的象征，兼顾这个家族在对待社会问题方面呈现出的偶然状况或历史事件选择，赋予了南方社会众多非决定论的偶然色彩。在以德雷克家族为代表的南方家族中，"父亲"在家族主宰地位的消失和主导意志的消退，最终引起子女叛逆，大大动摇了传统价值观和家族观，而这些一度作为家族支柱的"南方绅士"或"骑士"精神发生了蜕变，从根本上瓦解了"南方淑女"的生存空间，引起女性身份的迷茫。如在审判戈德温的"庄严"的法庭上，谭波儿以一身适合于夜总会的妖艳打扮绚丽登场，这种装饰具有重要的象征意义，表明了女性可以通过不同的穿着方式来表达她们对社会的态度。很显然，在法庭这个特殊的场合，既然她身兼受害者和目击证人的双重身份，人们当然期望她穿得严肃庄重且低调，但浓艳的妆容就是对周围虚伪的人群发出的高调挑战，也是对这个表面上把正义和荣誉看得高于一切的男权社会的讽刺和嘲笑。悲哀的是她的这一举止却以戈德温的生命为代价，因为她的反抗同时也伴随着道德的泯灭，无论是想通过征服男性的方式树立自己的主体地位，还是想对家族制度的虚伪性进行嘲讽，她的叛逆都只是一个苍白无力的抗争，而她本人只能是男权制度的牺牲品。

人性趋善信念渗透在历史与文本之中，由叙事者、历史和文本共同担负，呈现出历史话语权和历史叙事权力，体现出"积极的、具有创造力的、多角度多层面的复杂关系"①。福克纳在解构南方主流意识形态下的"宏大历史"叙事、重大事件以及英雄人物的行为后，往往将德雷克家族的逸闻趣事、社会边缘现象与普通人性等作为对象，在人性趋善信念的引导下形成对民间权利的诉求和民间归隐的期盼。有些评论家认为，谭波儿在法庭作伪证，是"金鱼眼"的同谋者，被洗过脑了。这种看法有些偏激，事实上，她在遭受巨大创伤后心理受到了摧残，以至于精神上麻木了、呆滞了，由此她回答检察官的问题时也是机械的、鹦鹉学舌

---

① 王岳川著：《后殖民主义与新历史主义文论》，济南：山东教育出版社，1999年，第159页。

式的。她没有任何自由，当然也不会关心谁是凶手，更没有辨别好人坏人的能力。在她的意识深处，所有的男人都是一样的，都是她既恐惧又想诱惑的对象。"当她为强烈的快感所刺穿的同时，也遭受着巨大的痛苦；当她看起来是某种恐怖暴力的牺牲品的时候，而她却乐在其中的情况又变得分外明晰。我们永远也无法判断她究竟是在受难还是在享受，究竟她是操纵这一切的人还是被操纵的牺牲品。"① 这是谭波儿屈从于女性欲望的悲剧，也是她对传统男性权利叛逆的悲剧。法庭审判结束后，她被父亲和哥哥围住并像木偶人一样被架着走出法庭。这与哥特式浪漫主义作品中的女主人公常被恶棍英雄关在城堡里受到各种威胁和迫害不无相似之处。她的命运悲剧既是因为自我女性欲望以及对男性权利追逐所导致的悲剧，又是因为深受父权制度的摧残与束缚所导致的。了解这些方面既有利于加深对福克纳家族书写的理解，又可以在环境日益恶劣、生态危机日益加重的环境中保持清醒的头脑，强化历史信念，追求民间归隐与人性完善的途径。

文学作为历史的一部分，参与了历史的建构，形成了文学的历史文本和文学文本之间相互借鉴、互为补充的关系。北方现代工商业势力对南方传统社会、传统生活方式的逐步侵蚀，使南方社会成了一个物欲横流的世界，最终造成了人与自然、人与人、人与自我的对立。《圣殿》中提及密西西比州下属一个县的参议员，即斯诺普斯家族成员克拉伦斯·斯诺普斯，还有位于社会高位的法官、律师等，都与私酒贩一样腐败透顶，"在那个世界中，没有所谓善恶对立、正邪交锋：整个南方社会看上去仿佛被行了贿"②。地方检察官为了向上爬，不顾事实真相把无辜者定为杀人犯，借以彰显自己执法如山的形象。克拉伦斯·斯诺普斯与霍拉斯·班鲍的谈话直接揭示了南方的政治腐败："这番话里渐渐地涌现出一幅为了无聊而渺小的目的使出无聊的诡计和小规模的贿赂行为的画面，这些勾当主要是在旅馆房间里进行的……"（《圣殿》，第149页）德雷克家族的新历史主义书写，或者说谭波儿的荒诞故事，恰好是美国政治上营私舞弊的真实写照，喻指美国总统沃伦·哈定（Warren G. Harding）执政期间（1921—1923年）当时联邦政府官员中出现的大

---

① Robert C. Davis & Ronald Schleifer. *Contemporary Literary Criticism*：*Literary and Cultural Studies*. New York & London：Longman Publishing Group，1994，p. 443.

② 〔美〕杰伊·帕里尼著：《福克纳传——解读20世纪世界文坛奇才、诺贝尔奖得主威廉·福克纳的传奇人生》，吴海云译，北京：中信出版社，2007年，第143页。

量贪污渎职现象，很多人认为这些贪污腐败案件与总统哈定本人有关。这种对社会存在的荒凉、颓废的人际关系、冷漠无情的家族生活和精神信仰空虚等的历史叙事，表达了福克纳本人对社会问题的极大关注，展现了对人类生存方式的思考以及由此所引发的对人性完善途径的探索。

新历史主义家族书写把家族成员置入所处的历史条件或环境之中，以家族成员日常生活行为取代了官方历史书写，使普遍抽象的人性代替了原有的阶级性和政治性倾向，突破了主流意识形态的书写限制，由此更加接近历史真实。福克纳不像西方作家那样脱离社会现实问题，相反，他所追求的是民间历史叙事真实，所关注的是历史叙事中的人性问题。"任何一部虚构作品中的真实成分，当然就是作者个性中的那些成分：他的想象具体表现在人物、情景和景象的意象之中，他本性中的根本冲突以及它常常经历过的那些阶段的循环。作者笔下的人物是他形形色色的冲动和情绪的人格化：他作品中的人物之间的关系其实就是他各种冲动和情绪的关系。"① 历史并不以永恒不变的状态占据着时间与空间，其真实性是在人类心灵与过去的情感中孕育的。德雷克家族的新历史主义书写使文本与历史之间架起了一座桥梁，沟通了历史与现实、宏大历史与民间历史、父权制度与家族成员个体之间的联系，形成了关注人性发展的环境，促进了人类生存条件的改善，从而为南方人的灵魂自救提供了有效的策略与方法。

第三节 哲学之思与精神之求：斯蒂文斯 家族的话语权利与道德诉求

生命哲学以生命为出发点来阐释人生价值，关注生命的独特性和完整性、人的生存状态以及对生命的体验，追求的是生命精神。家族作为生命存在的场所，集中反映了社会发展状况和时代精神，从而在生命哲学视域中探讨家族成员的生存环境，明晰家族的生存状况和存在的问题，从而找到生存的价值和意义。历史之真强调的是人所处的状况、遭受的经历以及处在特殊环境中所表现出来的生命状态或态度，由此可理解为人作为人在维持生命和追求生命价值时所表现出的精神状态。斯蒂文斯家族是"约克纳帕塔法世系"作品中一个古老的南方家族，在杰弗生镇

---

① 〔美〕M. H. 艾布拉姆斯著：《镜与灯：浪漫主义文论及批评传统》，郦稚牛等译，北京：北京大学出版社，2004 年，第 281 页。

有较高的社会地位。对这个家族的新历史主义书写，通过对民间历史材料的收集、吸收，重构南方人对生命的体验，使家族叙事富有时代色彩，凸显了战后人们的生存状态，展现了南方的人性状况，体现了对生命哲学的思考和对南方精神重构的期待。

一、社会体系混乱与话语权利失衡

社会体系是在社会发展过程中所结成的社会关系，是社会成员之间互动和跨越时空的整合，反映了特定历史阶段的社会发展机制，维持着社会的发展与稳定。"凡是社会体系，都可以作为支配的具体模式或表现形式而给予研究，也正是支配这一概念而非任何其他概念为权力研究提供了焦点。"① 内战之前的南方是一个相对封闭的社会，内战后以蓄奴制种植园经济为基础的社会体系被打破，取而代之的是以资产阶级为代表的工商业势力占据南方社会的领导权，城镇化和消费主义成为社会发展的新趋势。福克纳"约克纳帕塔法世系"中的多部作品都反映了这一时期的生活状况和精神状况，其家族的新历史主义书写把社会体系和权利话语聚焦到家族成员的人性方面，关注了传统社会体系的颠覆和历史话语权利的失衡所带来的社会问题以及对南方平民所造成的影响。

新历史主义家族书写关注的是不同个人、民族和阶级的家族生活，通常是借助被忽视的日常生活行为、传奇故事和民间传说等资料，重构历史话语，达到反映历史真实的目的。斯蒂文斯家族是杰弗生镇的一个古老家族，一度曾拥有不少的黑人奴隶，也掌握着大片的种植园土地，在《八月之光》《去吧，摩西》《坟墓的闯入者》《让马》《修女安魂曲》《大宅》《小镇》和《村子》等作品中都出现过。这个家族经历了战前种植园经济时期、内战及重建时期，乃至第一、第二次世界大战时期，是南方社会发展的缩影。从发展历程来看，斯蒂文斯家族像沙多里斯、康普生、萨德本等传统贵族家族那样拥有让人羡慕的社会地位，但后来却沦落到只能辛苦劳作才能维持家族生计的地步。当然，相对于那些在种植园里劳作的穷白人或黑人来说，这个家族的生活水平和社会地位还是十分优越的。从生存状况来看，这个家族代表了南方中产阶级家族倡导的社会公平、种族平等和个人正义等南方精神，体现了对历史话语权利的质疑和人类道德伦理真实状况的阐述。

---

① 〔英〕安东尼·吉登斯著：《民族——国家与暴力》，胡宗泽等译，北京：三联书店，1998 年，第 8—9 页。

　　历史更替、社会转型等变动必然带来社会体系的分化与重组。内战结束后，南方大种植园主的权利日益受到商人和企业主的挑战，博弈的结果是三者的利益和关系相互渗透，形成了复杂的社会体系。部分种植园主家族继续存在，但他们的财富和权利发生了改变，商人运用手中操纵的农作物借贷制，抢夺了原属于这些种植园主的那部分财富和权利，一部分人成为新兴的资本家，掌握社会领导权，占有社会财富；而广大的自耕农、平民、穷白人、黑人等沦为产业工人，被迫为资本家工作，由此构成了战后南方新的社会体系。斯蒂文斯家族内战之前占有土地和黑人奴隶，内战之后凭借家族占有的财富，继续保持家族的社会地位，掌握社会法律的话语权利。可以说，这个家族代表了南方社会体系在现实生活中的运行状态，表明了社会话语权利转化过程以及社会体系的重构，使人感受到南方社会政治生态和社会环境的真实状况。

　　社会体系的虚构凸显了书写者的话语权利，因为家族书写与历史真实是对立统一的整体，历史是对现实生活中人性的记录，而家族虚构则源于生活。家族成员的现实生活与历史真实交互发挥作用，更能接近家族成员的内心世界，还原历史真实；家族书写借鉴历史和生活的真实，具有身临其境的真实感。从家族结构来看，斯蒂文斯家族起源于莱缪尔·斯蒂文斯法官（Judge Lemuel Stevens），这是家族的第一代。他有两个儿子，其中大儿子没有提及名字，只提到了他的孙子；二儿子是莱缪尔·斯蒂文斯法官二世（Judge Lemuel Stevens Ⅱ），这是家族的第二代。莱缪尔·斯蒂文斯法官二世育有龙凤胎，儿子为加文·斯蒂文斯（Gavin Stevens），女儿为玛格丽特·马利森（Margaret Mallison）。加文·斯蒂文斯的妻子梅利桑德·巴克斯·哈里斯·斯蒂文斯（Melisandre Backus Harriss Stevens）职业不详，只是在作品中提到她先是与琳达·斯诺普斯的现任丈夫离婚后才嫁给加文·斯蒂文斯的。女儿玛格丽特嫁给了查尔斯·马利森（Charles J. Mallison）。这是家族的第三代。第四代是重孙子高温·斯蒂文斯（Govan Stevens），即加文·斯蒂文斯伯父的孙子，娶了谭波儿，生了两个孩子；加文妹妹的儿子是查尔斯·马利森二世（Charlies J. Mallison Ⅱ），简称"契克"（Chick）。对这个家族的书写主要是围绕斯蒂文斯·莱缪尔二世法官、加文·斯蒂文斯和侄子高温·斯蒂文斯进行的。此外，还提到这个家族曾拥有黑人，曾向杀死黑人拯救者、也就是乔安娜的祖父和同父异母哥哥的沙多里斯上校表示公开祝贺，说明家族在杰弗生镇的势力及影响。在《大宅》

中提到，加文·斯蒂文斯的父亲是个律师和法官，被指派处理儿子加文起诉曼弗雷德·德斯班市长渎职罪案件；加文·斯蒂文斯是这个家族的重要成员，在多部著作和短篇小说中都曾出现过；高温·斯蒂文斯在《圣殿》《大宅》等作品中出现过，多是不负责任的形象。需要指出的是，福克纳有时混淆了加文和高温，有时说是其本人，在《大宅》中亦说是其堂弟，还在《修女安魂曲》中说是其外甥。从家族树形图上看，是他的侄子，所以本书采用了这一家族成员关系称谓，以免引起混乱。不论如何，这是一个庞大的家族，参与的社会活动较多，显示出其在南方社会的影响力。

提到话语权利，人们自然而然地与世俗政治权利画上等号，实际上新历史主义的"权力"内涵远远大于人们所想到的政治权力。人类进入文明社会以来，就对权力占有产生了欲望，乃至形成了对权力的畸形膜拜，导致了人性与权力之间的病态关系，引发人性扭曲。无论是历史叙事中的人性凸显，还是传统社会体系的颠覆等，都体现了历史话语权利的问题。这一点从斯蒂文斯家族的日常生活行为中就可以体现出来。斯蒂文斯家族成员在福克纳作品中最早出现的是加文·斯蒂文斯，此人在短篇小说《烟》和《头发》中是杰弗生镇的街道助理律师，后来陆续出现在《八月之光》《去吧，摩西》《坟墓的闯入者》和"斯诺普斯三部曲"中，其名字与著名的圆桌骑士高温（Gawain）的名字近似，其中文本中有这样一段文字描写了他的出身背景和个人喜好：

> 他是地方检察官，哈佛大学毕业生，该学府的优秀生联谊会的成员，个儿高高的，行动灵活，老在抽旱烟袋，一头散乱的铁灰色头发，常常穿着大垮垮的没烫平的暗灰色衣服。他出生在杰弗生镇上的一个古老家族，前辈拥有奴隶，他祖父认识伯顿小姐的祖父和哥哥（同时也憎恨他们，曾为他们的死去公开向沙多里斯上校表示祝贺）。他以一种随和缄默的方式与乡里人、选民和陪审团成员相处，常常可以看见他在那些乡村小店的门廊蹲在穿工装的人们中间，哪怕是夏日炎炎也一蹲就是一整下午，以他们惯常的言语同他们瞎扯闲谈。（《八月之光》，第317—318页）

历史事件与现实世界有着密切的关系，尤其是当某些历史话语被重构时，说明了相关的历史事件包含了现实社会的需求。重构历史的目的在于"尽可能找回文学文本最初创作与消费时的历史境遇，并分析这些境遇与我们现在境遇之间的关系"①。斯蒂文斯家族的新历史主义书写毫不掩饰地表达了对历史权力和话语权利的认识，因为战后南方人的生存与发展无一例外地与权力建立了不可分割的关系。一般认为，南方中产阶级通常具有以下特征：受过一定的高等教育，特别关注社会问题，如政治、经济和道德状况等；有相对稳定的工作和较高的收入，拥有自由时间和精力参与社会活动，愿意献身社会公益事业；有强烈的职业道德和社会责任感，追求社会平等公正，主张相互帮助和相互支持；言谈举止和穿着打扮都比较得体，拥有令人羡慕的社会地位；有强烈的社会责任感，同情下层民众的悲惨命运等。应该说，加文·斯蒂文斯符合这些条件，他是典型的南方中产阶级代表：受过良好的高等教育，是个收入丰厚和稳定的律师；有时间和精力为公众事务服务，如他参与、代理了杰弗生镇很多涉及社会公益案件的审理；具有强烈的社会责任感，举止大方，说话条理清楚，彬彬有礼；痛恨上层社会的贪婪，谴责拜金主义，表现出对社会正义和伦理道德的尊重。当然，他也有自身的弱点，如具有浓厚的南方"骑士精神"、局限于传统等，代表了内战后南方新的社会体系，也是历史话语权利失衡的具体体现。

　　新历史主义家族书写反映人性状况，展现对社会体系的颠覆，从而获得历史话语权利，阐释家族成员的人生观、价值观和世界观。作为南方典型父权制度的家族，斯蒂文斯家族中的男性成员形成了拥有绝对权利的性格，根深蒂固地接受父权制的家族文化和日常行为准则。这种家族伦理是建立在由奴隶制本身所衍生出来的"骑士精神"和种族主义思想基础之上的，从不同侧面影响到这个家族成员对社会体系和伦理道德的态度。由于对黑人奴隶起义的潜在恐惧以及对欧洲贵族生活方式的模仿，南方人把盛行于欧洲中世纪的"骑士精神"标榜为"南方绅士"文化，顺理成章地把南方妇女视为需要保护的"圣母"或"淑女"；再加上种族主义者自认为白人比黑人高出一等，为了维护白人种族的纯洁，要求"圣母"和"淑女"必须冰清玉洁。这种贞洁观又常常与清教主义思想纠缠在一起，在主流意识形态中不断得到巩固和深化。事实上，斯蒂文斯家族的一些男性成员，表面上看信奉的是"骑士精神"，但在行动上胆小怕事，不敢直接面对问题。如《圣殿》中的高温·斯蒂文斯，带着谭波儿·德雷克到"老法国人湾"，由于醉驾和车祸，在危机时刻撇下谭波儿独自逃走，致使谭波儿受到严重摧残。加文·斯蒂文斯也是

---

① Stephen Greenblatt. *Renaissance Self-Fashioning.* Chicago：University of Chicago Press，1980，p. 5.

如此，他在处理一些社会问题上犯了很多错误，甚至出现了一些低级或偏见的做法，使人们对南方中产阶级家族成员的使命担当产生怀疑，形成对社会体系的全面质疑，这不能不让人对南方的未来感到忧虑。

二、边缘人性表象与家族责任意识

人类是历史的主体，也是家族命运的决定者；而人与人性是探索历史真相和表现生活真实的依据和标准，这是新历史主义家族书写的叙事策略。新历史主义历史书写打破了传统历史叙事的严肃性和政治意味，通过民间日常生活视角，展现边缘社会的生活状况和人性表象，从而接近历史真实。这种方式亦称为"边缘化"策略，即以社会边缘历史故事或生活琐事逸事为基础，分析历史话语权利和人性演变过程。福克纳自身的情绪、期待、思想和内心世界等都投射到斯蒂文斯家族成员身上，体现了对社会问题关注的人文情怀及历史责任感，表现了主动参与解决社会问题的积极性。他将历史融入斯蒂文斯家族书写中，凸显了家族成员在虚构社会和现实社会中所具有的历史话语权利，表达了对社会体系的颠覆和重构，展现了历史边缘人性与家族责任意识。

新历史主义主张的边缘人性凸显是家族书写的目的，体现历史话语权和家族责任意识。历史话语权利关乎着社会价值判断，涉及历史本真、道德伦理标准、人性表象和家族责任等问题。斯蒂文斯家族作为南方中产阶级家族，家族成员对宗教、女性、社会体系和传统等都有着很大的影响力，这个家族的很多成员都从事律师或法官工作，是社会公平正义的化身，掌管着下层民众的生死，他们的伦理道德标准决定了社会的发展方向。加文·斯蒂文斯是这个家族最为活跃的成员，对他的描写更加彻底与详细，集中体现了中产阶级的精神状态和生存状况。作为律师，他富有正义感，拥有很大的社会话语权利，如在《坟墓的闯入者》中，他负责调查一桩涉及黑人的杀人案；在"斯诺普斯三部曲"中，作为城镇律师，他参与了多件与斯诺普斯、尤拉和琳达等相关案件的审理工作，经常与好朋友拉特利夫对杰弗生镇发生的事情评头论足。权利在社会层面上体现为各种关系，如身份、话语、地位和知识等，并通过"规训与惩罚"渗透到社会的每一个角落，成为一种社会普遍力量。加文的形象代表了拯救南方命运的"英雄"，如帮助琳达和尤拉摆脱弗莱姆的侵扰，和拉特利夫一起谴责以弗莱姆为代表的斯诺普斯家族等，都可以归纳到南方"英雄"的行列。加文积极参与社会活动，如在一战期间，他赴法国参加战地救护队等，体现了所拥有的话语权利和所具有的追求社会公平正义的性格特征，对传统社会体系的颠覆和对话语体系的重构都具有重要意义。

新历史主义家族责任意识的书写常常选取家族成员的日常生活行为，反映社会体系和不同阶层人们的生活现状，揭示成员个体的心理状况与命运结局。斯蒂文斯家族成员积极参与民间生活，从各自耳闻目睹的历史故事、传说和交流中获得历史史料，与主流政治意识形态下的不同历史事件形成对比，表明了民间意识形态的需求和生活真实。由于从事律师这个职业，该家族成员凡是涉及种族、性别、凶杀等事件时，都会通过自己的理解，把种族观念引入日常话语之中，借助一些边缘化事件进行叙述，有时虽然固执和天真，却真实反映了社会事实。就种族歧视而言，加文依然没有摆脱白人所具有的种族主义偏见。他在《八月之光》中阐释乔·克里斯默斯杀人的行为，认为黑人血液控制了乔的行为，"首先是黑人血液驱使他到黑人小木屋去。接着白人血液又把他从那儿赶出来，正像黑人血液叫他抓起手枪，而白人血液却不让他开火"（《八月之光》，第 321 页）。他的这番血统论是建立在黑人象征邪恶与凶残、而白人代表正义与理性的基础上的，十分荒诞且没有丝毫的科学依据。然而，在当时的南方人眼里，这番话经由一个律师之口，具备了政治权威性，成了南方人深信不疑的"真理"，说明种族主义的顽固性以及实现种族平等的艰巨性。

新历史主义历史叙事反映了历史边缘中的人性表象，表现了对人类生存状态的关怀。家族书写从叙事到重构的基础是家族责任和使命，并以强烈的家族情感与家族责任对社会问题进行深入思考和探索，从而展现平民大众的生活境况与家族的生存环境，完成对人类生存状况的展现。契克·迈利森是加文妹妹的儿子，是一个 16 岁的南方少年，在同黑人打交道的过程中，他深感黑人的真诚与善良，十分钦佩黑人的行为举止，后来遇到了黑人路喀斯误认为是杀人犯的指控，他勇敢地对此进行辩护，但由于年轻缺乏话语权，没有人愿意听其解释，但他经历了整个事件的来龙去脉，提供重要线索，并找到了真正的凶手，最终使整个案情发生重大转折，解除了无辜黑人的嫌疑。在路喀斯事件之前，契克对加文非常信任，但黑人枪击事件后，他开始质疑律师的权威，特别令他反感的是一旦抓住凶手，加文就把成绩揽在自己身上，认为这一切都是他的功劳，恢复高高在上的姿态，以精神导师的身份向契克大谈所谓的人生经验以及法律成就。契克关于黑人的感慨，"才过了一个星期可似乎从来都没有发生过因为没有任何痕迹留了下来"（《坟墓的闯入者》，第 210

页），实际上发泄了对加文的不满。南方种族秩序仍然维持着原有的社会平衡状态和运行规则，即使发生因种族歧视而草菅人命的事件等，也不会改变白人的种族态度。这正是南方社会的偏见以及以加文为代表的主流意识对历史真实的态度。

人类社会中的主流意识形态影响社会体系和道德伦理规范，而历史叙事的边缘化脱离了主流意识形态的行为和思想，或者说受到了主流意识形态的排斥。因此，边缘人性表象的展现和家族责任意识的书写就必须涉及人们的日常生活，在民间叙事中找到历史真实。内战后的南方社会持续被边缘化，既受到来自联邦政府和北部资本家的压制，又有自我发展中出现的问题，表现为政治上缺乏话语权，经济上工农业发展畸形，文化上出现种族主义歧视等问题。福克纳对斯蒂文斯家族的新历史主义书写常常触及一些令人悲伤的历史事件和社会无法解决的道德问题，为此，就必须突破内战"宏大历史"叙事的束缚，从家族相关历史以及内战带来的灾难入手，反映家族伦理和家族责任意识。这个家族的男性成员虽然表示承袭了南方"骑士精神"，但现实情况并非如此。如加文最初把尤拉作为"南方淑女"形象加以崇拜，内心深处不遗余力地美化这位女性，尤其是得知她因和曼弗雷德·德斯班市长私通后，试图让她重获"南方淑女"的荣誉与地位，但最终失败了，后移情到尤拉的女儿琳达身上，承诺如果琳达有任何要求，他都为她提供经济和政治支持。当然，他对琳达的关爱起初是出于长辈的情感，后来逐步演化为对她的迷恋，认为"贞洁"和"单纯"这两个核心词汇只能用于她身上。琳达后来的言行给加文带来了严重的打击，彻底粉碎了他对南方"淑女"的想象与虚构。正是通过这些边缘细节，读者看到斯蒂文斯家族成员对女性的保护实质上还局限在表面，并没有真正地体现在男女的社会平等，距离男女平等的目标还有很大的差距。

家族书写兼具文学形态与历史形态，其中引人注意的是家族命运和家族成员的伦理道德。斯蒂文斯家族的新历史主义书写关注了南方社会的奇闻逸事，尤其是对边缘人性和家族边缘人物的重视，并深入日常生活体验之中，形成对社会边缘生命状况的感悟和再现。这种家族书写有助于消解单一的、绝对的和"宏大历史"现象，从而获得对历史本真的理解和感悟。这个家族成员常常扮演社会公众人物讨论美国政府的各种政策，发表言论表达自己对北方现代工商业文明给南方传统文明带来的负面影响的担忧，如认为汽车霸占了现代生活，使南方人变得更加疯狂。加文·斯蒂文斯还强调黑人必须提高自己的道德修养，才能证明他们有资格享受与南方白人一样的平等权和自由权。这种家族书写，"贯穿着一个重要因素，那就是南方的社会、经济、伦理传统。这个要素使他的作品浑然一体，并时而赋予他的作品以伟大的神话意义"①。所有家族成员的行为都被置于历史语境中，突破了文学文本与历史文本在表现历史真实性上的束缚，走向了历史与文学的融合，呈现出文学向生命哲学的伸展，凸显了对人性的重视。

三、社会伦理呼唤与生命自由追求

新历史主义家族书写的背后蕴含了人文关怀与价值追求，尤其是注重家族书写的历史内涵，重视历史语境和重现时代背景，探究家族伦理、人性追求和话语权利等问题，在家族日常生活中体现社会生存状况。由于每个人所处的社会环境、受教育程度、生活经历等各不相同，因而出现了不同的历史观念；即便是对待同一历史事件，不同时代的人也会产生不同的看法和观点。社会对道德伦理的呼唤与对生命自由的追求是社会发展的基础，也是人类进步的坚定信念。斯蒂文斯家族的新历史主义书写借助民间历史语境，把握家族成员与历史环境之间的关系，凸显了历史对现实的影响和启迪作用，反映了社会对道德伦理的呼唤与对生命自由的追求。

家族书写作为政治意识形态的反映，从主题孕育、线索贯穿、表现技巧和人物塑造等方面都体现了作家本人的政治意识形态，表达了对文学的召唤、引导和规劝，当然也反映了历史对现实的影响。斯蒂文斯家族的新历史主义书写围绕家族日常生活行为、伦理规范、非理性以及边缘化的人物或制度等，真实反映南方社会现状和家族成员的生活状况。处于19世纪末20世纪初的南方，是现代工商业发展较为缓慢的地区，经济条件比较落后，现代工商业文明侵蚀着南方人的灵魂，随着金钱成为衡量人的价值标准，南方社会传统价值观和道德观也发生了改变，严重扭曲了家族伦理关系。在《坟墓的闯入者》中，斯蒂文斯家族虽然没有显露出严重的家族弊端，但这个家族成员的固执呆板、不坚持正义和严重的种族主义思想等还是清晰地表现出来。加文作为律师发表了涉及南方传统、社会、种族和女性等层面问题的看法，在对待路喀斯的案子上，在没有进行全面调查的前提下，他想当然地认为路喀斯是杀人犯，声称"我不替从背后开枪打死人的杀人犯辩护"（《坟墓的闯入者》，第

---

① 李文俊编：《福克纳的神话》，上海：上海译文出版社，2008年，第1页。

51 页），甚至还说，"你有没有想过要是你对白人称呼先生而且说得好像是真心实意的话，你现在也许就不会坐在这里了？"（《坟墓的闯入者》，第 53 页）。他不顾外甥契克的提醒，强词夺理，彰显自己的虚荣心和话语权利，通过社会影响力粗暴地要求路喀斯认罪，并承诺可以为他争取法官宽恕，把他送到条件较好的监狱服刑。作为南方的代言人，加文在一定程度上虽然表达了对黑人命运的同情，但在头脑里还根深蒂固地存在着种族主义观念。事实上，路喀斯是无辜的，被误认为杀人凶手，原因仅仅在于他是个黑人。加文的这种态度表明了对黑人的偏见以及南方存在的严重种族主义思想。

　　文学作品作为历史和文化的存在，在历史文化的反思中展示人性，以引起人们对善与理性的追求与向往；作家以个人生命记忆对历史事件的改写与重构，体现了话语主体对历史叙事的参与性和互动性。如果从文学虚构与历史真实的角度对斯蒂文斯家族进行分析，就可以发现福克纳将自身经历、复杂感受及对未来的期望寄托到斯蒂文斯家族及成员身上，表达了对社会伦理的呼唤与对生命自由的追求。加文是以福克纳的良师益友菲尔·斯通为原型而创作的，如先到北方学习，获得学位后回到南方；作为一个具有良知、维持正义的知识分子，他热爱南方，并积极参与南方的社会改革。这正是菲尔的人生经历和生活态度，也是福克本人所持的社会平等态度。比如，福克纳多次公开谴责过种族主义的暴行，表达对黑人命运的同情，并力所能及地帮助黑人。这些做法都与南方主流意识形态相背离，也把他置于社会关注的焦点之中。为此，福克纳顶着很大的社会压力，甚至受到家族成员的反对，但他并没有退让，反而按照自己的意识书写南方历史故事。不可否认，他发表了一些引起种族争论的演说，一度引起黑人群体的反对。如在 1957 年，他在弗吉尼亚大学演讲时说过："也许黑人还没有具备做超过二等公民的能力……黑人不能享有平等，因为就算把平等强加给他，他也还是不能把握它、维护它。"[①] 这些有关种族主义的观点与加文的种族观十分相似，恰好印证了加文作为其代言人所起到的社会示范作用。

　　历史并不是人们通常意义上所理解的发生在过去的故事，而是依旧活跃在现实生活中的历史记忆，关注发生的过程和影响，"若人的行动仅

---

① William Faulkner. *Faulkner in the University*：*Class Conferences at the University of Virginia*，1957–1958. Eds. Frederick L. Gwynn & Joseph Blotner. New York：Vintage Books，1965，p. 219.

仅是事件，历史学家就不能理解它们，严格来说，他甚至不能确定它们是否真的发生过。只有当它们是思想的外在表达时，它们才能为历史学家所知道。……一切历史都是思想史"①。历史叙事是为了揭示隐藏在历史中的人们的思想和动机，掌握历史发生的根源和动机，真正揭示历史真实。重构过去并不是简单地再现过去，而是将其纳入现实世界中，展现过去的思想，解决现实问题。为了叙述南方家族伦理的荒诞性与压制感，斯蒂文斯家族的新历史主义书写穿插了预言、传说、想象以及超现实情境的奇异现象与神秘灵魂的存在，使人们感受到南方世界的虚虚实实和真真假假。加文发动了针对德斯班的讨伐行动，起源在于弗莱姆任督办的发电厂有一批黄铜零件神秘失踪，但身为杰弗生镇镇长的曼弗雷德·德斯班对此事漠不关心。人们议论纷纷，认为两人相互勾结，共同贪污了倒卖黄铜的好处费。加文对此发起了一场正义诉讼，眼看就要获胜之际，面对尤拉的说情，加文不得不放弃对德斯班的起诉，结果庭审结束后他以一个软弱无助的失败者形象无奈地征求其父亲的意见，也就是主持本次诉讼的法官："我现在该怎么做呢？""我又能做什么呢？"②因为不能战胜自己的情感，他最终牺牲了法律的尊严和正义原则，姑息了犯罪分子，让弗莱姆为非作歹，继续攀附德斯班得以高升，为他后来逼死尤拉埋下了伏笔。正是在经历这次诉讼后，弗莱姆以曝光尤拉与德斯班通奸的事相威胁，迫使后者让位给自己，当上了梦寐以求的银行总裁。加文以正义者的身份希望将犯罪者绳之以法的企图和行为最终都以惨败而告终，这一结果进一步说明了南方中产阶级的软弱性和妥协性。

新历史主义家族书写要求多元化的家族叙事策略，尤其是从边缘人的人性层面重构或再现历史真实，因而以民间历史、家族历史和神话为基础的偶然性历史事件成为家族书写的主要因素，并将偶然事件融入家族书写之中。这些以边缘化、奇异性和碎片化为特征的家族书写作为原汁原味的历史素材，为家族作品赋予了特殊的情感氛围，更好地促进了读者与作品的互动。加文信奉"骑士精神"，公开谴责社会不公，追求社会公平公正，坚持正义。然而，他的很多行为并没有坚持到底，尤其是没有对南方罪恶势力穷追猛打，相反，却在对手面前显得疲软无力，不仅放弃了坚持斗争到底的信念，而且还失去了南方的话语权。"每个历

---

① R. G. Collingwood. *The Idea of History*. Oxford & New York：Oxford University Press，1996，p. 115.

② William Faulkner. *The Town*. New York：Vintage Books，1957，p. 99.

史学家都以自己为中心，根据他自己的角度来观察历史，因此他看到了别人所看不到的某些问题。而且每个历史学家都根据他自己特有的观点，也就是从他自己特有的一个方面来观察每个问题。"① 面对斯诺普斯家族的罪恶行径，加文毫无办法，唯有抱着双手而感到难过。正是在琳达的帮助下，他完成了扫恶除霸的历史责任，将弗莱姆送入死亡的深渊。同时，琳达顽强不息的战斗精神也给他上了一堂深刻的教育课，使他明白了社会存在的问题和根源，尤其是她以牢固的政治信仰、干练坚决的言行举止和不顾个体生命的无畏精神，驱散了加文头脑中"南方淑女"的形象，实现了其思想和行为上的彻底转型，成为正义形象的化身和福克纳本人的政治代言人。

社会伦理呼唤与生命自由追求通常是历史对现实的借鉴，特别是坚持促进人的发展和满足人的需求。这是社会公正和个性自由实现的途径。斯蒂文斯家族的新历史主义书写不仅颠覆了"宏大历史"的话语权利，而且还改变了南方政治意识形态的叙事模式，取而代之的是追求人性精神文化、人性价值，突出人性状态、精神状态和生命意义等内涵，形成对社会伦理的呼唤，加大对生命自由的追求。由于自身的不足或中产阶级的局限性，加文被弗莱姆抓住弱点，被他玩弄于股掌之间，如弗莱姆利用加文过度关注名声的弱点，用花言巧语迷惑了他，使他在不经意间为弗莱姆做了很多义务宣传，助推了弗莱姆登上南方社会权力的顶峰。由于加文单纯助推，弗莱姆欺骗了社会，掩盖了罪恶，赚足了体面，并摇身一变成为杰弗生镇居民眼中的模范守法公民，直至攫取了银行总裁的宝座。这样，加文从对弗莱姆的讨伐者转变为支持者、合作者，乃至保护者，成了罪恶势力的帮凶。这是他本人所没有料到的，也给南方社会带来了巨大损失和灾难。

对社会伦理的呼唤要求家族成员在处理矛盾冲突及利益关系时，必须坚持公平正义、平等合理的家族制度。"过去不是现实，无法被经验知觉。历史知识也不是直接的，它的对象不是给定的，而只能靠推理去接近它。"② 生命哲学作为一门以关注人的生命价值和意义为根本问题的学说，强调的是追求生命的超越性。文学与历史叙事的本质是书写人类心

① 〔英〕汤因比等著：《历史的话语——现代西方历史哲学译文集》，张文杰编，北京：中国人民大学出版社，2011年，第193页。

② W. J. van der Dussen. *History as a Science*: *The Philosophy of R. G. Collingwood*. London: Martinus Nijhoff Publishers, 1981, p. 285.

灵的感受，以最美的形式、最高的理想、超越性的形象去引导人，给人以希望慰藉和终极关怀。处于 20 世纪 30 年代的福克纳，面临着世界格局的大调整和南方文化的深刻变革，他积极挖掘南方乡土特色和丰富多彩的民间风俗，获取了边缘性历史素材和书写灵感，形成对社会伦理的呼唤，体现出对生命自由的追求。南方中产阶级作为一股强大的力量，扮演着越来越重要的角色，其中商人、公司职员、律师、机械师、教师等各行各业的人员都汇入中产阶级的大军，成为推动南方社会发展的主力军。正是在这样的时代背景和形势发展下，福克纳对斯蒂文斯家族的新历史主义书写不断向民间叙事回归，专注于家族日常生活行为和边缘事件，触摸时代灵魂和精神内涵。福克纳在与弗吉尼亚大学学生座谈时说过，加文"最了解的是法律，寻找证据的方式，以及通过法律头脑从所见所闻中取得正确的结论。他对人的了解远远不如他对法律的了解。他跟人打交道的时候，他就成了外行，他有时候比起他的外甥差远了"[1]。虽然家族和社会冲突是福克纳家族书写中的永恒主题，但在字里行间他所流露出的伦理、种族、女性等冲突而引发的生存危机等却是他最为担忧的问题。他对斯蒂文斯家族的新历史主义书写并不是把历史作为直接客体，而是运用历史材料来反映南方社会的生存状况和人性状况，并借助这个家族的书写参与了南方历史重构，表达了对社会伦理的呼唤与对生命自由的追求。

---

[1] William Faulkner. *Faulkner in the University*: *Class Conferences at the University of Virginia*, 1957-1958. Eds. Frederick L. Gwynn & Joseph Blotner. New York: Vintage Books, 1965, p. 140.

第七章　历史的文化政治：走向历史深处的南方家族精神

　　历史真实既可以指历史本体真实，即历史事实真实，又可以指认识论层面上的历史客观真实；人们对历史真实要求"实有其事"，而客观真实并不意味着绝对的存在，因为不同的人由于所处立场、时代背景和文化背景等的不同而发生改变，人们看到的历史都是人们整理、审查和选择后的记录或叙述，无法摆脱叙事者或书写者的主观影响。福克纳对南方家族的新历史主义书写将家族叙事的重心放在对家族日常生活和精神重构的叙述方面，以文学虚构艺术诉说家族和家族成员的命运结局，以及家族成员积极参与社会发展的进程。由于历史事件的不可知性，且充满了偶然性和非理性的因素，人类的命运也就充满了神秘感，形成了宿命色彩。对他来说，把传统家族文化精神展现出来，并根据时代的需求重新赋予其新的内涵，成为新历史主义家族书写的主要目标，从而将历史虚无性转为对南方未来出路的探索。南方家族文化和家族精神目前虽然已经淡化，逐渐走向南方历史深处，但其发展过程中所展现的家族历史、伦理规范、道德修养和家族成员之间的关系等，仍具有重要的历史价值和现实意义。

第一节　历史虚无性消解：历史认同与家族精神

　　"虚无主义"是尼采首次提出的一个概念，意指真理历史的全面终结，并且认为，"虚无主义意味着什么？——意味着最高价值自行贬值。没有目的。没有对目的的回答"①。历史的文本性和文本的历史性把历史视为人类多重阐释的结果，并以历史的文本性和主体性消除了历史与文学的界限，忽视了历史的客观性，最终由追求历史真实走向历史虚无主

---

① 〔德〕弗里德里希·尼采著：《权力意志——重估一切价值的尝试》，张念东等译，北京：商务印书馆，1991年，第280页。

义。文学批评具有明显的主体性和政治性特征，对当今社会进行批评的目的不是颠覆现存社会制度，而是对此制度依存的观念，如历史观念、种族制度、父权制度等进行质疑，从而更好地总结历史经验，解决社会现实问题。福克纳对南方家族的新历史主义书写通过家族历史叙事，反映了战后南方人的命运悲哀和精神无奈，在消解家族腐朽制度与弊端的基础上对家族历史进行重构，赋予家族以新的文化政治，展现家族精神，体现历史发展偶然性与必然性的统一，最终消解了历史书写的虚无性观念。

一、历史虚无的文学展现：家族政治与家族精神

历史是什么？对于这个常识的问题，人们有着不同的理解或看法。历史作为人们对过去的一种认识，属于主观认识领域，主要是以话语形式传递人类文明或反思人类所犯的错误。由于历史书写受到书写者主体意识的支配，与主体所处的时代环境密切相关，因而造成历史书写的偏移、歪曲、删改和遮蔽，远离了历史本真，颠覆了历史的客观性或权威性。南方家族精神是家族发展过程中的文化精髓，体现了南方人对历史的认同，传递着南方家族、社会或地域的历史观念，影响和推动着南方社会的发展。福克纳对南方家族的新历史主义书写基于家族成员的日常生活行为，重新构建了家族文化政治，重塑了家族精神，有效地避免了历史虚无问题。

历史从本质上看是对人类社会发生现象、事件和活动等作出的客观真实的记录，要求客观展现历史事件发生的环境和过程。然而，由于"对历史本质、规律等持疑惑、否定的态度，对历史真实与历史人物随意解释、拼接剪裁的一种历史观"①，现代历史书写往往根据书写的文学想象，否定了历史的客观性和必然性，不可避免地陷入历史虚无主义的陷阱。美国北方资产阶级工业文明给南方社会带来政治、经济和文化上的冲突后，南方家族政治虽然受到一定的限制，但作为家族政治象征的主流意识形态、伦理道德和精神追求等依然发挥着作用。福克纳的新历史主义家族书写以日常生活体验颠覆了传统"宏大历史"叙事，在家族成员日常生活行为中寻找历史真实，他的家族书写赋予文学以历史一样同等的话语权力，这本身是家族书写的一个巨大创新，引发了家族精神的

---

① 张蕊等：《揭开"幽蔽的面纱"：文艺领域中的历史虚无主义批判》，《理论学刊》2019年第2期，第94页。

重构，体现出新历史主义文学作品中历史书写的精神价值与影响。

　　家族政治指的是家族制度，是少数家族管理者制定家族管理体系、规范家族成员的行为和思想、维护家族发展的管理方式。这种管理方式虽然从现代角度来看不利于现代社会民主进程，但在内战之前或内战之后的南方环境中，以这种方式维持着社会的发展，更能充分调动家族成员的积极性，尽快消除内战带来的灾难或创伤，恢复社会生产生活。家族政治作为南方家族存在和发展的前提条件，规范和约束了家族成员的日常行为和道德品行，对家族荣耀和家族兴衰起着极其重要的作用。新历史主义在对待历史叙事方面明显增强了历史的虚构性，淡化了历史的严肃性和客观性，出现历史循环的观念，导致历史虚无主义。然而，福克纳的家族书写以家族精神推动社会发展，通过重构历史，展现家族成员的生活状况和心理状况，反映了历史真实，从而化解了新历史主义带来的历史虚无问题。他的新历史主义家族书写以不同的家族政治反映了各自生活状况和社会问题，无论是家族成员的伦理道德行为还是家族命运的展现方面，都体现了南方精神，弥补了新历史主义因历史虚无而造成的影响，给读者留下了客观、真实的历史记录，体现了家族政治的影响力和家族书写的真实性。

　　文学与历史的互动表明了文学具有历史的功能和历史具有文学的特征，其中历史事件只能通过文学创作的方式才能再现出来，才能重新被人类所体验或反思，以便对今后产生启迪或警示作用。尽管如此，历史本身的客观性是不容否认的，其发展的规律性也是不容颠覆的。新历史主义由于强调历史事件的偶然性，在一定程度上忽略了必然性，导致历史整体性的断裂，也是导致历史虚无主义的原因之一。人类创造了自身的历史，但这种创造并不是随意的，因为"人的存在是有机生命所经历的前一个过程的结果。只是在这个过程的一定阶段上，人才成为人。但是一旦人已经存在，人，作为人类历史的经常前提，也是人类历史的经常的产物和结果，而人只有作为自己本身的产物和结果才成为前提"①。同样，福克纳对南方家族的新历史主义书写尊重家族的兴衰历史进程，关注家族成员的生存方式和日常行为活动，并将其融入历史发展的客观规律中，体现了历史的偶然性和必然性统一，真实反映了南方社会现状和南方人的生存状况，弥补了新历史主义虚无的弊端，重塑了南方家族文化和家族精神。

---

　　① 《马克思恩格斯全集（第 26 卷，第三册）》，北京：人民出版社，1974 年，第 545 页。

　　家族政治担负着政治、经济、文化等多种社会功能，参与了社会行为和文化活动，是保障社会发展与稳定的重要手段。新历史主义家族书写通常把家族成员的日常生活行为置于历史政治环境中，然后根据历史叙事的需求进行相关资料的选择，考察家族成员的话语特征、家族兴衰历史的根源、家族生存政治和命运结局等，厘清家族政治与主流意识形态之间的关系，展现家族中存在的各种政治意识形态冲突。这种书写方式往往忽视一些带有重要信息或社会背景的历史资料，造成对历史事件的偏见或泛滥，引发对历史奇异事件的追求，导致历史思想或观念的混乱，产生历史虚无主义后果。这是新历史主义历史叙事不可避免的误区。事实上，历史文本化是客观存在的，人们无法消除这种历史事实，因为历史一旦形成，就失去了其存在的历史环境，必须借助话语重新复原，且无论如何达到历史真实的要求，都无法摆脱历史的文本化特征。为此，福克纳的新历史主义家族书写聚焦南方社会、经济与文化等发展过程中的一系列重要历史活动，如权利的变更、价值观和道德观的取舍以及对历史事件的评判等，以文学想象设置了各种灾难与痛苦以检验或测试家族凝聚力和家族成员的抗压力，重构了家族政治和家族精神。他将家族传说、神话故事、历史人物等与内战历史环境联系在一起，以南方人的日常生活为基础，展现了南方人的生存状况和精神状况。"这些'历史'都是无法指认没有具体时间背景的冷化的'历史'，是一种主观的想象中的虚拟'历史'。它在小说中更多地被精神化、情绪化和象征化了的，而当它作为人类生存处境的象征时其甚至具备了相当浓厚的现实意义。"① 这种以家族叙事展现现实困境，从而达到重审和重构历史的目的的写法，为南方社会未来发展寻找出路，克服了新历史主义虚无性，强化了家族精神的现实意义与指导价值。

　　家族书写本身带有虚构性，但这种虚构性不仅是立足现实而又超越现实的虚构，还包括对现实问题的直接面对与参与，因此，对现实问题的解决起到了一定的引领作用。福克纳的新历史主义家族书写虽然也关注那些被南方主流意识形态掩盖下的家族民间日常生活、边缘社会群体和家族偶然发生的故事等，却真实展现了社会现实状况和南方人的生存状况，引导战后南方人立足现实问题，寻找南方未来的出路，从而消解历史的虚无性，使家族书写聚焦到南方精神引领和重构方面，起到了思想启蒙和行为督促的作用。新历史主义家族书写的真实性和客观性使南

---

① 吴义勤著：《中国当代新潮小说论》，南京：江苏文艺出版社，1997 年，第 257—258 页。

方精神不断得到阐释、建构、重新阐释、重新建构，且每一次循环都会使南方精神在本质上得以提升，引导南方人更好地解决现实问题。当然，任何一种理论都有各自的不足，需要不断地加以完善或修正。福克纳的新历史主义家族书写也是一个不断认识或修正的过程。"小说的精神是持续的精神：每一作品都是对前面作品的回答，每个作品都包含着小说以往的全部经验。"① 他借鉴了新历史主义方法，诠释了家族伦理道德和家族精神，展现了重建时期和第一次世界大战后南方人的心理状况，化解了对战争的恐惧感和耻辱感，达到了创伤心理慰藉的目的，为化解战争创伤提供了示范和引导作用，这本身就是对家族精神的继承与创新，体现了历史发展趋势下南方人的精神状况与对未来出路的期盼。由此，表明南方精神已经成为一种富有生命力的宝贵财富，在不断探索中继续发挥重要作用。

　　家族命运结局对家族成员的成长起到了十分重要的影响，深深地渗透在其意识形态之中，成为家族政治的内涵和永恒的家族精神记忆。一般认为，家族书写是在特定历史环境中进行的，既受到当时主流政治意识形态等的影响，又对社会发展起到促进或引领作用。这样，以主观思维形成对历史事件的判断，以文本真实取代历史真实，以简化、压缩或重塑方式随意呈现历史，颠覆了历史的客观性和规律性，导致历史虚无主义。当然，这种逻辑推理有其存在的依据，也有不可克服的弊端。这就是说，历史虽然是叙事者或书写者完成的，但历史事实是客观的，历史发展具有客观规律性。作为客观存在的实体，历史叙述者不能抛弃历史事实，完全按照自己的主体意识来叙述历史；相反，历史叙述者必须尊重历史客观性和历史发展规律。这是辩证唯物主义的基本要求，也是历史发展的规律。福克纳的新历史主义家族书写有其客观标准，家族成员或行为进入家族历史书写进程之中，必须具有代表或超越时代的特性，即起到推动或阻碍社会发展的作用或反作用，因为每个人都是历史的创造者，也都在书写着自己的历史。然而，对大多数普通人来说，如果不能融入历史发展进程之中，就无法达到文学创作的标准，因为文学艺术的要求有其自身的价值标准。这就是人们在传统历史典籍、官方历史记录中无法看到普通人的原因。从这个意义上说，福克纳对南方家族的新历史主义书写体现了文学对历史的虚构性，恰好弥补了历史叙事的缺憾，使那些被历史忽略、遗忘的平民大众在文学作品中以历史人物的形象出

---

① 〔捷〕米兰·昆德拉著：《小说的艺术》，孟湄译，上海：三联书店，1992年，第18页。

现，真实展现了南方历史的客观性。他在尊重历史，尤其是辩证唯物主义历史的基础上，以家族成员关系、道德伦理和家族命运等展现家族政治和家族精神，避免了历史虚无主义的陷阱。

二、历史虚无的主体真实：历史碎片化与偶然化

历史叙事不仅与叙事者所处的时代环境密切相连，而且还与其意识形态分不开，因为"现实和历史都不过是一种显现，不过是一些自圆其说的看法的相互作用。因此，历史不再是一成不变的过去的事件，而成了与历史编写者的意志、态度、叙事方式密切相关的一种文本"[①]。新历史主义的历史叙事由于加重了历史的叙事结构、意义想象、语言阐释、情节编码等环节，体现了历史的碎片化和偶然化成分，使人领悟到历史叙事的主体性真实，也不可避免地导致了历史虚无观念。一般说来，"虚无"来自人们的生活体验，因为"唯有在我们的感官感知中可获得的、亦即被我们亲身经验到的存在者，才是现实的和存在着的，此外一切皆虚无。因此，这种观点否定了所有建立在传统、权威以及其他任何特定的有效价值基础上的东西"[②]。哲学上所讲的"虚无主义"，常常"被理解为怀疑主义的极致形式，认为世界、生命的存在是没有客观意义、目的以及可以理解的真相"[③]。历史虚无否定了历史发展的规律性，往往透过偶然现象或支流来看待历史，从而否认了历史书写的客观性。福克纳新历史主义家族书写将家族故事置于内战后社会转型的历史环境中，展现了那个时代家族成员的焦虑或受到的煎熬，符合历史发展规律，对当时的南方社会产生了重要警示作用。

历史书写如果忽略主流意识形态下的历史事件，过度选择历史"碎片"故事和日常生活化行为，就会偏离历史书写的目的，导致以历史片面现象掩盖历史事实问题，最终产生历史的虚无性。从本质上看，新历史主义的书写方式打破了传统历史书写的固化模式，以创新视角展现了历史叙事的内涵或关注对象，为家族书写提供了新的视野。"个人体验的文学表达总是具有特殊的历史性，总是能表现出社会与物质之间的某种

---

① 凌晨光：《历史与文学——论新历史主义文学批评》，《江海学刊》2001 年第 1 期，第 174 页。

② 孙周兴、王庆节主编：《海德格尔文集·尼采（下卷）》，北京：商务印书馆，2015 年，第 717 页。

③ 沈晓华：《历史虚无主义的解析》，《鄂州大学学报》2016 年第 3 期，第 37 页。

矛盾现象。"① 为此，福克纳的新历史主义家族书写以内战历史为背景，以家族日常生活为中心，展现了家族成员在内战前后的生存状态，形成了一种现实与历史的互动关系，从而颠覆了传统家族伦理，凸显了历史虚构的真实和所产生的社会作用。他在 20 世纪 50 年代所表现出的公众立场，是利用其在文学上的声望，评判和引领南方社会政治主张，参与南方社会事务，从而达到审视和重构历史的目的。在具体行为方面，他借助内战带来的影响，展示战后南方人的生活困境和内心感受，呈现特定历史环境中南方历史书写的虚构性和主体性，关注家族成员的偶然性行为与社会参与性需求，并从民间视野出发，分析和探讨社会中出现的诸多问题，表现了强烈的历史偶然化特征，形成历史主体化与历史偶然化相结合的特征，体现出历史文本性与文本历史性、主流政治意识形态与支流意识形态等之间的有机统一。

　　历史书写都有明确的政治观点或立场，书写者要根据个体意识形态来展现历史真实、阐释历史过程或评判历史人物，同时还要以抽象及泛指意义上的人来代替历史环境中现实的人，这样，就会出现历史虚无性，干扰人们对历史的客观认识。"本真的虚无主义的基础既不是权力意志的形而上学，也不是意志形而上学，而唯一地是形而上学本身。""形而上学作为形而上学乃是本真的虚无主义。"② 海德格尔把虚无主义与形而上学等同起来，认为虚无主义的实质是存在本身的遗忘。所有历史事件都可以被视为人类的活动，而文献、著述和故事是由生活在同一历史时期的不同经历者的不同遭遇、产生不同的体验或感悟而形成的。任何人都是社会之人，必然受制于社会伦理道德、政治观念、社会权力等的限制，无法真正做到自由书写历史。福克纳的新历史主义家族书写注重表达家族成员作为主体对家族兴衰的体验、感悟和认知，并通过家族故事与历史事件的融合或交互作用展现出来，从社会现实困境中寻找未来的出路，化解历史虚无所导致的信仰危机。作为贵族家族子孙，他对自己的家族有着浓厚的家族情结；而作为一个有良知的作家，他对家族文化有着清醒的认识。两种情感交织在一起，共同构建了其家族书写的矛盾心理，但他并没有受到束缚，而是在家族书写中保持了一个个家族历史叙事的独立性，展现了历史虚无的虚构真实。以家族书写方式来反映南方现实

---

① 王岳川著：《后殖民主义与新历史主义文论》，济南：山东教育出版社，1999 年，第 185 页。
② 孙周兴、王庆节主编：《海德格尔文集·尼采（下卷）》，北京：商务印书馆，2015 年，第 1036 页。

生活状况与未来出路，超越了一般意义上家族书写中所包含的文学价值和思想内涵。

无论是历史的偶然性还是必然性，都是辩证唯物主义理论中的重要内容，二者之间是辩证关系，其中历史必然性在人类历史发展过程中处于支配地位，决定了历史发展的方向；历史偶然性处于受支配地位，对历史发展起到催化或延缓作用，但二者的统一恰是人类社会和谐发展的动力和保障。以偶然性历史事件为对象的历史叙事方式，并不是单纯的文学虚构或历史书写的需要，而是希望借助历史偶然性事件来对抗历史必然性事件，这必然会改变人们对历史客观性和发展必然性的认识，也会产生历史的虚无性。福克纳对南方历史重大事件进行了展现与分析，清楚地表达了自己的观点和态度，并将其在新的历史环境下呈现出来。如对于内战爆发原因的问题，美国南北双方有着不同的看法，其中南方人认为美国联邦宪法规定了南方实行奴隶制度，北方坚持废除这一制度，普遍信奉基督教的南方人认为，这违背了上帝的安排，南方人难以接受战败的命运。福克纳对南方官方历史书写提出质疑，以偶然化历史事件为基础，虚构了家族故事和家族人物，以家族历史重建了内战历史，表达了对内战的看法和态度，展现了高超的历史虚构艺术，为南方人重新认识内战提供了文学参照，具有重要的现实引导作用。

人类社会由低级到高级不断发展，这是一条不可置疑的发展规律，任何人都不能因为历史发展的间歇性或螺旋性而否定历史的发展规律，不能以偶然性代替必然性，否则就会陷入历史虚无主义的泥潭。历史书写无法脱离时代环境，更不可能摆脱书写者的想象或创造，因为历史本质上是一种语言阐释，必然具有语言的虚构性，同时历史真实并不等于客观事实，必须通过历史叙事才能再现出来，其中包含了书写者的政治意识形态，这是不可避免的历史真实。福克纳的新历史主义家族书写对那些早已形成定论的历史事件、家族人物等进行重新审视和重构，否定了原有的传统形象或历史结论，甚至还故意忽视完整历史事件发生的过程，以历史碎片和偶然化想象呈现出一种与主流意识形态相对立的态势，突破了历史的虚无性，达到了预先设计的文学目的，展现了明确的政治意图和社会发展态势，具有重要的现实意义。

家族书写以家族荣辱、家族成员的行为或思想作为书写对象与结构原则，把历史语境与文本结构置于传统与现代之间，凸显家族成员特定的历史观与历史意识，对社会现实问题等进行文学展现和历史真实探求，彰显历史虚无的主体真实。美国内战后工业文明高速发展，导致维系南方精神的传统价值观念逐渐减退，出现了追求物质利益或消费主义异化现象，使南方人失去了对未来的信心；还有一些人利用内战的失败彻底抛弃传统家族精神，消解主流价值认同，引起了历史虚无主义思潮。"我们感觉到前所未有的实存之空虚。这是一种即使古典时代最激烈的怀疑论也得以避免的空虚感。"① 南方历史与福克纳作品中的家族兴衰历史重合在一起，通过家族历史文本为读者所解读或阐释，从而对南方历史进行重构，使人们获得关于内战的真实历史。在官方历史文献中，内战是美国历史上划时代的大事，维护了国家的统一，为现代化发展提供了政治保证。然而，战败了的南方人却认为内战是一场赤裸裸的侵略战争，且这种观点在重建时期甚至是福克纳所成长的 20 世纪初期都十分强烈。美国主流意识形态中的历史真实并不能真实反映南方人的心理需求，必然促使南方人以反叛的姿态重新构建历史发展过程。福克纳对内战历史的虚构形成了家族书写的基础和动力，这是他对南方进行历史重新审视的价值所在。即使在现代消费社会，人们也不能淡忘历史，更不能忘记优良的道德传统。这种向南方传统美德的回归既是南方精神的回归，也是现代社会向和谐发展、自由平等伦理道德的回归。福克纳对南方家族的新历史主义书写更好地体现出了南方社会的发展趋势和人类未来命运的走向。

作为推动历史发展的力量，家族文化为个人生存与人类发展提供了所需要的发展精神和意识追求，甚至是一种类似信仰的力量。家族兴衰历程作为家族文化的支撑物，形成了家族自身发展的动力，铸造了家族伦理精神，体现了人类处世哲学。这样，从家族书写中升华出的不断创新和超越的历史精神，就是南方家族精神。偶然性事件在日常生活中虽然并不是一种常态，或者说仅大多以偶然出现的形式表现出来，但正是这些偶然出现的事件往往能够改变人类个体的命运，甚至是人类历史的走向。这种对偶然性事件的强调恰好是历史客观性的具体反映。新历史主义历史书写仅仅看到了历史的偶然性，脱离了历史的必然性，因此出现了历史虚无主义。但福克纳并没有这样做，相反，他的新历史主义家族书写自觉采取审视或批判的眼光来看待家族兴衰历史中的偶然性现象，把偶然性提升到与必然性同等重要的地位进行展现。虽然有时也是通过历史虚构的偶然事件展开叙事，但这种虚构带有强烈的主体性特征和历

---

① 〔德〕卡尔·雅斯贝斯著：《时代的精神状况》，王德峰译，上海：上海译文出版社，2003 年，第 20 页。

史价值意识，期望追求多样化的历史表现形式，体现出历史虚无的虚构真实；同时，他的家族叙事力图再现南方历史的真实，颠覆了主流意识形态强加于南方人的历史观和价值观，打破了文学与社会、文学与历史之间不可跨越的话语系统，从而将血缘遗传转换为南方精神，把对家族伦理的评判上升为精神文化上的追寻，体现文学艺术追求和精神重塑价值的意义。这是人之生存的最终意义，也是历史发展的必然要求。这种新历史主义家族书写方式消解了新历史主义价值判断的主体性和政治意识形态的片面性，形成了一种别样的历史环境，体现了历史叙事的主体性与偶然性的完美统一。

三、历史虚无的美好寓意：历史永恒记忆与家族历史传承

虚无本来是人类生存状况的一种反映，往往产生于社会转型时期，原因在于人们的主观能动性需要得到极大张扬，同时人类个体需求普遍受到传统伦理道德和价值观的压抑，不可避免地导致内心受到创伤，激发人们的叛逆心理，从而走向主流意识或历史政治权利的对立面，最终导致历史的虚无。美国内战历史被书写了无数次，然而关于内战的历史事实并没有因此而改变，历史学家或文学家通过不同对象对这段历史进行尽可能多样化的叙事或展现，有些倾向于传统历史书写方式，关注内战"宏大叙事"或政治意识形态；有些倾向于追求边缘历史事件，拒绝政治权利对历史叙事的介入，展现出不同的历史观点。福克纳的新历史主义家族书写属于后者，由于"历史与文学之间'真实'与'虚构'的传统界限已经在其共有的'诗性'基础上被模糊和消除。传统历史主义的那种文学在历史'真实性'面前卑躬屈膝的仆从关系也被平等的互动关系所替代。这种新型关系不仅可以使文学创作进入更大的自由时空，从历史中汲取滋养、题材和方法从而创造出富有历史感和历史魅力的文学佳作，也可以使文学研究者在历史和文学之间自由出入，驰骋其批评才情。这种批评背后还有一个动态的、开放的、不断生成着的文学观念，这种观念也是当代人的共同诉求"①。他的新历史主义家族书写强化了对家族兴衰历史的反思，凸显了家族情感，重构了家族精神，展现了历史虚无的美好寓意，最大限度地展现了南方人对家族历史的永恒记忆与对家族精神的传承与发展。

---

① 张进：《新历史主义文艺思潮的悖论性处境》，《兰州大学学报（社科版）》2001 年第 4 期，第 72 页。

历史发展趋势是按照必然性原则进行的，但在一定程度上受到了偶然性原则的影响；换句话说，遵循了必然性中的偶然性和偶然性中的必然性。"虚无主义是资本主义的必然产物，正如资本主义条件下物化已成为控制人并奴役人的异化的生存方式，虚无主义也成为资本主义无法克服的痼疾。"① 内战后南方新兴资产阶级家族成员唯利是图、贪污腐败，社会风气恶化、个人私欲膨胀等，显示出南方转型期社会发展必然经历的道德困境与价值危机，实质上也是南方传统道德伦理失衡下家族成员个体生命意义和现实存在的虚无表现。福克纳对南方家族的新历史主义书写遵循了偶然性中的必然性原则，展现了家族的兴衰历史和家族成员的命运悲剧。人们不能单纯根据某些家族的命运结局而认定家族都是由偶然性历史因素所导致的，必须要上升到历史发展的必然性方面，从而实现历史虚无的美好寓意，使文学和历史之间的界限日渐模糊，也使历史话语与文学话语获得更多的阐释自由，因为越是被"宏大历史"掩盖的历史，人们对历史话语权的要求也就越强烈，更能引起人们的认同。出于这种需要，他的家族书写在政治意识形态引导下对现有史料进行选择、编织、阐释和重塑，突破了历史虚无的束缚，反映了历史真实。

虚无主义包含了无限否定的态度，其内在本质就是对一切事物采取怀疑、否定的方式。从积极方面来说，如果对虚假、欺骗的价值规范进行否定，可以揭示历史真实，体现对历史事件的价值关怀；反之，则很容易导致极端思想和行为，在否定历史叙事积极层面的同时，抛弃人类个体的理想、信念和正义追求，尤其是对历史虚无所表现出的美好寓意。"对于每一个人来说，家庭是最古老、最深刻的情感激动的源泉，是他的体魄和个性形成的场所。"② 福克纳新历史主义家族书写虽然在叙述、塑造和态度方面有所差别，但这些家族命运却殊途同归地走向了颓败、没落和消亡的结局。这种在历史环境下形成的家族命运悲剧充分说明了历史虚无的合理性。南方贵族家族逐渐消退并最终解体的命运结局是历史发展的必然性，但他们在抗争家族毁灭的过程中所表现出的容忍、坚毅和牺牲精神，成为南方精神的象征和具体内涵。他所使用的资料通常来自其身边的黑人保姆、老兵、邻居所讲的故事等，并借助多样化的家族

---

① 邹诗鹏：《现代性的物化逻辑与虚无主义课题——马克思学说与西方现当代有关话语的界分》，《天津社会科学》2009 年第 3 期，第 7 页。

② 〔法〕安德列·比尔基埃等著：《家庭史（第 1 卷）：遥远的世界，古老的世界》，袁树仁等译，北京：三联书店，1998 年，第 5 页。

叙事与内战历史叙事，使得他的新历史主义家族历史书写既真实可靠，又富有文学曲折性，二者相辅相成，消解了历史的虚无性，展现了南方家族的生存状况。

历史真实与民间边缘历史事实之间并不是单纯的对抗关系，而是保持着互补、相互利用以及彼此化解的关系，对宏大历史叙事的颠覆与对抗恰好说明了政治话语权利与日常生活社会和谐之间的对立与统一。福克纳的新历史主义家族书写不管历史素材属于确实发生的事件，还是属于文学想象的历史虚构故事；亦不管是历史书写还是文学创作，其意图都是通过对过去的阐释，与时代需求、自我发展和历史环境融合在一起，成为南方人反思过去、解决现实问题、走向美好未来的希冀。只有当历史指向现实并具有现代性内涵时，才可能将主体和客体协调起来。他以内战历史叙事为对象，所关注的不是历史本身，而是对南方家族历史的一种感性体验基础上的历史虚构，虽然永远不能替代历史真实，但他特别尊重历史发展规律和历史的客观性，体现了家族生活中的理性主义、务实精神和追求文学的艺术性，关注了家族成员的生存处境和生存方式。"我认为，作家是拥有分裂性格的绝好的范例，当作家时是一回事，当普通老百姓时是另一回事。"① 正是在这个意义上，他对历史的阐释是通过文学想象的途径，通过家族历史和个人对家族命运的安排表现出来的。即使有史实为参照，他也往往按照自己创作的需要进行书写和改写，因为所追求的不是历史事实之真，而是小说艺术表现之真，从而打破了历史虚无的弊端。

历史的偶然性既是人们建构历史事件的关键因素，也是推动历史发展的重要因素。当人们面对各种突如其来或预想不到的偶然事件时，通常会不由自主地改变自己的初衷，将自己的命运交给他人，从而误入虚无主义的陷阱。"存在本身就没有意义和目的，但不可避免地循环，没有终结，归于虚无，永远循环，这是虚无主义的最高形式：永远虚无。"② 虚无主义是对传统家族文化的叛逆，也是对已经固化的价值观和道德观的超越与重构。福克纳家族书写中的历史事件，即便是通过文学艺术的虚构，所表现的苦难困境等都是真实存在的，也经得起推敲。他对一些

---

① William Faulkner. *Faulkner in the University*：*Class Conferences at the University of Virginia*，1957-1958. Eds. Frederick L. Gwynn & Joseph Blotner. New York：Vintage Books，1965，p. 268.

② 王岳川编：《尼采文集（权力意志卷）》，周国平等译，西宁：青海人民出版社，1995 年，《序言》，第 9 页。

具体细节进行反复修改，直至找到南方原初的未经任何处理的历史事实，从而增加了家族历史的认可度。"承诺必须包含苦难的记忆和消逝的记忆，记忆的审视也必须在承诺之中进行，从而保持记忆的无限性又使其在当下的政治建构中发挥作用，总而言之，承诺的记忆同样是记忆的承诺。"① 他对历史真实性的书写强调的是所具有的历史真实性，即反映历史发展的必然趋势，体现了过去与现在之间的联系，将现实问题转化并融入历史书写中，从过去的经验中寻求南方未来的发展道路。

历史虚无将历史发展的局部现象当成历史发展的整体性规律，强调历史偶然性对必然性的替代，在方法论上"以历史选择论为指导，以历史假设为前提，进行主观臆想和推断，最后得出所谓'新结论'"②。福克纳新历史主义家族书写避免了这种现象，取而代之的是将内战对个体、家族和社会带来的巨大冲击融入家族成员日常生活之中，引发了南方人对历史的反思和对现实事件的关注，也为南方未来发展指明了方向。人类对社会的认识都是通过大量的偶然性现象研究才能认识其必然性的规律或本质，这是社会发展和历史书写的共性，体现了偶然性和必然性的统一。在福克纳生活的时代，经济增长和社会和平发展已经成为世界文化的主旋律，南方家族的兴衰历史必然与内战联系在一起，并融入南方遗留下来的一些社会问题中，如父权制度、种族制度、宗教伦理等，在展现家族悲惨命运的同时，着重叙述了家族成员的生存状况和精神状况。正是通过内战历史叙事和家族日常生活叙事，使南方"宏大历史"叙事与民间叙事相辅相成，彰显了南方家族的历史作用和精神价值，形成了对历史的永恒记忆与对家族精神的传承。

客观地讲，无论是家族书写还是历史叙事，人们所面对的都是以必然性为主导的历史故事，这往往淡化了社会的多样性，而偶然性历史叙事的出现不仅符合历史唯物主义史观的要求，而且还挑战了传统观念，体现了历史书写的创新性，从而拉近了读者与历史文本之间的距离。当然，完全以主观意识替代历史事实，否定历史的客观性和规律性，很容易从根本上违背或脱离了马克思主义哲学的基本原理，陷入历史虚无主义的陷阱。新历史主义的家族书写是一项十分复杂的精神实践活动，对

---

① 〔加〕弗莱切著：《记忆的承诺：马克思、本雅明、德里达的历史与政治》，田明译，上海：华东师范大学出版社，2009 年，第 6 页。

② 杨金华：《当代中国虚无主义思潮的多元透视》，《马克思主义研究》2011 年第 4 期，第 119 页。

历史事件的虚构也是家族书写所需要的艺术表现方式，因此，在尊重历史发展客观性的基础上，对历史事实进行阐释和重建，进而满足表现家族生存和命运多样性的需求。福克纳对南方家族的新历史主义书写揭示了家族在内战前后出现的各种问题，有些问题是因为家族自身内部的"腐朽性"造成的，因为这些家族始终是历史的存在物，随着其所依附的制度合理性的消失，其灭亡也是必然的，体现了历史发展的必然性。当然，家族的灭亡还有一些其他因素，这些因素属于历史的偶然因素，体现了历史发展必然性中的偶然性。无论是福克纳描述家族兴衰过程，还是展现家族成员的善恶和内心冲突，都体现了所追求的价值观和道德观，因为在他看来，作家的职责就是写出人类内心的冲突，而优秀的作品只能从人类内心冲突这样的问题中产生出来，才值得作家去写，值得作家为之痛苦与劳累。这就是历史虚无留给人们的美好寓意，体现了以福克纳为代表的南方人对家族历史的永恒记忆与对南方家族文化的传承。

第二节 历史的政治意识：家国同构的冲突与融合

政治意识属于一种心理定式，是指在政治文化及特定政治环境中所形成的态度、信仰、情感等，具有相对的稳定性。历史书写以政治为基础，展现不同的政治意识形态，其目的并不是推翻现存的社会制度，而是为了揭示受到主流政治意识形态遮盖下的不同政治观念，揭示社会历史环境中人们的思想和行为表现。家族书写反映了人类文明中以地域性、血缘性、人情性为纽带的历史文化现象，展现了人与人之间关系的复杂性、结构组织的多重性、故事生成的自足性、叙述形式的多样性等特征，反映了作家本人和所处时代的政治意识形态。福克纳对南方家族的新历史主义书写记录了内战前后家族的生活经历、家庭成员的命运和家族伦理的变迁等，体现了前瞻性的政治意识和社会主张，为渐行渐远的南方家族传奇故事赋予了丰富的内涵和历史意义，为家国同构的冲突与融合提供了有益的借鉴。

一、历史想象：政治意识与本土化特征

政治意识，又称"意识形态"，是心理学领域中的一个概念，主要指社会秩序与达成方式的观念与信念体系。该概念有两种不同含义，"一是相对中立的意义，指用来解释或判断社会、经济和政治现实的抽象的、象征性的意义系统；另一方面则是贬义的意义，指歪曲或违反现实的思

想网络体系的表征，是'虚假的观念体系'"①。政治意识包含了认知心理因素、情感动机等，反映了人们的社会认同信念和价值观念。家族书写属于家族文化记忆的集合体，承载着家族成员个体的记忆，重构了家族毁灭的历史语境，拷问了家族成员个体生命的存在价值和虚无本质，引发了人们对家族成员生存价值的思考。福克纳新历史主义家族书写对南方的社会、经济和政治意识形态进行了全面综合的展现，反映了南方人在内战及重建时期所形成的共同的政治态度、信仰和情感等，体现为在立足社会现实的基础上，对社会政治体制、社会伦理、价值观念等进行评判与重构，质疑现存的社会制度和价值体系，涉及家族历史想象和历史真实，反映了历史真实与文学想象的融合性，体现了家族书写的政治意识与本土化特征。

历史是对过去事件的记录和再现，是客观的和公正的，但历史书写需要根据历史事件进行想象，体现了书写者的主体意识。每个书写者的意识形态与社会主流意识形态不可能一致，有时甚至还会出现对立和冲突。福克纳对南方家族的新历史主义书写，从时间跨度上看，涉及殖民时期、内战时期、重建时期等不同时空中的家族起源、发展、繁荣和消亡的过程，凸显时空交错的"宏大历史"特征；从具体内容上看，记录了发生在家族内部或者家庭成员与外界之间的故事，跨越了数十个家族成员三代以上的生活经历，融合了南方人的政治意识、宗教信仰、家族精神、伦理道德、价值观念和个人追求等，往往带着一种政治意识形态批判的态度，质疑南方传统历史观念和价值观念。南方家族兴衰历程作为体现政治文化、价值关系和宗教信仰等的重要内容，反映了社会发展的全过程，不论是对家族还是对社会来说，都具有重要的政治引导和借鉴作用。

文学与政治是一种相互控制的关系，其中政治意识形态控制着文学，使其按照自己的要求发展，而文学文本往往企图颠覆政治意识形态以保持自身的独立性，两者之间常常相互斗争、相互融合，最终形成矛盾统一体。"本土化"，又称"本地化"，通常是指某种外来事物转换成符合本地特定要求或需求的过程。如在目前全球化的时代，全球化和本土化、地域性和人类性、世界性与民族性等在相互对立、相互制约、相互促进中走向融合。置身于全球化趋势中的家族书写，无疑处在文化融合的关

---

① 刘取芝等：《政治意识形态：影响因素、心理机制及作用》，《心理科学进展》2013 年第 1 期，第 2073 页。

键时期，必须坚守文化自身的特色和传统，确保在全球化大趋势中不至于失去自我；同时又要通过对外来文化、现代文化、时代需求等的整合，实现自身文化的创造性转换。家族作为政治意识形态的集中体现，在保护家族成员个体生命与尊严的同时，又颠覆了人类公平、正义和牺牲的价值标准与原则。因此，福克纳对南方家族的新历史主义书写在对历史事实进行还原的基础上，通过家族"历史碎片"展现历史真实，总结了家族兴衰历史的经验与教训，借以引发南方人对自身生存环境的关注与对南方精神的认同。在这一过程中，他充分意识到家族存在的弊端和家族解体的必然性，其家族书写的目的是在家族历史叙事基础上，以家族成员日常生活体验和边缘化故事重新诠释南方历史，以政治意识形态触及南方民间历史、文化与精神心理构造，使历史作为反思人性的镜子，立足现实社会，思考南方的未来出路。

历史文本与文学文本之间的互文性为作家的历史书写提供了可能，历史也不再单向作为文学叙述的背景而存在，而是成为历史书写中具有丰富变化的文化语境和历史语境。心理学上的"情结"是指部分或全部被意识压抑，但无意识仍然处在活动之中，是以性本能冲动为核心的愿望，通常带有强烈的情绪色彩。家族情结是指受到家族的思想、性格、经济和文化氛围等方面影响的成员对家族所拥有的一种特别的感情。家族文化传播的目的是表达观点和传递思想，而家族历史信息的传播也是为了传递文化和思想意义。这些文化和意义通过代际传播实现了家族代际交换，使家族成员之间形成了大体一致的道德评判标准，有利于家庭关系的稳定与和谐。家族文化作为南方精神的重要内容，在南方人文化认知和道德行为判断过程中形成了共同的标准，维持和保障了社会发展，且代代相传。福克纳作为具有特殊历史背景的南方作家，充分意识到自身的职责和使命，在潜意识中担负起家族精神和家族文化的代际传播责任，成为家族文化与南方精神的建构者和推动者，引导南方人寻找未来的出路。

历史想象和文学虚构都是基于历史事实的，其中前者是在事实基础上发挥创造力的具体体现，反映了历史真实；后者是在认知历史基础上的想象，是对现实生活的真实反映，满足了超越现实的需要和文学自我表达的需要。家族书写展现出家族成员的生存历史，带有强烈的主观个人色彩以及时代的当下性特征，所要达到的目标是通过家族命运悲剧，呈现内战带来的创伤和影响，这就消除了"宏大历史"叙事与家族日常生活叙事的对立与冲突，彰显出家族历史书写的意义和价值。南方家族文化是在长期的殖民和发展过程中形成的具有南方地理特色的文化内涵，也是建立在蓄奴制种植园经济基础上的一种文化形式，其特征是地域文化鲜明，充分反映了南方人的政治意识形态，突出强调了种族问题、"淑女"制度和社会参与意识。福克纳新历史主义家族书写真实展现南方历史变迁，忠实记录了家族在历史变迁过程中经受的种种磨难以及最终走向没落的事实。"现在的一切之所以有意义，全在于有过去的存在，而且我们一天不去诚实地评判过去，过去的狰狞面孔就一天不会消失。"① 正是凭借南方风土人情、人物原型和日常生活体验等，福克纳将家族情感升华为南方乃至人类整体所具有的普遍精神，带来了未来的希望。

历史事件必然体现叙事者的政治意识形态，尤其是在缺少充分历史事实的环境中，叙述者必须以想象或推测的方式来弥补历史缺失，从而重构历史事件的完整过程。同样，新历史主义书写主体的政治意识形成过程是一个与社会主流意识形态相互妥协与包容的过程，也是一个不断改进或提升价值观和道德观的过程。福克纳对南方家族的新历史主义书写如果仅以家族日常生活为标准，对家族命运和家族成员的道德伦理评判必然是偏颇的，也是不科学的。事实上，他把个人与家族、国家、民族等联系在一起，遵守人类普遍意义上的正义、公平、理性、和谐的社会发展观念，超越自身的阶级立场，从普遍价值观反思家族的衰亡和家族成员的命运悲剧，突破了正统历史对内战所界定的政治化阐释，用家族记忆质疑公众记忆，把内战带来的影响尤其是对南方人带来的心理创伤真实展现出来，客观地反映了社会现状，表达对南方未来的担忧。南方历史属于主流意识形态权力话语控制下的历史，具有强烈的政治意识，无论是内战史，还是家族史、森林史和打猎史等往往都散落在南方人的记忆之中，是政治意识形态体现最为真实和客观的载体。福克纳以强烈的政治意识和历史想象方式解构主流意识形态下的南方历史，在立足现实社会问题的基础上重构了家族文化，体现了政治意识形态的本土化倾向，具有重要的历史意义。

二、历史证据：家族社会的参与性与命运走向

历史证据是历史叙事和历史书写中的基本依据，关系到历史书写的有效性以及历史叙事的真实性。"历史编纂最直接、最基本和最主要的课

---

① James Baldwin. *Autobiographical Notes*, *Notes of a Native Son*. Boston：Beacon Press，1995，p. 4.

题是证据而非事件。"① 文学与历史以虚构和想象的方式构造了文本，形成对历史客观真实的解构，其中历史证据起到了不可替代的作用。内战的失败使南方历史变成了一部悲剧史，而这部悲剧作为历史证据，清洗了历史上留下的各种罪行，尤其是种族主义和妇道观所表现出的对人性的压制与束缚，使南方长期建构的价值观和道德观受到挑战。无论是在自己的作品中，还是在各种公开场合下，福克纳都旗帜鲜明地表达了自己的立场，对种族主义表达了强烈的愤慨和谴责，不遗余力地向世人宣示：蓄奴制和种族主义加剧了南方的等级、家族谱系以及偏执的荣誉观、妇女观，成为社会的毒瘤，最终导致南方社会道德体系坍塌。可以说，他对南方家族的新历史主义书写挖掘了家族存在的弊端和各种矛盾冲突，体现了社会的参与性以及未来命运走向，表达了对人性的深层追问。

历史证据具有客观性，因为历史事实通常都会遗留下一些痕迹，而历史证据都不会随着人们的主观意志而发生改变，可以用来证明历史真实。然而，由于历史证据取决于书写者的政治意识形态，因而无论在历史叙事还是在家族书写中，历史证据都是一个具有争议性的话题。福克纳对南方家族的新历史主义书写反映了南方家族的命运悲剧，如传统贵族家族的毁灭、新兴贵族家族的道德失衡、平民家族和黑人家族的困境等，体现了他本人对南方历史事实的看法或态度。这主要是因为其政治意识十分明显，通常是在反思南方历史的基础上解决现实问题，关注南方的未来。福克纳一生中大部分时间都是在家乡度过的，因此，他了解到内战的很多事实，这使他对那段历史充满了憧憬和怀念，始终把自己看作是南方社会坚定的支持者和参与者，对南方保持着天然而深厚的情感。他认为，内战汇集了创作所需的有关南方社会和历史的诸多内容，又作为一种无意识潜隐于其文学创作和作品叙事之中，因此他的家族书写获得了更加宽广、更具有多样化的文化思想内涵和文学艺术价值。

社会参与性不仅表现为人们对客观世界积极的认知态度，而且还表现在实际行动上的参与积极性上。社会主流政治意识往往压制其他政治意识，并将其控制在自己的权利范围内，打碎或重组主流意识话语权利，使更多的社会阶层参与到社会重建和发展之中，表达个人或社会所遭受的不公正情绪，从而实现对历史权威的颠覆。福克纳新历史主义家族书写体现了对南方社会参与性的关注，展现了家族成员对历史书写或重构

---

① Aviezer Tucker. *Our Knowledge of the Past: A Philosophy of Historiography*. New York: Cambridge University Press, 2004, p. 18.

所发挥的作用。传统历史主义文学往往成为歌颂英雄、领袖和社会运动的传记史或革命史，因而也就成了"宏大历史"的书写，忽视了平民大众和边缘人物对历史所起的推动作用。他在家族书写时往往选择不同于"宏大历史"的民间视角，将叙事视角深入民间生活体验之中，最大限度接近平民大众来展现历史真相。这种与众不同的家族叙事在虚构历史的过程中充满了偶然性和不确定性的偶然事件，从而质疑或对抗传统社会秩序的政治意识，具有独到的文学艺术价值，体现了对南方社会的参与性。

家族势力往往渗透到南方社会的各个方面，参与到社会的政治、经济和文化生活之中。这种社会参与性是基于对传统历史观念颠覆的基础上的，以家族成员日常生活历史为主体，揭示被主流意识形态遮蔽的现实生活与生活状况，重构南方历史，在一定程度上实现了历史偶然性与必然性的统一。"颠覆"主要体现为对历史话语权利的反抗与背离，如对家族伦理道德的叛逆、对社会制度的抗争、对淑女制度的反抗等，目的是争取自身的权利和自由。虽然南方面临着很多困境，但社会发展的趋势不可阻挡，且随着社会的不断发展，南方家族文化的内涵也在不断丰富。福克纳对南方家族爱恨交织的复杂情感以及人文知识分子的敏感犀利，使其充分认识到蓄奴制和种族问题会把南方家族送上灭亡的不归路，这种显而易见的矛盾痛苦不断刺激他的家族书写，促使他始终关注社会问题和家族问题，不断调整和完善家族伦理，实现了对种族制度、妇道观和"骑士精神"等为基础的传统价值观的背离，颠覆了上层社会的政治权威性。

历史事件往往在经历社会认同或阐释后，才能作为历史证据呈现在文学作品中，因为主流意识形态中的历史主体性和虚构性常常加大了人们对历史事实的质疑，在文学创作中将历史淡化成一个故事阐释背景，失去了明确的指向性价值，无法给人们提供真实的信息和客观的标准。在这种语境下，历史成为文化载体的价值和意义就被消解或忽略了，读者不再试图从中探索历史发展规律，不再把注意力放在历史事件方面。文学作品中的历史叙事发挥了重要作用，但文学中的历史永远不能代替历史事实，只能作为历史证据。南方妇女问题是福克纳家族书写关注的主要问题，这一问题往往又与蓄奴制联系在一起，从而诱发社会的诸多问题，导致南方未来命运的不确定性。文学的参与性不像传统历史主义那样重视社会官方历史记录，而是关注非正统的传奇故事和普通百姓的日常生活体验。加尔文基督教教义对南方女性所规定的种种道德规范使她们生活在一种被压抑的文化环境中，被神化为"冰清玉洁"的圣女，被看作是传宗接代的工具。为了保证家族血统的"纯正"或"高贵"，南方妇女的贞操被看得比她们的生命或作为人的价值还要重要。南方社会环境的变化、贵族制度的灭亡和以蓄奴制为基础的种植园经济的结束，使得南方妇道观存在的社会基础动摇了。南方妇道观是束缚南方妇女自由和权利的枷锁，导致妇女人格的异化。一些女性对男权社会的反抗行为呈现出希腊英雄般抗争的悲剧之美，其形象和命运悲剧凸显了这一社会问题的严重性以及对南方未来的担忧。

家族文学是历史和时代的见证，也是社会对家族命运和家族成员关系的积极探索。文学作品具有政治意识，原因在于其根植于特定的历史环境中，无法脱离社会政治的影响而独立存在。新历史主义家族书写者在肯定家族对社会积极参与的同时，更多的是对家族中存在的问题或家族命运结局进行评判和指责，进而延伸到家族的社会参与性与人类未来命运的走向。这种对家族历史反思和命运结局的呈现是由历史叙事方式决定的，因为叙事话语赋予作家以历史叙事的特权，使作家通过自身主观叙事策略来展现历史态度，体现其政治意图。例如，南方社会种族历史记录了"宏大历史"事件，实际上却隐瞒了有色人种、女性等边缘群体的历史，而以福克纳为代表的南方作家通过虚构的文学文本，将上述边缘群体的记忆融入历史记忆之中，并以对抗记忆和批评追忆的方式，发现或探索了被主流意识形态忽视或遮盖的有关种族、女性和边缘群体的历史事实，显示出这些民间历史事件的真实境遇和价值，更加清楚地反映了南方历史的真实。可以说，福克纳的家族书写对南方历史进行了重新阐释，对深层边缘群体的心理进行了探寻，虚构或补缀了历史碎片所体现出的历史内涵，增强了对现实世界的认同或批判，找到了家族成员个体、家族、社会乃至人类整体发展等所需要的解决问题的途径和方法，参与了社会道德伦理的反思与重构，推动了历史发展的进程。

三、历史表象：家国同构与人类不朽象征

表象通常是指感知后留下的印象，表示曾经被感知过，但当前并不存在的事物在大脑中重现。历史表象是由相关历史事件或历史语言引起的，是历史事件的大体轮廓或一些主要特征，属于概括化的历史形象。当然，历史表象的出现并不是随意出现的，而是受到历史真实的制约，取决于人类个体对自身困境解决的方式或效果。历史事件依线性时间而

发生，延续着因果报应关系，体现了偶然性与必然性的统一。"家国同构"把国家、家庭、家族等联系在一起，无论是历史叙事还是对历史事实的评判等，都体现了人们对人类个体、社会、民族、国家等的关注，并上升到一种哲学上的思考与建构，反映出人类总体的生存和发展状况，从而构成"家国同构"的历史性与人类不朽的象征性。

"家国同构"代表了人们对主流意识形态的认同和接受，是在政治、经济和文化等多种因素综合交互下形成的，体现了政治伦理化管理模式，有利于社会稳定，强化了国家的向心力和民族凝聚力。"家"作为因血缘关系居住在一起的人类生活共同体，体现了民间社会自行建立的生存习俗和地域惯制。原始家族与国家政体的结合没有必然的内在联系，但随着外部环境的变化和社会政体的需求，家族逐渐扩大，成为社会乃至国家的重要组成形式和有效的管理方式，因而多个家族联合起来，进而形成统一的国家。家是小的国，国是大的家。血缘关系决定了近亲属之间的亲密关系，宗法制决定了男性制度和家族之间的关系，使家族、社会和国家的关系变得既对立又统一，由此引起了家族社会化倾向，从而实现了家族与国家同体、同构的关系，产生了家国同构的文化现象。可以说，家族原本是人类最基础的民间组织，在历史的发展过程中逐渐演化成为具有社会性质的管理体系，形成了以家世、家规和家风等为主体的共同体文化制度以及社会、国家的管理制度，又在与国家管理制度相结合的过程中共同促进了家族个体消解自我追求、压抑自我欲望，实现家族、社会和国家于一体的形式。美国南方具有温馨宜人的气候，悠闲而富裕的生活，这片土地带有某种浪漫的气息；而生活的悠闲不仅仅体现在那些大种植园主身上，也体现在那些自耕农身上，他们过着一种自给自足、独立不羁的生活。在这种历史环境下，南方形成了自由放任的生活方式和享乐主义的人生观，成为与美国其他地区截然不同的文化区域或共同体。然而，当南方人面对内战失败所带来的创伤时，他们却表现了不堪一击的颓败，或选择"鬼魂"般的逃避，或成为家族伦理的叛逆者，而对战前的"美好"记忆就成了他们的"记忆共同体"或集体记忆下的文化遗产。这种文化遗产塑造了南方人对过去的共同想象和记忆，强化了他们的独立性以及对历史事件和历史环境的整合力，构成了强烈的家国同构情结与文化特色。福克纳以家族书写形式展现了家国情怀，描写了家族的兴衰命运，展现了家国同构的历史性和人类不朽的象征性。

历史表象与家国关系长期以来都是历史学研究的热点问题，同时又因为社会发展脉络及人们的政治态度不同，导致了不同的意识形态问题。历史发展过程中家族与国家之间存在着或明或暗的隐喻关系，因为家族与国家在组织结构方面有许多共同之处。家族是国家的缩影，家族与国家的管理都遵循了严格的父权管理制度。这种现象的出现与家族在农耕生产时期的环境有很大关系。传统家族抑商重农，重视家族伦理道德和家族荣耀，这样由家族到国家的扩展关系，从家族伦理秩序到国家的政治伦理秩序，从家族荣耀到保卫国家等，都体现了家国同怀的文化基础。福克纳对南方家族的新历史主义书写最大程度上重构了南方历史，展现了家族与社会之间的历史表象，显示出自身对家国情怀的理解和态度。他把自己的作品作为参与社会建构的方式和手段，从文化、政治、历史、审美和哲学以及家族本体等不同视角对家族兴衰历史和家族成员生存环境进行透视，找出那些跨越家族、文化和历史事件而表现出的家族精神，从中筛选出在不同历史背景下形成的家国同构的历史叙事和历史故事。"这片土地，这个南方，得天独厚，它有森林向人们提供猎物，有河流提供鱼群，有深厚肥沃的土地让人们播种，有滋润的春天使庄稼得以发芽，有漫长的夏季让庄稼成熟，有宁静的秋天可以收割，有短暂温和的冬天让人畜休息。"① 福克纳通过对家族的历史叙事展现了家族悲惨命运，对历史和现状进行了深入思考，并上升到美国乃至人类整体命运层面，寻求人类不朽的命运象征。

历史表象的宗旨象征着人类的不朽。历史的主体是人类，而人类的永恒发展预示着历史的无穷性和历史表象的丰富性。家族作为人类个体和社会之间的桥梁，不仅在社会或国家的组织结构中担负着重要职能，而且自身还是一个独立运行的组织和关系体系，在一定程度上担负着国家的职能。血缘是家族的命脉，通过血缘之间的关系，家族成员凝聚在一起享受着家族提供的安全感和归属感；同样，血缘辐射地缘关系，同一地缘的人们也存在着文化认同性与心理亲近感，从而很容易结成文化共同体。南方地域和文化的形成就是如此。内战给南方人带来了共同的创伤经历，促使他们团结起来战胜创伤，因为共同的创伤经历和命运结局使他们相互支持、相互鼓励，培养了南方的家国情怀。"借由建构文化创伤，各种社会群体、国族社会，有时候甚至是整个文明，不仅在认知上辨认出人类苦难的存在和根源，还会就此担负起一些重责大任。一旦辨认出创伤的缘由，并因此担负了这种道德责任，集体的成员便界定了

---

① 李文俊编：《福克纳的神话》，上海：上海译文出版社，2008年，第44页。

他们的团结关系，而这种方式原则上让他们得以分担他人的苦难。"① 福克纳坚定地认为："人比他的环境、他的律法以及他作为一个种族、一个民族所创造出的所有那些寒酸可怜的东西都更重要：重要的只有这一点——他是人，永远记住这一点，决不要忘记。"② 他在不同的场合下向人们阐述了对南方怀有的浓厚情感，对传统文化的由衷热爱；而他的新历史主义家族书写始终遵循着传统道德规范，所塑造的那些勇敢、骄傲、怜悯、热爱正义和自由的家族成员实际上都代表了南方古老而高贵的品质，也是南方传统文化的创造者和典型代表。

　　家国同构的历史性与人类不朽的象征性也是相辅相成、缺一不可的。家国关系在任何时期都是影响社会认同的因素，也是人们必须关注的政治伦理问题，对日常生活行为和伦理道德修养等都起到了重要的引导和规范作用。事实上，南方长期以来形成了自己独特的文化意识。卡什认为，南方人"思想中起决定作用的是强烈的个人主义"③，他们对任何超越最基本社会组织的东西都持有不信任的态度。南方个人主义情怀和共同体意识存在着矛盾与对立，始终表现为相互补充、相互依存、相互融合，导致个人主义倾向越强烈，越需要情感和价值观的认同感来与之平衡，这种家国同构、家国同怀的意识往往在某种程度上表现为强烈的偶然性历史表象，使南方文化中的家国情怀呈现出对立与统一。家国同构的模式大致划分为历史和文化两种类型。历史上的家国同构就是因为南方社会自殖民时期以来由于一系列政治制度的变革、经济方式的转型，乃至文化的断裂与革新，影响了社会的稳定性，促使在社会发展过程中不得不团结在一起，从而形成了南方命运共同体，如内战带来的心理创伤直到现在依然盘旋在南方人的脑海之中，给他们生活带来阴影，迫使他们联合起来共同面对战后问题。文化上的家国同构是南方社会最突出的特征，因为文化概念的含糊性很难准确地界定南方的精神信仰，但大致可以体现文化的独特性，因为这种独特性的形成既有地域原因又有历史原因，其中长期的生活方式和文化熏陶是形成家国同构意识的基础。如果把家族置于南方文化发展的环链上，可以看出从殖民时期到现代社会的变化过程，南方家族文化中的家国同构所体现出的勇敢、奉献、牺

---

①　陶东风、周宪主编：《文化研究》（第 11 辑），北京：社会科学文献出版社，2011 年，第 11 页。

②　William Faulkner. *Lion in the Garden*：*Interviews with William Faulkner*，1926-1962. Eds. James B. Meriwether and Michael Millgate. New York：Random House，1968，p. 94.

③　W. J. Cash. *The Mind of the South*. New York：Random House，1941，pp. 31-32.

牲等精神，反映了南方历史发展进程，意在引导和加强南方人对历史和
文化的理解，更好地思考南方家族命运和未来出路。

家族是社会伦理实施或展现的主要场所，在家族伦理关系基础上形
成的人与人、人与社会的关系往往成为社会主流意识形态乃至国家精神
的象征。家国同构的伦理观念一经形成，就会对家族成员或国家公民产
生同等约束力。福克纳借助自己的家族经历，感悟到南方社会制度的弊
端，洞见"宏大历史"事件背后隐蔽的历史真相，南方家族成员在生与
死、爱与恨、家族荣耀与南方命运之间进行道德取舍，形成了家国同构
的家族文化精神，揭示出人类共同处境和普遍存在的问题。工业文明的
压抑否定了人的自然本性和意识，使人类缺乏激情和创造力，导致精神
荒芜，然而，很多南方家族顶住了压力，展现了宽容与善良本性，成为
南方精神和人类不朽的象征。在"约克纳帕塔法世系"作品中有一类人
常常赢得人们的尊敬，那便是德高望重的老年女性，主要包括迪尔西家
族的迪尔西、沙多里斯家族的珍妮姑婆等。这些人有的是黑人女佣，有
的是贵族遗孀，有的年轻守寡，有的终生未嫁，尽管她们的身份和种族
不尽相同，但却无一例外地散发着南方人性的光辉。迪尔西勇敢、大胆、
豪爽、诚实，是福克纳最喜欢的人物之一；珍妮姑婆恪守家族传统，极
具人情味。这些老年女性无不具有仁爱的心胸、高尚的品德、深厚的智
慧和非凡的勇气，对人性和生活有着深刻的理解和非凡的洞察力，她们
是整个南方社会的道德基石，也是人类不朽的标志或象征。

"家国同构"的理念把家族生活中的行为礼节延伸到国家层面，从
而形成一套严密的社会管理体系和伦理道德规范，引导人们从家族精神
走向爱国热情，担负起国家赋予的使命和职责。文学创作是历史事件虚
构或想象的再现，而家族历史则是对客观事实的再现。作为一种特殊的
艺术形式，家族书写不仅集中体现人类社会中的道德伦理关系，而且还
从不同层面描写社会存在的道德困惑和矛盾冲突。历史学家在讲述历史
时，运用历史故事，引导人们按照历史发展的方式理解与研究历史真实；
家族书写的目的在于从家族伦理和道德立场对家族历史中存在的现象或
人际关系给以阐释，引导人们关注家族文化和精神需求。南方家族文化
作为人们的精神支撑，对家族成员个体生存与发展都起着重要的作用。
家族越兴旺发达，家族成员所得的利益也就越大，家族成员对家族担负
起的责任和义务也就越大，且这种责任从最基本的家族血缘延续到家族
兴旺发达，进而达到维护国家安稳和发展的目标。家族成员在享受家族
利益的同时，必须担负起振兴家族的义务和职责。这就可以解释在内战

期间，很多南方家族自愿组织起来，出人出钱，参与同北方军的战斗，有些人献出了生命，作为南方的英雄而被人们纪念。因此，福克纳对南方家族命运的展望与对内战的反思，不仅仅是对南方家族精神的反思，而且是对家族或家国情怀的展现与重构，象征着人类的不朽与伟大。

共同的历史记忆维系着家族、社会和国家利益的文化传承，可以促成人类个体、家族与国家之间相互理解、相互融合的文化氛围。经历内战历史变迁后的南方社会，需要构建新的社会结构，同时需要新的政治意识形态来支撑与维护社会的稳定与发展，所以家国同构依然会发挥重要作用。福克纳对南方家族的新历史主义书写依据南方社会的需求，赋予"家国同构"以新的内涵和需求，而家族只能与南方命运联系在一起，形成家国同构的伦理思想或观念，才能解决南方现实问题，构筑南方人的命运通道，在家国同怀的历史性过程中体现出象征人类不朽的未来出路。

第三节　历史的书写价值：家族精神体系与命运呼唤

文学作品是作家创作的产物，凝聚了作家的意识形态和价值追求，但作品的价值只有通过读者的阅读并接受作品中的社会伦理规范和价值标准才能实现。"文学的历史是一种审美接受与创作的过程。这个过程是在具有接受能力的读者、善于思考的批评家和不断创作的作者对文学文本的实现中发生的。"[①] 福克纳的新历史主义家族书写在追寻历史与现实、过去与未来的历史使命中，融入了南方神话、历史、伦理和家族等复杂的情感和意识；同样，读者在阅读其作品的过程中也理解了南方人苦苦挣扎和颓废绝望过程中不断冲突的内心世界和永不满足的追求精神。历史叙事强调民间立场和个体发展的重要性，以历史主体性寻找和展示底层社会的生存状况和心理状况。这种以个体化历史角度消解主流政治意识形态偏见的方式，深层次展现了历史多元化因素和人性的真实状况。福克纳的家族作品阐释了人类最本质的价值世界，为南方精神的弘扬和发展提供了前提与保障。当代世界努力构建新型的命运共同体，力求消解精神颓废、人文精神失落和价值取向低迷的弊端，实现人的全面发展，为社会发展提供精神体系支撑。福克纳对南方家族的新历史主义书写对人类命运共同体的构建提供了借鉴。

[①]　张廷琛编：《接受理论》，成都：四川文艺出版社，1989 年，第 2 页。

一、历史的心理慰藉：文学坚守意识与历史情感化

历史认同不仅仅是一种单纯的对历史事实的认同，更是一种对道德伦理和社会价值观的认同。作家自身的生活经历、价值观念、政治意识形态以及所处的社会背景和时代背景等都会影响其创作，其中有关历史的书写更能体现出作家的价值观和作品的价值。家族文本作为文学谱系中的一个重要组成部分，除具有其他题材文学作品的一般性特征外，还具有文学史诗性、崇高性、英雄性、悲剧性、传奇性和批判性等，这些特征组合起来共同构成了家族文本的价值观和道德观体系。福克纳的新历史主义家族书写借助南方家族兴衰历史叙事，反映了殖民、内战和重建等时期的历史变迁，站在时代高度，观照南方道德观和价值观发展历程，以边缘史和民间日常生活史颠覆或解构主流政治意识形态中的历史价值，反映了历史叙事和历史认同的价值和意义，揭示了人类社会的发展规律，体现了文学坚守意识和历史情感化的趋势。

意识是人们对客观世界的反映，文学的坚守意识是人们在文学活动中表现出来的自觉状态。无论是作家创作的主体意识还是读者阅读的审美意识等都属于这一范畴，体现了对客观世界的认识和感悟。文学家创作出优秀文学作品，能够把包括自己在内的人类感受与生活体验以虚构的方式呈现出来，体现出对历史的反思和对现实社会的深度认识。福克纳对自己的家乡充满着深厚的感情，从日常生活中获得大量有关内战的故事，并融入自己的家族书写中，反映了南方社会现实状况，体现了对南方的热爱与关注。同时，他用新历史主义眼光重新审视南方历史和传统文化，以南方社会所处的历史环境展现主流政治意识形态，坚守传统价值观和道德观，摒弃那些不适应南方社会发展的腐朽落后因素，关注南方历史权力话语下的平民大众生存状况，表达了文学对社会的责任和对道德伦理的坚守意识。这是理解文学与历史之间关系的最有效方法，也给他的家族文本赋予了深厚的人性内涵与丰厚的历史价值。

文学作品的心理慰藉体现了对个体生命的张扬与压抑、对人类生存与毁灭的思考，解构了传统道德伦理对人类的束缚与压制，给人们带来希望。南方家族文化的情感坚守以一种相对客观的态度对每一个家族所处的社会地位和在现实社会中存在的问题进行书写，并透过这些家族兴衰历程发现或解释那些被现象遮蔽的本质特征，体现了对家族成员的生活困苦或所遭受痛苦的理解和同情。自20世纪30年代以来，福克纳的新历史主义家族书写不断显示出对人性回归的期盼，这是对南方未来的

希冀，也是他始终坚守的创作中的真实情感。当然，他所强调的真实情感并不是对南方传统伦理道德简单的复述与再现，而是以现代道德伦理标准和价值标准，在历史与现实的冲突与对抗中，对家族精神和家族伦理进行重构和再现，体现为对未来的希望和人类生存的关注。正是在这种文学坚守和价值追求的阐释中，无论是在叙述历史故事还是描写现实生活，他都没有盲从生活表象和单纯的价值取舍，而是以民间历史叙事的方式使那些来自现实生活中的劳苦大众在作品中得到鲜活的表现。他对南方人当下生存状态的叙事建立在感性与理性的对立与统一基础上，体现了文学坚守中的感性与理性、情感与思想的和谐统一：即在情感层面上是感性的，表明了他对南方传统充满了敬仰和羡慕之情，始终难以摆脱过去的阴影和束缚；然而，在理性层面上，他却清醒地意识到，南方传统在带给人们心理慰藉的同时也带来了人性的压制，因而在多种场合下表达了对南方传统的批判和谴责，对南方家族精神给予了赞扬，表达了崇尚之意。

　　同其他意识一样，文学的坚守意识也具有感性和理性两种状态；其中前者体现了作家本人在创作过程中对作品所进行的价值标准的构建，属于作家本人的自我意识；后者则是指作品本身所具有的价值，通常以概念、范畴及范畴体系等形态出现，是对文学作品价值标准的完善与调整。这两种状态相互关联、相互补充，共同构成了作家的创作思想和作品价值。福克纳生活的南方地带，即密西西比州，曾经是一片荒野，早期的移民通过拓荒方式保证了其后代子孙在这片肥沃的土地上繁衍生息，展现了勇敢自由的生活方式，创造了令人着迷的文化传统和价值观念。他作为南方贵族后代中的一员，从小就对这片热土有着极为深厚的感情基础，极度迷恋大自然田园生活，然而，当他经历内战后混乱的、令人悲观失望的时代后，惊讶地发现内战后冷漠无情和支离破碎的现实困境对南方人带来了精神打击与心理摧残，开始对未来进行思考。南方历史神话和家族荣耀是战后南方人的一种集体记忆，包含了辉煌的荣誉和罪之罚的痛苦，因而他对由家族创始人、原始印第安人和黑人等构成的世界，表达了尊重与赞扬。在他看来，这些人能忍耐受苦，代表了人类的希望，是重建南方价值世界的源泉和人类永恒发展的保障。他在家族创始人、淳朴的印第安人身上找到了战前南方人的情感记忆，通过深刻挖掘这种精神和情感，展现出南方历史的情感化色彩，为南方未来发展指明了方向。作为一位有良知的作家，他养成了特有的历史意识，在文学坚守意识基础上形成了对历史和传统依恋和叛逆的双重情感，强化了自身的现实职责和历史义务，展现了对家族精神的情感依赖。

文学的坚守是对历史真实的追求，是历史情感化的具体体现。福克纳在重构南方历史的过程中，以新历史主义反抗主流政治意识形态的叙事方式，展现了家族的历史地位和兴衰变迁历程。无论是对家族命运悲剧动因的分析，还是对家族伦理和行为准则的解构与阐释，他的文学坚守和历史情感中所折射出的历史真实、民间视野、人类命运等意识，都具有新历史主义特征，也都体现了他对家族精神的高度依赖，展现出的家族精神最终成为南方人的心理慰藉，支撑着南方大众生存下去。南方人为了适应变化了的现实社会，把自己的命运同历史和传统紧密联系在一起，使得对过去的回忆成为沟通心灵和现实的纽带。这种对过去留恋的历史意识和价值追求在福克纳家族书写中表现得尤其强烈，"约克纳帕塔法县法的灵感世界拒绝忘却任何事物，它的人物和它的虚构的情境都沉浸于缅怀往事之中，仿佛生活与写作都是过去的重复"①。分析一下福克纳对南方家族的新历史主义家族书写就可以看出，虽然这些家族历史在很大程度上局限在内战前后，但通过这些家族的历史和生活可以追溯到第一、第二次世界大战后的美国历史和欧洲历史，由此展现了对南方社会乃至人类整体命运的关注。事实上，他作品中的许多家族故事就像人类历史的"残片"一样，凝聚着人类文明与困境的历史信息，反映了社会发展的曲折进程，为后人提供了南方社会或人类社会发展的各种素材或缩影，引导人们把南方历史与人类命运联系在一起。不仅如此，他的家族书写在形式与内容上的完美结合唤起了南方人的感情共鸣，使其获得精神上的陶醉，慰藉了受到创伤的心理，引导人们走出现实困境。为了更好地达到这一艺术效果，他对家族历史的叙事所关注的不仅仅是家族成员生活的外部世界，更为重要的是他们的内省世界和主观感受，由此在家族历史叙事或历史书写过程中选择一个最恰当的"现在"为起点，使他们在这个"现在"时刻，借助想象或历史引导将视野投向过去或未来，将历史、现实和未来联系在一起，加深了家族书写中历史叙事的影响，展现了文学艺术价值的震撼力。

文学作品作为一种对现实社会和历史时间的反思，力求从民间逸事、家族情感、日常行为中寻找历史真相，并以回溯历史与现实的方式重讲

---

① 〔美〕埃默里·埃利奥特著：《哥伦比亚美国文学史》，四川大学美国研究中心、朱通伯等译，成都：四川辞书出版社，1994年，第742页。

历史，回忆历史事件发生的过程，给予读者或历史参与者以深刻的印象，从而达到心理上的慰藉。在评论"约克纳帕塔法世系"作品时，马尔科姆·考利认为福克纳的"每一部长篇小说，每一个中篇或短篇小说，所表现的似乎都比它直接说的要丰富些，它的主题也比它本身要大一些。所有一本本的书都像是从同一个坑里开采出来的大理石块：它们都带有母体的纹理与瑕疵"①。福克纳的文学坚守意识和历史情感化过程关注的是内战后南方人生存状态和心理创伤的思考，展现了南方人的生命本源和未来发展的出路。如同预测未来能够激发读者文学欣赏兴趣一样，他的家族书写中由历史事件沉积下来的家族精神构成了南方历史叙事的基础和条件，很容易引起在读者心目中形成现在与过去的对比，促进读者对历史的认同或反思。正是在这种对社会现实和历史命运的思考中，读者的心理需求不断加强，产生的精神追求也更高，从而起到了良好的心理慰藉作用。

任何家族文本都无法客观全面地反映历史真实，因为不可避免地受到家族书写者的话语虚构性和主体意识的影响。福克纳的新历史主义家族书写表达了对社会和历史事件的理解和认同，同时又以文学作品的形式展示了对家族文化的认同和精神情感依赖，更好地体现了社会边缘群体的生活状况。南方发展过程中积淀而成的历史传统培养和塑造了一大批南方作家，使他们带有南方特色的历史意识和情感表达方式。福克纳的历史意识中潜藏着一种文化上的痛苦，这种痛苦看似来自内战所带来的历史创伤，但本质上是源于南方传统文化与现代生活的对立，并以自我毁灭的方式不断将历史传统置于现代语境之中，与家族伦理、消费主义、权力欲望以及人格尊严等进行对抗，最终引起世界的关注。他苦苦追求和细心刻画战后南方人生活状况的真实目的是展现南方人在逆境中与命运进行着不屈不挠的斗争，其惨烈的结局是实现其作品艺术效果的必要手段和表现形式。当他将自己的历史意识聚焦到家族兴衰历程时，显然不只是为了发掘家族历史中丰厚而广袤的叙事资源，而是给南方人提供一种心理慰藉，让那些在社会中无法表达自己内心思想的南方人亲口描绘出自己生存的真实状态，借以展示内心的痛苦、迷惘、焦虑与愤恨，传达对尊严和道义的强烈吁求。事实证明也是如此，这种通过对历史进行反思，以敏锐的新历史主义眼光审视历史的变迁，力图表现人类内心冲突的主题书写，使读

---

① 李文俊编：《福克纳的神话》，上海：上海译文出版社，2008 年，第 29 页。

者在感叹南方命运的同时，激发了内心深处的恐惧、同情、怜悯和思索的情感，达到了净化心灵的目的，从而起到对现实世界的警示与觉醒的价值和意义。

二、历史的价值形式：文学回归历史与历史借鉴

新历史主义历史叙事在解构历史客观性的同时，又从民间日常生活的视角重新阐释了历史。然而，在对待现实和历史问题上走向取悦大众并走近大众消费的方向，不可避免地带来了新的社会问题。这必然涉及文学的本真问题和文学创作艺术的创新性。历史文本本身具有虚构性，相应消解了文学本真的意义和价值。"人类并不能从历史那里得到荫护，也压根成为不了历史的主人。"① 这就如同文学文本游离了作者和读者之外，历史文本也游离了历史事实之外，显然要影响到历史书写的价值。为此，福克纳的新历史主义家族书写以家族伦理或家族史的形式讲述历史，让人们从习以为常的事物中获得了历史感受，对历史事件形成了多元化的理解或阐释，展现了家族伦理、道德规范和行为立场对家族成员人性的压制与束缚，体现了对人类价值的终极思考和普遍的哲理反思，并在探究家族兴衰的过程中寻找南方人的精神需求，回归到历史的本真状态，体现出家族书写的价值追求和历史借鉴作用。

历史价值是指人们从历史中获取了对所处社会或民族的认同感和归属感等情感依赖，从而孕育出社会群体精神和国家情感。从组成来看，它可以分为过去的价值和现代的价值，其中前者是指历史本身的影响，属于历史事实范畴；后者是从历史事件中获取或建构的当代精神，属于历史阐释范畴。"没有任何随意记录下来的历史事件本身可以形成一个故事；对于历史学家来说，历史事件只是故事的因素……通过所有我们一般在小说或戏剧中的情节编织的技巧——才变成了故事。"② 福克纳的新历史主义家族书写以历史故事、神话传奇、日常生活体验等形式再现南方原生态的社会生活及其背后的文化内涵，从而深入南方社会制度、道德伦理和民俗风情等，构建出南方族群认同的精神特征。美国北方以胜利者姿态侵入南方社会生活之中，导致大多数南方人无尽的辛酸和悲哀，形成了独特的南方文化。这是福克纳家族书写的基本背景。他的家族作

① 李钧：《新什么历史，而且主义：新历史主义小说流变论》，《东岳论丛》2009 年第 6 期，第64 页。

② 张京媛主编：《新历史主义与文学批评》，北京：北京大学出版社，1993 年，第 163 页。

品追踪了数个南方家族的兴衰历程，展现了以家族伦理、道德准则和行为方式等为主要内容的南方传统文化和精神内涵，体现了南方人所崇尚的牺牲精神和自由主义信仰。"多数历史片断可以用不同的方法来编织故事，以便提供关于事件的不同解释和赋予事件不同的意义。"[①] 内战历史带给南方人的不只是历史故事，还有其特殊的身份符号和不同的生活方式。如伯顿家族叙事并非一种单纯的历史叙述，而是通过宗教、种族、性别等多视角叙述展现了这个家族中宗教使命的传承历程，真实反映社会和历史现状，阐释了对内战的态度和观点。虽然这种家族历史事件也是一种虚构的家族故事，但淡化了故事情节，凸显了一脉相承的伯顿家族使命感和奉献精神，最大限度地张扬了家族成员的社会参与意识，使家族命运彰显悲壮并具有感染力。

作家与所处时代的主流政治意识形态在权力话语方面常常存在认同、颠覆、叛逆等一系列的复杂关系，文学作品的阐释不能超越历史环境来达到历史真实，因此，新历史主义家族阐释必须结合作家所处时代的历史环境，才能真正理解历史的价值。历史以文本形式存在，文本需要叙事，叙事需要由人来完成，而人具有阶级性，因而历史真实阐释权就掌握在主流政治意识形态持有者手中。内战的历史真相已经丧失，或者说已成定论，进一步探讨这个问题没有实际的价值或意义。所有有关内战历史的文本都是相对意义上的虚构，因此构建历史故事、挖掘历史真相成为现代人对内战的想象与回忆，文学作品的历史叙事显得尤为重要。如果南方作家与所处时代的主流政治意识形态一致，作家的思想或态度表现为对现实社会的讴歌或认同；如果与所处时代的主流政治意识形态产生冲突，作家的思想或态度就会违背南方现行的制度和伦理规范，甚至产生彻底反叛与对立。"无论如何艺术作品的存在总是与同时性相关。这同时性构成'亲历其中'的本质。同时性不是指审美意识的共生性，因为这种共生性指的是在一种意识中各种审美感受对象的同时存在和同时有效。……哪怕它的来源是那么遥远，但在其指述中它便获得了完满的现时性。"[②] 在美国北方工业文明的摧残下，南方社会中人与自然、人与他人、精神与物质之间的和谐关系早已荡然无存，一切都变得支离破碎和残缺不全。在这样一个处处呈现颓势的社会中，提倡南北双方的和

---

① 张京媛主编：《新历史主义与文学批评》,北京:北京大学出版社,1993 年,第 164 页。

② 〔美〕伽达默尔著：《美的现实性——作为游戏、象征、节日的艺术》,张志扬等译,北京:三联书店,1991 年,第 124 页。

谐就难免不合时宜。因此，有的南方作家为了隐蔽历史真实，或脱离"宏大历史"叙事，或追求历史戏说效果，他们的作品就存在着对历史价值追求形式上的弊端与偏误，没有反映出内战的真实和南方人的生活现状。然而，福克纳从平民化、边缘化和偶然性立场，强调了家族政治、经济、文化等社会影响，把家族伦理道德置于社会需求和时代改革的环境中，摧毁了南方传统社会等级制度、政治权威以及固定化的社会秩序，重建了家族精神，对南方社会的发展起到了重要的推动作用。

文学回归历史是文学发展的需要，因为文学反映了历史，同时还参与和塑造了历史的形成过程，并以强有力的影响力推动历史的接受和认同。不仅如此，历史在新历史主义文学作品中不再是作为文学叙述的背景而存在，而是成为文学主体与重要内涵。就文学本身的发展来说，文学需要吸收历史素材，反映人类的生存和发展，进而完成由历史叙事向现实叙事转换的内在动机和历史回归。家族文化以血缘为基础，作为一个特别的历史载体在精神领域占据着人们特别的心理空间，时刻牵动着家族成员的情感波动和精神追求心理，而对家族精神的记忆和反思是人类不断进步的必要条件，满足人们对历史情感永不衰竭的心理慰藉。新历史主义家族书写把家族兴衰历史和家族命运呈现给读者，使读者感悟到历史环境和历史事件，因为无论是遥远的过去，还是漫长的未来，都往往以记忆的形式汇聚于眼前，融为对现实的想象及当下体验。福克纳的新历史主义家族书写中的历史故事、神话传说、日常生活趣闻等所构成的文学艺术形式对南方人具有很大的吸引力，彰显了文学作品的艺术感染力，体现了文学作品对社会的参与意识和所发挥的影响作用。

人类个体生活在历史发展进程之中并以自身实践创造历史，然而，历史是通过人类个体的认同和接受后才成为历史，没有人类认同的历史事件或记忆从本质上说不是历史。历史认同担负着人类活动的记忆者和回忆者的任务，是人类自身发展的历史见证。福克纳的新历史主义家族书写探讨了南方社会现实问题，对南方人所关注的传统文化、社会生存、身份价值和伦理道德等进行了虚构性的创造与展现，渗透着他作为历史叙事主体的政治意识和价值观念。这种书写把家族兴衰历史从家族成员个体苦难上升为南方整体危机，从文学主题演变为哲学、伦理或道德的主题，从身体、精神及社会创伤演化为文化创伤。这不只是一个数量扩增的问题，而且还关系到家族命运、人类社会责任和历史使命感的问题。读者在理解其家族文本的过程中常常遵循文本所设置的历史导向，脱离现实环境的束缚，进入作品虚构的历史故事之中，最终因为对现实的需求而重新回到现实世界中来，从而解决现实问题，引发对内战的反思和对南方精神重建的渴望。

历史主体性和边缘性阐释了作家和所处时代的政治意识形态，分析了历史价值，关注了边缘群体的生活状况和心理状况，表达了对平民大众的关注，为文学的创作和研究提供了新的视角或思路。人性趋善信念体现了对民间归隐的期盼，关注偶然性历史事件，将零散的事件呈现在历史文本之中，以民间日常生活叙事替代"宏大历史"叙事，还原民间历史视觉与历史叙事方式，成为新历史主义文学作品艺术性的追求目标。内战带给南方人的创伤更多地表现为他们与周围世界的疏离，因为痛苦与恐慌使人们之间的信任瓦解，人与人之间的关系变得疏远。福克纳敏感地觉察到南方人陷入精神困境，因此，他的新历史主义家族书写力图聚焦在民俗风物、世态人情和伦理道德的日常生活层面，反映了民间情感和大众心态，并通过边缘性家族叙事讲述了南方人在困境中所表现的生命力和忍耐精神，成为南方人心理慰藉和精神支撑的重要力量。这种家族书写方式聚焦家族命运的再现与重构，进而建构新的伦理规范和价值体系，实现历史事实、文学虚构和现实需求的和谐统一，促使文学回归历史，发挥历史的引导和示范作用。

三、历史的价值追求：历史回归与命运呼唤

历史层面上的价值是指人类个体自我需求的维系与发展所需要的条件与要求，或者说是人的存在和发展的前提。对大多数人来说，历史被视为过去曾经发生的事件，但却往往忽视这样一个事实，即历史必须进入文本才能被人所认同；而一旦成为文本，就会以一元化、整体连续的形式出现，这样，显然不能全面涵盖历史过程的多样性。同样，无论对于美国内战的亲历者，还是以福克纳为代表的新生代作家，他们关于内战的情感体验都成为其心理情感的基础和文学创作的出发点，尤其是对那场在大多数南方人看来属于灾难的内战，他们有着强烈的排斥感和耻辱感，形成了对南方传统文化的认同感，构建了作为历史叙事主体的政治意识形态和文学表现艺术。事实上，历史真实分散在历史文本的各个语境之中，读者需要对文本进行阅读和体验才能熟悉历史，接近历史真实。福克纳家族书写将南方主流意识形态掩盖下的家族历史以一种原生态的日常生活体验展现在读者面前，在历史回归中供读者思考和感悟，从而提升人们对南方历史的认同或理解。这种新历史主义叙事模式避免了对传统价值标准的误判，剔除了人性中的抽象因素，反映了人的本真

情感和生活需求，代表了南方人重建家族精神的努力和对未来命运的呼唤。

文学作品的价值追求是建立在历史叙事的基础上的，如果脱离了作家的主体性意识形态，任何历史故事都不可能进入历史文本之中。历史在促进人类个体自我创造和自我发展的过程中，展现了对社会发展的需求以及维持这些需求所需要的环境与条件，构成了文学作品的价值追求。"文学对历史的阐释和在历史中阐释文学，说明文学与历史具有某种互动关系，文学并不被动地反映历史事实，而是通过对这个复杂的文本化世界的阐释，参与历史意义创作的过程，甚至参与对政治话语、权力运作和等级秩序的重新审理。"① 从本质上看，历史文本不过是对已发生事件的"解释"，并不是客观的历史事实，然而，家族书写却担负起精神价值的传承与历史再现的使命和职责。无论是内战历史叙事的真实记录，还是福克纳家族新历史主义书写的虚构艺术，都是特定历史语境下的意识形态产物，其中文本与历史相互渗透，融合成其独特的历史意识和创作思想。面对内战带来的历史创伤，福克纳以新历史主义家族叙事的方式展现南方历史和现实社会存在的问题，使历史事实与文学叙事保持着平等的对话权利，形成了文学与历史的互文性特征。其作品中的家族历史反映了南方社会发展的历史，强调了内战带给南方的创伤与痛苦，同时以家族叙事和虚构艺术再现了南方历史真实，实现了文本的历史性和历史的文本性的交互融合。

历史叙事融入了叙事者的主体性，而主体性包含了其价值追求，直接影响叙事者的目的和方向。历史书写是对历史进行谱系研究，让历史中那些被压制的人或事诉说各自的历史，这样才能接近历史的真相。由此，从社会各个层面，特别是社会边缘人口中的历史故事、神话传说和逸事等选择历史题材，将各种历史素材并置起来，形成多方位的历史综合体。福克纳的新历史主义家族书写集历史与想象、真实和虚构、生活和艺术等于一体，借助历史真实与文学虚构想象真实的完美结合，重新构建了南方家族精神。以当今全球化趋势为例，现代性本身就存在悖论，即现代性为人们带来了益处，如较低的婴儿死亡率、重大疾病得到控制、理性科学地解决问题、经济快速增长等，这些都使社会走向了良性发展的轨道。然而，现代性也有其阴暗面，最突出的特征就是现代化大规模

---

① 王岳川著：《后殖民主义与新历史主义文论》，济南：山东教育出版社，1999年，第182—183页。

武器的生产，使地球处于危险的境地。不仅如此，工业化和商品化的发展也带来了很多负面效应，如环境污染、现代社会中人类精神与道德危机、价值丧失、异化感和无根感等。南方在长期发展过程中形成了自己独特的价值观念、生活习俗、道德标准和精神内涵等，这些方面构成了南方文化的主要内容，成为社会存在和发展的基础。读者在阅读福克纳家族作品时，能够感悟到他对家族荣耀的关注和向往，体现出对家族价值的追求；同时，这种阅读过程本身就是一个不断受到感染和教育的过程，也是人们了解社会现实的过程，达到陶冶灵魂、领悟生命之道，养成善待自然，培养谦卑和自豪美德等价值追求的目标。

文学作品经过想象、再现、修正和认同等过程，重构了历史事件的发生环境，以虚构和主动介入历史重构的姿态，重新组合历史叙事，恢复或再现了历史真实环境。福克纳的新历史主义家族书写通过塑造一系列家族人物形象集中体现了南方人的生存状况，借助这些人物形象达到对社会现实、生存环境和历史价值等进行评判的目的。他的新历史主义家族叙事包含了对南方伦理道德的思考和重构，尤其是对家族本身所具有的腐朽落后因素给予了批判和谴责。他将家族叙事深入到南方人的灵魂深处，质疑他们的生存价值，创造性地设置了家族历史的偶然性和边缘性叙事，为读者展现了历史的价值和作用。正是通过这些错综复杂的社会关系和形形色色的人物身上发生的故事，读者在过去与现在的对话中完成了历史重构，展现了南方精神，表达了对家族命运的呼唤。

历史价值的追求将历史故事解构为偶然性事件的叠加，直接或间接效果就是在文学创作中展示历史的多样性存在和各种权力意志的"交换"与"协商"，打破历史权力和意识形态在文学创作中的主导地位，关注对象由主流意识形态转向社会大众群体。对于福克纳来说，真正的家族书写意味着全身心投入，意味着必须从历史和现实的冲突中摆脱出来。为此，他的家族书写以偶然历史叙事瓦解了"宏大历史"叙事的权威性和必然性，以一种民间历史观展示了历史的多样性，关注了劳苦大众的生存状况，寄托了他对家族未来命运的期望。当然，这是对南方社会、南方人的命运呼唤，也是其永恒的梦想与价值追求。在表现家族伦理关系和家族命运悲剧的同时，他立足历史叙事的偶然性，强调边缘人群的生活状况，关注南方人未来的出路等，有助于全面理解和反省南方历史与现实冲突中的价值观念和道德伦理规范。可以说，他借助作品中的家族命运，最大限度地将南方神话与传奇重新回归到战后现实世界，完成了同时代其他南方作家未能完成的文学创举，引发了人们对南方人乃至世界人类整体生存状态和意义的深入思考；同样，读者在阅读他的家族文本的过程中享受到了历史真实与想象的完美结合与精彩呈现，真正感悟到历史的价值，激发了对南方家族命运的同情与惋惜。

文学批评颠覆了传统文学作品所担负的崇高职责，以质疑历史真实的方式展现了现实社会中存在的暴力、死亡、颓废和绝望等问题，为人类未来命运敲响了警钟。这是从哲学的高度对人类社会提出的批评，也是对传统文学价值观念的彻底抛弃。历史观念的转变引起了历史叙事和价值追求的一系列变化，引发人们对精神追求、人文关怀与道德伦理重构的重视。历史往往以偶然性故事表现出来，且在这偶然性的背后隐匿着历史与现实的对立与统一，反映了历史价值和历史精神。福克纳的新历史主义家族书写展现了南方社会现实和历史存在的各种伦理关系，为人们了解内战历史提供了重要参照。历史是当下意义上的历史，历史叙事是历史回归本源的方式和途径，也是人类命运的未来呼唤。福克纳希望通过家族的兴衰历史寻找社会存在的问题，在重审或重构南方历史的过程中剔除传统社会中那些落后腐朽的消极文化因素，为南方社会弊病寻找治愈良方，为人类的道德伦理提升指明方向。

结　语

人们日常生活中接触到的历史真实大都是以文本的形式呈现出来，这种文本与文学作品一样，属于话语符号系统，带有鲜明的虚构性色彩。从历史叙事和文学创作来看，历史的文本性和文本的历史性都存在互文性特征。文学离不开历史，把历史事件作为创作素材，可以丰富文学的展现内容，使文学更具有真实性和说服力；历史离不开文学，历史叙事和书写都要体现叙事者的主体意识，反映主流意识形态的需求。这样，文学与历史的互动、对历史事件的运用、创作的虚构性等特征，表明了文学与历史的互文性特征。作为审视社会的方式方法，无论是历史研究或阐释，还是文学作品反映历史事件等，都需要复原历史事件或再现历史事件发生的环境，记录历史事实、文物话语及历史痕迹等过程，呈现客观公正的历史事实，达到还原历史真实的目的，形成历史评价。福克纳对南方家族的新历史主义书写分析了家族成员的日常生活体验和家族命运，模糊了现实和历史之间的界限，从而对历史事件或内战创伤事件进行再现与重述，形成了对历史的反思和对现实社会的深入思考。

一、家族小说与新历史主义的多元阐释

福克纳所处的时代被称为"南方文艺复兴时代"，这一时期南方涌现出一批文学家，给文学创作带来了前所未有的繁荣景象。虽然没有直接证据证明他的家族书写与新历史主义主张有直接关系，因为在他那个时代新历史主义作为一种思潮并没有明确提起过，或者听说过，他的演讲或谈话从未涉及过这个概念，但新历史主义作为一种文学观念或批评方法早已出现，营造出来的文化氛围和历史叙事方式应该说对他产生了潜移默化的影响。因为他从南方老兵故事、与家庭保姆的谈话、与朋友的交流以及南方历史逸事中获得了很多关于内战的故事。这些故事属于民间历史，是内战作为"宏大历史"背景投射进其头脑中的映像体现。他把这些内战映像融入家族书写中，通过家族历史或家族成员的命运结局展现了南方人的现实生活状况与精神状况，从而具有了新历史主义的

鲜明特征，反映了新历史主义历史书写的要求。

"历史是什么"，这个问题看似十分简单，但包含了复杂的哲理思想和科学态度。新历史主义作为一种历史观念，是对传统历史书写的背离或挑战，不仅颠覆了传统官方正统历史书写的方法，而且还以抽象的人性掩盖了人类个体的差异，引起了历史学家的争论。然而，作为一种文学批评方法，它以一种全新的视角介入文化学、社会学、历史学的研究中，使人们对人格、人性的认识发生了由外向内的转化，从人的本体意义来理解人类个体，描写个体感受，反映人类个体的生存境遇，触及人性的诸多层面，体现了人类个体的多重需求和不同的社会关系。历史哲学理念已经成为包括文学和历史学在内的一种自觉意识，这些领域都离不开哲学思辨和历史题材，且有意识地把涉及的问题提升到哲学高度来认识，从而辨析历史事件的真伪与善恶。福克纳对南方家族的书写在历史事件叙事、历史话语权利和历史价值评判等方面都受到新历史主义的影响，尤其是在家族日常生活体验、家族故事和家族命运等方面展现了新历史主义对历史母题的切分和重新聚合，如对家族神话、家族荣誉、父权制度、骑士精神、妇道观和种族问题等权威的解构或消解，体现了他对家族的情感与态度，展现了他对人性和生命力的弘扬。这种书写方式有别于其他类型的文学作品，是其历史意识形态和家族情结的集中展现，反映了哲学上的思考和辨识，带有清晰的新历史主义叙事特征，彰显了民间日常生活的真实感及对内战创伤的深刻反思，也成为其家族书写多元化阐释的重要依据。

历史是对过去事件的描述，记录或保存了过去的事件，与文学作品有很大的相似性。福克纳的家族书写围绕着数十个家族或家庭的兴衰历史、家族成员关系、伦理道德和家族命运等，表现了社会发展变迁和精神变化历程。以新历史主义理论分析他的家族书写，可以看出他把南方历史上的重大历史事件以家族历史的形式有机地联系在一起，将家族日常生活、民间逸事、神话传说以及 20 世纪的历史事件融入作品中，不断挖掘家族历史的内涵以及南方人的生存意识、生命力、南方精神等，使家族兴衰历史与生存意识等形成了互文性特征，相互影响、共同记录着历史的变迁。为此，他淡化了传统文学中那种"骑士""英雄""浪漫"等氛围，取而代之的是关注内战失败所带来的对传统贵族家族的毁灭以及这些家族成员的内心痛苦，以普通人的心态和民间话语形式展现了战后南方社会的悲凉万象，在民间历史叙事或书写中展现了家族命运悲剧以及由此所表现的南方精神，为世界文坛带来了清新的家族创作艺术和深邃的家族文化内涵。

历史属于话语体系，通过语言对历史事件进行叙述，使用的隐喻和象征等手法与文学创作相一致。为了使话语具有说服力，还需要对话语进行润色，这种话语运作方式需要进行编排，其中包括了文学话语中通常使用的虚构方法。这样看来，历史叙事的过程实际上就是文学创作的过程，但历史的客观性是不容改变的。"人们自己创造自己的历史，但是他们并不是随心所欲地创造，并不是在他们自己选定的条件下创造，而是在直接碰到的、既定的、从过去承继下来的条件下创造。"① 对历史客观性的违背，必然会陷入唯心主义，更不能反映历史真实。内战之前的南方社会是一个以蓄奴制种植园经济为基础的农业社会，在早期殖民过程中，家族在社会构成中占据十分重要的地位，家族文化成为传统文化的重要组成部分，为福克纳家族书写提供了丰厚的素材。然而，内战的失败和北方工商业经济的入侵导致南方家族的毁灭，使他感受到"对家乡的炽烈感情、对南方的历史既骄傲又沉痛的心理、一种大家族的共命运感、在种族问题上的内疚感与对资本主义文明的疏远、陌生感"②。福克纳通过对历史和社会存在的诸多问题进行批判分析，对家族传统伦理和所犯罪行进行剖析，形成了振兴家族命运的心理内在驱动力和社会参与欲望，从文学参与历史重建的视角对南方历史进行宏观、整体、深层次和本质上的把握与阐释，同时引导读者深入思考家族的命运。

历史已经过去，不管是原本存在还是后人叙事，都是复杂的和多元的历史呈现；历史研究过程是不断挖掘历史事件的过程，其中全面、系统和综合的探索并最大限度地呈现历史事件的各个层面，是历史研究不可缺少的程序。作为人类社会生活的基本单位，家族凝聚着历史与文化内涵，而家族历史常常是整个社会历史进程的一种缩影。借家族盛衰命运表达自身对人类个体、家族族群和人类整体存在的哲理思考，是福克纳对南方家族进行新历史主义书写的意图。他从家族命运着手，将家族历史话语权赋予民间生生不息的普通人，从这些个体身上看待历史、评价历史人物的行为与思想，具有新历史主义的特征。南方原始森林、湖泊、荒野和充满智慧的印第安人等历史元素，意味着民间生命力的旺盛；而那些退伍老兵的内战回忆、黑人保姆的神话故事、印第安人的打猎传统等，汇集成历史记忆的长河，传承着家族神话和南方精神。同样，在

---

① 《马克思恩格斯选集(第 1 卷)》,北京:人民出版社,2012 年,第 669 页。
② 董衡巽等著:《美国文学简史》,北京:中国社会科学出版社,2007 年,第 330 页。

南方社会转型过程中，摆脱传统家族制度的束缚，重建符合时代发展的新的家族伦理道德标准，给社会或家族树立前进的目标，是福克纳新历史主义家族书写的任务和职责。对此，他对家族历史进行了审视和思考，把南方人经历或熟知的内战历史与其生存状况联系在一起，通过家族日常生活体验获得人们的认同，并在读者心灵上产生碰撞，引发人们对未来的担忧。南方家族的毁灭与消解是现代社会发展的必然趋势，但以死亡、毁灭的命运悲剧作为家族的终结标志，则引起了社会的反思。福克纳正是借助家族命运的变迁和反思，展现了社会从象征和谐、统一走向无序和多元的历史过程，以新历史主义视角对家族命运进行多元阐释。

新历史主义主张消解"宏大历史"叙事，提倡"互文性"策略、日常生活体验和偶然性事件等，既有其合理的一面，又有其功利化的缺陷。其中对历史真实的阐释排斥主流意识形态，追求"碎片化"历史片段，难免会出现对历史阐释的片面性。南方家族的毁灭，比如沉浸在家族昔日荣耀中不能自拔的康普生家族和沙多里斯家族，游戏于现代化市场利益模式中的斯诺普斯家族，背负祖上乱伦罪恶、归隐山林的麦卡斯林家族，维护血统纯正、建造白人"家族王朝"的萨德本家族，经历水火磨难与生死考验的本德仑家族等，既受到社会历史环境的影响，又有家族内部的腐朽，表达了对人性缺失的批判反思和对个性自由的追求。南方家族历史与社会历史存在着"互文性"特征，所涉及的历史事件是福克纳耳闻目睹后移入到作品之中的，他通过家族伦理腐败、成员感情纠葛、家族命运悲剧等说明了人类面临的苦难与困境，揭示了人类命运和历史悲剧的复杂意蕴，这不仅是其本人的艺术追求，也是其家族书写所发挥的作用和意义。

二、家族小说与新历史主义融合的必然性

文学和历史密不可分，历史既可以指过去发生的事件，又可以指关于历史的记载，即历史学，还可以指与自然相对而言的人类文化或文明；文学作为对历史的表征、对历史典籍中记载的故事的借用与演绎、书写过去发生的事件，甚至成为历史见证等形式，其重要性在于对历史的判断或反思。文学既可以解构历史，又可以超越历史。福克纳的家族书写饱含着深厚的文化底蕴、独特的叙事方式和忧思婉转的家族气氛，体现了新历史主义叙事的要求。传统贵族家族濒临毁灭，承受着现实世界所带来的痛苦；新兴贵族家族攫取南方领导权并占据社会重要地位；平民家族辛苦劳作维持生计，生活十分艰苦；黑人家族没有社会地位，家庭

成员没有自由。这些家族相互关联，共同展现了家族历史变迁和生存状况，反映了历史发展的必然性。

辩证唯物主义历史观强调历史发展的必然性，但并没有排除偶然性在历史发展过程中发挥的不可忽视的作用。这种对历史必然性与偶然性的论述有助于从更为广阔的视角对新历史主义历史观进行审视，理解"宏大历史"和日常生活历史之间的区别与联系，从不同角度还原历史原生态面貌及多层面审视社会问题。新历史主义将偶然性作为历史叙事的对象，展现边缘、个人和民间日常生活，追求历史的随意性和不确定性，完成对历史客观性的颠覆。这种历史观念强调了历史偶然性，忽视了历史必然性，割裂了二者之间的关系，陷入历史虚无的陷阱。福克纳家族书写通过对家族日常生活体验的反思，实现了对传统"宏大历史"叙事的解构，并在内战历史叙事的通俗化基础上凸显了历史必然性与偶然性的统一，完成了对历史的文学虚构再现，避免了陷入历史虚无主义的陷阱。他的家族书写，既书写了南方家族内部问题和家族成员的善恶行为，又书写了家族成员受到的压制与摧残以及所导致的悲剧命运。这是历史必然性与偶然性的有机结合。其作品中塑造的一批具有"伟大形象"的祖父辈人物，当面临政治、经济和文化的解体和重建时，总是积极保卫南方、参与南方发展，为南方稳定和繁荣作出了贡献，这是历史偶然性的具体体现。当然，也展现了一些传统贵族家族创始人在家族发展过程中采取的父权制度、种族思想、妇道观等对家族成员造成的摧残与心理创伤，导致了家族毁灭的悲惨命运。这些家族的毁灭是一个必然结果，反映了历史发展的必然性。人类社会发展过程就是一个不断完善和提升的过程，那些不适应社会发展的方面逐渐被历史所淘汰，这是历史发展的必然性要求；那些历史发展过程中的偶然性方面，会起到延缓或阻碍社会发展步伐的作用，却无法制止或阻挡历史发展。福克纳的这种书写方式体现了在历史必然性基础上对偶然性的重视，彰显了强烈的社会责任感、使命感以及对人类未来所寄予的希望。

把新历史主义历史观应用到福克纳家族书写之中，可以看出这种家族书写所面临的政治意识形态与主流意识形态之间的冲突，形成家族日常生活体验和南方历史感悟，促使人们对南方普通大众和家族悲惨命运进行关注，展现南方社会的真实状况。现代工商业的迅猛发展引起南方社会的急剧转型，由此引发了南方人的心灵焦虑，造成精神危机和信仰危机，导致对未来失去了希望。这样，对战后南方人来说，尽管传统生活方式和道德伦理存在很多弊端，但他们仍然期望回归过去。"悲剧结局不一定要有意识地看成是对某种性格弱点的惩罚，而有这么一个弱点，就可能使我们在感情上更容易接受那可怕的结局，不然的话，那些道德感强于审美感的人就会对悲剧结局感到厌恶了。"① 福克纳家族书写的动机和作品主题显示出这种需求，原因在于其家族的荣耀和先辈们创造的"英雄"神话时刻不断地提醒他不忘振兴家族的使命和责任，激励他为家族命运而寻找振兴时机。南方传统贵族家族在北方工业文明的冲击下失去了勇敢、果断和牺牲精神，最终沦落为社会边缘的大众群体；而新兴资产阶级家族具有极高的权力欲望，抓住社会转型时期出现的一些偶然性机会，夺取了南方社会领导权，导致了传统价值观的堕落；平民家族和黑人家族依然受到剥削和压迫，没有社会话语权和平等权。整个南方社会在内战后都是生活在这种社会现状中，看不出未来的出路和希望。为此，福克纳将民间历史和现代文学艺术虚构、家族悲欢离合与传统文化、社会变迁史和家族兴衰史等结合在一起，以新历史主义的视野和眼光，通过家族命运来梳理民间历史，折射出社会跌宕起伏的历史轨迹，并对家族兴衰沉浮等进行审视和思考，表达了对生存状态和未来命运的关注，恰好阐释了家族书写中的历史必然性与偶然性的统一，进而推动了南方社会的发展进程。

家族书写的目的是弄清家族的兴衰历史以及所带来的社会意义，推动所处社会的政治、经济和文化的改革，构建符合社会发展的新的文化政治。新历史主义理论解构了传统"宏大历史"叙事，颠覆了历史话语权威，以历史偶然性方式展现对历史事件的理性思考，以文学虚构艺术表现了历史必然性和政治引领作用，体现了文学与社会的互动。虽然美国官方对内战形成了相对统一的结论，但南方依然坚持自己的看法，有些观点可能与官方的说法有很大不同，无论争执多么激烈，但从历史细节记录、评价标准、社会影响等层面来看，基本上都转向了对内战带来的影响及后果的关注上，从而摆脱了南北方历史叙事的纠纷和争斗困扰，找到了内战评价的道德价值，为今后避免战争爆发进行警示。当然，对内战的历史叙事必须符合马克思主义的辩证唯物史观，体现历史发展规律，避免受到政治权力或情感等因素的影响。"历史道德代表了所谓的公众的利益或历史利益，它在凸显了历史的合法性的同时，却对历史中的个人造成了严重的遮蔽，忽视了在历史进程中个人的生存道德。"② 道德

① 朱光潜著：《悲剧心理学》，合肥：安徽教育出版社，1989年，第150页。
② 周景雷著：《文学与温暖的对话》，沈阳：春风文艺出版社，2010年，第68页。

伦理建构是福克纳家族书写的核心内容,而家族兴衰历史涉及社会的多个层面,包括了种族史和内战史等历史场景,反映了战前、内战期间和战后南方家族面临的问题和冲突,体现了南方种族主义、宗教思想、妇女观、政治意识形态等道德伦理标准,是站在人性立场对人类生存和发展的深刻思考。为此,他的家族书写修正了传统历史书写中存在的政治、阶级和英雄等视角,取而代之的是对人性的尊重、对传统文化价值的完善和对人类未来命运的担忧等,更加关注人性之善与人性之恶,阐释南方未来发展途径和对人类命运的整体看法,体现社会发展的必然性与偶然性的统一。

新历史主义揭示了被"宏大历史"事件所掩盖的历史现象,以民间历史观取代主流意识形态历史观,凸显那些通常看似细小或普通的日常生活事件在历史语境中所起的作用。福克纳对南方家族的新历史主义书写涉及南方家族兴衰过程,具有相当长的历史跨度,属于从殖民时期到第二次世界大战期间的历史与现实结合中的编年史,蕴涵了伦理道德、制度环境、宗教信仰和政治意识形态等内容,讲述了处于社会边缘的家族命运及家族成员的生活体验,将南方历史融入家族历史之中,重构了家族伦理和价值观念,获得了对历史的真实体验和深刻的思想启迪,为南方社会变革提供了重要借鉴。"历史叙事不仅是有关历史事件和进程的模型,而且也是一些隐喻陈述,因而昭示了历史进程与故事类型之间的相似关系,我们习惯上就是用这些故事类型来赋予我们的生活事件以文化意义的。"① 他的家族书写的哲学依据、家族伦理标准、家族命运结局、历史话语权以及政治意识形态等,体现了现代社会发展必然性和偶然性的统一,具有重要的现实意义和历史意义,对世界文化的融合有很大的借鉴意义,也为世界家族小说的创作和研究提供了重要参照。

---

① 〔美〕海登·怀特著:《话语的转义:文化批评文集》,董立河译,郑州:大象出版社,2011年,第95—96页。

参考文献

Ⅰ. 福克纳作品

［1］William Faulkner. *Faulkner at Nagano*. Ed. Robert A. Jelliffe. Tokyo：Kenkyusha LTD，1956.

［2］William Faulkner. *The Town*. New York：Vintage Books，1957.

［3］William Faulkner. *Faulkner in the University*：*Class Conferences at the University of Virginia*，*1957-1958*. Eds. Frederick L. Gwynn & Joseph L. Blotner. New York：Vintage Books，1965.

［4］William Faulkner. *The Mansion*. New York：Vintage Books，1965.

［5］William Faulkner. *Lion in the Garden*：*Interviews with William Faulkner*，*1926-1962*. Eds. James B. Meriwether and Michael Millgate. New York：Random House，1968.

［6］William Faulkner. *Flags in the Dust*. New York：Vintage Books，1973.

［7］William Faulkner. *Essays*，*Speeches and Public Letters*. Ed. James B. Meriwether. New York：The Modern Library，2004.

［8］〔美〕威廉·福克纳著：《献给爱米丽的一朵玫瑰花》，陶洁译，南京：译林出版社，2001 年。

［9］〔美〕威廉·福克纳著：《八月之光》，蓝仁哲译，上海：上海译文出版社，2004 年。

［10］〔美〕威廉·福克纳著：《坟墓的闯入者》，陶洁译，上海：上海译文出版社，2004 年。

［11］〔美〕威廉·福克纳著：《去吧，摩西》，李文俊译，上海：上海译文出版社，2004 年。

［12］〔美〕威廉·福克纳著：《掠夺者》，杨颖等译，上海：上海译文出版社，2004 年。

［13］〔美〕威廉·福克纳著：《喧哗与骚动》，李文俊译，上海：上海译文出版社，2004 年。

［14］〔美〕威廉・福克纳著：《押沙龙，押沙龙！》，李文俊译，上海：上海译文出版社，2004 年。

［15］〔美〕威廉・福克纳著：《我弥留之际》，李文俊译，上海：上海译文出版社，2004 年。

［16］〔美〕威廉・福克纳著：《圣殿》，陶洁译，上海：上海译文出版社，2004 年。

［17］〔美〕威廉・福克纳著：《福克纳随笔》，李文俊译，上海：上海译文出版社，2008 年。

［18］〔美〕威廉・福克纳著：《密西西比》，李文俊译，广州：花城出版社，2014 年。

［19］〔美〕威廉・福克纳著：《村子》，张月译，北京：燕山出版社，2015 年。

［20］〔美〕威廉・福克纳：《在卡洛琳・巴尔大妈葬礼上的演说》，李文俊译，《写作》1997 年第 10 期。

Ⅱ. 其他作品

［1］Abbott, Porter. *The Cambridge Introduction to Narrative*. Cambridge：Cambridge University Press，2008.

［2］Alexander, Margaret W. Faulkner & Race. *The Maker and the Myth：Faulkner and Yoknapatawpha*. Eds. Evans Harrington and Ann J. Abadie. Jackson：University Press of Mississippi，1978.

［3］Ashmore, Harry S. *An Epitaph for Dixie*. New York：W. W. Norton & Company，1958.

［4］Baldwin, James. *Autobiographical Notes*，*Notes of a Native Son*. Boston：Beacon Press，1995.

［5］Billington, Monre. *The American South：A Brief History*. New York：Scribner's Sons，1971.

［6］Blotner, Joseph L. *Faulkner：A Biography*. New York：Random House，1984.

［7］Bois, W. E. B. Du. *The Souls of Black Folk*. New York：Bantam，1989.

［8］Brooks, Cleanth. *William Faulkner：The Yoknapatawpha County*. New Haven：Yale University Press，1963.

［9］Brooks, Cleanth. Faulkner and the Muse of History. *Mississippi Quarterly*，1974(28)：266-267.

［10］Brooks, Cleanth. Southern Literature：The Past, History, and Timeless.

Southern Literature in Transition. Eds. Philip Castille and William Osborne. Memphis: Memphis Sates University Press 1983.

[11] Brown, W. O. Role of the Poor Whites in Race Contacts of the South. *Social Forces*, 1940(2): 258-268.

[12] Cash, W. J. *The Mind of the South.* New York: Random House, 1941.

[13] Collingwood, R. G. *The Idea of History.* Oxford & New York: Oxford University Press, 1996.

[14] Davis, Robert C. & Ronald Schleifer. *Contemporary Literary Criticism: Literary and Cultural Studies.* New York & London: Longman Publishing Group, 1994.

[15] Dussen, W. J. Van Der. *History as a Science: The Philosophy of R. G. Collingwood.* London: Martinus Nijhoff Publishers, 1981.

[16] Eagleton, Terry. *Marxism and Literary Criticism.* Bristol: Methnen, 1985.

[17] Fredrickson, George. *White Supremacy.* New York: Oxford University Press, 1981.

[18] Gallagher, Catherine & Stephen Greenblatt. *Practicing New Historicism.* Chicago: The University of Chicago Press, 2000.

[19] Ginsberg, Alice E. *The Evolution of American Women's Studies: Reflections on Triumphs, Controversies, and Change.* New York: Palgrave Macmillan, 2008.

[20] Gray, Richard. *The Life of William Faulkner: A Critical Biography.* Cambridge, Mass.: Blackwell Publishers, 1994.

[21] Greenblatt, Stephen. *Renaissance Self-Fashioning.* Chicago: University of Chicago Press, 1980.

[22] Howe, Irving. *William Faulkner: A Critical Study.* New York: Random House, 1952.

[23] Karner, Christian. *Ethnicity and Everyday Life.* London: Routledge, 2007.

[24] Kartiganer, Donald M. & Ann J. Abadie. *Faulkner and the Natural World.* Jackson: University Press of Mississippi, 1999.

[25] King, Richard H. *A Southern Renaissance.* New York: Oxford University Press, 1980.

[26] Millgate, Michael. "A Novel: Not an Anecdote: Faulkner's*Light in August*". *New Essays on Light in August.* Cambridge: Cambridge University Press, 1987.

［27］Minter, David. *William Faulkner：His Life and Work*. Baltimore：John Hopkins University Press, 1980.

［28］Minter, David. Family, Region and Myth in Faulkner's Fiction. *Faulkner and the Southern Renaissance*. Eds. Doreen Fowler and Ann J. Abadie. Jackson：University Press of Mississippi, 1982.

［29］Odum, Howard. *The Way of the South*. New York：McMillan, 1945.

［30］Polk, Noel. "Idealism in *The Mansion*". *Faulkner and Idealism：Perspectives from Paris*. Eds. Michel Gresset & Noel Polk. Jackson：University Press of Mississippi, 1983.

［31］Roland, Charles. *History Teaches Us to Hope：Reflections on the Civil War and Southern History*. Kentucky：University Press of Kentucky, 2007.

［32］Rollyson, Carl. *Uses of the Past in the Novels of William Faulkner*. Michigan：UMI Research Press, 1984.

［33］Spiller, Robert E. *The Cycle of American Literature：An Essay in Historical Criticism*. New York：The Macmillan Company, 1955.

［34］Straumann, Heinrich. *American Literature in the Twentieth Century*. New York and Evanston：Harper & Row Publishers, 1965.

［35］Tucker, Aviezer. *Our Knowledge of the Past：A Philosophy of Historiography*. New York：Cambridge University Press, 2004.

［36］Williamson, Joel. *William Faulkner and Southern History*. New York：Oxford University Press, 1993.

［37］〔奥〕阿尔弗雷德·阿德勒著:《理解人性》,陈太胜等译,北京:国际文化出版公司,2007年。

［38］〔美〕阿历克斯·哈利著:《根——一个美国家族的历史》,陈尧光等译,北京:三联书店,1979年。

［39］〔美〕埃默里·埃利奥特著:《哥伦比亚美国文学史》,四川大学美国研究中心、朱通伯等译,成都:四川辞书出版社,1994年。

［40］〔法〕安德列·比尔基埃等著:《家庭史》(第1卷上),袁树仁等译,北京:三联书店,1998年。

［41］〔英〕安东尼·吉登斯著:《民族——国家与暴力》,胡宗泽等译,北京:三联书店,1998年。

［42］〔法〕保罗·利科尔著:《解释学与人文科学》,陶远华等译,石家庄:河北人民出版社,1987年。

［43］〔意〕贝奈戴托·克罗齐著:《历史学的理论和实际》,傅任敢译,北

京：商务印书馆，2017 年。

[44]〔英〕伯特兰·罗素著：《逻辑与知识（1901—1950 年论文集）》，苑莉均译，北京：商务印书馆，2017 年。

[45] 曹书文著：《中国当代家族小说研究》，北京：中国社会科学出版社，2010 年。

[46]〔美〕戴维·明特著：《福克纳传》，顾连理译，上海：东方出版中心，1994 年。

[47] 董衡巽等著：《美国文学简史》，北京：中国社会科学出版社，2007 年。

[48]〔德〕恩斯特·卡西尔著：《人论》，甘阳译，上海：上海译文出版社，1985 年。

[49]〔英〕弗吉尼亚·伍尔芙著：《论小说与小说家》，瞿世镜译，上海：上海译文出版社，1986 年。

[50]〔美〕弗莱德里克·R.卡尔著：《福克纳传》，陈永国等译，北京：商务印书馆，2007 年。

[51]〔加〕弗莱切著：《记忆的承诺：马克思、本雅明、德里达的历史与政治》，田明译，上海：华东师范大学出版社，2009 年。

[52]〔美〕弗雷德里克·詹姆逊著：《后现代主义与文化理论——弗·杰姆逊教授讲演录》，唐小兵译，西安：陕西师范大学出版社，1987 年。

[53]〔德〕弗里德里希·威廉·尼采著：《悲剧的诞生》，李长俊译，长沙：湖南人民出版社，1986 年。

[54]〔德〕弗里德里希·尼采著：《权力意志——重估一切价值的尝试》，张念东等译，北京：商务印书馆，1991 年。

[55]〔德〕哈拉尔德·韦尔策编：《社会记忆：历史、回忆、传承》，季斌等译，北京：北京大学出版社，2012 年。

[56] 孙周兴、王庆节主编：《海德格尔文集·尼采（下卷）》，北京：商务印书馆，2015 年。

[57]〔美〕海登·怀特著：《后现代历史叙事学》，陈永国等译，北京：中国社会科学出版社，2003 年。

[58]〔美〕海登·怀特著：《话语的转义：文化批评文集》，董立河译，郑州：大象出版社，2011 年。

[59]〔德〕汉斯-格奥尔格·加达默尔著：《真理与方法——哲学诠释学的基本特征》，洪汉鼎译，上海：上海译文出版社，1999 年。

[60]〔德〕伽达默尔著：《美的现实性》，张志扬等译，上海：三联书店，1991 年。

[61]〔德〕黑格尔著:《美学(第一卷)》,朱光潜译,北京:商务印书馆,1979年。

[62]〔美〕华莱士·马丁著:《当代叙事学》,伍晓明译,北京:北京大学出版社,2005年。

[63]〔美〕加里布埃尔·A.阿尔蒙德、〔美〕小G·宾厄姆·鲍威尔著:《比较政治学——体系、过程和政策》,曹沛霖等译,北京:东方出版社,2007年。

[64]〔美〕杰伊·帕里尼著:《福克纳传——解读20世纪世界文坛奇才、诺贝尔奖得主威廉·福克纳的传奇人生》,吴海云译,北京:中信出版社,2007年。

[65]〔英〕卡尔·波普尔著:《历史决定论的贫困》,杜汝楫等译,北京:华夏出版社,1987年。

[66]〔瑞士〕卡尔·荣格等著:《人类及其象征》,张举文等译,沈阳:辽宁教育出版社,1988年。

[67]〔德〕卡尔·雅斯贝斯著:《时代的精神状况》,王德峰译,上海:上海译文出版社,2003年。

[68]〔美〕柯文著:《在中国发现历史——中国中心观在美国的兴起》,林同奇译,北京:社科文献出版社,2017年。

[69]〔美〕拉尔夫·科恩主编:《文学理论的未来》,程锡麟等译,北京:中国社会科学出版社,1993年。

[70]李文俊编选:《福克纳评论集》,北京:中国社会科学出版社,1980年。

[71]李文俊编:《福克纳的神话》,上海:上海译文出版社,2008年。

[72]李卓主编:《家族文化与传统文化——中日比较研究》,天津:天津人民出版社,2000年。

[73]〔法〕列维-施特劳斯著:《野性的思维》,李幼蒸译,北京:商务印书馆,1997年。

[74]凌晨光著:《当代文学批评学》,济南:山东大学出版社,2001年。

[75]〔美〕罗德·霍顿等著:《美国文学思想背景》,房炜等译,北京:人民文学出版社,1991年。

[76]〔俄〕M.巴赫金著:《巴赫金全集(第六卷)》,李兆林等译,石家庄:河北教育出版社,2009年。

[77]〔俄〕M.巴赫金著:《巴赫金文论选》,佟景韩译,北京:中国社会科学出版社,1996年。

[78]〔美〕M.H.艾布拉姆斯著:《镜与灯:浪漫主义文论及批评传统》,郦

稚牛等译,北京:北京大学出版社,2004 年。

[79]〔捷〕米兰·昆德拉著:《小说的艺术》,孟媚译,上海:三联书店,1992 年。

[80]〔法〕米歇尔·福柯著:《知识考古学》,谢强等译,北京:三联书店,2003 年。

[81]〔法〕莫里斯·哈布瓦赫著:《论集体记忆》,毕然等译,上海:上海人民出版社,2002 年。

[82] 莫言著:《小说的气味》,北京:当代世界出版社,2003 年。

[83]〔英〕R.G.柯林武德著:《历史的观念》,何兆武等译,北京:中国社会科学出版社,2017 年。

[84] 盛宁著:《人文困惑与反思——西方后现代主义思潮批判》,北京:三联书店,1997 年。

[85] 王逢振等编:《最新西方文论选》,桂林:漓江出版社,1991 年。

[86] 王恒生著:《家庭伦理道德》,北京:中国财政经济出版社,2001 年。

[87] 汪晖著:《反抗绝望:鲁迅及其文学世界》,石家庄:河北教育出版社,2000 年。

[88] 王明辉主编:《何谓伦理学》,北京:中国戏剧出版社,2005 年。

[89] 王晓路等著:《文化批评关键词研究》,北京:北京大学出版社,2007 年。

[90] 王岳川编:《尼采文集(权力意志卷)》,周国平等译,西宁:青海人民出版社,1995 年。

[91] 王岳川著:《后殖民主义与新历史主义文论》,济南:山东教育出版社,1999 年。

[92] 吴义勤著:《中国当代新潮小说论》,南京:江苏文艺出版社,1997 年。

[93]〔奥〕西格蒙德·弗洛伊德著:《精神分析引论》,高觉敷译,北京:商务印书馆,2017 年。

[94] 车文博主编:《弗洛伊德主义原著选辑(上卷)》,沈阳:辽宁人民出版社,1988 年。

[95]〔美〕希利斯·米勒著:《文学死了吗》,秦立彦译,桂林:广西师范大学出版社,2007 年。

[96] 肖明翰著:《大家族的没落:福克纳和巴金家庭小说比较研究》,桂林:广西师范大学出版社,1994 年。

[97] 肖明翰著:《威廉·福克纳研究》,北京:外语教学与研究出版社,1997 年。

[98] 〔英〕休谟著:《人性论》,关文运译,北京:商务印书馆,1980 年。

[99] 杨彩霞著:《20 世纪美国文学与圣经传统》,北京:中国人民大学出版社,2007 年。

[100] 曾钊新等著:《伦理社会学》,长沙:中南大学出版社,2002 年。

[101] 〔美〕詹姆斯·哈威·鲁宾孙著:《新史学》,齐思和等译,北京:商务印书馆,2017 年。

[102] 张进著:《新历史主义与历史诗学》,北京:中国社会科学出版社,2004 年。

[103] 张京媛主编:《新历史主义与文学批评》,北京:北京大学出版社,1993 年。

[104] 陈思和主编:《中国新文学大系 1976—2000 第二集(文学理论·卷二)》,上海:上海文艺出版社,2009 年。

[105] 赵炎秋主编:《文学批评实践教程》,长沙:中南大学出版社,2007 年。

[106] 周景雷著:《文学与温暖的对话》,沈阳:春风文艺出版社,2010 年。

[107] 周忠厚主编:《文艺批评学教程》,北京:中国人民大学出版社,2002 年。

[108] 朱光潜著:《悲剧心理学》,合肥:安徽教育出版社,1989 年。

[109] 朱海林著:《伦理关系论》,北京:光明日报出版社,2011 年。

[110] 朱立元主编:《当代西方文艺理论》,上海:华东师范大学出版社,1997 年。

[111] 陈新:《当代西方历史哲学的若干问题》,《东南学术》2003 年第 6 期。

[112] 崔志远:《新历史小说的"碎片写实"》,《海南师范学院学报(社会科学版)》2005 年第 6 期。

[113] 韩震:《关于分析的历史哲学的衰落》,《哲学研究》2000 年第 10 期。

[114] 李钧:《新什么历史,而且主义:新历史主义小说流变论》,《东岳论丛》2009 年第 6 期。

[115] 凌晨光:《历史与文学——论新历史主义文学批评》,《江海学刊》2001 年第 1 期。

[116] 刘取芝等:《政治意识形态:影响因素、心理机制及作用》,《心理科学进展》2013 年第 1 期。

[117] 刘绪贻:《悼念约翰·霍普·富兰克林》,《书屋》2009 年第 6 期。

[118] 聂珍钊:《文学伦理学批评:文学批评方法新探索》,《外国文学研

究》2004 年第 5 期。

[119] 商金林:《文学的边界和本质》,《文学评论》2014 年第 2 期。

[120] 邵旭东:《步入异国的家族殿堂:西方"家族小说"概论》,《外国文学研究》1988 年第 3 期。

[121] 沈晓华:《历史虚无主义的解析》,《鄂州大学学报》2016 年第 3 期。

[122] 唐璇:《〈喧哗与骚动〉的人物刻画》,《江西师范大学学报(哲学社会科学版)》2006 年第 3 期。

[123] 王岳川:《海登·怀特的新历史主义理论》,《天津社会科学》1997 年第 3 期。

[124] 许祖华:《作为一种小说类型的家族小说(上)》,《重庆三峡学院学报》2005 年第 1 期。

[125] 杨金华:《当代中国虚无主义思潮的多元透视》,《马克思主义研究》2011 年第 4 期。

[126] 张进:《新历史主义文艺思潮的悖论性处境》,《兰州大学学报(社科版)》2001 年第 4 期。

[127] 张蕊等:《揭开"幽蔽的面纱":文艺领域中的历史虚无主义批判》,《理论学刊》2019 年第 2 期。

[128] 邹诗鹏:《现代性的物化逻辑与虚无主义课题——马克思学说与西方现当代有关话语的界分》,《天津社会科学》2009 年第 3 期。

附 录

附录1：班鲍家族和本德仑家族（Benbow Family & Bundren Family）

BENBOW

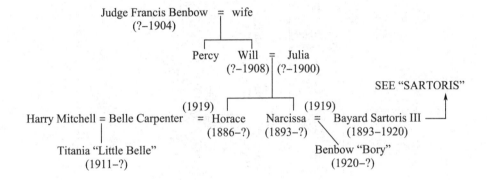

BUNDREN

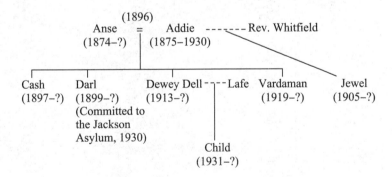

附录2：伯顿家族（Burden Family）

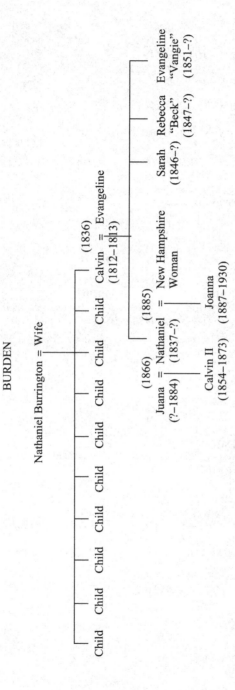

附录3：契克印第安家族（Chickasaw Indian Family）

CHICKASAW INDIANS

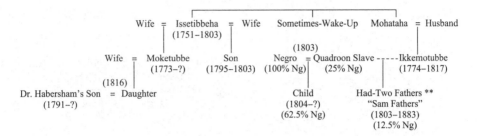

** Alternative Genealogy for Sam Fathers

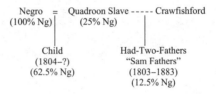

附录4：科德菲尔德家族（Coldfield Family）

COLDFIELD

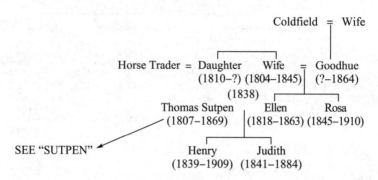

附录5：康普生家族和德斯潘家族（Compson Family & DeSpain Family）

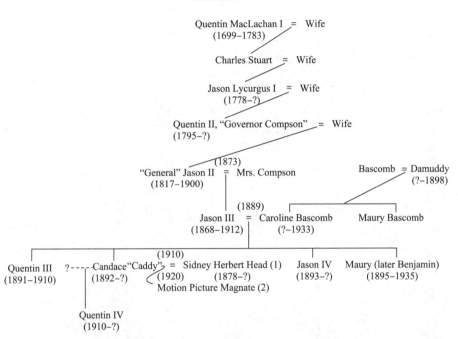

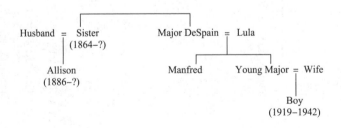

附录6：德雷克家族和爱德蒙兹家族（Drake Family & Edmonds Family）

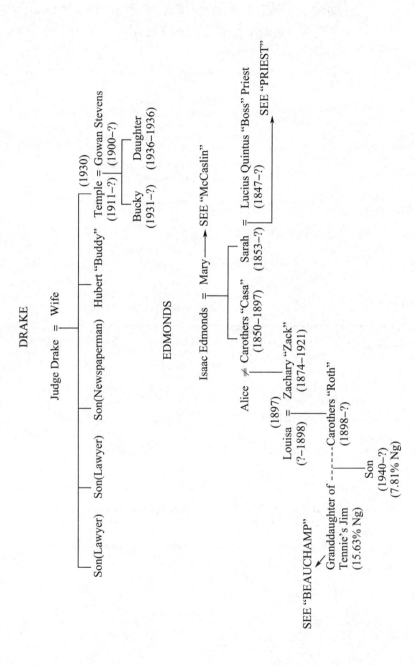

附录7：吉布森家族和高里家族（Gibson Family & Gowrie Family）

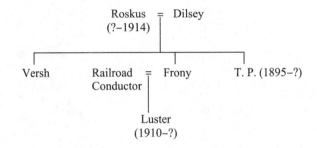

GIBSON
(ALL members 100% Negro)

Roskus = Dilsey
(?–1914)

Versh   Railroad = Frony   T. P. (1895–?)
Conductor

Luster
(1910–?)

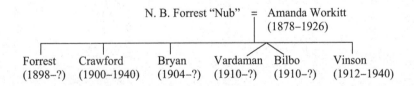

GOWRIE

N. B. Forrest "Nub" = Amanda Workitt
(1878–1926)

Forrest   Crawford   Bryan   Vardaman   Bilbo   Vinson
(1898–?)   (1900–1940) (1904–?) (1910–?)   (1910–?) (1912–1940)

附录8：麦卡斯林-爱德蒙兹-布钱普家族（McCaslin-Edmonds-Beauchamp Family）

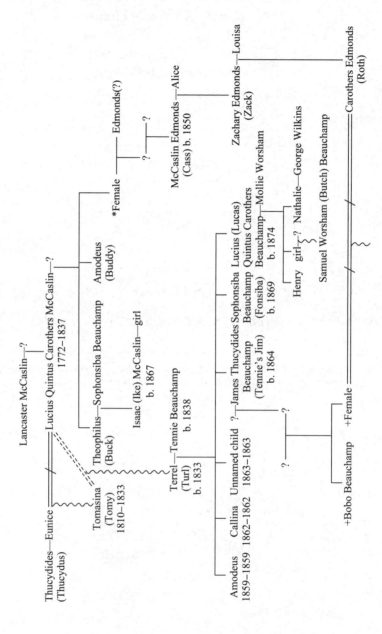

McCASLIN-EDMONDS-BEAUCHAMP

附录9：麦卡斯林家族和皮博迪家族（McCaslin Family & Peabody Family）

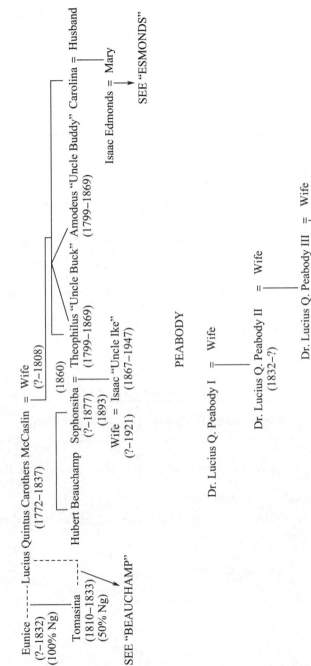

MCCASLIN

Eunice ------ Lucius Quintus Carothers McCaslin = Wife
(?–1832)   (1772–1837)   (?–1808)
(100% Ng)

Tomasina   (1860)
(1810–1833)
(50% Ng)   Hubert Beauchamp Sophonsiba = Theophilus "Uncle Buck" Amodeus "Uncle Buddy" Carolina = Husband
                              (?–1877)   (1799–1869)   (1799–1869)
SEE "BEAUCHAMP"   (1893)
                           Wife = Isaac "Uncle Ike"   Isaac Edmonds = Mary
                          (?–1921)   (1867–1947)
                                                         SEE "ESMONDS"

PEABODY

Dr. Lucius Q. Peabody I = Wife

         Dr. Lucius Q. Peabody II = Wife
              (1832–?)

                  Dr. Lucius Q. Peabody III = Wife

                           Dr. Lucius Q. Peabody IV

附录10：沙多里斯家族和伯顿家族（Sartoris Family & Burden Family）

SARTORIS

Sartoris—?

Colonel John Sartoris —a Millard Bayard Virginia—Du Pre
1823—1876

Bayard —?
d. 1919

John—Lucy Cranston

John Caroline White—Bayard—Narcissa Benbow
1893–1918 *d. during W. W. I* 1893–1920

Bayard Benbow Sartoris
d. during W. W. I

BURDEN

Nathaniel Burrington—?

*Calvin Burden—Evangeline Nine other children

Juana—Nathaniel—New Hampshire woman Sarah Beck Vangie
(Evangeline)

*Calvin Joanna Burden

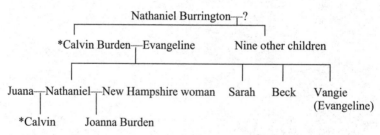

* Killed by Colonel John Sartoris for attempting to introduce Negro Voting in Jefferson.

附录 11：沙多里斯家族（Sartoris Family）

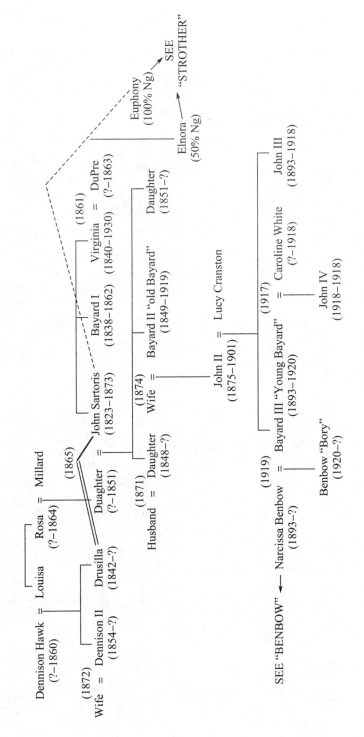

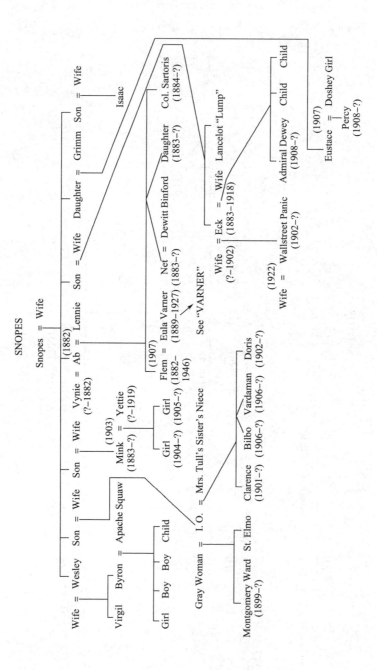

附录 12：斯诺普斯家族（Snopes Family）

附录 13：斯蒂文斯家族（Stevens Family）

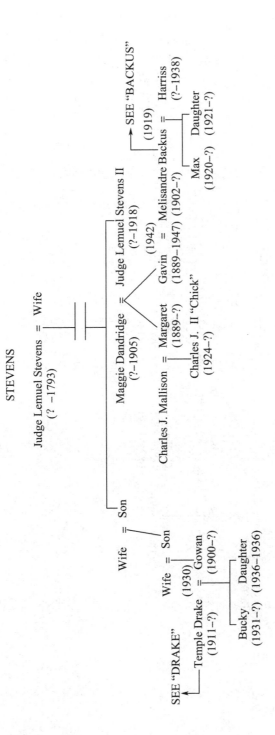

附录 14：萨德本家族（Sutpen Family）

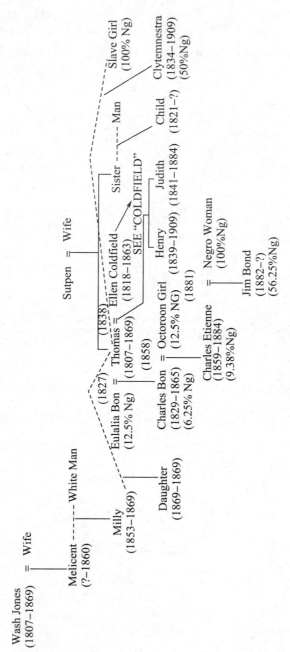

SUTPEN

Wash Jones
(1807–1869)
= Wife

Melicent - - - - White Man
(?–1860)

Milly
(1853–1869)

Daughter
(1869–1869)

(1827)
Eulalia Bon = Thomas
(12.5% Ng) (1807–1869)

(1858)

(1838)
Sutpen = Wife

Ellen Coldfield
(1818–1863)

SEE "COLDFIELD"

Sister - - - Man

Slave Girl
(100% Ng)

Child
(1821–?)

Clytemnestra
(1834–1909)
(50%Ng)

Charles Bon = Octoroon Girl
(1829–1865) (12.5% NG)
(6.25% Ng)

Henry   Judith
(1839–1909) (1841–1884)

Charles Etienne
(1859–1884)
(9.38%Ng)

(1881)
= Negro Woman
(100%Ng)

Jim Bond
(1882–?)
(56.25%Ng)

附录 15：凡尔纳家族和卫德尔家族（Varner Family & Weddel Family）

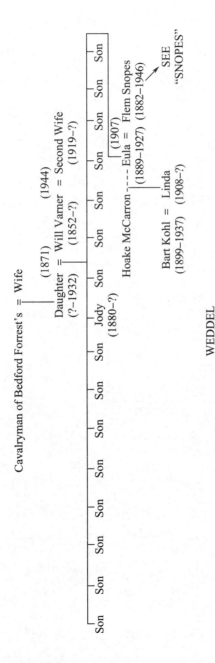